U0115770

王水照文集

鳞爪文辑

第九卷

《半肖居笔记》

后 记

　　收在本书的近七十篇文字，大都是些不值保说的业余研究的副产品，或许还可以说，是我读书、教书、写书生活中精神调节的产物。写作之初，多是偶有兴发，随兴之极，信手走笔成文，并无整理成集的方案。现在姑且辑为六辑。把"学人剪影"放在最前面，是表示对几位、示导自己走上治学道路的几位师表的纪念和敬意，虽然并能记述的只是他们的一些侧影，不足以言全面评价和整体风貌。"文史新探"、"考论索译"、"字词天地"三辑的属半学术性的札记，本难多格分置。桐城派有所谓"义理、考据、辞章"之说，拳酌变化，大致当以稽感为主，或言去考辨（几篇书评也纳入"考论索译"之后），或以品评一字一句一段为内容，但共同的要求是言语实说，力求每篇都有一些新意和见解。其中不少文章在《新民晚报》作过专栏登载过，在读者中有一定影响。"屐跤集萃"是名朋友和我自己的纪着所写的序言和后记，多到篇章学术性较强，篇幅也稍长了些。近几年来访问过日本和美国名地、香港等地，随手记录一些印象和观感，聊作他日重汇时成文之巻。但所记仅少自然风光，仍不离人文话题，因以"人文记游"聚。

《半肖居笔记》手稿一

《孟德新书》与荆公《兵论》

王水照

以他的作品取诸而言论〔以他的作品取诸而言论〕

近日报载王同忆词典抄袭案，〔涉及〕本市某高校一位博士生导师将因某论文剽窃事发而受到处分，这才想到本文这个题目。曹操和王荆石〔荆石〕是历史有争议的名相〔名相〕，前者统一北方、创建魏国基业；后者推行变法，力图富国强兵，他们的历史地位，目前学术界已渐趋肯定。而他们的独特而复杂的个人性格以及多方面的才华，尤具魅力。据记，他俩各册有一种论兵著述《孟德新书》与《兵论》，后都自行毁弃而失传，一见于《三国志演义》，一见于《朱子语类》。虽然或系小说家言，或系难据的信史，但其中蕴含的学术教训，值得辜绎。

《三国志演义》第六十回"张永年反难杨修，庞士元议取西蜀"，说的是汉中张鲁设取刘璋所占据的四川四十一州，虚弱无能的刘璋惊慌万状，无力抵抗，只好派谋士张松求救于曹操。张松暗画西川地图来许都，不料遭到曹操冷遇。张松恃以傲慢，与杨修展开舌战，力夸蜀中人才优伙，李严、黄权又各时俊，同时讥刺杨修甘心屈居下僚，趣耻笑曹操"文不明孔孟之道，武不达孙吴之机"。于是杨修取出曹操的著《孟德新书》予以反击。张松不动声色，把

〔补"或许连张松讥讽的话也没〕

《半肖居笔记》书影

东方出版中心，1998 年

《鳞爪文辑》书影

陕西人民出版社，2008 年

第九卷　整理说明

　　作者曾于 1997 年在上海《新民晚报·夜光杯》开设"半肖居笔记"专栏,用以刊载学术论文以外的单篇短文。1998 年东方出版中心结集为《半肖居笔记》一书出版。该书收文近八十篇,厘为"学人剪影"、"文史断想"、"考论杂谭"、"字词天地"、"序跋集萃"、"人文记游"六辑。

　　2008 年 3 月,陕西人民出版社出版增订本。补入新作多篇,并增加"钱学拾零"、"雪鸿印痕"两辑,"序跋集萃"则因篇幅较多,依为人、为己而作分上、下两辑。个别文章不甚符合"笔记"体裁,改书名为《鳞爪文辑》。

　　此次据以收入文集时,增删颇多,"钱学拾零"一辑和其他一些篇章已移置文集他卷,又新增"会议致辞"一辑。

第九卷目次

鳞爪文辑

1

卷三　考论杂谭

卷四 字词天地

卷五 序跋集萃(上)

卷八　人文记游

鳞 爪 文 辑

初 版 序 言

　　这部"文辑"是我的学术论文以外的单篇文章结集,最初起因于1997年我在上海《新民晚报》设置的《半肖居笔记》专栏。《新民晚报》是上海一张影响广泛、历史悠久的报纸,被誉为"飞入寻常百姓家"的"燕子",市民中间流行过"夜饭吃饱,新民'夜'报"的俗语,甚至已成为人们每日晚间的例行阅读活动。晚报副刊《夜光杯》的编者为了活跃版面,普及我国传统文史知识,约我写点短小文章,其要求:一是字数限在千字左右;二是论题不能生僻,而文笔却要生动;三是每篇有点新意,或发新议论,或绍介新材料,能引起读者阅读兴趣。这要求不算高,但实行起来很难,对我是个挑战。断断续续搞了近一年,后来以这批短文为主结集成《半肖居笔记》一书,由东方出版中心于1998年4月出版,在一定的读者圈内产生过一定的反响。

　　近10年来,我在从事本职的教学与研究工作之暇,仍然写过一些与"笔记"性质相类的文章。由于不受"专栏"篇幅的严格限制,却受到写惯学术论文之用笔习惯的潜在作用,文字越写越长,有的与学术论文界限模糊。承陕西人民出版社的好意,建议把新旧两部分文字(这两部分字数几乎相等)合编成集出版。如果再用"笔记"做书名,似乎名实未符,理应另拟书名。

　　近阅钱穆先生《八十忆双亲·师友杂忆》一书,怦然心动。此书是他在双目几乎失明的状况下所作,全书突出一个"忆"字。他写道:

　　　　惟涉笔追忆,乃远自余之十岁童龄始。能追忆者,此始是吾

3

生命之真。其在记忆之外者,足证其非吾生命之真。非有所好恶高下于其间,乃凭记忆而自认余之生命。

他返观学术人生,惟有记忆所及且能用文字记述者,才是对一己生存发生过实际作用,算得上真正的生命轨迹;凡是已被遗忘者,"足证其非吾生命之真"。他又写道:

> 故凡余所述,皆属一鳞片爪,而已费九牛二虎之力。但既到老不忘,则可确证其为余生命中之重要部分,务求叙述真实,亦属余对生命之自惜。纵属一鳞片爪,在余则弥自珍重。

这本薄薄的双"忆"之著,比之钱穆先生逾千万字的学术著述,自然分量不重;但其心理重量却无法估计,不仅视之为自己生命的一份真实记录,而且从中可以令人感到"国家社会家庭风气人物思想学术一切之变"。至于"一鳞片爪",自然是谦词,亦复确言,我们期待有更详尽的钱穆学术评传问世。

我的这本小书,所述无非是那些人、那些事、那些文本,或追忆师长身影,描述异地游踪,记录亲历往事;或评议历史上的"人物思想学术",以及阅读古代作品时的一些体验和经验,也算得广泛意义上的"忆"吧。至于散乱无序,长长短短,于"一鳞片爪"倒很贴切。因借钱穆先生之语,命名为《鳞爪文辑》。

此书编排,大致依《半肖居笔记》之旧,再加损益变化,从八卷增为九卷。原来的卷一"学人剪影"只收我回忆钱锺书先生文章一篇。自1998年钱先生逝世后,我又陆续写了七八篇文章,故别析出"钱学拾零"为卷一。卷二"学人剪影"也补进几篇纪念几位学术前辈的文字。卷三"文史断想"、卷四"考论杂谭"、卷五"字词天地",标目未变,均属半学术性的札记,与"笔记"、"随笔"的性质较为接近,但分类并不严格,这三类之间,容有交叉。"序跋集萃"是为朋友或自己的论著所写的前言和后记,虽不免为"命题作文"所困,自信还是借此机会表达个人的一些学术观点与信念;但篇目较多,因而依照为人、为己分为两卷。卷八"人文记游",仍保持《半肖居笔记》的原貌,而卷九"雪鸿印痕",则是这次新编的,所收三篇文章均为 1998 年以后所作,都是应邀在不同场合下介绍自己的学术履历,带有自传因素。

我的这些东鳞西爪的文字,其内蕴,其文采,均不足以承载"生命之真";惟愿生命不止,笔耕不辍,戒怠务勤,继续以文字安顿自己的人生。

王水照

2007 年 9 月 10 日

卷一 学人剪影

深切的怀念

——何其芳先生印象

　　1977 年 7 月 24 日,这是一个酷热窒人的星期天。那天下午,我去首都医院探视其芳同志。他从 12 日早晨大吐血入院以来,已 13 天了。前两次去看他,精神还不错,胃部动了手术,他苦笑着说:我的胃里发生了一场"政变",现在平定了。但这次一进病房,立刻被紧张的气氛惊呆了。医生们进进出出,忙着给他注射各种针剂。他的夫人牟决鸣同志布满血丝的双眼(这 13 天她一直没好好合过眼),充溢着泪水,不时抚摸着他的双脚,脚上的体温已开始变冷。其芳同志却显得少见的平静,连连说:"这个针我不需要了。"听到这话,我和周围的人一样,禁不住流出了眼泪。医生们进行最后的抢救。他紧闭的眼睛突然睁开,向我含含糊糊地说了不少,可是我怎么也听不清他的意思,连忙叫他的孩子,但也没有听懂。而决鸣同志因悲伤过度,却已昏厥过去,可能她是唯一能听懂的人。下午 6 时 10 分,这颗真诚、执著、以祖国文学事业为第一生命的心终于停止了跳动。我眼睁睁地看着素洁的白布覆盖了他的全身,被车子缓缓地推出病房,我又一次忍不住哭了。

　　其芳同志走了,走得那么匆促,踏着我们平常熟悉的那种急速的碎步走了。

　　我第一次见到其芳同志,还是在北京大学做学生的时候。当时,我正倾心于他的《画梦录》,那深婉的哀愁,热切的追求,那精美的语言,惨淡经营的形式,深深地吸引着我。因此,当我知道他为"北大诗社"讲演时,便早早地坐在教室的前排等候着。门外一阵急速的碎步声,他急匆匆地进来了。大概是中年以后发福吧,我第一眼的直感有点不相信他就是《画梦录》的作者,那应该是一副清瘦飘逸的神态才是。他带着浓重的四川口音讲话了。那次他主要讲他《欢乐》一诗的构思过程。他说,这诗写于 1932 年,那时他 21 岁,在北京大学哲学系学习。然后他谈起他当时一段被人爱而不知其爱的爱情经历,谈起他事后领悟却又已失去的怅惘。他在北大红楼、故宫后街一带踟蹰徘徊,思索着什么是爱情的欢乐? 突然,脑海里闪过一个意象:"告诉我,欢乐是什么颜色?"于是,思绪的闸门打开,文思奔腾而出:"像白鸽的羽翅? 鹦鹉的红嘴?""欢乐是什么声音? 像一声芦笛? 还是从簌簌的松声到潺潺的流水? ……"他说,诗人有了生活激情和感受以后,还必须找到一个优美的诗歌意象和适当结构来表达。光有激情不一定就能写出好诗。他娓娓地谈着,话说得很快,但语句既清晰又亲切,条理既井然有序又自然活泼。我顿时发现,这正是《画梦录》的作者,那么真诚坦率,对着素昧平生的青年学生,毫无保留地打开自己的心扉。要知道,他是闻名于世的文艺界的"首长"啊! 真诚,这正是文学的生命,也是亲近、了解和研究文学的第一要素。

　　1960 年我分配到文学所后,才有了直接交谈请益的机会。其芳同志有一种魅力,他能够使交往不深的年轻人一下子摆脱拘谨和他开怀深谈。其奥秘就是他真诚待人,平易近人。他常说,文学所的主要任务是出成果,出人才,而在培养年轻研究员上,他更是费尽了心力。每年秋季,当新的一批大学生分配来所时,他总要讲一次研究方法、治学之道,这已成为常例。这样的报告会我听过多次。因为他每次讲的精神虽然一致,总是强调基本理论、基本知识和基本方法的学习和训练,强调实事求是的科学作风,但具体的发挥和论证却不雷同,一次有一次的启发和收获。每次讲话,他手里总是拿着一叠厚厚的讲稿,讲时却不受其束缚,随处生发,精义层见。我觉得,在培养年轻人问题上,他在不断地总结自己的治学经验传授后辈,并系统地积累培养、指导的方法。他是个有心人。这历年的讲稿就是一笔珍贵的财富。我的旧笔记本中还保留他在 1961 年 10 月 26 日的一次讲话。这篇我自己取题为《关于培养实习研究员问题》的讲话,一开始便说:"正确的经验和非正确的经验的结合,便是完全的经验。"他从文学研究所的工作规律谈起,强调边干边学,把工作和学习统一起来,把集体编书和个人研究结合起来。但对实习研究员来说,不要单纯以完成工作任务为主,应有四分之一的时间作为"补课"学习。要有工作计划和培养计划两套计划,定期检查,解决随时遇到的问题。他又逐一地讲了研究方法、读书方法、写论文方法。他说,学术论文是研究的成果,要讲究如何表达。论文也要有自己的风格,讲究一定的节奏。它应该是"精制品"。把论点、思想变成论文语言,这是一个艰苦的过程,力戒粗率、马虎的语言。写作时必须精力高度集中,毫不懈怠,有时就有"神来之笔"。由于结合着具体事例,特别是他个人的丰富写作实践,这些朴素的道理讲得生动细致,鞭辟入里。最后他说:"又红又专,边干边学。个人努力,集体帮助。发展学术,贡献祖国。"殷切期望之忱,溢于言表!

有次交谈工作之馀,我向他诉说自己写的文章苦于不能提高,尤其是艺术感受能力和鉴赏能力不知从何培养、锻炼。交谈结束时,我表示一个意愿,希望他能解剖一下他的《论红楼梦》一文的写作全过程。谈过以后我自己也淡忘了。不料在下年对新同志讲话时,他谦虚地提起,有位同志要他谈谈《论红楼梦》的具体写作过程,其实也没有多少东西好谈。然后他从素材的搜集、论点的组织到论文的结构安排,作了详尽的介绍。他说,他的具体工作方式主要是在原著上作眉批。他十分重视研读原著,重视把从原著中获得的直接感受和体会,及时准确地记录下来,然后加以整理、概括和连贯起来的思索。他不是把原著作为冷漠的解剖对象,而是去体验和认知其中活生生的形象世界。《论红楼梦》是他准备时间最久、篇幅最长的古典文学论文的力作。我自己写文章,常在开笔之前或文思苦涩、难乎为继时,要读读几篇自选的典范性文学论文,有时似乎还能开点窍,《论红楼梦》便是其中的一篇。所以向他表示了那个意愿,真没想到他那么认真听取,这次我如愿以偿了。如果没有培养文学接班人的事业感,像他那样每天要处理许多行政事务的人,是很容易遗忘的。

　　其芳同志胸襟坦然,他经常把自己写作中的甘苦向周围同志谈论,有时给人极大的启示。有次所务会议前的空暇,他进来后一坐下,就开口说:昨晚开始写《少数民族文学史编写中的问题》,一连开了五六个头,都写不下去,卡住了。后来索性只写"我们的讨论会从几月几日开到几月几日,历时多少天……"居然很顺利地写下去了。这个开头大概因为平常,因而比较自然,反而有助文思。接着他感慨地说:有同志说,在这次少数民族文学史讨论会上,我已作了总结发言,事先又有讲稿,大家反映又不错,"我手写我口",把发言写成文章,不是很容易吗?这位同志哪晓得还有"文章之道"啊!这次他是讲论文的开头,另一次讲论文的结尾。也是在所务会议前的空暇,他进来后,有同志问他:《文学艺术的春天》一书的序言写完没有?他笑笑说:刚刚写完。这是我为自己集子所写的最长的一篇序,大约有二三万字。序言的正文这么长,要有一个有分量的结尾,才能跟正文相称。这费了不少心思。后来想到了曹植给杨修的信,讲朋友间文章的评改,很有感情,很动人,用作结尾,稍作点染,还不错。

　　这只是我偶然听到的两个例子,但多少年来一直牢记不忘。这里包含着深刻的道理:一个人能想到的,不一定能全都说出;能说出的,不一定能全都写出。思维和语言之间,语言和文章之间总是存在着差异。讲究"文章之道"就在于克服和缩小这个差异。仅从写作表达这一点来说,文学研究和评论工作就是一种严肃艰苦的精神劳动。平常读其芳同志论著,总钦羡他那种行云流水般的流畅文风,猜想他写作时左右逢源的快感,殊不知他的流畅自然却是刻苦锤炼的结果。古人云:"成如容易却艰辛",确为名言。一生"认真"作文,从不马虎草率,这是其芳同志崇高的文德。

他的宽容厚道是有口皆碑的,但对年轻人文章的评改却是严格甚至严厉的。我来文学所之初,参加古代组编写《中国文学史》的工作。这是全所科研计划的重点项目。其芳同志从指导思想、全书体例到组织安排等进行全面领导。当时规定,书里的重点章节由编写组全体会议评审通过,实际上主要是听取他的评审意见。但我在编写组写出的头一个章节就被他"否"了。那次会议上,他明确地说:这一章我不满意。和已出版的文学史相较,面貌雷同,应该力争有"一寸之长";立论的角度陈旧;文章的结构松散。然后他说,要推倒重写。第一次听到这样的批评,当然不好受。但不知什么缘故,心里却热乎乎的,感受到他恨铁不成钢的灼人的热忱。

他的批评不但没有使我畏惧气馁而与他保持距离,反而使我更渴望亲聆他的教诲。当写第二个章节苏轼时,我先把写作提纲寄给他(编写组住在城外),请他指点。他很快约我去他家面谈。他桌上放着各种苏诗版本,对我说,为了对我提纲提意见,正在赶读苏诗,还没有读完;最近恐无时间读完,只好先约来谈谈,以免影响写作进度。他要我务必看全集,然后多与同时代和前后作家进行比较研究。他说,他不大爱读苏诗,其中不少诗并不是有了创作冲动以后写的。对作家的复杂性要充分估计,既看优点,也要看缺点。能把缺点及其原因说清楚也是很有意义的。后来我把文章写出来了,怀着忐忑不安的心情听取他的评审意见。在那次会上,他对其他同志写的章节提了详细的意见,最后简单地说:苏轼一章还可以,我没有什么意见。

但从他那柔和的目光中,我领受了他的鼓励和赞许。

把稿子取回后,发现只有一个地方作了改动。我原稿上说,"苏轼的诗、词和散文代表北宋文学的最高成就",他改成"在北宋文学中都是成就很高的"。这个唯一的改动我想不通。年轻逞性,心浮气躁,我擅自又改了回来。过了许久,他审看这部书的校样时,把我叫到他的办公室,指着"最高成就"问我:这个地方我好像替你改动过?我只好支支吾吾地承认了。他的"认真"是早出名的,但从这部七十多万字的著作中不放过一句话,这样的"认真"还是出乎我的意料的。他要我谈谈自己的观点。听了我的申述后,他沉吟一下说:你讲得也有一些道理,作为个人意见也可以保留。但这是部集体著作,力求准确、稳妥。比如论散文成就,苏轼与欧阳修恐怕不宜强分高下。还是说"成就很高"吧,你觉得怎样?他没有批评我私自"篡改",反而耐心地听取一个文学晚辈的意见,互相平等讨论,这不是学术民主的生动示范吗?

1977 年 6 月 13 日晚上,我因撰写《唐诗选·前言》又去他寓所请教。他已知道我将调往上海复旦大学工作。我也想到这是我在文学所的最后一项工作,以后这样耳提面命的机会不多了。我说,本来基础就差,十年不写学术文章,感到手重,没有把握。他说,这部书读者主要是看所选注的唐诗,《前言》只要把唐诗发展的基本面貌叙述清楚就可以了。但介绍的知识力求准确。另外,篇幅不宜过长,万把字以内吧。那次夜谈,他大概带有惜别之意,关于《前言》的写作他说得不多,却海阔天空地闲聊起来。我顺便问起,听说不久前他曾写了两首"戏效玉溪生体"七律,假冒"元人诗",发函请所内一些同志来解释诗旨,这又引起了他的话头。他说,是啊。我还故意留了个破绽,信是 3 月底以前发出的,但我署了 4 月 1 日,因为这个日子在西方是愚人节,但没有一位同志识破我开的玩笑。说着,他开怀大笑起来。然后他收敛笑容说,我是想做个试验:当我们对一首诗的作者生平和写作背景无所了解或了解很少时，对诗旨的理解，究竟能达到怎样的程度？这次试验的结果，有的说是悼亡，有的说是悼友，有的说是自悼，众说纷纭。这些对我国古典诗歌很有修养的同志，他们对我写作此诗的主旨的推测，大概只能达到 50％左右，可见解诗之难（他的诗见《何其芳文集》第 3 卷《锦瑟二首——戏效玉溪生体》）。这是一个多么严肃机智的"玩笑"！我凝视着他那宽广的前额暗忖：人们都说他最近进入写作欲的又一个旺盛时期，写诗、译诗、长篇小说、回忆录，齐头并进，思维活跃敏锐，干校时期常患的思路中断的毛病已无踪影了。他最近的诗说，"假我光阴二十年"，"敢惜蹒跚千里足"，在他的心中，还有什么比完成自己预定的写作计划、看到文学艺术的新的春天更大的快乐呢？万万没有想到，一个多月以后，他却赍志而逝了。

我没有听清其芳同志的临终遗言，已是不可弥补的憾事。记得 1964 年力扬同志去世时，他曾亲自书写挽联，上联开头说"文章报祖国"，这五个简明有力的字，可以看做他的自挽之词，也可以当做他对文学后辈最后的勉励和期待吧？

（原载《衷心感谢他——纪念何其芳同志逝世十周年》，上海文艺出版社 1987 年版）

科学美学的不倦追求

——追思蔡仪先生

　　早就想写点追思蔡仪先生的文字,虽然在他的门生故旧中,我并不算亲炙频仍、相知甚深者之列。但在每个人的成长过程中,总要接受师长亲友的各种影响,有的长期浸润时雨之化,有的交往不多却孳乳沾丐,一生难忘。蔡仪先生就是我素所敬仰的一位前辈学者,他在我心目中占有重要地位。

　　最初认识他还在我 50 年代北京大学求学时期。那时的北大中文系在教学条件和环境上可称是鼎盛时代,真如 30 年后林庚先生为我们年级同学聚会而题词说:"那难忘的岁月仿佛是无言之美。"当时不仅系内名家荟萃,课程内容丰厚,"向科学进军"的口号给我们带来了希望和期待;而且课外社团活动活跃,随时可以听到国内外著名学者的讲演,还常请校外专家来开设专题课,如王季思先生的"戏曲研究",郑奠先生的"《文心雕龙》研究"等。大概在我大二时,系里就请蔡仪先生来讲授美学课。开讲第一天,在一间可容二百多人的阶梯教室里,满坑满谷全是听众,连走道上、窗户外、座位最后都挤满了人,黑压压的一大片。这种"轰动效应"固然由于主讲者的学术声望,也与当时正在兴起和展开的建国后第一场美学大论战直接有关。从 1956 年开始并绵延长达七八年之久的这场讨论,现在看来,虽然讨论的环境较为封闭,很少吸取其时国外美学研究的新成果,但基本上未受政治的干扰,各方言辞不免尖锐却坚持以理服人,吸引了四十多位学人著文参与,也吸引了更广泛的年轻学子。论战是围绕"美是什么"而展开,主要有三大家,即朱光潜、蔡仪、李泽厚三位。蔡仪先生在 40 年代以《新美学》等论著批评朱先生,现在却首先受到朱、李两位从不同角度的批评,于是成了这场争论中引人注目的聚焦点。他受到北大同学的关注也就十分自然了。

第二次讲课不得不从教室移到了大礼堂,但后来听众慢慢少了起来。本来嘛,凡事热得快也冷得快,听讲同学中不免有赶浪潮的,更何况蔡先生讲课题目是"美学概论",目的在于传授系统的美学知识和理论,并非对阵论战而富有刺激性;他的讲课风格又是朴实无华的,既无粲花之舌以逗口辩,也无花里胡哨的噱头调料,有的只是论证,切切实实的论证。或许是秉性之故吧,我却越听越有味,从未缺过一堂课。从他平缓语脉中呈露的是环环相扣的逻辑严整,条分缕析的论理明澈。他表达过自己的学术祈向:"要求美学有助于我们社会生活的美化,也要求美学作为科学能更快地健康成长。"真诚朴实的愿望和他讲课的内容和风格是统一的。

他的讲课培养起了我对美学和一般理论的兴趣。随后我还去西语系听过朱光潜先生的"西方美学史",也听过由学生社团举办的李泽厚先生的讲座。当年编辑发行的六册《美学问题讨论集》都一一找来阅读。我因参加编写《中国文学史》而拿到的第一次稿费,也用来觅购他的《新艺术论》以及朱著《文艺心理学》等原版本,连同当年的听课笔记,如今倒成了寒斋的"镇斋之宝"了。虽然我后来没有从事美学研究,但我珍惜这一次美学启蒙。

1960 年我毕业分配到了文学研究所,想不到和蔡仪先生成了同事。见面机会倒不少,但他忙于主持理论组工作,交谈请益并不太多。只感到他严肃认真,一丝不苟,处事审慎,事事都有一定之规,颇近古儒中的耿直狷介之士。对后辈,则在沉静谦和中充满热情,这在理论组年轻人中有口皆碑(到了"文化大革命"时,他们都成了"保蔡派")。我的第一篇习作论柳永的文章在《光明日报·文学遗产》发表时,他是负责终审的编委,认为分析考论还算细致平允,给予了鼓励。当时刚进所,我迫切需要熟悉治学门径,乃至学写论文的具体方法,便对所内几位前辈如何其芳、钱锺书、唐弢等先生的近著下过一点揣摩工夫。蔡仪先生的论著也是读得颇为认真的。他的关于现实主义的系列论文、关于艺术典型的阐述乃至晚年关于《1844年经济学—哲学手稿》的几篇长文,我都把它当做训练科学思维的良好读物。他对论点的提炼和概括,对论证周密和完美的追求,层层推进的论证结构所产生的理论说服力,在学步者的心中,曾引起过不小的震愕。

如果说,对讲堂上和论著中的先生,油然而生的是一种仰视和远视的态度,到了"四清"、干校时期,则是亲切平视的视角了。对于建国后这段不平常的历史,这里不打算评价什么,只是想记录下蔡仪先生作为一位严肃学者献身社会、献身农村、献身劳动的热忱。1964年秋"四清"时,他是公社工作组的负责人之一,要到生产队"蹲点"实行"三同",我有幸和他两人同住一间荒村茅屋达数月之久。他已年近花甲,领导上安排我跟他在一起,可能含有从生活上照顾他的用意,但实际情形恰好相反。这个生产队有四五个自然村,相距不近,田间小路,坑坑洼洼,沟渠纵横。我一怕走夜路,恶犬吠人;二怕雨天走泥路,当地土质又黏又滑,摔过几次斤斗,只好求助拐棍。而他却大步流星地走在前面,还时时回头照顾我。刚下去时,心里还惦记未完的研究工作,他就说:列宁写《国家与革命》没有完稿,被十月革命风暴所打断。列宁却"高兴"地认为"做出'革命的经验'是会比论述'革命的经验'更愉快、更有益的"。事实上,他自己更有亟待完成的写作计划,却全身心地投入了工作,其认真严细到了忘我的程度。那时要对社员宣讲"双十条",上面传话必须"原原本本",而其中的前言就是《人的正确思想是从哪里来的》一文。对几乎全是文盲的农民讲解"物质变精神,精神变物质"的哲学道理,本身就是脱离实际、违反认识论的笑话。不少同志对此均采取虚晃一枪的模糊处理,而他却

15

毫不含糊地写了一大叠讲稿。但面对劳累一天的社员，加上他浓重的湖南口音，那次宣讲不能算是成功的。但听得出来，他在通俗化上费尽了心思，有些解释和发挥颇有启迪，如果换一个接受层面必定效果不错。

虽说要丢开业务，但每当工作之馀，一灯如豆，对床闲聊时，话题又不免转到学术。我曾问起他的治学经历。他说，他 1925 年考入北大预科，来到新文学发源地北平，原是从事小说创作的。他的处女作《夜渔》就发表在冯至先生主编的《沉钟》周刊上。后愤于奉系军阀的黑暗腐败的统治，折返湖南老家，旋东渡日本。社会环境的煎逼和文学创作的困惑，使他"精神上的贫困更难忍受"，也曾向鲁迅先生去信求教，并获答复，但未能解除这种精神困境。这时，日本正出版马恩论文艺的文献，他如饥似渴地加以悉心研读，使他在迷离摸索中看到一线光明，从此才转向了艺术理论和美学的研究。这次夜谈我才恍然大悟：我以前对美学三派的争论，多注意其论点的平面比较，说实在的，对蔡仪先生的论点也有某些疑虑之处，但没有从书外去了解他的美学思想产生和形成的具体历史背景。原来他是从解决切身的思想和创作困境而转向美学探讨的，而早年对于马列原典的沉潜熟稔，并在服膺马列基础上对于文学和美学的深刻思考，就像铁铸火烙般地铭刻在他的脑海中，成为一种执著的学术信念，甚至岁月的淘洗也无法改变它的基本样态和光泽。当然他的美学思想也是与时俱进、日趋精密的。平心而论，坚持以唯物主义为基础，对美学学科进行系统研究的，他无愧为第一人。

夜谈是无拘无束而又充满温馨的。他知道我家在上海就说，上海人的心思不大好捉摸。抗战胜利后，他曾到上海去办一种名叫《青年知识》的杂志，用的是郭老主编的名义，但只出了几期，因为不能掌握上海知识青年的兴趣爱好和心理需求，销路始终打不开，他便去大学当教授了。说话间，对上海首次文学活动的挫折，他似乎还在思考。那年他招收研究生,有个考题是辨析意识、意识形态、社会意识形态三者的区别,我也趁机向他请教。他详细地回答了我的质疑,并说:学术概念和术语的明晰,是一个学科走向科学的前提,来不得半点马虎。这确是他学术风格的突出特点。他在论著中对"美学"一词的正本清源,对"审美"说的不惮辞费的考辨,处处显示出对科学的尊重。《论语》上说君子"望之俨然,即之也温,听其言也厉",于他庶几近之。

蔡仪先生平日严于律己,不苟言笑,似乎很少有什么逸事可传。我只知道他的业馀爱好一是喜做木工,还自备一套锯、刨等工具;二是长时间散步,特别是新到一地,总要走遍大街小巷。但在河南干校时却意外地发生一起"辫子风波"。那时他在伙房负责烧火,附近村子有个幼孩,经常找他玩乐。这孩子健壮敦实,惹人喜爱,就是后脑勺留着一根小辫。蔡仪先生跟他商议,用一些花花绿绿的瓶子、盒子为代价,赚他把小辫给剪了。这下引起轩然大波。这孩子是几代单传的独苗,他的小辫犹如贾宝玉的那块通灵宝玉,是命根子,于是他的一大帮亲属气势汹汹地前来评理问罪,不依不饶,幸亏所里的年轻人把他及时地转移了。大家都说:想不到调皮大王小年轻才会干的事,被他老先生干了。确乎出人意料。但转而一想,熟悉他一贯是非分明的狷介性格,对庸俗落后的丑事丑物的不能容忍,这件趣事在他未必不是认真的。

他不止一次地说过,要"为科学的美学的建立,贡献自己的微薄力量"。他的确认真地践偿了这一诺言。能为自己的学术理想奋斗终生、坚持独立的学术人格并垂范后学的人,我想是永远值得纪念的。

(原载《蔡仪纪念文集》,中央编译出版社 1998 年版)

精神·风格·境界

——缅怀朱东润先生

今天我们来纪念朱东润先生,是很有意义的。这不仅是对朱老一生事业的缅怀,对他品德和学问的仰慕,也是对中华传统文化精神的弘扬,对中国知识分子优秀人格的尊奉。

著名学者钱锺书先生在一次给我的信中说:"郭朱二老,当代耆硕,学问笃实,亦京华冠盖中所无也。"他说的"郭朱二老",就是指朱老和复旦大学中文系另一位大学者郭绍虞先生。在这封信中,钱先生对朱老作了崇高的评价。他推崇朱老是"当代耆硕",其"笃实"之学在北京学者中也是很少见的。钱先生不太轻易称许别人,他对朱老的评价是有充分根据的。

我们先从朱老的学术精神谈起。

朱老在他长达九十多年的生活历程中,为我们留下了一笔丰厚的文化遗产,这是他一生永不停歇、辛勤耕耘的结果。朱老生前常爱说两句话:一句是梁启超的"战士死于疆场,教师死于讲席";一句是"我们必须前进,永远前进,后退是没有出路的"。他一生的行动,实践了自己的信念。我觉得,朱老身上这种永不满足、充满生命活力的进取精神,是最可宝贵的。从他早年登上学术之坛起,直至晚年,除了因外力所迫搁笔以外,他几乎一天也没有停止过前进的脚步。特别是九十多高龄犹能撰写几十万言的《元好问传》,这在中国现代学术史上是罕见的。记得1987年夏天,朱老病重住长海医院时,我和另一位先生去看他,他谈起正在写作的《元好问传》,谈起元好问的时代,谈起对北宋九帝、南宋九帝的评议,谈着谈着,他突然说:"我真不想死!"我至今忘不了他说这句话时的严肃神情和炯炯目光。这是把生命献给祖国文化学术事业的庄严誓言。这种热爱学术乃至到了近乎痴心的境地,深深地感动着我。

我们的学术研究工作经常受到外力的牵制却又很难摆脱这种牵制。建国以后的古典文学研究就经受过多次冲击,从建国初期的纷纷改行、1958 年的所谓"拔白旗"、革文化的命的十年,直至目前传统文化在经济大潮中所承受的新的挑战,在今后一个相当长的时间内,看来仍不会减弱。而朱老始终保持旺盛的学术进取精神,永远求索,永不停步,在今天尤其难能可贵。我们应追随朱老之后,在目前学术暂受困扰的情况下,甘于寂寞,甘于清苦,坚持长期的艰巨的精神劳动,为民族文化的振兴和繁荣作出自己应有的贡献。

朱老之所以能保持这种数十年一贯的学术热情和进取精神,取决于他对传统文化具有一种十分深刻的历史感,又有十分清醒的时代意识。他把认真吸取、勇于借鉴和对民族传统文化的深刻反思和勇于批判很好地结合起来。读他的著作,总为他广阔的历史视野所折服,同时又能感受到现实的生活气息。两者水乳交融,而非生搬乱套。他写了近十部传记著作,如他的成名作《张居正大传》从 1943 年问世以来,为中国的新型的传记文学的建立和发展,指明了道路和方向。此书直到现在仍不断再版。毛泽东的秘书田家英爱读名人传记,而此书是他评价最高、常读不辍的两部传记之一。朱老在写张居正传以后,还写了杜甫、梅尧臣、陆游、陈子龙、王阳明等古代人物的传记。这些传主有个共同的特点,即大都是对国家、民族作出各种不同贡献的人物,特别是表彰他们的气节、风骨以及济世救时的淑世热忱。他还写过他夫人的《李方舟传》,在"文化大革命"中他还曾想替一位女生产队长立传,目的则是从普通平凡的人物中发掘品德之美和人性之美。他的传记文学的另一特点,总是从时代、历史的大背景中来展示传主的事功建树和内心世界,如他写陈子龙传径以《陈子龙及其时代》为书名;但同时又具强烈的现实性,处处显示出作为一个现代人对历史的思考和眼力。他在回忆张居正传的写作动机时说:"我想从历史陈迹里,看出是不是可以从国家衰亡的边境找到一条重新振作的道路。我反复思考,终于想到明代的张居正。"这就使他的著作呈现出气度恢宏、高屋建瓴、用笔雄放的风格,绝非斤斤于一事一隅者所能望其项背的。他虽年高而无迂腐气,思想敏锐,充满朝气。此外,与他的传记创作相表里,他的传记理论研究,如《中国传记文学之进展》、《传记文学之前途》、《传记文学与人格》、《八代传叙文学述论》等,也为有中国特色的中国传记文学学科的建立奠定了基础。

中国古代优秀的知识分子,常常遵循"立德、立功、立言"所谓"三不朽"的古训,也就是说,把自我道德人格的完善、社会责任的完成和文化创造的建树融为一体。朱老的一生,是这三者在新的历史条件下完美统一的模范。朱老是位有多方面学术成就的大家:前面已经谈过他是我国现代传记文学的开拓者之一,善于从中西传记文学的比较、交融中另辟新径。他以《中国文学批评史大纲》等名著,与郭绍虞、罗根泽先生一起,成为开创当今中国古代文学理论批评史研究的"华岳三峰"。他的《中国文学批评史大纲》自成体系,独具一格:一是不以时代、流派为纲,而以人为目,并将各家对于各种文体的批评论述归于一篇,以见批评家主张之全貌;二是"远略近详",对宋以后的论述尤为充分;三是重视对小说、戏曲方面的批评史材料的发掘与阐发,更具有开拓之功。凡此都是饶有新意的。最近,复旦大学语言文学研究所经过十年的努力,出齐了七卷本《中国文学批评通史》,受到了国内外学术界的普遍好评,可以说,这是继续朱老以及郭绍虞两位前辈老师业绩的结果。朱老在中国古代文学和上古史籍研究方面,也有杰出的成就。这里尤应提及他的两个"三",即在陆游的研究中,他有《陆游传》、《陆游研究》、《陆游选集》三书;在梅尧臣研究方面,他有《梅尧臣传》、《梅尧臣集编年校注》、《梅尧臣诗选》三书。这种研究的整体性和系列化,把作家传记、作品解读与整理、理论分析等有机地结合起来,真正体现出所谓"多角度、多层面、立体化",在古代文学研究的方法论上也有重要的启迪作用。总之,朱老在学术领域和教育领域内找到自己的位置,充分发挥了主体的内在创造性、积极性和主动性,充分地实现了人生价值和社会责任。这是异常令人神往钦羡的境界。

高山仰止,宗师长在,朱老将继续培育、激励我们!

(原载《泰兴文史资料》第 6 辑"纪念
朱东润先生专辑",1986 年)

三副笔墨铸诗魂

宋代文学研究是朱东润先生学术领域中的一个分支,却最能反映他的学术精神和学术个性。其中最重要的成果是陆游三书(《陆游传》、《陆游研究》、《陆游选集》)和梅尧臣三书(《梅尧臣传》、《梅尧臣集编年校注》、《梅尧臣诗选》),以及收入《中国文学论集》中的系列相关论文,至今仍给宋代文学研究者以滋养和启迪。

朱先生是我国现代传记文学的奠基人之一,他存世的《张居正大传》等六部古人传记,其显著特点即是作者与传主的精神沟通和思想印可,这是他写作的前提条件。他选择的传主无一例外的是爱国志士或具有社会担当责任的历史人物,而且无一例外的历经曲折、遭遇坎坷,带有浓厚的悲剧色彩。人们常说,他传实是自传,为他人写的传记里不可避免地有着作者的身影,而在朱先生那里,这种作者与传主交融的形态达到一种更深刻契合的境地。他回答后辈"你是否把自己当做张居正"的问题时,率直地说:"当时正觉得自己就是处在那种环境里,有许多事情要做,也想去做许多事情。"可谓想传主之所想,与传主心理共鸣、意气相投。例如,他认为陆游为韩侂胄撰作《南园记》、《阅古泉记》,文章"主旨在于勖勉而不是阿谀",在具体历史情景中,又"出于一种畏惧的心理,不是求福而是避祸",朱先生对传主的倾心崇敬并不是一味颂扬,而是在人物活动的环境中,细心体贴其心曲,力求把握其真实面貌,后来的陆游研究者大都接受了这一评价。

他明确提出在传记文学"真实、个性、艺术"三要素外，要加入"祖国"第四要素，要求抒写爱国之情，这正反映朱先生的平生志业和他刚直不阿、坚韧执著的个性。他对为"妓女"作传的质疑已是复旦流传甚广的校园故事；他欲作《苏轼传》而中辍更是意味深长。在做了一年的资料准备后，朱先生发现"我对于人生执著异常，我这一生固然无法享受优游自在的生活，也没有行云流水的消闲"（《朱东润自传》），他因"无法理解他（苏轼）"而决定搁笔。我们可能会因为没有读到他写的第三部宋人传记——《苏轼传》而惋惜，也可能并不完全赞同他对苏轼的评价，但尊重他的抉择，因为这是对学术真诚的尊重，对朱先生"真正的战士，必然要坚持斗争直到胜利或者死亡"（《陈子龙及其时代》）崇高精神的感佩。

《陆游传》是朱先生第一次为诗人立传，开了他以后为梅尧臣、杜甫、陈子龙、元好问等一系列诗人作传记的先河。他说，为一位诗人作传，必须把诗的成就写出来，应该涉及其"作品的渊源变化"及其原因，作品分期及"每一期的特点"，作品评价及前人论述的再分析等（见《陆游传·序》）。因此他的传记本身，既是历史又是文学，既是文学创作又是学术研究，是合二为一的。他撰写《陆游传》时明言："要写这本传记，事前必须做好一些准备工作。我所写的《陆游诗选注》、《陆游研究》，实际上只是准备工作的一部分。"于是他开创了对一位古代作家进行全方位、多角度个案研究的格局：全面系统的传记叙论，专题性的学术探讨，文本的细读和整理，三种著作体裁，三种言说笔墨，从不同方面和角度去逼近研究对象的整体面目，富有立体感和深广度。

作为文史大家，朱先生富有学术研究中的问题意识，他提出和解决的不少学术难点、盲点，在陆游和梅尧臣研究史上一直发挥着引领的作用。例如强调陆游研究的三个关键点，隆兴二年在镇江、乾道八年在南郑、开禧二年与韩侂胄的关系；他对陆游诗歌三期说的阐述；

23

他对陆游思想来源的分析；他论陆词始终不脱缠绵因而与辛弃疾异趣，在在给我们以启示。他还是第一位对陆游散文作出高度而全面评价的学者。收在《中国文学论集》中三篇论述梅尧臣的论文，也提出不少独到的见解（如梅与西昆体诗人的关系，曾多次被学界引用）。朱先生对作家作品的把握，注重从作家的内心世界去体察，强调踏实的实证调研。他的《陆游选集》是上海古籍出版社的"品牌产品"即所谓"中级选本"的第一部，具有发凡起例、昭示来者之功，而《梅尧臣集编年校注》对两种《宛陵集》明刻本中存在的有规律性的编年讹误的发现，更是一大创获，使该书成为迄今为止最佳的梅集定本。

（原载《文汇报》2007 年 1 月 4 日）

我向唐圭璋先生通信
问学的一段经历

　　唐圭璋先生在他的《太常引》词中写道:"孤檠夜永,苦心寻绎,蕴义更宣扬。学海纵茫茫。仗一筏、中流可航。"这是他题咏蔡嵩云先生的《乐府指迷笺释》一书的。我想借以形容 20 世纪 80 年代初我向他老人家通信问学的情景,也颇现成贴切。只是他当时已是"一夏卧病"、"伏枕而书",比之"孤檠夜永",更为盛情感人;而他惠我航筏,指渡迷津,这十多通论学书信,更使我一生受用不尽。

　　事情的起因有些偶然。1983 年词学界正在争论"豪放、婉约"问题,各种意见歧出纷纭,一时难以论定。我打算从历史探源的角度,比较详细地追绎这一对范畴、术语从最早提出到发展、变化的全过程,以求得其最初涵义及其后来的重大演变,试图为解决这一长期纷争问题,提供另一思路。不少词话提到,最早以"豪放、婉约"对举论词的是明人张綖,但具体见于张氏何书却无人能确切指明。唐老论著中,如《宋词三百首笺注》、《词苑丛谈》校注本等也有所涉及,因冒昧致函求教。很快得到先生的赐复。我在信中说:"素昧平生,谨以疑事二则望先生便中有以教我",并对"琐事奉渎清神"表示歉疚。唐老复函开端便说:我们在 1961 年见过一面,不能说是"素昧平生"了。我自然没有忘记那次初见先生的事情。原来当年我还在中国社会科学院文学研究所工作,正在编写《中国文学史》,印出初稿本后,由余冠英先生率领邓绍基兄和我,南下宁、沪两地征求意见,得以与唐老有一面之雅。我这次写信时,原拟提及此事,但一怕先生年事已高,或已忘却(我仅是余先生的陪同人员);二则平日不知修书问候,有事打扰才重提此事,不就应了所谓"无事无人,有事才有人"的俗语吗? 但唐老直率地加以点明,真使我惊异于他记忆的清晰,并一下子缩短了感情距离。然后他指示我应从张綖《诗馀图谱》的善本中去找寻"豪放、婉约"的出处。在此以前,我已在上海图书馆和复旦图书馆查过《诗馀图谱》的多种版本(最通行者为明汲古阁《词苑英华》本),均无线索。得到唐老指示后,再往上图反复寻觅,结果在明人游元泾校刊的《增正诗馀图谱》(万历二十九年刊)中,见其书端有"凡例"数条,在"凡例"后竟发现有一按语:"按词体大略有二:一体婉约,一体豪放。婉约者欲其辞情蕴藉,豪放者欲其气象恢弘……"共 127 字的重要文字,不禁大喜过望。即把这一发现报告唐老,并提到一个疑点:这段按语究竟是《诗馀图谱》原文,还是游元泾的"增正"之语? 唐老建议我再找北京图书馆藏另一明刊《诗馀图谱》善本核对。后经查核,北图本果然保留《凡例》和按语,且一字不爽,确为张綖原文无疑。这个词学界陈陈相因、不求原初的疑案,总算完全弄清楚了。

嗣后鸿雁来往,连续不绝。唐老的赐函,篇幅越来越长,讨论的词学问题越来越多(有不少还添注在信封的背面),如李清照改嫁问题,文天祥与邓光荐关系,岳飞《满江红》(遥望中原)一词之真伪,柳永《望海潮》非为孙何而作,苏词《念奴娇》"正雄姿英发"之"正"字异文,陈允平为"海上盗魁"之说,等等,启人心智,耐人思索。但他谦虚地说:"我去年从剑阁路移居此间(北东瓜市),屋小不畅,有心无力,所疑甚多,每无法解决,本必须查书,但我就不能出门查书,至感困顿。得暇烦垂教,至所愿望。"我为他孜孜矻矻的求真求实的风范和以学术为生命的崇高精神所深深感动,也诚恳地回信说:"晚学词甚浅,时有问题,甚盼先生在工作和健康状况允许的情况下,时赐教诲。"我无缘拜列唐门,但意识到这是"函授教学"的绝好机会,自不会轻忽与错过。唐老的"所疑甚多",表现出他治学的严谨精细,善于从日常阅读中发现疑点。发现问题正是解决问题的前提，也是学术研究的内在动力。对我而言，他提出的种种富有启发性的"疑点"，不啻是命题要我作答，而我也当做一个"老"门生的"作业"认真地予以完成。记得关于邓光荐问题、岳飞"遥望中原"词的真伪问题，我曾几次去上海图书馆查书，但他对我的解说坦率而委婉地表示不能完全认同，更激发了我的研究兴趣。

唐老的书信，朴实无华，字字句句均为叙明所需探讨的问题。但透过文字的表面，我强烈地感受到一位前辈学者锲而不舍、坚韧不拔的学术追求精神。他信中告诉我："最近写了一则《张弘范无次子》笔记，发现万斯同（《宋季忠义录》）、厉鹗（《宋诗纪事》）、郭老（见《光明日报》）、谭正璧（《中国文学家大辞典》）一直错下来。这并非特殊难考问题，只要一查虞集《道园学古集》就可解决。由于过信前人，不查原书，遂致一误、再误、三误、四误。由此想到，今天不看书就是不行；可是我和夏老（指夏承焘先生）一样无力看书了。"说得多么简要又多么深刻，实乃揭出了治学的要领与关键。几次来信中说得最多的是"查书"两字。"词学问题很多，我知的很少。以前还能上南图查八千卷楼书，现在就不能了，一切总还要向你们学习了。匆复，并望经常惠示，共同研讨。"我们知道，唐老对"八千卷楼"有很深的感情。他曾回忆在 30 年代时，"每日在教课之馀，往往从早到晚到龙蟠里图书馆看丁丙'八千卷楼'的善本词书。那时，只要付二角钱就可以在馆里吃顿午饭。我吃过午饭又工作到傍晚"（《梦桐词》附录：《自传及著作简述》）。早年的孤贫苦学倒成了晚年的温馨怀想以及无法重温的遗憾，真是书生本色；而他对后辈学人的殷切期望，又是一份薪火相传的学术嘱托。

唐老儒雅温和、平易近人的长者风度是有口皆碑、世人共仰的。我告诉他将于 1984 年秋去日本东京大学任教，问他有否需办之事？他来信说，南京师范大学图书馆需购两套台湾版大书《续修四库全书提要》(13 册)和《六十年来之国学》(5 册),问我能否代购,以后"用人民币折还"。当时我们出国教书所得工资,绝大部分须用外汇上缴公家。我正在考虑如何用适当方法办妥唐老所托此事,他却来信说:"其实那时我无知,想得太简单了。"取消此议,免我为难。唐老为学校事而自责,如此言重,我也于心不安,但适足表现他宅心仁厚、处处体谅他人的品格。

然而,唐老也偶有激烈动情的时候——那只是为了坚持自己的学术见解。宋人胡寅《题酒边词》,极赞苏轼"一洗绮罗香泽之态,摆脱绸缪宛转之度,使人登高望远,举首高歌,而逸怀浩气,超然乎尘垢之外"。唐老认为胡寅的评价并不错。可是有人"认为'胡寅一派胡言'、'胡寅根本不懂词',我以为这是荒唐透顶"。他又说:"(此人又认为)柳永先谓'暮雨潇潇'后又谓'斜阳当楼'不应有,这也是奇谈怪论,'雨后复斜阳',这不是正常现象吗?"唐老此处纯系论学,理、据皆足,就我所知,与那位学者绝无个人恩怨在内。我以为,唐老学术个性中的这一方面同样是值得我们学习的。

南京师范大学曾于 1985 年 11 月为先生举行 85 华诞庆祝大会,我本以为可以躬逢其盛,再睹先生风采。不意在日本任教临时延期,未能践偿此愿,深以为憾。而这段与唐老的鸿雁因缘就格外地值得珍重,先生清癯萧散、脱落俗谛的身影则永留心底。

(原载《书与人》,江苏省出版总社 1999 年 5 月)

"福寿绵长"

——记吴小如先生

小如师生于 1922 年 9 月，按我国旧俗，今年是九十大寿了，或称之为九十初度。最近我听一位百岁老人说：中国的虚岁不"虚"，十月怀胎，生命已经开始，虚岁就是实岁，细思也有道理。

我认识吴先生还在半个世纪以前。1955 年夏，我考取北京大学中文系，负笈北上，来到这块梦寐以求的学术圣殿，满怀理想与憧憬。似乎在迎新联欢会上，听到吴先生的京剧清唱。他中等身材，当年还颇清癯，潇洒飘逸之中又有一股刚毅之气。最突出的印象有两点：双目炯炯有神，嗓音雄厚有力，几可震瓦。这两点也是当教师的好条件。我后来听过他一学年的授课，课堂秩序奇好，他目光扫处，学生们自然与之对接、交流，话音高亢，吐属清晰，要想偶尔走一下神，也不可能。

1955、1956 两年是我们难得的苦读岁月，回忆起来，也是个人学术道路的真正起点。大环境是中央召开知识分子问题会议，宣布大多数知识分子"已经是工人阶级的一部分"，陆定一又做了"双百"方针的报告，让许多知识分子心潮澎湃、豪情万丈；小环境是我们北大中文系"五五级"近百人的优秀群体，形成了刻苦攻读的风气。在所有课程中，最重要的是"中国文学史"，每周四学时，要学习四年半（我们是第一届从四年制改为五年制的）。第一段先秦两汉文学，由游国恩先生主讲。游先生所讲的一般文学现象、作家作品分析，可能受制于当时学习苏联规范化乃至程式化的影响，大都在一般书籍中都能读到,连他擅长的《楚辞》研究也不多讲个人见解,至今对授课内容已印象不深了。然而,随堂随发的辅助教材,即后来成书的《先秦文学史参考资料》却给我打开了学术的天地,一生难忘。这部书虽用了"中国文学史教研室选注"的名义,实际上是由游先生选目、吴小如先生注释定稿的。吴先生的注释与流行注本不同,凡注必引原始出处,有歧说必出两造原文,再适当断以己意,引证博而简要,繁而不芜,指示出无数进一步深读的门径。比如《诗经》部分,我在高中语文课本中只读过《硕鼠》、《伐檀》两篇,这部教材中选入七十二篇,不仅数量扩大了,而且从简单的文本训读与赏析,进入到学术之门,从对《诗经》的单篇阅读,进入到对"诗经学"的了解,如《诗经附录》所辑关于"采诗"、"删诗"、"诗入乐"诸专题的原始文献资料,涉及赋比兴、诗言志以及"乐而不淫、哀而不伤"的中和诗美等问题,都已属"诗经学"的范围。我还按此书引书所提供的线索,到图书馆借阅姚际恒《诗经通论》、方玉润《诗经原始》、马瑞辰《毛诗传笺通释》等一批"诗经学"原著,我阅读学术型线装书就是从此开始的。余冠英先生的《诗经选》原以为是普及读物,却多为此书所引证,引起我的注意,就专从北大岛亭书店觅购余先生此书,才知道著作形式不能决定学术水平,普及读物中也蕴藏有精辟见解,更要依靠发现者的眼力。

这部教材是我学术道路上遇到的第一本契合自己的书。我小心装订成册(由北大印刷厂单页印发),至今虽纸质脆黄,仍什袭珍藏,视作自己学术启蒙的证物。虽然比起前辈学者来,这个启蒙有些寒碜。

那时我还未上过吴先生的课,偶尔在文史楼走廊相遇,我会不由自主地侧身驻足,让他先行,他自然还不认识我。

1957年后运动不断,"反右"、"双反"、"批判资产阶级学术思想"等等,时不时会出现有关他的大字报,也无非是个人主义、狂狷一类知识分子的"通病"。我总纳闷,这位饱学的老讲师招谁惹谁了?

　　与吴先生发生"零距离"个人接触要到 1959 年,则另有一番机缘。1959 年 9 月,我们"五五级"同学集体编写的《中国文学史》出版,成为当时全国文教战线"拔白旗、树红旗"的标志性成果,一时声名大噪;但到次年 6 月,风向转变,决定把两卷本的"红皮"文学史,改写为四卷本的"黄皮"文学史,我们的老师也从被批判对象,转而成为了编写的指导者。我当时是宋元文学段的负责人,被"结合"的老师就是吴小如先生,由此奔走于中关园吴门不辍。使我最难忘的是他的直言不讳,倾心指导。其时,校内的师生关系并不正常。记得有次全年级大会,一位语言学老教授发言说:同学们的批判精神和冲天干劲教育了我,以后要在同学们的帮助和"领导"下,努力工作。话说到这个份上,已经透露出师道尊严已被颠覆,老师们在挨批之后,犹有馀悸。但有的同学还在私下议论说:这位老先生说得不对,是党的领导而不是年轻学生"领导"。正像另一位老师所说:现在教书,好比陈宝琛太傅教宣统皇帝,真难伺候。于是,老师们大都谨言慎行,唯独吴小如先生仍然保持他不吐不快的刚直性格。

　　本来,在编写这两部文学史时,我们在课堂上刚刚学到唐代,宋元还未开始;一穷二白就动手编写,错误之多,自属当然。吴先生对我们的原稿做了细致的批改,而且及时地把修改件骑自行车送到我们学生宿舍,流水作业,效率很高。可惜这些稿件现已荡然无存。但在我自己保存的两部文学史上,还记有吴先生的一些意见,对当年吴先生的倾心指教、师生间无拘无束的自由交谈,犹能仿佛一二。吴先生在 2001 年的一篇文章中写道:"水照于 1960 年毕业于北大中文系,是当时知名度颇高的'五五级'的高才生。在校时,因我们共同语言很多,他经常来寒斋闲话,彼此感情十分融洽。"指的就是这段时期。"闲话"不"闲",我们没有什么小道消息,闲言碎语,所谈不越出治学一步,于我一生影响很深。我也刚刚被批判过"白专道路",并非"左家庄"人物,因而"共同语言很多",感情自然是"融洽"的。

　　北大毕业离校后,我到中国社会科学院文学研究所工作,虽同在京华,却疏于问候。有次因阅读浦江清、吴天五先生注释,冯至先生编选的《杜甫诗选》,产生一些疑问,就写信给他(我当时误以为吴天五是他的笔名之一),他立即复信我,详示天五先生的工作地址,并且说他一直关注我离校后的情况,凡报刊上有我的文章,必找来阅读,为我取得的成绩而高兴。我收读后,备感温馨,觉得与母校的精神联系未断。及至"文革",北大腥风血雨,我也一直惦念他的安危。一次读到他手书的一幅《枯树赋》原件,端正楷书,一股儒雅清新之风扑面而来,无一字错舛,无一笔松懈,不禁为之神旺。书法如其人,能写出这样的作品,必定心态淡定,气度高昂,私心不免窃喜,并祝愿先生一切顺遂。

　　噩梦终于过去,历史翻开新的一页。我和吴先生才又有了一些往来。主要是我求助于他,而他总是有求必应。我们宋代文学学会每两年举行一次年会,会后例出论文集,论文集的题签就是他的墨宝。十年来已出六集,统一用他的题签以显示这套书的连续性。记得第一集出版印刷时,不慎把他的私章侧倒印了,实感惶悚,白头门生做错了"作业",写信致歉。他回信说:此事前人常见,谓之"卧印",不必介怀。我编的《历代文话》出版时,又去打扰他,因在自己的师友中,很难找出比他更合适的书家。他照例愉快地题写寄我,还写了一篇推介《历代文话》的文章,先生已是高年,真是难为他了。

　　说"难为他",一点也不夸张。师母长期患帕金森综合征,他自己也脑供血不足,几个子女多在外地,不能侍奉。他以老病之身亲自照顾师母,其苦非外人所能尽知。2002年,他决定来沪住儿子家,可得晚辈照料,略纾困境。我获讯后十分高兴,翘首以盼,还计划请他来复旦大学为研究生们作系列讲座,在我校住上一个时期,他也愉快地俯允了。不料其时冒出一个"非典",此事终成泡影。在此以前,他应约要去南京东南大学讲演,为安全计,我请门人王祥君作陪"保驾",

先在吴先生老友、《文汇报》资深记者谢蔚明先生寓所一起会面，这也是他在上海期间与我唯一的一次面叙。王祥君办事审慎，从南京回来后，带给我吴先生手书《再赠水照》一绝：

> 人如秋水涵空照，学拟春风育晚花。
> 头白重逢真一快，知音原不在天涯。

"秋水涵空照"原是俞平伯先生诗句，恰好镶入贱名，吴先生信手拈来，足见对平老诗作的熟稔；"春风育晚花"是喻指王祥君从学勤奋，堪为作育之英才。"重逢一快"也是我想说的话，但以"知音"相许，我又哪里担当得起呢？

吴先生晚年文章，其中一个主题是对目前文史素质明显滑坡的担忧，对不良文风、学风的抨击，表现出一位文化守望者对我国传统文化的挚爱与关切。人们戏称他为"学术警察"，语兼褒贬，也引起不同的反响。在那次谢蔚明先生家的午宴上，他俩追忆往昔，谈兴正浓，不意话题又转到这方面来。吴先生立马收敛笑容，愤切地说：他儿子的一位好友欲得其书法作品，竟说请向您"家父"求字，那还是个有文史学养的人呢！将来怎么了得！不久，我在《文汇报》上读到一首吴先生的讽刺诗：

丙戌上元戏成五律一首

> 世事日跷蹊，太牢狉犴栖。
> 舟沉遭破斧，鹤立愧群鸡。
> 人我同家父，存亡共品题。
> 洛滨思白傅，芳草正凄凄。

诗中各句"今典"均是历历可记之事实：一位堂堂教授解释"享

以太牢",说成坐牢是一种享受;另一个大学中文系老师以"破斧凿舟使之沉没"来训释"破釜沉舟"成语;一位干部训话,自谦云:"本人鹤立鸡群,深感惭愧";某作家健在,誉之者谓其身后留有作品若干,又云近日将有新作问世;洛阳白居易墓园有题字云"芳草凄凄",把"萋萋"错成"凄凄",居然宣示于大庭广众之中。至于第五句的"人我同家父",他在注解中特意说明:以"他人之父"称为"家父",是近十多年来的相当普遍的现象了。透过"戏"笑表面,不难感受到一种忧世愤世的激切情怀,例举病句随笔而出,不假搜索,不是表现出时刻关怀现状的切肤之痛吗?

我在 2001 年《文汇读书周报》上发表《宋代文学研究的思考》一文,过了几天,同刊发表吴小如先生《读王水照兄近作有感》。我一看标题,以为又对拙文有所商榷。因为不久前的一篇文章中,他提醒进行学术研究必须注意已有的学术成果,举的例子是我写的《论陈寅恪先生的宋代观》没有充分吸取王永兴先生的《陈寅恪先生史学述略稿》一书的见解。这就是我们的吴老师了:批评学生不护短,也更使我敬佩。但他这篇《近作有感》确实另有所指。开头两大段追忆我们师生俩的交往与情谊,对我奖饰有加,然后笔锋一转,讲到北大早年的宋元明清文学史教学小组,当时浦江清先生早已过世,吴组缃先生年事已高,他从发展学科的角度出发,提出"必须加紧培养接班的梯队",并物色了具体人选赵齐平先生,主张积极上马《宋元文学史参考资料》的编注工作,以与已出版的《先秦文学史参考资料》配套,并在工作中培养、锻炼年轻教师。据闻,浦先生辞世后,北大党委书记江隆基曾对吴先生说过:浦先生的课今后就偏劳你了。吴先生对发展学科是有使命感的,但他的这套想法与措施未能实现,"像我这样垂死的老人,也只能以说不尽的感慨与无可奈何的失落感,来怀念远在沪渎的王水照兄和逝世已逾八年的赵齐平兄了"。文章是在"中伏大病初愈"后奋笔写成的,读来更觉沉重。吴先生有过一段自白:"唯我平生情性褊急易怒,且每以直言嫉恶贾祸,不能认真做到动心忍性、以仁厚之心对待横逆之来侵。"在他这一面已说得够通达清明了。

我和先生渭北江东,关山阻隔,好在上海电视台有个"绝版赏析"栏目,时时得见他评赏京剧名家名段时的风采。记得在该栏目周年庆京剧演唱会上,还听到先生引吭高歌的《蟠桃会》唱段,最后以"福寿绵长"四字作结,今断章取义,谨以为祷。

(原载《悦读 MOOK》第 25 卷,二十一
世纪出版社,2012 年 1 月)

一切依靠材料说话

——王运熙先生印象

去年年底出版的《王运熙文集》五大卷,清晰地反映出王运熙先生勤奋前行的治学历程,展示出厚重的学术内涵和鲜明的治学特色。早年的《六朝乐府与民歌》、《乐府诗论丛》是他的成名作,时年仅二十多岁,以其精细的观察力和一丝不苟的考辨力成为该领域的学术名著,引起国内外学界的瞩目,受到另一位乐府研究大家余冠英先生的赏识,积极为之推荐出版。中期转向唐代文学的研究与教学,尤在李白研究领域中用力甚劬,且能教学相长,有《李白研究》、《李白诗选》等论著问世。后期又把重心投入中国古代文学批评史,撰写大量学术论文,出版《文心雕龙探索》、《中国古代文论管窥》等专著,最后共同主编七卷本《中国文学批评通史》,成为目前这一学科的集大成之作,也奠定了他在批评史研究中的大家地位。

从王先生治学历程中,可以看出,他研治的历史时段主要集中在魏晋南北朝至隋唐五代,在七卷本批评史中,他除了统领全局以外,亲自担任写作的也是魏晋南北朝和隋唐五代这两册。他固然博览群籍,广泛涉猎,但能抓住主攻方向,集中精力加以突破,治学的聚焦点十分明确,保证了学术成果的精深和厚实。这对于有些四面出击、浅尝辄止的学人是一个很好的提醒。其次,他是从文学史走向批评史研究的,这就很自然地形成了把文学批评、文学理论和文学创作紧密结合的治学特点。以往治中国文学批评史的学者,习惯从古代作家们明显的论诗论文的主张中取材,向历代诗话、词话、文话或题跋、书简、杂录等典籍中搜讨资料,王先生却注意与作家们的创作实绩相融汇、相比勘,这在方法论上是有开创性的。新近获得"思勉原创奖"的罗宗强《隋唐五代文学思想史》,就与成功运用这一方法密切相关。第三,他的著作大多以单篇论文为基础,不仅论集是如此,他编著的批评史著作也是如此。他一直强调单篇论文的写作,以突出问题意识,又能避免一些人云亦云的概论性介绍,便于表达作者经过独立研究后获得的新观点、新思路。这也给我们以很多的启迪。

王先生的治学特色也很鲜明。我体会较深的是:以求实而求真。要追求真学问,必须建立在实证基础上,一切依靠材料说话,有几份材料说几分话。要真正做到这一条是很不容易的。第一要挑战权威。陈寅恪先生是王先生和我们大家都很尊敬的前辈学者,他曾说,唐代古文运动的发达促进了唐传奇的繁荣,这一见解影响广泛。但王先生从唐代古文和传奇的具体语言风貌分析入手,认为唐传奇主要沿承六朝志怪小说一脉,而与唐古文实异其趣,它的繁荣与之无关。第二要敢于与学界的所谓"共识"商榷。《文心雕龙》研究曾是学界的一大热潮,已有"龙学"之誉,对其理论体系性的评价越来越高。但王先生却根据大量论据,把它定位为指导写作之书,这并不会贬低它的理论价值和美学价值,而是为了还原历史真貌。此观点现已为不少同行所认可,而王先生在当年提出是需要一定学术勇气的。

中国文学批评史作为现代学科的建立,最初主要是郭绍虞、朱东润、罗根泽等先生之功。郭、朱二老是复旦这一学术重镇的奠基者,王先生就是第二代的领军人物,他出色地承担着承前启后的学术史重任,复旦人对他充满了敬意。

(原载《社会科学报》2013 年 9 月 26 日)

培恒先生二三事

章先生离开我们已经十年了,但他的音容笑貌仍时时显现眼前,他的学术精神、人格魅力仍发生着持久的影响力。

我对章先生是先读其文而后识其人的。上世纪 60 年代,在全国不少大报刊杂志上,纷纷转载他论晚清谴责小说的论文,对当时流行的评价观点提出尖锐的批评。我读后颇受震惊,认识到这是一位文章高手,后来知道这事起因于有"最高指示"。

自此以后,我对他的文章十分关注,凡能目见的,都找来阅读。既为他目光犀利、洞见幽微的识见所折服,又为他冲决藩篱、一往无前的胆气所惊叹,文章中还有几分青年人的"霸气"。这是我对他的"第一印象"。

朱东润先生的《自传》中,也记录他对章先生的"第一印象"。在他讲授《诗经•采薇》一诗时,章先生站起来发问:"诗中讲到'一月三捷',是打了三次胜仗,但上下文一点胜利的气氛也没有,如何理解?"朱先生极为欣赏,认为问题"击中要害",能坚持"追求真相"。这促使朱先生别求胜解,他认为这是"寁"的假借字,一个月转移了三处据点。朱先生对章先生的这个"第一印象",实际上标志着章先生今后一生学术追求的主要精神:凡事必须勤于思考,绝不人云亦云,敢于提出经过认真研究的独立见解。他的第一部著作《洪昇年谱》虽是谱学之作,但其中重点是解决洪昇所谓"抗清复明"的思想争论问题,是一部充满理论色彩的年谱,在年谱中别具特色。他的第一部学术论集干脆命名为《献疑集》,其中收录诸多质疑商榷之名作,如《西游记》非吴承恩所作,施耐庵与《水浒传》,《辨奸论》乃苏洵真作等等,均是数万字鸿篇巨制，连主张《辨奸论》为伪作的权威史家也赞为论证严整、无懈可击。章先生学术求真求实之志，一生未尝懈怠。

章先生是我辈中一位杰出的文章高手，也是一位文思敏捷的文章快手。有一次，我和他去苏州参加江苏古籍出版社（今凤凰出版社）召开的《中华大典·文学典》启动讨论会。这是《中华大典·文学典》第一次会议，"隋唐五代卷"作为试点先行起步。会议结束时，才知道要起草一份向上级提交的报告，阐述《中华大典·文学典》的性质、意义、要点及工作规则等问题，还要代表们审读、签字。会议第二天一早就散会，留下当晚一两个小时，时间紧迫。会上又临时决定推我起草，我正为难，不免露出苦状。章先生与我同住一室，问我何故，我说："老章，我已多年养成晚上不动笔的习惯，否则一定失眠到天亮。"向他求援。他欣然答应。晚饭后开笔，文不加点，一气呵成，其间他写完若干页，我即找各房间代表审阅，流水作业，最后签字完稿。文章共计五六千字，对《中华大典·文学典》丛书编纂的目的、意义、定位、性质，"应有尽有，应无尽无"的编选原则，编制详细写作细则，样稿试点和全面铺开等，都叙述论证得一清二楚。我才感到什么叫文思泉涌、才华横溢！章先生的这份手稿，凤凰出版社作为珍贵档案保存，我后来去开会时还向我展示过。

特别应提到章先生晚年病中艰苦编著《中国文学史》的情形，像《中国文学史新著》增订本导论之类的文字，洋洋洒洒，一字不苟，生命之火已经快萎，而学术生命力仍旺盛不减。"通古今之变，成一家之言"，可以移评章先生著史的成果。就我个人而言，章先生是给过我许多不为人知、甚至不为我知的帮助的人，我很感念他。值此十周年祭之际，聊记数则往事以为深切悼念。

（本文系在复旦大学古籍整理研究所召开的"章培恒先生逝世十周年纪念座谈会"上的发言稿，原载"澎湃新闻"2021年6月14日。）

缅怀吴熊和先生

我和熊和先生相识、相交已逾三十春秋,对他的辞世远行,心情十分沉重。原拟参加追思会,临行突患重感冒,不克与会,未能一抒积愫。今夏江南持续高温,镇日情思昏昏,文笔闷滞,略书日常交往数事,权作一瓣心香。

我在20世纪七八十年代调来复旦大学任教后,就发觉本校没有一位专事研治词学的教师,于是设想延请外校词学专家来校"传道",以作词学"启蒙"。第一个想到的就是吴先生。那时系里经费拮据,招待疏略,吴先生讲完课后,只有我陪他在教工食堂便餐,也点不出什么高档菜,真可谓胡乱应付,我内疚极了。但吴先生毫不在意,仍与我讨论他讲课时的一些问题。我想,若盛情款待,他反而会不受用的。他那次讲词学研究的现状与展望,观点清晰,逻辑严密,我发现与他已发表的论著有相同也有不全相同之处,其不全相同处更能启迪心智。他讲的题目比较宏观,很适合成为"词学启蒙"的开题报告。我以后还继续请了叶嘉莹先生、万云骏先生来复旦讲课。叶先生讲词的女性书写与"兴发感动"的词性特质,万先生则对王国维《人间词话》提出全面质疑,都得到听讲者的热烈反映,我自己也深受教益,正是受到万先生讲课的启发,我写过论王国维、况周颐比较的文章。这个"启蒙"讲座,我原打算继续搞下去,但后来感到承受了太多的友情支援,几近于义务讲授,便不再坚持。但我记住了吴先生的这次无私帮助。

吴先生专攻词学,自成体系,海内名家。但他研治词学,绝不以词学自限，而是博览群书，出入文史，尤其精熟于哲学、史学，具有强烈的理论兴趣。我听他的学生说过，吴先生读书之博且专，令人惊诧，许多学人不大感兴趣的书籍，他都读得兴趣盎然。他读书有个习惯：一卷在手，必然从头至尾读完，方才放手。直到生命的终点，他还在医院病榻上读完汤因比的《历史研究》三大册，这不是普通人所能做到的。我也亲历一事，至今历历在目。

1986 年 12 月，华东师范大学举办全国词学讨论会，期间组织与会代表参观淀山湖大观园，我与吴先生、严迪昌先生都因多次去过而未参加游览，三人就在吴先生的房间里作了半天神聊。我一进门，吴先生放下正在阅读的一本书，连声说："写得真好，真好！"我一看，是《马一浮集》。我自己外出带书，一般部头要小，可减轻行装负担；内容要轻松，适合浅阅读，可随便翻阅，决不会带《马一浮集》这样的重思辨、重论证的玄览之书。马先生的书我也读过，因为我认识的两位学者对马氏有截然相反的评价，引起我的兴趣。但我读时正襟危坐，专心致志，且动手钩折，否则思想不能集中。说实在话，我对马氏"六艺该摄一切学术"，"国学"就是六艺之学，追索"穷理、尽性，以至于命"，讲求"复其本然之善，全其性德之真"等等，仍然体会不深。那天吴先生的具体谈话，言语不多，但能感到他对湛翁有种智慧感应、生命相通的相知之乐，使我领略到他所自咏的"每温书味思茶酽"的读书境界，沉浸玩味，而不浅尝辄止。

深厚的哲学、史学修养使他的词学研究自具气象，不同凡响。他的会议发言或日常谈话，至今让我印象深刻的甚多，稍举数端：他强调文学研究应有大文化背景的观照，即应须遵循从文学到文化，再回归文学本位的路径，须警惕只从文学到文学的单一之途。他开辟了明清词派研究的新课题，强调应从地域研究和家族研究的视角来提升研究水平。他对"柳洲词派"、"西陵词派"、"梅里词辑"的多篇论文就是范例。并进一步指出："这些词派在地域上有共同性，主要出于环太湖地区与江南运河两岸的一些相邻州县。"这是一个敏锐而准确的概括,对明清词学的研究具有持续的指引作用。他提出金源词学与南宋词学在时间上同一而在空间上区隔,但在内容上却推毂互动,不宜截然分为两途,这对金代文学研究而言,至关重要。吴先生的谈话风格是要言不烦,点到为止,有时还觉得谨言慎语,意犹未尽,但细细品味,就会觉得咳唾珠玉,弥足珍贵。

吴先生兼擅宏观概括、理论阐释与专题剖析、以小见大的两种研究能力,他的《唐宋词通论》和《吴熊和词学论集》就是最好的代表作。学习他如何驾驭词学全局,在实证基础上作出大判断、大概括,也要学习他抓住有意义的词学专题,穷尽相关文献资料,进行科学整理、鉴别,然后引出坚确不移的新见解乃至重要的文学规律。在研究的踏实、精细上尤给我们以示范。比如李清照晚年流寓两浙问题,我曾在《福建通志》中发现赵存诚、赵思诚及赵明诚之子在建炎、绍兴之际从山东高密移居闽地泉州的记载,推测此地可能是赵氏家族南渡后聚居之处,而李清照却不去投靠同族而居,其中原因,颇可玩索,但仅止一念而已,不再深究。而吴先生有次闲谈时告诉我,李清照南来行止与播迁路线,实乃有各地亲戚女眷为之接应,并非随意之举,在明州有史氏(明诚姊嫁史氏),会稽有其弟李迒,金华有李氏(明诚妹婿,金华守),临川有王氏(于清照有中表之亲),来龙去脉,昭然若揭。而她不依族聚居于泉州,则应别有隐情。这种读书得间,便能将散见零星材料进行贯通思考的功力,令人佩服。他后来在赠友的一首七律中,有"拈出隐情无奈事,其间屑末费沉吟"句,把上述看法作为自注写出。我觉得,其事虽近"屑末",但于李清照平生行迹却非细故,尤其是对材料的处理,不应拘局于单个事实,死于句下,而需广泛联系沟通,综合观察,这都是研究方法中的一件大事,也是一项大本领。陶然先生似有专文论述此事,我尚未拜读。

吴先生是我国现代词学学科奠基人之一,夏承焘先生的第一传人,负有承前启后的学术史重任。吴先生对此是有充分自觉的。就在那次与我、严先生三人闲聊时,他颇为严肃地问我们二人:"你俩历年所指导的研究生中,有几位是得意的?"这正从侧面反映出他自己对门人成才的关切。我们一起谈到了选才之机遇罕逢、育才之难题多多,都觉得要培养出理想人才真是任重道远。去年是我国词坛的凶年,南京、南昌,折了两员中年学者,杭州又陨落了词学巨星,令人唏嘘。但夏、吴一脉后继有人,不断有新成果问世,新人辈出,薪火不绝,词学重镇的地位屹立不动,我想这是能够告慰吴先生的最好方式了。

2013 年 8 月

(原载《吴熊和教授纪念集》,浙江大学出版社 2014 年版)

"书生报国成何计,难忘诗骚李杜魂"

——叶嘉莹先生八十华诞志贺

　　叶嘉莹先生是我们大家共同尊敬的学术前辈,伴随她一生八十年的风风雨雨、坎坎坷坷的生活道路,同时也是一条为国家、为民族、为中华传统文化不断地贡献自己卓越成果的学术道路。1997年河北教育出版社出版的《迦陵文集》十卷本,2000年台湾桂冠股份有限公司出版的《叶嘉莹作品集》二十四册,就是她长期学术耕耘的总结性的成果。而对于我们内地的学者和学子们来说,尤其不会忘记,从1980年上海古籍出版社出版《迦陵论词丛稿》以来,她给我们词学研究界带来了新的学术理念、新的研究方法以及独树一帜的表达方式。我们也不会忘记,她从1979年以来在内地诸多名校巡回式的词学讲演,特别是对南开大学作出了种种贡献。她的教学活动反响之热烈、影响之深巨,是十分罕见的。今天当我们欢聚一堂庆祝叶先生八十大寿之际,我们自然会对她一生建树的业绩,表示由衷的敬意和谢意,我也想在这里稍稍地表达一下我个人对她的为人和为学之道的一些心得体会。

　　叶先生论词评诗有一个基本的乃至于核心的观念,就是"诗歌中的兴发感动之作用"。这是对诗歌本质特征的一种深刻把握。她把诗词作品看做有生命的艺术整体,她指出,学术研究和作品评赏的目的,是"应该透过自己的感受把诗歌中的这种兴发感动的生命传达出来,使读者能得到生生不已的感动,如此才是诗歌中这种兴发感动之创作生命的真正完成"。这对于作为更典型、更纯粹的抒情诗的词来说,更是抓住了要害和实质。她的这个核心的基本观念,既体现在她早期对于词的个案分析评赏中,也体现在她中后期对词学、词派的理论性的探讨中;既体现在她的学术研究、她本人的诗词创作中,也体现在她出色的教学活动中;既体现在词学的研究中,也体现在诗歌的研究中;既体现在对唐宋诗词的研究中,也体现在对陶渊明、阮籍以及其他朝代的作家作品的研究中。"吾道一以贯之",围绕着这一基本观念构成了叶先生著作的整体性。而且,在叶先生那里,"兴发感动"既是对诗歌本质特征的一种把握,也是评价作品的基本标准。她说,"本来我对诗歌的评赏,一向就主张应该以其传达出来的感发生命之有无、多少、厚薄为衡量其高下的标准"。叶先生的这个基本观念使得她的整个词学研究达到了一个很高的境界、一个成熟的学术境界,也是她造诣精深的一个重要标志。

　　叶先生对于词学研究的现状有着自觉而清醒的认识,明确地提出我们已"面临了一个不求新不足以自存的转捩点。而这其实也可以说正是一个新生的转机。因为现在毕竟已进入到一个一切研究都需要有世界性之宏观的信息的时代,我们自然也应该把我们的古典诗歌的传统放在世界文化的大坐标中去找寻一个正确的位置"。因此,融贯中西、打通古今,是叶先生长期探索、不断开拓的一个主要研究方法。

　　中西的文化碰撞从 20 世纪初开始,已经过了既开拓新路又充满着挫折、徘徊、反复这样一个不断的历程。所谓"中学为体、西学为用",所谓"全盘西化",所谓"苏联模式",所谓"洋为中用",一直到改革开放以来的"前三论"、"后三论"等等,纷至沓来、目不暇接,至今仍然时时给我们带来困惑。叶先生为此作出了坚实而富有启发性的研究,仅从几篇主要的论文来看,就向我们展示出她艰苦的探索过程。早在 20 世纪 60 年代她写于美国、加拿大的论吴文英词的现代性、论常州词派比兴寄托说的论文,用"时空错综"和"感性修辞"来解释吴文英词的所谓晦涩和堆垛,用西方新批评中的诗歌多义理论来重新解释常州词派的词学观念,给我们以耳目一新的惊喜。1988年,她在《迦陵随笔》的基础上又写成了《对传统词学与王国维词论在西方理论之观照中的反思》,引用了西方理论中的符号学、阐释学以及接受美学等等的观点,对中国传统词学作了反思和探讨,被缪钺先生评为"继静安先生之后的又一次新的开拓"。1991年,她所写的《论词学中之困惑与花间词之女性叙写及其影响》一文,则采用西方女性主义的文学理论,来考察花间词的叙写的性别视角,也是一篇难得的杰构。这就大大拓宽了我们传统词学研究的路径,为用西方原理来讲解中国学术提供了可贵的成功经验,对于中西学术的有机融合具有示范和启示的作用。主要是有两点:第一,要把中西学术进行有机融合,必须既具有深厚的中国传统学术的功底,又能够对外国的理论有深入的了解和分析,譬如她对西方女权主义既有对其文学理论的适度采用,而又摒弃女权主义的意识形态性。第二,尤其重要的是,叶先生紧紧地抓住中西两种文化的共振点,或者叫做结合点,就是说叶先生研究中国词学,是从中国自身的真问题出发,带着强烈的问题意识,进入传统学术的第一现场,既对古人作品具有了解之同情,又对西方理论具有批判性的思考,避免由于惰性、惯性和奴性所引起的偏见、谬误和自卑,从而凸现出中国学术的主体性和我们民族文化的特殊性。这是叶先生给我们指明的中西融合之所以能够成为可能的关键之点,也是避免穿凿附会、游谈无根的重要门径。

还应该提到,在叶先生身上,学者、诗人、教师是三位一体的,但叶先生的主要社会职业毕竟是教师。我个人也忝为人师,也曾多次邀请叶先生在复旦大学作词学启蒙式的讲授,聆听她的讲演,感受良多。梁启超说过"战士死于沙场,学者死于讲坛",这话虽然说得未免过分悲壮一些,但叶先生的讲课的确是充满着一种激情。叶先生常说,她有时讲课身体并不好,但是只要一讲起来,她就会不自觉地完全投入到诗词的境界之中,这是因为"我对古典诗歌的一份真挚的感情",又因为"对古典诗歌要尽到传承之责任的使命感"。可以毫不夸大地说,叶先生为我们创立了一种融学术研究、自身的创作体验为一炉的诗歌教学模式和情理兼胜、趣味盎然的课堂风格,值得我们每一个当老师的人好好学习。

叶先生的一个词学研究的基本观念、中西融会的两结合的方法,与研究、创作互补互动的教学模式,这是我心目中的叶先生的"一、二、三",这个"一、二、三"都共同地最后指向于学术传薪与文化弘扬的自觉担当的使命感和责任感。她在诗中说"书生报国成何计,难忘诗骚李杜魂",就是以传承和光大中华文化精神为自己的职志,了解叶先生经历的人,对于这一点是不能不感动的。

最后我们敬祝叶先生健康长寿,无论是她的外在风采,还是她的内在心灵,都永葆青春,为祖国文化事业再创辉煌!

（原载《叶嘉莹教授八十华诞暨国际词学研讨会纪念文集》,南开大学出版社 2005 年版）

红氍毹上的加藤君

　　申城深秋的夜晚，凉意中颇蕴温馨。走出兰心大戏院的大门，熙熙攘攘的观众仍在议论刚才日本京剧爱好者访华团的演出。这台折子戏别开生面，日本票友们用汉语、日语或日汉语上演了《盗仙草》、《拾玉镯》、《秋江》和《霸王别姬》。他们认真而略显稚拙的模仿，显示出对我国传统文化的挚爱和倾倒，使中国观众倍感亲切而又谐趣横生。而萦回我脑际久久不已的，却是扮演项羽的东京大学文学部博士生加藤彻君在谢幕时用上海话说的一句话："上海朋友，谢谢侬!"浓墨重彩的脸谱，掩盖不住他真诚的眼光。六年前(1986)，我从东大完成教学任务返国，他恰有事不能随车相送；直到我临上飞机，他才从100公里以外的市中心匆匆赶到成田机场，握手告别时，我看到的也是同样的眼光。

　　说实在的，作为老师，我为他今夜的粉墨登场捏了一把汗。《霸王别姬》是梅兰芳的经典性名剧，千锤百炼，享誉宇内。跟梅配演项羽一角的，从早年的武生杨小楼到后期的名净袁世海，均为菊坛名宿。大师在前，学步为难，更何况今天饰演虞姬的波多野真矢小姐，乃日本著名中国戏曲研究家波多野乾一的裔孙，现正留学于中央戏剧学院，专攻青衣，从剧本、唱腔、身段、台步，都严守梅剧规范，训练有素，整个表演堪称圆熟。给加藤君的项羽一角自然增加了压力和难度。但见他出得台来，一张口就是高调门亮嗓子，声如裂帛，威猛有力。坐在我近座的一位著名滑稽演员脱口喊道："好! 迭只小赤佬嗓子呱呱叫!"微嫌不足的，他平日虽也动作迟缓，但在舞台上举手投足之间,似更滞拙。然而,从整体水平而言,这出压台戏还是达到了较为理想的水平。沪上有记者评论说:"较好地把握住京剧艺术的精髓。"我读了也为他们高兴。

两天后我去宾馆看望他,话题自然是这场演出。他拍拍自己脑袋说:"我的头太大了。上海京剧团只有两副霸王的头盔可借用,我都嫌小,硬是绑在头上。我生怕掉下来不敢动弹了。"我安慰他唱念不错,获得不少喝彩声。我还告诉他:我坐在第一排替他拍了几张剧照,你在台上发现么?他说:"在台上我什么都不敢看、不敢想,聚精会神……哦,这个成语还是老师在东京时教我们的。"

这又一次引起我的惊讶,毕竟六年了。东京大学大学部学制四年,一、二年级在驹场教养学部,三、四年级在本乡本部。我去东大的第二年,加藤君刚从驹场来本部,有一门汉语基础写作的课程,以帮助他们巩固和提高汉语的一般写作能力。有次我布置一个小作业:用"不厌其烦"、"聚精会神"、"栩栩如生"三个成语造句。他却交来一段"数来宝":

　　(甲)叫黄胄的拿画纸,"不厌其烦"动毛笔。
　　　　　整天蹲在黄河岸,"聚精会神"对什么看?
　　(乙)您看那老毛驴,我爱它们尾腿蹄,
　　　　　匹匹脊背驮着水,个个身段长得美。
　　(甲指乙)他人样子像粗壮,其实苦练打基础。
　　　　　这样到底得功夫,"栩栩如生"画驴图。
　　　　　我劝你们学黄胄,学习中文要奋斗。
　　(乙对甲)特别是加藤你戏迷,你得打基础别着急。

我曾经向他们介绍过一篇讲画家黄胄画驴的散文,加藤君即信手拈来,涉笔成趣,巧妙地完成了"造句"作业,也使我第一次知道他是位京剧"戏迷"。后来,在欢送北京语言学院一位汉语老师返华的晚会上,他又献上一段[西皮快三眼]:"适逢秋天气爽朗,替同学祝愿您一路平安。李老师教我们辛苦驹场,师母她两年来家务繁忙。似这样大恩义无法报偿,我拉胡琴乱拉乱唱见笑大方。"引起了全场串串笑声。

　　他是位一见面就能无所不谈的人。胖胖乎乎的脸,乍看有些木讷;一双大眼睛,却透出灵气和聪慧;而一开口,往往妙语连珠,一本正经地讲些令人发噱的笑料。一次他来我寓所访谈,那天正巧下雨。他浑身湿透,却挎着一把月琴,进门后连连道歉,口称失礼。原来是为护琴而自己被雨水浇个透。我取出自己衣服叫他换上,他也不像一般日本学生那样谦辞。他家在千叶县,离东大很远,我问何以随身携琴? 他说:"我弟弟今年考大学,要安心迎考,我整天在家拉拉唱唱,挨了母亲的数落:'你这个哥哥是怎么当的? 他名落孙山你脸上有光?'于是只好携琴到校内三四郎池畔过过戏瘾。"那年他刚刚业馀学戏,参加了华侨组织的京剧票友社。我要他唱几句,他狡黠地眨巴眼睛说:"嗨,今天嗓子不在家!"

　　遨游于菊坛之馀,他又沉醉于诗词曲赋的写作,这我也早有所闻,正如他自己所云:"加藤彻,在驹场,尽人皆知。""唱皮黄,学中文,莫把心欺。"但当他把亲手装订的《骏台杂诗》、《本乡赋》、《汉文习作抄》(包括《乙丑集稿》、《丙寅乐府稿》、《丁卯集稿》)等送我"叱正"时,又引起我对这位年方24岁的异邦学子的词章才华的惊异,也仿佛窥探到他单纯而不简单的内心世界。《骏台杂诗》是他1983年考进东大以前的诗集,首篇为《丁巳夏游升仙峡》七律,作于初中二年级,时年14岁,这首写景诗末以"若使东坡来望见,犹疑赤壁在吾州"作结。以后一发而不可收拾,逐年编集。中国古代文学的各种样式,几乎对他都具有吸引力:辞赋体、古近体诗、词、散曲、骈文、古文乃至快板、对口词等,他都要尝试一下,且都能成个气候。他说:"愿吾师笑其稚憨其拙,复启我蒙蔽。"实际上似乎无师自通,来源于刻苦勤奋和对中国传统文化的深刻认同和心灵沟通。他尊重中国文化但又有自己的追求和创新。他用"板腔体"唱词代替跋文,甚或用作书信(写给中国京剧院三团的演员),还不无幽默地自称:"日本的汉诗滥觞于大友皇子,词起源于嵯峨天皇,而'板腔体'创作则始于加藤本人。"他根据日本狂言戏《清水》,改编为京剧《泉水》,故事与《苏三起解》接轨,以崇公道戏弄调侃县官为主线。他也自豪地声称:"京剧《泉水》是京剧史上第一部外国人用汉语写的京剧剧本。"其中写到崇公道对县官说,讨好上司要讲究"因材沏茶"的献茶之道:一看其籍贯:"福建人应该泡乌龙茶,云南人给他喝普洱茶,苏州人喝碧螺春,口外人该泡砖茶,西藏人喝酥油茶……"二看其职务:"明天要是来的高官是管户口的,咱们给他喝'人口普茶(查)';如果是管法律的,给他喝'有案可茶(查)';如果此公贪图贿赂的话,给他喝'习焉不茶(察)'……"这些科诨对白,一实一虚,也反映他对中国情况的熟稔和对汉语掌握的程度。

不妨一提的是他的《本乡赋》。三十多年前,东京大学学生宅见晴海,愤其所作论文未被赏识,竟自缢于御岳山中,年仅 22。加藤君偶然发现他的遗文,"忽思尚友",作此悼念之赋。全文达 1 315 字,取径《楚辞·渔父》、苏轼《赤壁赋》,写得词情并茂,笔墨酣畅。诚如他在《后序》所说:"昔青莲居士,空寄高吟于谢尚(见李白《夜泊牛渚怀古》诗;延陵季子,怅留宝剑于徐君(季札悬剑事,见《左传》)。仆亦恨人,长怀宅见,故做一章文赋以伤寂寞卅年。"围绕着"吾惊天地之须臾,叹人文之无穷"的主旨,充满着对文士命运的困惑、迷茫和希冀。俯仰古今,纵论中外,其中说到中国"文化大革命"一段云:"君(指宅见同学)知彼文革否? 十年夫何久! 国几破,人多毙,吴晗新编清官戏,袁震死而流泪;萧珊守家先逝,巴金追思有志;荀慧生冰风弃荒地,张伟君热泪识后记;沈知白'何'字终长拽,姜椿芳序文足泣涕。如此冤枉,不可胜纪……"感慨遥深,我又惊异于他的人生思考的早熟,真有"少年哀乐过于人"之叹。我在略作修改后,情不自禁地为他写了"奇情壮采,亦文亦骚。万斛泉源,汨汨滔滔。切磋琢磨,瑜存瑕消。百尺竿头,步步争高"几个字。

我赴日之前,曾听一位旅居海外的著名词学专家讲过,她之所以近年来频频应邀到国内讲学,原因之一是给洋学生讲中国古典诗词,缺乏相互间的思想感情的交流。我带着这个担心到了东大,因为我的专业也是唐诗宋词。我要说,加藤彻给了我一个满意的否定回答。我讲柳永《雨霖铃》和苏轼《念奴娇》,介绍俞文豹记载的"关西大汉"铁板铜琶和"十七八女孩儿"执红牙拍板的比喻,他说:"要说比较柳、苏这两首词的区别,我想恐怕怎样努力到底不能超过这个比喻。我们日本盐谷温在《中国文学概论》里也有一个比喻:'简单地说来,柳词宜于四叠半式(指榻榻米,窄屋)的浅斟低唱,苏词好似在本乡座里听云右卫门的浪花节(日本传统艺能)。'如果我也来想一个比喻的话,那么,柳词只好越剧女演员演唱,苏词须京剧大花脸跟着锣鼓和胡琴演唱。"然后他从意境、音境、画境三方面谈了体会,不乏独有会心之处。如说"杨柳岸,晓风残月"和"乱石穿空,惊涛拍岸"的两个"岸",情景大不一样,前者是静态,后者是动态。"乱石穿空"和"暮霭沉沉楚天阔"的天空,也是别有境界的天空。这样的评赏意见,即便在国内的科班出身的中文系学生中,也是并不常见的。

作为日本京剧研究会副会长,他学习京剧投入了很大精力;但作为专攻中国戏曲的博士生,他并没有不务正业。这次访华演出期间,他送我一篇研究江南地方戏剧传播途径的论文。论文发表在东京大学东洋文化研究所的学术集刊上,层次颇高。论文以《白蛇传·断桥》为例,探讨昆曲如何通过徽剧拨子影响到北京京剧,再及河南、山西、陕西梆子系统,然后又由梆子系统影响到后期北京京剧。为了获得第一手资料,他曾在去年夏天冒着酷暑,专程到复旦大学研读赵景深先生的丰富典藏。读着这篇论证缜密的论文,他当时汗流浃背、行色匆匆的情景再次浮现在我的眼前。而研究和创作实践的结合并重，正是我国前辈学者的风范，却保留在这位东瀛学子身上。

加藤彻君似乎是为证明中国传统文化的生命力而生的。他涉足菊坛，游弋诗苑，徜徉学林，寝馈日深，心契神通。而反观今日中土高等学府，呼唤这种沉浸和陶醉，倒显得有些不合时宜了。然而这恰是促使我写这篇文字的动因。

1992 年 12 月

[附记]　此文在《随笔》1993 年第 4 期发表后，即以复印本寄赠东京大学平山久雄教授晒正。平山先生于 12 月 4 日赐函中指出，宅见晴海同学（比平山先生高一班）自杀的原因并不是他的论文"未被赏识"，如拙文中所述；而是"他没能写好他所理想的毕业论文，因而对自己绝望了"。平山先生还说："我们那时候有一种理想主义，宅见同学对文学研究的要求过高过纯。加藤君所撰《本乡赋》我未敢看，因为那事对我们来说，实在太悲伤了。"这不仅纠正拙文记事的失实之处，且颇具深意：死因全系自责，反映当时一代学子追求卓越的心态。——虽然自杀之法绝不足取。谨作迻录，并致谢忱。

卷二　文史断想

隋代文学是北朝文学的尾声，
还是唐代文学的先驱

汪之明同志：

《文学评论》编辑部转来了您的信，对我们编写的《中国文学史》中将隋代文学放在《北朝作家》一章来叙述，提出不同意见。我们非常欢迎这种讨论。

关于隋代究竟应该和北朝还是唐朝放在一起论述，我们在编写过程中曾经反复考虑过。这部《文学史》的初稿是把隋唐连在一起的。后来所以变动的原因是：

一、我们认为：隋代文学基本上只是南北朝的尾声，而不是唐代的先驱。隋代重要的作家都是由北周入隋。他们的作风入隋以后并无重大变化。即以杨素、薛道衡等人说，他们的成就既没有超过前代，而在作品的内容与形式方面也没有跳出南北朝文风的藩篱。若论到唐诗所继承的传统，则从《诗经》、《楚辞》一直到汉魏六朝的影响都很明显，并不曾从隋代诗人得到特别的启发。至于唐代盛行的律体，应该溯源于永明时代。过去的评论家常说谢朓已经开了唐诗的先声。继之而起的何逊、阴铿、徐陵、庾信等人的诗，也逐步显示出对仗工整和注意音律的特点。因此不能认为仅仅隋诗才是唐诗的先驱。

二、从隋代诗歌的情况来说,似乎也看不出像来信中所说的那样有着"南北文风交流"的倾向。北朝作家在诗歌方面很少特色。他们大抵模拟南朝作家。例如《颜氏家训·文章篇》记魏收、邢劭的爱慕任昉、沈约就是明证。庾信、王褒本是南朝人。他们到北方以后诗风有些改变,主要是生活经历和环境的影响,未必由于南北文风交流。至如来信中提到的杨素等人的出塞、从军诗作,事实上也没有超出庾信等人的境界。因此,以诗歌的情况而论,周隋两代合在一起论述似更合宜。

三、在散文方面说,北朝的独特传统比较显著。来信中所提到李谔《上隋高帝革文华书》,显然是代表了北朝统治阶级对文体的看法。这种看法和北周的苏绰确是一脉相承。正因为周隋两代在这方面的关系如此密切,所以放在一起论述也比分开方便。

四、如果从隋代的社会历史方面说,它确是结束了近三百年的分裂局面,而唐代的不少政治制度又都沿袭隋制。这些事实显然对后来的文学有重大影响。然而,正如上面所说,这些影响,在当时却尚未有显著的作用。我们认为文学史的分期不应该忽视文学本身的情况,而不必勉强使它与社会史、政治史一致。

五、来信中提到隋代和秦代的处理不同,这是由于秦代是我国第一个统一帝国,秦所实行"车同轨、书同文"的政策,对社会史和文化史影响很大,而秦代几乎没有什么文学创作,因此可以单从历史考虑,从秦划一段落。至于隋代,则多少有些作家和作品,还是应该根据它的特点,使它和魏、齐、周合在一起论述为妥。

六、我们所以从唐代开始划分一个段落,把唐代作为第二册的开端,确如来信所说,有着技术方面的考虑。这是因为唐代是我们文学史上一个繁荣昌盛的时代,而把隋代放在它前面,确实在叙述中会带来一些困难。这种技术上的困难,其实正是由前面所说的一些事实所决定的。

七、关于隋代文学的安排问题,近年来出版的一些文学史也不一致。有些文学史著作中不把隋代和唐代紧紧相连在一起，而把它和上一段紧密相连，可能和我们所考虑的相同。不过像"南北朝与隋代文学"的提法和把隋代另立一节，作为附论，放在南北朝的后面的作法，是否妥善还值得研究，因为隋代的文学基本上沿袭了魏齐周的馀风，而且隋代有差不多一半的时间处于南北对立的情况。所以过去的史家如唐代李延寿的《北史》，就包括隋代。后来的学者很多沿用这一方法，把隋也包括于北朝之中。我们的文学史也就根据这一传统的作法。

我们这些看法，未敢自以为是，还希望得到更多的指教。此复，并致

敬礼

（原载《文学评论》1963 年第 1 期）

附：汪之明信

编辑同志：

1962 年第 5 期贵刊发表了廖仲安等同志写的《初读〈中国文学史〉》一文，其中对《中国文学史》（中国科学院文学研究所中国文学史编写组编著）把隋代文学置于《北朝作家》一章之中的处理，表示了不同意见。他们认为："编者对隋代文学这样的处理，不仅埋没了一代文学，而且也不符合这个统一帝国的历史面貌。隋代文学不是北朝的尾声，而是唐代的先驱。"我觉得这个意见是有道理的。

首先，隋代结束了将近三百年的分裂局面，统一了全国，在政治、经济和文化思想上都为唐代打下了基础。特别是隋代实行科举取士，使庶族地主阶层的力量得以壮大。唐承隋制并得到进一步的发展，终于改变了封建贵族垄断文坛的状况，对唐代文学的繁荣和作家队伍的扩大，都有直接的作用。廖仲安等同志的文章中举出秦代作比较，也有一定说服力。秦、隋同是统一全国的王朝，为什么秦汉相

连而隋唐分离呢？这容易给人以自乱其例的印象。其次，我们知道，在南北朝诗歌的发展中，还逐渐呈现出南北文风相互交流的倾向。北朝作家往往因擅长南朝诗文而见重于时，南朝作家在脂粉富贵气的笼罩下，也学习北朝朴素刚健的诗风，写了不少以边塞为主题的作品。庾信就是这种南北文风交流的代表。这个倾向在隋诗中也是比较明显的。杨素、薛道衡、卢思道、虞世基等都以从军、出塞为重要题材，但又并不完全是六朝的简单模拟，而有一定的真实体会和感情，对大漠风尘的描写也有一些新的意境，可以说是唐代边塞诗的先声。隋代还企图用政治力量来改革六朝以来的浮艳文风。李谔在著名的"正文体"的奏书中说："江左齐梁，其弊弥甚，贵贱贤愚，唯务吟咏。遂复遗理存异，寻虚逐微。竞一韵之奇，争一字之巧。连篇累牍，不出月露之形；积案盈箱，唯是风云之状。……至如羲皇舜禹之典，伊傅周孔之说，不复关心，何尝入耳？"他曾得到隋文帝的赞同和支持。尽管由于条件尚未成熟，收效不很显著；但它是继北周时代苏绰的复古运动失败后的又一个重要回合，在古文运动的发展中是值得注意的。最后，在诗歌形式上，像卢思道的《从军行》、薛道衡的《豫章行》为唐初七言歌行的发展导夫先路；薛道衡的《人日思归》、虞世基的《初渡江》等也颇有唐代五绝的情韵，至于隋炀帝的《江都宫乐歌》似乎预示着唐代律诗发展的广阔前途。

由上所述，我以为隋代文学确有一些属于唐代"先驱"的内容，属下似比属上更合理些。自然，这样做对唐代文学的叙述在技术上可能带来某些困难，但权衡主次，似应以反映历史真实面貌为重。个人的想法不一定正确，希望能得到编写组的同志们的指教。

　　此致
敬礼

　　　　　　　　　　　　　　　汪之明

57

古典文学的研究和古典文学理论遗产的研究应该互相"挂钩"

常常会看到这样矛盾的现象：同一部古典文学理论著作中的同一个论点，在有关文学史的论文中理解的是一套，到了文学理论的专著论文中理解的又另是一套，这种现象是矛盾的，也是于研究工作不利的。

最近读到《批判"古诗十九首"研究中的资产阶级观点》一文（南京师范学院中文系四[1]两汉文学研究小组作，见本刊第 335 期），作者们尖锐地批判了《古诗十九首》研究中的资产阶级人性论、纯艺术论等错误观点，这是十分正确的；但却把这种错误观点一直追源到钟嵘的《诗品》，认为"钟嵘在《诗品》中对《古诗十九首》的评价，是今天资产阶级学者奉为经典的一张王牌，钟嵘的观点，是纯艺术观点的代表，应该受到批判"。钟嵘的《诗品》开卷就评论《古诗十九首》，原文不长，全引如下：

> 其体源出于国风。陆机所拟十四首，文温以丽，意悲而远。惊心动魄，可谓几乎一字千金！其外《去者日以疏》四十五首，虽多哀怨，颇为总杂。旧疑是建安中曹、王所制。《客从远方来》、《桔柚垂华实》，亦为惊绝矣！人代冥灭，而清音独远，悲夫！

对于这同一段话，罗根泽先生在《读"诗品"》（见本刊第 147 期）中解释就不一样了。他认为这恰恰说明钟嵘强调了文学的"精神实质是

'怨'",可是接着他把这种"怨"笼统地说成"这在阶级社会里,不只是唯物的,也是现实主义的","因为阶级社会的本质就是人压迫人"。研究文学史的同志说这是"纯艺术观点的代表",搞文学理论的人说这是强调以抽象的"怨"为内容的文学"精神实质",看来真像有些针锋相对了。

古典文学理论是古代作家的创作经验或文学运动的总结,检验这种理论或批评是否正确,只有重新回到具体作家作品中去考察。《诗品》的研究对象既然是从汉到齐梁的一百多位五言诗的作者,那么,我们对《诗品》的判断就必须紧密地联系当时的文学事实。这样,积极地吸收文学史的研究成果,就成为十分必要了。像《古诗十九首》中所写的"怨",只要回到作品中去分析,而不是从理论到理论的纯概念的推理,是不难看出其中明显的阶级性的。它主要反映了封建社会里中下层知识分子(也包括一部分商贾、游子)、士宦连蹇、落拓失意的不满和怨恨。这与劳动人民对于封建统治阶级的仇恨当然有着根本的区别。钟嵘的文学观尽管在当时有着一定的进步倾向,但并没有认识到封建社会的"本质"——地主与农民的阶级压迫和阶级反抗,他所提出的以"怨"为内容的所谓文学"精神实质",显然并不包含这点,因此,已故的罗根泽先生说它是"唯物的","现实主义的",揭示了"阶级社会的本质"等等,就不免都是溢美之辞。造成这种错误的原因可能是多方面的,但是脱离具体作品的具体分析,脱离文学史研究的现状,恐怕也不无关系。

在另一方面,我们对古典作家作品进行研究时,应该参考古人的意见。如同批判地继承文学遗产一样,我们也必须批判地继承古典文学理论遗产,吸收其中一切有益的见解,以助于文学史的研究。而且,前人的意见实际上是作品的一种社会效果和社会作用(好的或坏的),也是我们评价作品的根据之一。因此,诸凡诗话、词话、笔记、方志等都是与文学史研究有关的材料。至于像《文心雕龙》、《诗品》等文艺理论专著,更是重要的文献。因此,批判地吸收古典文学理论的研究成果,也是十分必要的。

《批判"古诗十九首"研究中的资产阶级观点》一文的作者们把钟嵘对于《古诗》的评论说成是"纯艺术观点的代表",显然是脱离了《诗品》整个文学观点的片面的看法。《诗品》是反击当时齐梁形式主义和唯美主义诗风的力作,为唐代陈子昂横扫六朝淫靡诗风开了先河。虽然在有些地方流露了偏重艺术的倾向,如把"举体华美"的陆机列为上品,并认为"咀嚼英华,厌饫膏泽"是"文章之渊泉",但他所竭力强调的确乎还是文学的内容方面。他认为创作是"物之感人"的产物,或者是由于自然环境变迁的感召,更因为社会生活波折的激发。他具体说道:"至于楚臣去境,汉妾辞宫,或骨横朔野,或魂逐飞蓬;或负戈外戍,或杀气雄边;塞客衣单,孀闺泪尽;或士有解佩出朝,一去忘返;女有扬蛾入宠,再盼倾国。凡斯种种,感荡心灵,非陈诗何以展其义? 非长歌何以骋其情?"(《诗品·总论》)正基于这种文学观点,他才把"文多凄怆,怨者之流"的李陵,"词旨清捷,怨深文绮"的班姬,"情兼雅怨,体被文质"的曹植,"发愀怆之词"的王粲,"无雕虫之功"而能"自致远大,颇多感慨之词"的阮籍推为上品。他也强调艺术性,树立了以"直寻"、"自然英旨"为"真美"的新的艺术标准,这在当时是富有开创性的,对于文学的发展起了很好的推动作用。这和纯艺术论者是完全不同的。现在我们来看他对《古诗》的评论。他激赏它为"一字千金",并不是像该文作者所理解的是"练字"的工力(虽然该文作者正确地指出了即使是练字的技巧也与思想有关),还用批判后人以为"东风摇百草"(《古诗·回车驾言迈》)的"摇"字写得价值千金的例子来加以比附。如果真是这样,当然是"纯艺术观点",而且也够得上"代表"了。但是钟嵘的主要着眼点是古诗用"文温以丽"的艺术风格,淋漓尽致地表达了游子思妇们"意悲而远"的思想感情;是这种思想感情引起了他的深刻的阶级共鸣和同情,于是发出"惊心动魄,一字千金"的赞语。后面所说的"虽多哀怨,颇为总杂"、"清音独远"等语也是可以作为旁证的。这里自然有其阶级的局限性需要批判,但说成是"纯艺术观点的代表",恐是曲解了的。

　　说了上面这个小例子,只是想表示我的一点希望和要求:把文学史(当然也包含作家作品)的研究和古典文学理论的研究结合起来。这两者原来就有极其密切的关系,上面所述仅只问题的一端而已。其实像我国文学中现实主义和浪漫主义的发生和发展、我国古典抒情诗的艺术特征等重大问题,都迫切需要这两方面紧密配合,互相促进,才能使我们的文学研究工作更快更好地前进!

　　　　　　(原载《光明日报·文学遗产》1960 年 11 月 27 日)

"古为今用"的一个范例

——读《〈不怕鬼的故事〉序》后

《〈不怕鬼的故事〉序》对我们理解和运用历史唯物主义原则，很有启发。这篇序言虽然不是评价古典文学的学术性论文，但在如何对待文学遗产的意义上，是"古为今用"的一个生动的范例。

古与今，有区别又有联系，既对立而又统一。古典文学遗产是旧时代的产物，是属于旧的经济基础的上层建筑，毫无例外地要受着时代的局限和阶级的局限，因此，即使是伟大的古典文学作品，也很难一切都能直接地为今天的革命斗争服务，更不应该和我们今天的时代和现实加以无原则的混淆。但古今之所以有其相通的一面，即"古为今用"之所以可能，是因为优秀的文学遗产中总有一些带人民性、民主性的反封建的东西，除了艺术方面的原因以外，其根本原因还在于：一切优秀的精神财富，归根到底都是人民劳动创造的，基本上是符合人民利益的。过去时代人民斗争的经验和智慧我们应该吸收，前辈们的奋斗精神和优良品德我们也应该继承。这些正是真正属于"我们今天用得着"的主要的精神遗产，它能够在思想上给我们以有益的营养。这篇序言透过了那些看来光怪陆离、荒诞不经的志怪故事，看出了其中闪耀着"我们民族的智慧的不灭的光辉"，洋溢着"我们古代人民的大无畏精神"，抹去蒙在这些神仙鬼怪、精魅妖狐上面的历史的、迷信的尘埃，就会总结出古代人民在斗争中所发现的这样一个生活真理："人只要不怕鬼，敢于藐视它，敢于打击它，鬼就怕人了。"这可以看作是对这些故事思想内容的充分的历史评价，同时又是结合着现实需要的。这不仅在关于志怪小说(包括《聊斋志异》)的研究中是一个创见,而且,从作为我们古典文学研究中全面的历史唯物主义原则的体现来看,也还是比较少见的。充分挖掘古典文学作品本身所蕴含的思想意义,特别是善于发扬于今天有现实意义的东西,加以科学的阐明,达到"古为今用"的目的,这还是需要我们进一步努力的严肃的任务。但要做到这点,确不是轻而易举的。这篇序言之所以能把现实的革命要求和对作品本身的历史评价深刻地结合起来,诚如作者所说:"如果没有毛泽东同志的高度的理论上的概括,如果没有他的思想的指引,我们读这些故事是不容易看出这样的意义和教训的。"从这里又一次证明了,千倍百倍地加强对马克思主义的学习,不仅对于观察现实事物,而且对于观察古代事物及其对于现实的意义,都是何等的重要而迫切。这实在是提高我们古典文学研究的思想水平的唯一途径。

坚决地剔除封建性的糟粕,这固然是马克思主义者的战斗任务;然而,善于并敢于从精华糟粕杂糅的文学遗产中,发现其民主性的精华,阐明其本来价值,给以充分的肯定,这实在也是需要战斗者的眼力和胆识。

《不怕鬼的故事》是从我国浩如瀚海的志怪小说中选录出来的。我国的志怪笔记小说,从魏晋以来有其源远流长的传统,但这也是文学史上一个思想内容最复杂的文学现象之一。这本书对于这种复杂情况,既不是无区别地兼收并蓄,更不是简单地随意贬斥,而是做了一番弃瑕存瑜、去芜取精的审慎细致的分析工作。序言更从现实的角度,对这些精华作了新的说明,使我们对这些作品的意义获得更深刻的理解。这种有分析有批判的科学态度也不是在我们研究者中间全都具有的。例如《阅微草堂笔记》这部书,序言中两次具体分析了其中的几则,肯定了它所表现的不怕鬼怪的大无畏精神,对作者的一些议论也给了肯定的评价。全书选自这部笔记的故事,也是很多的

（共八则，达全书十分之一强）。但在有些研究著作中，却把这部笔记贬抑得一无是处，现在看来是值得研究的。当然，这部笔记的作者纪昀，他有浓厚的封建主义思想以及"劝惩"、"劝戒"的创作企图，因此反映在笔记中的封建说教、迷信宣传也确是大量存在的，这是客观事实。书中有不少作品也说不上有什么社会意义。但如果我们再仔细地研究一下，就可看出，在那些因果报应、神谴冥责的常套背后，还交杂了对于尔虞我诈、弱肉强食的险恶社会的一定暴露和对于凶悍暴戾的恶少、无赖、刀笔吏等社会渣滓的抨击；在某些奇闻怪谈的记述中，还混含着对于某种生活真理的揭示。至于为《〈不怕鬼的故事〉序》所阐明的那些"意义和教训"，则更是这部笔记中的可珍贵的部分了。

鲁迅先生在《中国小说史略》中对这部笔记早有很好的见解。他明确地指出其思想倾向的两面性：因了"过偏于论议"的主观说教，企图所谓"有益人心"，致使"末流加厉，易堕为报应因果之谈"；另一方面却"间杂考辨，亦有灼见"，与《〈不怕鬼的故事〉序》中称道"作者的评论也不错"，是同样的意思。而在艺术上更有自己的一定特色，鲁迅先生更说"故后来无人能夺其席，固非仅借位高望重以传者矣"。鲁迅先生的意见还是值得我们重视的。

（原载《光明日报·文学遗产》1961 年 4 月 1 日）

漫谈古代文学和"人民性"

　　"人民性"消失于古典文学研究领域已经十多年了,据说原因是它曾为俄国几位革命民主主义文艺批评家所使用,随着他们遭到"四人帮"的大肆挞伐,人民性也被禁用了。

　　人民性是讲文学和人民的关系,主要指文学反映人民的生活,表现人民的思想、感情、利益和愿望。在俄国文学思想史中,关于人民性问题的提出和发展,是紧紧地服从于俄国农奴解放运动所提出的迫切任务,有着丰富的革命性和民主性的内容,这是俄国文学思想的巨大飞跃。怎么能把这样珍贵的文学思想遗产视作异端邪说? 难道无产阶级不能经过改造加以吸取吗? 马克思不也使用过"人民性"这个概念,并用"表现一定的人民精神"给以阐明的吗(《马克思恩格斯全集》第 1 卷第 49 页)?

　　人民是一个政治概念,它是根据不同时代、不同国家对革命任务的基本态度来确定的,"把那些能够把革命进行到底的确定的成分联为一体"(《列宁全集》第 9 卷第 118 页),这是人民的共同性;但人民又由不同的阶级、阶层和社会集团所组成,他们的参加或同情革命又有各不相同的利益,这是人民内部的差别性。因此,必须对人民性进行阶级分析。人民是一个历史上不断变化的人们的共同体,但任何时期,人民的基本成分都是创造物质财富和精神财富、推动社会发展的劳动群众。基于我国封建社会的基本阶级矛盾,我国古代优秀文化的人民性,主要表现在反映农民阶级和广大劳动人民对封建统治的不满、批判和反抗,表达他们摆脱封建剥削和压迫的愿望和理想。

当然我们也不能把人民性作为评价古代作家作品的最高或最后的标准，比如同是对人民苦难生活的描绘，不同阶级、阶层的人就有不同的出发点和终点。这些都是对人民性进行阶级分析时一些值得重视的观点。

在反对把人民性抽象化的超阶级倾向的前提下，人民性是古代文学研究中必须遵循和运用的重要原则。

一、它正确地概括了我国古代文学的进步传统的思想内容。毛主席根据列宁关于现代民族中存在两种民族文化的著名论述，精辟地指出："必须将古代封建统治阶级的一切腐朽的东西和古代优秀的人民文化即多少带有民主性和革命性的东西区别开来。""优秀的人民文化"，据我的理解，就是富有人民性的文化，"民主性和革命性"则是对人民性的内涵的明确规定。试想如果不用人民性，而用农民阶级文学、劳动人民文学或被压迫阶级文学等，能概括这个传统的丰富内容吗？过去有过民间文学是主流的提法，但第一，民间文学不等于劳动人民文学，不全是劳动人民思想的反映；第二，我国文学的主要成分是作家文学，这是封建社会里劳动人民没有文化的历史条件造成的。从《诗经》中民歌开始的进步民间文学和从屈原"哀民生之多艰"开始的进步作家文学，共同组成了我国古代文学的进步的思想传统。其内容包括民生疾苦的反映，封建黑暗统治的揭露，反剥削反压迫的呼声，劳动的歌唱以及人民崇高精神面貌的真实描绘，等等。人民性正是标示出这一传统的思想特征。

二、它是评价古代作家作品的重要标准。"对待人民的态度如何"，这是毛主席制定的评价古代作家作品的重要标准。这个标准本身意味着古代作家对待人民可能有不同的态度：有的敌视，有的冷漠，有的同情，因而反映在作品中就有反人民性的作品、既非敌视人民又非同情人民的带有中间性的作品和人民性的作品。对第二类作品，曾有过讨论，大多数意见是承认它们的存在，并认为这样既可避免把他们划入反人民性的范畴,简单地否定,又可避免把它们拔高为有人民性的作品,无批判地肯定。对第三类作品,特别是地主阶级作家能否写出同情人民的作品,一个时期是被怀疑的,然而,这却是客观存在的历史事实。我国古代的一些进步作家,他们的整个世界观虽然没有超出地主阶级的思想体系,但由于对社会实际生活的体察,生活实践的教育,或由于社会斗争的推动等复杂原因,又使他们感受到封建社会阶级对立的事实,对人民苦难生活作了深切的描绘,有的甚至反映了人民的呼声和思想。这在文学史上是屡见不鲜的现象。出身名门的杜甫,安史之乱一下子把他推入社会生活的较底层,无情地冲击着他原先保守落后的封建思想,获得了诗歌创作人民性的丰富内容。白居易、柳宗元、刘禹锡、苏轼等人,都是封建地方官吏,但都做过一些有利于生产、有利于人民的事情,这与他们诗歌中同情民生疾苦的思想是一致的,也证明这些思想有着真实的生活根据。简单地斥之为地主阶级的欺骗和虚伪,显然不是对问题的科学说明。列宁说过:"剥削的存在,永远会在被剥削者本身和个别'知识分子'代表中间产生一些与这一制度相反的理想。"(《列宁全集》第一卷第393页)这里讲的是"永远",是普遍的带有规律性的现象。事物的本来面貌就是这样:这些作家按其政治地位来说,并不属于人民范畴,但又能写出有人民性的作品。否认这一现象只能给研究工作带来混乱。总之,丢掉人民性这把尺子,将在评论古代文学时失去真正的标准。

三、它充分反映了古代作家作品的复杂性。人民性文学,就其所反映的客体来说,比某一特定阶级要广泛,可以包括不同的阶级、阶层和社会集团;就其反映的主体来说,可以是属于人民的(如民间文学的一些无名氏作者、革命时期的地主阶级作家),也可能是不属于人民的作家;就其反映的方式说,有的直接,有的间接,有的是作家的主观思想,有的是作品的客观意义。概念的复杂性正是事物复杂性的反映。文学有阶级性,但不少古代作品的阶级性常常比较复杂。如清传奇《十五贯》这个作品,主要是歌颂封建官吏况钟的平反冤狱,并没有把人民当作主角。但况钟的所作所为,在当时统治阶级虽在腐烂、农民起义尚未展开的历史条件下,起了揭露封建吏治黑暗的作用;同时也反映了下层人物含冤受屈、求告无门的悲惨遭遇和他们对清正官吏的一种天真的幻想(这种幻想随着历史进程而必然扑灭,这又是人民觉悟的条件)。这些思想意义也体现了人民性。周总理曾称赞根据它改编的同名昆曲"有着丰富的人民性,相当高的思想性和艺术性",这是完全符合实际的科学评价。总之,正确地运用人民性这一标准,有助于更准确、更细致地分析和说明古代文学的复杂性,并从思想内容上总结出文学发展的规律。

(原载《光明日报》1978 年 10 月 31 日)

宋代文学的时代特点和历史地位

宋代文学在我国文学发展史上有着重要的特殊地位，它处在一个承前启后的阶段，即处在中国文学从"雅"到"俗"的转变时期。所谓"雅"，指主要流传于社会中上层的文人文学，指诗、文、词；所谓"俗"，指主要流传于社会下层的小说、戏曲。传统所谓"唐诗"、"宋词"、"元曲"、"明清小说戏曲"的说法，指明了各个朝代文学样式发达繁荣的侧重点。我们应该充分评价元明清诗文词的成就，但其未能超宋越唐，则可断言。如果说，宋代诗文词（特别是文和词）是元明清作家们不断追怀、仰慕的昨天，那么，元明清小说戏曲的大发展就是宋代刚刚发展起来的白话小说和戏曲的灿烂明天了。

宋代继唐代以后出现了又一个诗歌高潮。虽然至今还没有一部《全宋诗》，但其总量超出《全唐诗》好几倍则是无疑的。宋代诗人大都一生勤奋写作，作品众多，如现存苏轼诗二千七百多首，杨万里四千多首，陆游近万首，远比唐代李、杜为多（李诗近千首，杜诗一千四百多首），充分说明宋诗繁荣的盛况。

巨大的数量往往体现为一定的质量。作为一代诗歌，宋诗在继承唐诗的基础上，发生了显著的新变，形成了自己的特点。从思想内容看，宋诗在反映民生疾苦、揭露社会黑暗和反映统治阶级内部政治斗争方面都有所扩展，但又缺乏唐诗特别是盛唐诗歌中追求远大理想的积极昂扬的精神；而在抒发民族斗争中的爱国忧国的情绪上，又比唐诗炽热和深切。这是由时代的条件决定的。宋朝比之以往的几个统一王朝来，是中央集权最为集中的朝代。这一方面对巩固宋朝统一、安定社会秩序、发展经济和抵御少数民族统治者的侵扰，起了一定的积极作用；另一方面，军权集中带来了宋朝军队训练不良、战斗力削弱，政权集中带来了官僚机构庞大臃肿、腐败无能，财权集中又刺激了统治阶级穷奢极欲、挥霍享乐。所以开国不过三十多年，宋太宗时就爆发了王小波、李顺的农民起义，人数达数十万。正是在积贫积弱局势逐渐形成、社会危机急剧发展的情况下，地主阶级中的有些改革家就出来倡导"变法"，改革弊政，形成了变法运动。王安石就是杰出的代表。北宋的诗文革新运动，诗歌中反映民生疾苦、社会黑暗和统治阶级政治斗争的现实主义倾向，都和这种社会政治情况有关，跟变法运动在精神上是一致的。如梅尧臣《汝坟贫女》、《田家语》，欧阳修《食糟民》、《边户》，王安石《兼并》、《省兵》，苏轼《荔支叹》等一批作品。但是如同变法运动只是地主阶级的"自救"运动、缺乏远大的政治前途一样，在宋诗中也缺乏唐诗中积极昂扬的政治进取精神，往往悲慨多于壮歌。这是一。其次，宋朝从开国之初直到灭亡，一直处于少数民族统治者的不断侵扰和威胁之中，是中国历史上统一朝代中最缺乏抵御力量的软弱王朝。宋王朝对他们一再割地求和、输币纳绢、称臣称侄。但是，统治集团中的一部分爱国将领和官员，尤其是广大汉族人民群众，是不能忍受这种受侮辱、被奴役的处境的，他们表现了可歌可泣的斗争精神，因此宋代诗歌中（包括词）所反映的爱国思想也就越来越显得突出。宋初路振《伐棘篇》对国耻国难的慨叹，苏舜钦《庆州败》对败于西夏的"羞辱中国堪伤悲"，苏轼《祭常山回小猎》、《和子由苦寒见寄》等所表达的"与虏试周旋"的决心，都是例证。而在北宋灭亡以后，更成为南宋诗歌的基调。伟大诗人陆游正是在南郑戎马生活中找到了创作的生命，为苦难的祖国歌唱了一生；在南宋灭亡前后，文天祥、谢翱、林景熙、郑思肖、汪元量等人的爱国诗篇，为宋代诗坛增添了最后的光彩。这是唐诗中所没有的。

从艺术旨趣和风格看，宋诗主要向思理、显露和精细方面发展。南宋严羽《沧浪诗话·诗评》说："诗有词、理、意、兴"，"本朝人尚理而病于意兴，唐人尚意兴而理在其中"。明杨慎《升庵诗话》卷四说："唐人诗主情，去三百篇近；宋人诗主理，去三百篇却远矣。"今人钱锺书先生《谈艺录》说："唐诗多以丰神情韵擅长，宋诗多以筋骨思理见胜。"他们所持的褒贬态度不同，但都共同认为"理"、"思理"为宋诗特点。重情韵者往往含蓄，重思理者则较显露。清沈德潜《清诗别裁集·凡例》说："唐诗蕴蓄，宋诗发露，蕴蓄则韵流言外，发露则意尽言中。"吴乔《围炉诗话》卷一也指出唐诗多比兴，因而"其词婉而微"；宋诗多赋，"其词径以直"。他们都指明了这种特点。此外，宋诗又追求精细。翁方纲《石洲诗话》卷四说："诗则至宋而益加细密。盖刻抉入里，实非唐人所能囿也。"所谓"细密"、"刻抉入里"，一方面指宋诗对客观事物的描摹，趋于求新、求细，形容尽致，纤微毕现，与唐诗的浑成浑涵各异其趣；另一方面指宋诗对用典、对仗、句法、用韵、声调等用功更深，日臻周详密致。与上述几点相联系，宋诗又呈现出议论化、散文化和以才学为诗的倾向，则对诗歌艺术的发展造成好坏兼具的影响。如同写水势湍急，李白《早发白帝城》在骏发豪爽中蕴含着欢快舒畅的情绪，而苏轼《百步洪》却说"有如兔走鹰隼落，骏马下注千丈坡，断弦离柱箭脱手，飞电过隙珠翻荷"，一连用七个比喻，穷妍极态，炫人眼目，后半首又以议论出之。黄庭坚《题竹石牧牛》在句法上仿效李白《独漉篇》，但李诗浑然而意在言外，黄诗刻露而见新意，情趣有别。南宋以来诗歌史上发生过尊唐或尊宋的长期论争，这在客观上承认宋诗在唐诗高峰之后另辟蹊径，自立门户，具有某种典范性。诗歌的历史也表明，后世作品在总体上未能超出唐宋诗艺术境界的范围。

　　宋代散文是我国散文史上一个重要的发展阶段。在三百多年间出现了人数众多的散文作家。所谓"唐宋古文八大家"中,宋人就占了六位(欧阳修、苏洵、苏轼、苏辙、王安石、曾巩),写作了不少文学散文和带有文学性的散文,也有许多议论文的名作。

　　宋代散文的重要成就之一,在于建立了一种稳定而成熟的散文风格:平易自然,流畅婉转。唐代韩愈是古文运动的领袖,在他的古文理论和古文实践中,都遇到过作文"难"和"易"或"奇"和"平"的问题。韩愈虽然企图把两者统一起来,所谓文"无难易,唯其是尔"(《答刘正夫书》),但他的艺术个性却崇尚"难"、"奇"一路。宋代古文家却着重发展平易风格。我们读韩愈《上兵部李侍郎书》和苏辙《上枢密韩太尉书》,两信都是"干谒"之文,对象都是掌管全国军事的高级长官。但韩文一开头便自称"究穷于经传史记百家之说,沉潜乎训义,反复乎句读,砻磨乎事业,而奋发乎文章",俨然以经纶奇才自居;然后说到对方身为"朝廷大臣",正当"天子新即位"之际,提拔人才义不容辞。要求延引之意,咄咄逼人。用语新颖,戛戛独创,符合他提出的"词必己出"的标准。苏文却从写文章要养"气"说起;再说到气应从增加阅历、扩大交游中去获得;然后讲他离蜀来京,访古都,游名山,会名流,但所会名人还不多,这才把希望对方引见的意思委婉曲折地表露出来。行文纡馀徐缓而无急言竭论之态,语言明白浅易而绝少色泽尖新之词。苏洵《上欧阳内翰第一书》评韩、欧文风一"难"一"易"的不同,可以看作对唐宋散文的概评。宋代散文的平易风格比之唐文更宜于说理、叙事和抒情,成为后世散文家学习的主要楷模。宋文比唐文的影响更大。

　　宋代散文的高度成就给其它文体也带来了很大的影响,在宋代文学中,我们可以看到存在着一种普遍的散文化倾向。宋诗从梅(尧臣)、欧开始,发展了杜、韩"以文为诗"的倾向,进一步用散文的笔法、章法、句法、字法入诗,逐渐显露出宋诗的自家面目。词也在苏、辛手中加重了散文成分。赋从《楚辞》、汉赋、魏晋时的抒情小赋到唐代应举用的"律赋"，创作已趋衰微，缺乏艺术创造性；在宋代却从散文中得到启示而重获艺术生命，形成一种类似散文诗的赋体，欧阳修《秋声赋》、苏轼的前后《赤壁赋》等都是历久传诵的名篇。宋代的骈文也不太追求辞藻和用典，采用散文的气势和笔调，带来一些新面貌。欧阳修《采桑子·西湖念语》、苏轼《乞常州居住表》、南宋汪藻《隆祐太后告天下手书》、方岳《两易邵武军谢庙堂启》等都是相当出色的骈文。这种普遍的散文化倾向是宋代散文繁荣的结果，构成宋代文学的一大特色。

　　词作为新兴的诗歌形式，从隋唐发轫，至宋代进入鼎盛时期。唐圭璋先生所编《全宋词》收词人千家以上，词作二万首。最近还陆续有所增补（如孔凡礼先生《全宋词补辑》等）。虽因词在开始时还未被承认为"正统"文学，亡佚很多，但目前搜集的成果就足以反映出宋词的繁荣兴盛和丰富多彩了。

　　前人论词，有"婉约"、"豪放"之说，历来聚讼纷纭。此说首见于明张綖所作《诗馀图谱》。其《凡例》后有按语说："词体大略有二：一体婉约，一体豪放。婉约者欲其辞情酝藉，豪放者欲其气象恢弘。盖亦存乎其人，如秦少游之作，多是婉约，苏子瞻之作，多是豪放。大抵词体以婉约为正。"张綖关于婉约、豪放的界说，是从艺术风格着眼的，但又把它们看作词的两"体"，后人又引申为两"派"（如王士禛）。这就与宋词实际风格的多样性发生矛盾：宋词显然不止这两种风格，即以豪放派创始人苏轼的作品而言，真正豪放者也不过二三十首，争论即由此产生。其实，在许多词学家的具体评论中，豪放、婉约两派不是严格意义上的文学流派，也不是对艺术风格的单纯分类，更不是对具体作家作品的逐一鉴定，而是指宋词在内容题材、手法风格，特别是体制声律方面的两大基本倾向，对传统词风或维护或革新的两种不同趋势。认识这种倾向和趋势对于宋词的深入研究是有重要意义的。大致说来,苏辛豪放词派即革新词派,与传统婉约词派的不同在于:在内容题材上,婉约派坚守词为"艳科"、"诗庄词媚"的樊篱,抒情则男欢女爱,伤春伤别,状物则风花雪月,绮罗香泽,豪放派扩大了词的题材,提高了词的意境。苏轼手中,诸凡记游、怀古、赠答、送别,皆能入词,几乎达到"无意不可入,无事不可言"(《艺概·词曲概》)的境地;南宋辛派词人,更把表现爱国精神作为词的主旨,标志着宋词的最高思想成就。在手法风格上,前者长于比兴,以清切婉丽为当行本色,后者善于直抒胸臆,以豪健奔放为主要特色。在体制声律上,前者强调合乐,如李清照《词论》要求词"协音律"、"可歌",并批评苏轼"往往不协音律",后者却重文不重声,不肯迁就声律而妨碍思想感情的自由表达,所谓"横放杰出,自是曲子中缚不住者"(《能改斋漫录》卷一六)。这是宋词中实际存在的两大倾向和趋势。

应该指出,北宋以来不少词评家把婉约、豪放说成"正格"、"别格"的观点,是错误的。署名陈师道的《后山诗话》说:"退之以文为诗,子瞻以诗为词,如教坊雷大使之舞,并极天下之工,要非本色。"《四库全书总目》卷一九八也说,词应"以清切婉丽为宗",苏辛一派词"寻源溯流,不能不谓之别格。然谓之不工则不可"。他们虽然承认苏辛词"工",但又囿于传统成见,把它视为"非本色"、"别格",对苏辛词派的革新意义没有足够的认识。但解放以来有的论者又把两派说成"主流"、"逆流"的观点,也是错误的。一般被认为婉约派的作家,情况复杂,但都取得不同程度的思想艺术成就,逆流说导致全盘否定,显然不符实际;豪放派作家不仅仍有一些婉约之作,而其豪放词往往吸收、融化婉约词的艺术手法,仍然保持词区别于诗的特性,并不被诗同化。我们为"大江东去"这种俯仰古今的巨大感慨所感动,也能体味"杨柳岸,晓风残月"的恻恻缠绵的羁旅者的心情;张元幹《贺新郎·送胡邦衡谪新州》、岳飞《满江红》、张孝祥《六州歌头》、陈亮《念奴娇·登多景楼》乃至辛弃疾的许多佳篇,固然大声镗鞳,悲歌慷慨,充分体现了时代的精神,但周邦彦《兰陵王·柳》、史达祖《双双燕》、吴文英《莺啼序》、王沂孙《齐天乐·蝉》等体物精细的工笔之作中,也包蕴着回肠荡气的情操。春兰秋菊,各尽其妙,都能满足人们多方面的审美需要。在充分估计豪放词派革新意义的前提下,应该把两派统一起来。

宋词是我国词史上的顶峰,其影响笼罩以后的整个词坛。宋词实际上是宋代成就最高的抒情诗,使它取得了与"唐诗"、"元曲"等并称的光荣。

宋代小说和戏曲为元明清小说、戏曲的大发展准备了良好的条件。

宋代的小说主要是"话本",它原是说话人说书的底本,实即白话短篇小说。现存宋话本约三四十篇,散见于《京本通俗小说》《清平山堂话本》、"三言"等书。宋话本具有两个鲜明的特色:一是市民文学的色彩。话本是当时"瓦舍技艺"的一种,是城市人民表现自己、教育和娱乐自己的文艺。下层市民人物,第一次作为正面人物成批地在话本中涌现,如《碾玉观音》中的碾玉匠崔宁、《志诚张主管》中的商店主管张胜、《错斩崔宁》中的卖丝村民崔宁,尤其是璩秀秀、周胜仙、小夫人、李翠莲等一群具有叛逆性格的下层妇女形象。小说的社会性、现实性都得到加强,为以后小说的发展开辟了道路。二是白话文学的特点。话本的语言是白话,比之文言小说(如唐传奇)描写更细致生动、曲折有致,更富生活气息。特别是人物对话的个性化,取得很大的进展。后世虽仍有文言小说,但比起白话小说来,不得不退居第二位。至于长篇的"讲史"话本也为以后长篇历史小说提供故事的素材。

宋代的民间戏曲还处在戏曲的萌芽阶段。如傀儡戏、影戏、歌舞戏等,前两种不是由人来扮演的,后一种由人扮演,但还是叙事体而非代言体。然而这些都已具备戏曲的一些条件。北宋杂剧、南宋戏文,今天虽无剧本流传(有人认为《永乐大典戏文三种》中的《张协状元》是宋人作品),但它们已是相当完整的戏曲,具备我国戏曲艺术的基本特征,是以后戏曲发展的基础和出发点。

　　总之,由于社会政治经济的发展向文学提出新的要求,也由于文学本身发展的规律,我国古典诗、词和散文逐渐度过了它的黄金时代,失去支配文坛的地位,小说、戏曲等文学样式正在酝酿着更大的文学高潮,进而成为文坛的重心。宋代文学正是处在这样一个过渡的转变阶段。

(原载《文史知识》1983 年第 10 期)

中国古代文学在 21 世纪的意义

20 世纪即将走完它最后的二百多天,我们仿佛听到新世纪的钟声已在远处敲响。而在我们生活的这个世界,全球"一体化"进程日益加强,信息统一化的势头迅猛发展,真正的"地球村"将很快形成。面对这充满机遇和挑战的态势,每一个人不得不对自己所从事的事业作一番世纪之交的思考,近来中国内地的学术界正在热烈地讨论"中国古代文学在 21 世纪的意义"这个问题。我以为,要考察中国古代文学在 21 世纪的命运、意义和价值,必须先对中国古代文学的优良传统及其特征有一个明确的评估,对 20 世纪初以来进入现代化进程的中国古代文学研究有一个恰当的总结。背靠传统,面对现实,才能展望未来。

一、中国古代文学的优良传统及其特征

中国古代文学是世界上历史跨度最长、容量最为丰厚的一种国别文学。它是中华民族优秀文化传统的一个重要部分,完美地体现了中国的民族精神与东方文明的特征。

中国古代文学最重要的内涵在于集中表现了中国式的人文精神。表现人、关怀人,对人性的自觉,对人生意义的探求,对人的终极关怀的关注,乃至人对宇宙、自然、社会、命运等应取的原则规范,是贯穿在中国古代各体文学中的一条红线。屈原的《天问》表现出人对了解宇宙自然的渴求,透露出追求天人和谐的最早信息;苏轼的"明月几时有"的问题,可能已难不倒现代天文学,但"把酒问青天"的赤诚和纯真,"但愿人长久,千里共婵娟"的良好祝愿,仍会久久地激动

我们。至于中国山水田园文学中所描绘的"人与自然"相亲相悦、物我交融的境界，更是中国古代哲人"天人合一"理念的艺术表现。在人与社会关系方面，既表现人对社会的抗争，也有个人对社会的责任感、使命感，其中所表现的崇高的济世救时的爱国主义精神，刚直不阿的气节风范，"民胞物与"（张载《西铭》化语）的博大胸襟，这是先人遗留给人类的最可宝贵的精神财富。而中国古代文学所展示的人类对自身感情生活的体验、审视与确认，更表现为充满人性美的广阔天地，帮助人们摆脱生活的琐碎、凡庸、卑下而走向真善美的高尚的思想境界。我国大哲学家熊十力在《儒林外史》中读到人性的卑微面对自己隐藏内心深处的人格弱点而引发出巨大的震撼。著名文学批评家何其芳从《红楼梦》中受到一次深刻的"精神洗礼"，"开始知道在异性之间可以有一种纯洁的痴心的感情"（何其芳《论〈红楼梦〉》）。其实，不仅是爱情，"慈母手中线"的亲情，"天涯若比邻"的友情，以及"广厦千万间"、"大庇天下寒士俱欢颜"的博爱情怀，在中国古代文学中可说是俯拾皆是，不胜枚举的。

要之，中国古代文学是中华民族几千年文明发展的重要载体，具有优秀的思想文化传统，与中华民族的繁衍壮大、生生不息、自强发展同步行进，对铸造民族精神、华夏理念起到了无法估量的作用。举凡对人们的行为规范与道德观念的指导与评判，"殷鉴不远，在夏后之世"的认识鉴诫，精神情操的陶冶，审美意识的培养，亦即文学的教育、认识、陶冶、审美四大功能都在作品中得到了充分体现。

中国古代文学在长期的发展过程中，又表现出稳定性与开放性相统一的特点。

从先秦到清末，中国文学的发展是相对稳定的。诗歌讲究押韵、对仗，重意象、意境，散文求简洁，表达要含蓄，这些形式贯穿文学发展的始终。诗、词、曲、散文、骈文、小说、戏曲等文学样式在成熟定型后的发展基本保持形式的不变。相同的语言外壳，相同的自然、社会环境,相同的典故,类似的情感、意境,这一切都给中国文学涂上了浓厚的稳定色彩。与中国封建社会的超稳定结构相一致,中国古代文学具有历久不变的稳定性。

与此同时,中国文学又显示出与时俱新的开放性。先秦的《诗经》、楚辞,两汉的赋,六朝的骈文、五七言诗,唐代的律绝,唐宋的散文、词,元代的杂剧,明清的小说,一代有一代之文学,时代的变化带动了文学的变化。中国古代文学的发展是一个不断更新自己、吐故纳新的过程。东汉末佛教传入后,中国文学从内容到形式都有了新面貌。隋唐时外来音乐的传入,催化了词的诞生。时代的变化和文明的冲突不仅没有削弱、反而推动了中国文学的发展。

文学,唯其历久不变的一面,才能依凭历史的长期积淀而形成自己的深厚传统和特色,凝聚成强大的精神力量和艺术魅力,也才能被不同时代的人所吸纳;唯其与时俱新的一面,才能被新一代的人们所认可。中国古代文学在发展过程中所显示出的稳定性与开放性的统一,为后世绵延不绝的接受史提供了内在依据。

二、20 世纪的中国古代文学接受史

20 世纪风云变幻,中国古代文学的遭遇也复杂多变,时有升沉。大致而言,本世纪的文学接受可分三个层面:以理论阐述为主的学术史,以阅读鉴赏为内容的大众阅读史,以作家创作借鉴为特点的新文学继承史,其中,理论学术史居于指导地位。

自 1904 年林传甲的《京师大学堂国文讲义中国文学史》问世以来,中国学者大概写出了一千二百部左右的各类文学史著作(包括通史、断代史、专门史等),可谓汗牛充栋,成就堪称辉煌灿烂。梁启超、王国维的出现照亮了世纪初学术界的黑暗夜空。此后,中国古代文学研究在近一百年的历程中出现了两个高潮:二三十年代与近二十年来的"新时期"。回顾这两次接受高潮将直接帮助我们探索中国古代文学的未来走向。

二三十年代的中国,社会剧烈动荡,内忧外患不已,中国古代文学却取得了令后人赞叹不已的成果。王瑶先生为"中国文学研究现代化进程"课题拟定的研究家当中,大部分研究家的重要成果都在这个时期出版。该课题的最终成果,即《中国文学研究现代化进程》(北京大学出版社 1998 年版)一书,共研究了 17 位学者,其中鲁迅、吴梅、陈寅恪、胡适、郭沫若、郭绍虞、孙楷第、朱自清、郑振铎、游国恩、闻一多、俞平伯、夏承焘、吴世昌共 14 位学者的主要论著或成名作都发表在二三十年代。这些论著在材料上、视角上、方法上都具有开创性意义,许多专门性学科随之建立起来。某些成果不仅在当时是空前的,至今也无人能及,如鲁迅于 1924 年出版的《中国小说史略》,打破了古来小说无史的局面,填补了学术空白;有的学者甚至认为,将近七十年来的所有小说史著作都没有突破它的框架,没有从整体上超过它的水平(见石昌渝《中国小说源流论》引)。

二三十年代的中国古代文学研究,其贡献不只体现在取得了一大批、包括某些甚至是后人难以超越的成果,而且还体现在研究视角、方法的开创上。比如胡适的文学史研究,其"大胆假设,小心求证"的研究方法,"古文文学史"和"白话文学史"的双线文学观念,都对古代文学研究乃至中国现代学术的建立有着深远影响。

今天,当我们回望二三十年代的学术界时,我们不仅叹服前辈大师的学术成就,更深思他们在艰难时世创造辉煌的前因后果,同时也感叹中国古代文学对他们为人、为文所起的重大作用。例如陈寅恪,毕生追求与秉持"独立之精神、自由之思想",不能不说是包括中国古代文学在内的传统文化浸染的结果。

近二十年来,即通称"新时期"以来,中国古代文学研究形成了又一次高潮。钱锺书先生的论著无疑是本时期最杰出的代表,《管锥编》、新版《谈艺录》、《宋诗选注》、《七缀集》,共同筑起了一座"文化昆仑"。

新时期的学术界有着与上一次高潮相类似的文化背景——激烈的中西学碰撞。思想的解放，新理论、新方法的大量涌入，都为研究注入了活力。当然，当代大部分学者的国学、外语功底都比不了世纪初的那些大师，但成果同样令人瞩目，许多方面超过前辈。例如，学界认为，最好的唐代文学研究成果就出在最近二十年，特别是唐代文学文献的整理，总体成绩远胜于此前八十年。《唐代诗人丛考》、《唐才子传校笺》、《全唐诗补编》以及即将出版的《全唐文补编》等著作都较前人更胜一筹。新时期的成果并非某个或某几个学者的一蹴而就，而是许多专业学者长期共同努力的结果。这正是社会的进步，学术的进步。

在论及当代中国的古代文学研究时，还不应忽视高等院校中文系教学这一重要环节。仅从中国内地高等院校的博士研究生教学而言，这一专业的博士点已有 21 个，培养出的博士已超过六百人，占了中文专业的博士人数的三分之一强，成为人文学科中无可争辩的重点。"中国古代文学史"是中文系本科生学分最多、课时最长的课程。各著名高校已逐渐形成自己独特的教学风格，甚至初见一些研究流派。《文学遗产》从今年起开始系统地介绍各高校古代文学学科的情况，高校已成为整个古代文学研究界的最重要的力量。要之，中国古代文学研究是 20 世纪中国人文学术最亮丽的一道风景。

在理论阐述的影响下，本世纪中国古代文学的大众阅读也高潮迭起，久盛不衰，从 1983 年开始以上海辞书出版社推出《唐诗鉴赏辞典》为标志，社会上掀起了一个连续数年的"鉴赏热"，各种文学样式的赏析辞典纷纷面世，其影响之广、数量之众似出乎出版界人士的意料。今年年初，"唐宋名篇音乐朗诵会"在首都北京造成轰动效应，日益波及全国；相关的音像制品随即迅速上市。一项被称为"中华古诗文经典诵读工程"的文化推广活动也在全国各地渐入高潮。报载全国已有 28 个省、市、自治区的 25 万小学生参加，直接受影响的成年人超过 100 万。

这再一次证明,中国古代文学是具有恒久的巨大艺术魅力的,它将跨越浩瀚悠远的时空,影响一代又一代人们的精神生活。

"五四"以来,作家创作对传统的借鉴、继承,在新文学中相沿不绝,这是 20 世纪中国古代文学接受史的又一个层面。表面看来,五四新文学是从反对旧文学起步的;事实上,中国现代文学与古代文学有着很深的渊源关系。胡适的新文学主张源自世纪初的美国新诗运动,而美国新诗运动则接受过中国古典诗歌的影响。这就是比较文学史上有名的"返回式影响"。本来是要批判旧文学,建立新文学,到头来反对、批判旧文学的"武器",却来自旧文学。周作人在几十年前就在《中国文学的源流》里指出过新文学与晚明小品文的渊源关系。胡适自己还承认,他的白话诗主张和创作,都直接受到宋代诗歌的启发。一个突出的事实是,新文学作家很多同时也是古代文学研究家,如鲁迅、胡适、郭沫若、朱自清、闻一多、钱锺书等等,这份名单还可以列下去。作家兼研究家的双重身份使中国现代文学与古代文学之间存在着一种天然的、血缘的关系。

遗憾的是,中国学术界长期以来基本上只注意五四新文学与外国文学的关系,以致给人造成了新文学与古代文学无关的印象,中国古代文学与中国现当代文学被分成两个不同的研究学科。近年来这种情况已有所改变,新文学作家对古代文学的借鉴、继承情况日益引起人们的关注,必将成为学术发展的新的生长点。

综观 20 世纪,中国古代文学在理论研究、大众阅读、作家继承方面都扮演了重要角色,有着深远的影响。这个历史事实说明:在中国古代文学所赖以生存的古代社会终结以后,古代文学的生命并没有随之终结,它仍然在新时代里起到了重要作用。

那么,到了 21 世纪又将如何?

三、面向新世纪的中国古代文学

逼近世纪末,各种展望性的思潮一浪高过一浪。其中,东方的

"新儒学"思潮和西方的"后现代主义"思想与我今天的论题,关系尤为密切,因此有必要加以检讨,以探究中国古代文学的未来走向。

现代新儒学从本世纪20年代开始涌现,80年代以来,东亚、美、法等地区出现"儒学热"。一般说来,新儒学希望现代化,又对现代化特别是西方式的现代化持批判态度,他们倾向于文化上的保守主义,认为中国传统文化(主要是儒家文化)有利于实现现代化,同时可以避免和解决西方式现代化的弊端。然而,新儒学对传统儒学在现实生活中的负面影响的认识严重不足,对现代化也缺乏历史主义的态度,过分夸大儒家对现代的疗救作用,这些都会妨碍儒家文化圈新文明的再造。

60年代初,随着科技、经济的迅速发展,现代西方社会进入了后工业阶段,后现代主义文化应运而生,而且波及全世界。后现代主义实质是一种解构主义,它消解中心,怀疑真实,提倡多元论,不满现状,不屈服于权威和专制,不袭成规,向往创新。后现代主义对后工业社会的危机,有极深的揭露和批判,但其解构一切(包括解构本身)的做法也同时解构了它的解构作用。极端的后现代主义就像是在锯断自己坐着的树枝。无中心、重边缘的多元共生论,对中国古代文学的未来遭际倒是利大于弊,但是文学的意义最终也有被解构掉的危险。

透过东方的"新儒学"和西方的后现代主义,人们似乎看到了东方文明的曙光,于是有人提出了"21世纪将是东方和中国文化的世纪"的预言。应当看到,未来社会是多元共生的社会,中国文化在21世纪将会有新的面貌,中国文化的天道观、自然观、人文精神在环境恶化日趋严重的未来世界具有特别的价值,中国古代文学将会获得更深的意义和更广的范围。当然,我们也不必一厢情愿地把中国古代文学的未来意义估价过高,毕竟由于社会生活的巨大变化,中国古代文学也将不可避免地从社会关心的中心作局部的"淡出"。

　　中国古代文学可以作为重建新世纪精神文明的文化资源，这是不成问题的；但这种现代转换，并不是自动、简单地就能实现。重要的是研究者和接受者必须改变研究观念和研究方法。从大众接受方面来说，我们要努力从现代社会的特点出发来看待古代传统，发掘古代传统在当代生活中的意义，让跨世纪的一代新人接受中国古代文学的滋养与熏陶，使他们能吸取传统的智慧和教益，使他们能享用诗意、审美、高雅的精神产品。一句话，使他们能站在具有五千年文化的历史巨人的肩上，更好地面向世界，开创未来。

　　从专业研究方面来说，我没有能力作出更明确的预言和推断，这里只提出两个已可操作的课题。一是进一步深化跨学科的研究。"分科而治"的学术观念源自自然科学的分类研究，引入社会科学领域以后，自有其历史的进步作用；但分工越来越细，学术观念日益偏狭，反而丢失了"文史哲不分家"的传统方法中的一些合理内容。随着人们知识的空前密集，视野的极大拓展，打破原先各自分割的学科界限，已成为学术研究的明显趋向。这种趋向在新世纪更会加强与深化，走向更高层次的综合。而且将会由博返约，融汇贯通，而又回归到古代文学研究自身，从而使本学科的研究得以突破与升华。二是应重视现代化手段的应用。如最近挪威有学者利用国际互联网络广泛地搜集资料，修订李约瑟主编的《中国科技史·语言逻辑分卷》（牛津大学出版社），这是西方汉学界迄今为止关于中国古代文化极有影响的鸿篇巨著，在掌握最新的全面学术信息方面，它对我们中国古代文学研究，也有启示作用。在这里，我还愿意提出建设"中国古代文学信息资料库"的设想。目前，基础性工作的薄弱严重地制约了古代文学学科和发展。我们有过一些论文索引之类书籍，但时断时续，残缺不全。一套完整、周密的专业索引，不仅仅是一种资料汇编，而首先是具有专题学术史的意义。它能展示一个学科、一个研究方向、一个专题的发展过程，反映前人已经做出过的成绩，也是后辈学人确定自己学术起点的根据,保证自己的研究能严格遵循学术规范。因此是一项很有意义的工作。这一资料库可以由研究信息库和原典文库两部分组成。中国台湾等地的同行已作出了很好的成绩,走在大陆的前面,现在需要加以系统化并尽快地推广应用。目前设想到的有:(1)《中国近现代(1898—1949)古代文学研究论文论著专题索引》,以各种专题为单元,并设计出多种检索方式(作者、研究对象、主要典籍等),使之具有学术研究的百科全书式的功能。(2)《当代中国古代文学研究年鉴》。为本专业编制年鉴已成为国际学术界惯例,能清楚地展现一个学科的发展过程,又能及时地总结与分析学术发展中的问题。我们已有如《唐代文学年鉴》之类的断代性年鉴,如能进一步系列化,并坚持连续性,保持时间上不间断,必将推动我们的研究进入一个全新的阶段。

作为一位年过花甲的老教师,我怀着一个真诚而坚定的信念:走向新世纪的中国古代文学,必将完全冲破国界的限制而加入世界文学的宝库;在一代又一代学人的共同努力下,必将铸造出新的辉煌!

1999 年 5 月 10 日

(原载《中国学研究》第 3 辑,中国
书籍出版社,1999 年 10 月)

范、欧二公的寡母情缘

《中华文史论丛》今年第 1 期发表了日本九州大学教授东英寿的《新见九十六篇欧阳修散佚书简辑存稿》一文,首次公布了欧公这批佚简的全部内容,在此前媒体大量宣传"预热"的基础上,转向深入研究的阶段。以佚简的数量之巨、作者的声誉之隆,而引起人们的重视,原非出人意料;更由于这批佚简的特殊性质蕴藏着丰富的内涵与价值,为其他公开性文献所少有。个人之间通讯的私密性保存了亲切的历史现场感,所记人或事又具有相当高的可信度,往往能从个别事例中读出多重意义。

比如欧公给吕公著 31 封书简中,有两封提到一个其他文献中少见的人名——王纮,目的是向吕氏推荐这位年轻士人。长者奖掖后进,本是司空见惯,但信中似透露出"欧门"日常交往内容和形式的一些信息。欧公在称赞王纮"所存甚远,岂易得耶"后,突然笔锋一转:"然不及苏洵。洵之文,权变多端,然辞采粲然明白,恨未得拜呈尔。"我们知道,欧公一直推赏"门下客"苏洵之文,曾希望朝廷"不次用之",当时韩琦、富弼当国,"独富公持之不可,曰:'姑少待之。'故止得试衔初等官。明允不甚满意"(《石林燕语》卷五),而恰恰是这位富弼,后来却举荐王纮为江东转运(《古今合璧事类备要》后集卷六七),这反映出欧门外之人对欧门内部成员的看法可能跟欧公有异,反映出欧门组成的复杂性。其次,欧公又写道:"王纮者,去年南省所得进士,履行纯固,为乡里所称。初见其答策,语辞有深识,遂置之上等。"这封信写于嘉祐三年,"去年"正指嘉祐二年欧公主持礼部贡举,取士最为得人的一次。南省,即尚书省,按北宋的考试制度,"秋取解,冬集礼部,春考试,合格及第者,列名放榜于尚书省"(《文献通考·选举考》三)。而此年所有礼部所取进士,一律通过殿试,全被录取。所以王纮应是嘉祐二年进士,但至今仍未被研究者所发现,不见于许多重要的科举著作。我们知道,欧门的构成基础就是嘉祐二年的进士群体,当然,并不是此年所取的388位进士都是欧门成员,但苏轼、苏辙兄弟及曾巩等无疑是其中的佼佼者。欧公之所以重视王纮,显然有座师的因素在,是作为欧门成员来对待的。第三,苏轼曾说"醉翁门下士,杂遝难为贤"(《送曾子固倅越得燕字》),流品颇为杂乱。身厕欧门者并非个个隽秀杰才,王纮曾被欧公激赏,但从后来情况来看,并不出色,这也为"欧门"之"杂遝"添一例证——本来,欧门就是一个松散、流动性大而没有严格学脉谱系的群体,这对准确认识其作用是很重要的。

举王纮这个例子,说明这批佚简中保存的若干历史细节的重要性,确是不可多得的珍贵新史料。

范仲淹、欧阳修是两位名垂史册的千古名臣,一般的传记作品总是突出他们的政治大节、施政作为,而很少注意其个人生平细节乃至身体状况等,这对于了解历史人物的思想、性格以及变化是有欠缺的。范、欧二公均是由寡母一手抚养而成的孤儿,一个萧寺苦读,断齑画粥,一个以荻画地,识字学文。共同的孤贫力学的早年生活,极大地影响了他们以后的政治道路和生活道路。佚简中集中反映的只是皇祐四年(1052)三月欧母亡、五月范公死的这几个月生活状态,也是欧阳修最难忍受的一段摧肺裂肝的岁月。

先是欧阳修的两个孩子先后患病,引起老母忧伤:"老儿久病经年,近又一小儿(在颍生者)患,日夕不保,老母用此忧伤。"(佚简《答张仲通书》)看来,两个孩子的病况严重,已到了"日夕不保"的凶境,对年迈奶奶的心理打击自属不轻。不久即撒手西去。欧公在给孙沔信中尽情地抒写自己的哀感："修自亲老感疾，以至不起，整一周年，心绪忧惶，日夜劳迫。今鬓已三分中二分白，发十分中四分白，恐亦不久在世。然事亲已毕，复何所求？……趁明年卜葬。汲汲如此，欲于自己生前了之耳，岂复有意人间邪？"欧公对母亲犹如大海般的深情，纯由他一生感受鞠养之恩的自然流露，是人类美好人性的一种完美表达，而"寡母孤儿"这一特殊身份无疑又提升其人生境界。

"明年"亲赴江西"卜葬"，是欧阳修的一项重要决定。欧公虽占籍江西庐陵，但他生于四川，长于随州，以后长期宦游各地，在卜葬之前却一次也没有返乡过。据现存资料，仅皇祐五年归葬亡母郑氏是唯一的例外。他把这视为"自己生前"要完成的唯一一大事。

据记载，欧公此次"葬太夫人时，尝指其山之中，曰：'此处他日当葬老夫。'"（《独醒杂志》卷三）在当时具体情境的感动下，欧公也有与母亲合葬一处的冲动；但后来他葬于新郑，并未实现初愿。这与下文要论述的范公遗命要与"母坟同域"一事相类，但其结果不同。欧公四岁丧父，由三十岁的寡母郑氏抚养，他四十六岁与母诀别，郑氏享年七十有二，欧公时任龙图阁直学士、尚书吏部郎中、留守南京，他尽了四十多年的侍养之责，在这点上算是获得了一些心理平衡。范公二岁而孤，其母谢氏北归，"无亲戚故旧，贫而无依，遂再适朱氏"（富弼《范文正公仲淹墓志铭》），至范公三十八岁时弃养逝世，时范公任低级官员，"丧其母时尚贫"（欧阳修《资政殿学士户部侍郎文正范公神道碑铭》）。谢氏死后五年，范公任太常博士、移通判陈州之职，始决定正式举行葬礼，他上书朝廷，愿意放弃循例磨勘升迁的机会，改请"褒封"乃母。他的《求追赠考妣状》（《范文正公集》卷一八）写得情真意切，声泪俱下。他说："窃念臣襁褓之中，已丁何怙。鞠养在母，慈爱过人，恤臣幼孤，悯臣多病，夜扣星象，食断荤茹，逾二十载，至于其终。"他又追忆当初离朱家外出求学时，谢氏因他"违离者久，率常殒泣，几至丧明"，因思念落泪几至失明。然后他继续说："臣仕未及荣,亲已不待,既育之仁则重,罔极之报曾无。夙夜永怀,死生何及!"
"矧遇孝理,若为子心!"

范仲淹临终作了一个惊世骇俗的决定:他要与母亲同葬一处。
欧氏佚简中致孙沔信写道:"范公平生磊落,其终也昏迷,盖病之然。
如公所示,其心未必不分明也。只是治命与母坟同域,此理似未安,
如何?虽不可移,亦须思虑,后事皆托明公矣。"范母再嫁,按当时礼
俗,死后当与后夫合葬;而范仲淹是位有着强烈维护范氏宗族观念之
人。他随母到朱家,冒姓朱氏,稍长后即知身世真相,离开朱家,趋南
都自立;二十七岁中进士后,又上表请求正式恢复范姓,认祖归宗。
范氏家族原在北方,至范仲淹高祖范随时,遭遇唐末五代战乱,"奔两
浙,家于苏之吴县,自尔遂为吴人"(富弼《范文正公仲淹墓志铭》),于
是族居于苏。范仲淹更是聚族收疏、扩大和稳定范氏家的关键人
物,他说"宗族乡党,见我生长。幼学壮仕,为我助喜。我何以报之?"
于是"买负郭常稔之田千亩,号曰义田,以济养群族,择族之长而贤者
一人主之"(《中吴纪闻》卷三)。按当时礼俗,他又必应归葬苏州祖
坟。这是一个两难选择。因此,当欧公初闻范公这一遗命时,感到于
"理似未安",嘱托孙沔多加"思虑",谨慎处置。更为耐人寻味的是,
欧公一则说范氏临终"昏迷",则其遗命或许属于"乱命",似不必遵
循;又说"其心未必不分明也",不敢贸然否定。在我看来,这是范仲
淹对传统礼俗的大胆挑战,是他源于人性的血脉深情超越礼制族规
的一种行为,是范氏所真正理解并实践的"孝理",也是他对母亲长期
负疚感的自我拯救与自赎。这段历史故事不见于其他文献记载,是
特别需要引起重视的。

范仲淹的这一遗命后来实现了吗?答案是肯定的。遗嘱执行人
之一孙沔,也是一位"少孤,随其母家许下,以孝闻"的大孝子(毕仲游
《孙威敏沔神道碑》),可谓与范公声气相通,当能充分理解范公的心
曲。富弼的《范文正公仲淹墓志铭》更明确记载范公"葬于河南县万

安山尹樊里先垅之侧"，这里的"先垅"显指母夫人之墓。《四部丛刊》本范集末附丁黼《池州范文正公祠堂记》，亦记载范"迁奉母丧，葬于河南尹樊里万安山下"，与范墓同为一地。从此洛阳万安山成为范仲淹一支的"累世宅兆"、另一范氏宗族性墓地。明朱国祯《涌幢小品》卷六记载，范仲淹的十世孙范从规，以"累世宅兆在洛者，久缺封扫，请于官，求自往省，至万安山尹樊里，省奠封扫如仪"，却发现五里之外的范忠宣（纯仁，范仲淹之次子）墓地不见了，"望祭悲号"，"乃祷于空"，忽然大雨三天，有断碣露出地面，题即"宋丞相范忠宣公之墓"，说明范纯仁是与生身祖母、父亲同葬一处的，此处已成为范氏家族的新墓地。

范、欧二公的寡母情缘当然不能完全摆脱时代的伦理道德的规范和影响，但是其中所蕴含的人类自然本性又是具有超越时空的普范性的。

（原载《文汇报·笔会》2012 年 9 月 16 日）

《日本刀歌》与汉籍回流

相当于我国清代嘉庆年间,日本人林衡辑刻了《佚存丛书》,专门收录中国已佚而日本尚存的中国古籍,共 6 函 17 种。该书序中说:以"佚存"为名,是取宋代欧阳修《日本刀歌》中"徐福行时书未焚,逸书百篇今尚存"句意。可见此诗在当时的日本颇为人知晓,而它系欧阳修所作,则无论中外均无疑义。然而,此诗却又见于司马光的文集,仅个别字句稍有出入。那么作者究竟是谁? 笔者私意倾向于司马光。

现存司马光的几种诗文集中均收有此诗,但题名稍异,有两种:《君倚日本刀歌》及《和钱君倚学士日本刀歌》。诗云:

> 昆吾道远不复通,世传切玉谁能穷? 宝刀近出日本国,越贾得之沧海东。鱼皮装贴香木鞘,黄白间杂鍮与铜。百金传入好事手,佩服可以攘袄凶。传闻其国居大岛,土壤沃饶风俗好。其先徐福诈秦民,采药淹留童丱老。百工五种与之俱,至今器用皆精巧。前朝贡献屡往来,士人往往工辞藻。徐福行时书未焚,逸书百篇今尚存。令严不许传中国,举世无人识古文。嗟予乘桴欲往学,沧波浩荡无通津。(此二句,欧集中为"先王大典藏夷貊,苍波浩荡无通津"。)令人感叹坐流涕,锈涩短刀何足云。

北宋著名诗人梅尧臣也曾作过一首《钱君倚学士日本刀》诗(朱东润先生把它系于嘉祐三年),其诗云:

　　日本大刀色青荧,鱼皮帖欂沙点星。东胡腰鞘过沧海,舶帆落越栖湾汀。卖珠入市尽明月,解绦换酒琉璃瓶。当垆重货不重宝,满贯穿铜去求好。会稽上吏新得名,始将传玩恨不早。归来天禄示朋游,光芒曾射扶桑岛。坐中烛明魑魅遁,吕虔不见王祥老。古者文事必武备,今人褒衣何足道。干将太阿世上无,拂拭共观休懊恼。

　　此两诗所咏颇有共同之处:刀鞘都是装饰着鱼皮的木质鞘,而刀均由海路经越州或通过越地商人传入,且两诗用韵大致相同,他们所咏的日本刀实同是一物,即都是钱公辅(字君倚)所得的日本刀。

　　再从司马光、梅尧臣和钱公辅三人关系上看,司马光作此诗的可能性远大于欧阳修。从梅尧臣诗中"会稽上吏新得名,始将传玩恨不早。归来天禄示朋游"等句可知,刀的主人(即钱公辅)携刀从越州调任京官后,他的在京的朋友们(包括梅尧臣)才得以把玩吟咏此刀。诗中的"天禄",即天禄阁,是汉代典藏书籍的殿阁,这里借指钱公辅其时任职的集贤院。据《宋史·钱公辅传》载,钱氏曾任越州通判,嘉祐初年入京,先后任集贤院校理、判吏部南曹、开封府推官。集贤院为宋廷藏书校书之地,正与"天禄"相吻合,可见钱氏的实际经历恰合于梅诗所咏。而嘉祐前期,司马光、梅尧臣也同在京城做官,两人诗集中均有多首描写他们与钱氏交往的诗篇。如司马光有《同钱君倚过梅圣俞》诗,梅尧臣有《次韵和司马君实同钱君倚二学士见过》、《次韵和钱君倚同司马君实二学士见过》诗,等等,即反映他们三人的交往情形,这其中钱氏与司马光的关系尤为密切。司马光嘉祐二年任太常博士、直秘阁、判吏部南曹,嘉祐三年迁开封府推官,这即是司马光所称的他与钱氏"崇文、吏部、开封皆同官"(集贤院、秘阁与史馆合称崇文院)的时期。加之两人的父亲为同年进士,所以他俩可称是"奕世交朋重,同僚分谊加"(司马光《君倚示诗……》诗)。以这样非同一般的交谊,钱氏在友朋间传刀共赏,同在一地的司马光是不会不与闻寓目的,而鉴赏过后题写咏物诗,更是文人之习,司马光当也难免此例。相反,欧阳修当时虽也在京城,而且一度还曾是司马光、钱公辅在开封府的顶头上司(开封知府),但欧集中不见反映他与钱氏有私人交往的诗文,从中不难看出两人关系相当疏远,实不及司马光与钱氏之间那么情厚意密。

另外,从版本上看,此诗是收于欧阳修的《居士外集》的,而《外集》为旁人辑补之本,已有学者指出其中颇混有伪作;而它收于司马光的多种版本的文集,其中有司马光"手自编次"的《司马文正公传家集》,版本的可信度远胜于前者。由此,此诗的基本创作情形大致可推断而出:即嘉祐三年前后,在京城开封,钱公辅的同朋好友赏玩此刀后,梅尧臣、司马光相继题咏,而有了这两首"日本刀歌"。钱公辅亦能诗,只可惜他的作品存世极少。当日他于此有无撰作,今天已无从知晓了。

对读司马光、梅尧臣这两首诗,十分耐人寻味。同样面对一把日本刀,梅尧臣是感叹于本国缺乏强兵利器,对于当世国力的孱弱和武备的松懈深表不满:"古者文事必武备,今人褒衣何足道。干将太阿世上无,拂拭共观休懊恼。"司马光则由此联想到久藏海东的"逸书百篇",对它们飘落异乡、难归中土的现状耿耿于怀,暗寓了企盼与外沟通的心愿:"嗟予乘桴欲往学,沧波浩荡无通津。"这两诗的主旨一文一武,相反相成,从两个侧面反映了北宋士大夫对于外邦(尤其是属于汉文化圈内的周边国家)的基本态度——武备与文通;而且也反映出北宋对外关系的实际情状,即并非仅有军事上的对抗,事实上,在经济、文化等方面也有着种种或明或暗的交往。然而,由于北宋长期处于强邻压境的特殊局势下,对外关系中,对抗的一面显得尤为突出,经济文化的交流并不正常顺畅;而在一般的士大夫心中,防敌御寇的心理亦占上风,用诗来表达渴求交流(尤其是平等交流)的极为鲜见,即使有,如苏轼的《送子由使契丹》诗,勉励其弟出使契丹不畏劳苦,要让对方领略到本朝的声威:

"不辞驿骑凌风雪，要使天骄识凤麟。"还是体现了用汉文化去归化外族的本位文化优越意识，实质上仍是一种单一的输出文化的观念。虽然，司马光的诗也不过是希望故籍重归，并非是现代意义上的对等交流，但其诗中却无汉文化的自大意识，这是难能可贵的。因此，在某种程度上，司马光的诗比梅诗更有历史意义。

另外值得注意的是，司马光此诗还有着特殊的文化意蕴，他不但殷切盼望"逸书"重归故土，更甚至于愿意亲身前往访求，"嗟予乘桴欲往学"，这正反映了中日书籍交流史上的另一面—— 书籍回流现象——的萌生。中国自中古以来，对外文化交流大体是一种流向较为单一的形态，即由西域输入佛教文化，再混糅中土的儒家文化，转向朝鲜、日本等周边国家输出。而到北宋，出现了交流史上的新趋向，以汉籍回流为突破口，缓慢地启动了一个双向交流时代的到来。宋太宗时，日本僧人奝然出使中国，便带来了中国已佚的郑玄注《孝经》等书籍。这无疑会启发中土的士人对海外庋藏乃至一般文化情况给予应有的重视，司马光"乘桴欲往学"的愿望正代表这种刚刚萌露的心理。只是当时书籍回流量不大，真正大量的回流始于清代中后期。有趣的是，这首诗与书籍回流现象的关系也延续到了清代。因这首诗命名的《佚存丛书》在日本刊行后，中国的阮元就在道光年间于扬州重刻印行了。越几十年，黎庶昌利用驻日大使之便，请杨守敬广肆搜罗国内散佚、林衡未收的古籍，共 36 种，裒成一部《古逸丛书》，也算近承林衡、阮元之馀绪，而远绍司马光未竟之志。1911 年，张元济先生有印行《续古逸丛书》之举；近年，中华书局又出版了《古逸丛书三编》。古代汉籍的回流连同政治、经济、教育、文化等各项内容从国门外各个方向的流入，已成为 20 世纪中国社会的一个突出现象。司马光这首咏物诗与汉籍回流之间的丝丝缕缕的关系能经历几百年之久，可谓中外文化交流史上的一则佳话。

（原载《书与人》1995 年第 5 期）

寻觅"甲寅字"

南宋李壁的《王荆文公诗注》是宋人注宋诗的佳构,张元济先生之先祖所刊的清绮斋本和张氏20年代影印之"元大德本"(实为明初刻本),久为士林所习用。我早年研读时,从张氏《影印大德本跋》中,获知其中刘将孙、毋逢辰两序,是由当时在日本的杨守敬从"朝鲜活字本"录出补全的,因对此朝鲜本颇心向往之。1984年秋,我应聘去东京大学任教,在自拟的"访书目录"中即有此书,并携清绮斋本东渡。抵日后,即于是年冬去名古屋市蓬左文库访得此书,与清绮斋本对读,发现李壁注文多出一倍左右(为刘辰翁所删),且有"补注"、"庚寅增注",顿现宋刻原貌,自具无可置疑的学术价值与文物价值。我喜出望外,遂决意设法影印于国内,以广流布。

又是一个意外。由于国内出版业的种种困扰,此书于1993年底始蒙上海古籍出版社印行。虽然迟了十年,我还是舒了口气,总算办了件费神赔钱的实事。但又有两个未了的问题:一是此"朝鲜活字本"的刊年和背景如何? 二是所缺四页能否补全? 趁着中韩建交后文化交流的新形势,我用心寻觅考察,不料却寻出一个韩国渴求外来文化的动人故事,一个民族备受屈辱欺凌的痛苦回忆。

经韩国友人判断,此书所用活字乃是"甲寅字"体,即1434年所铸造的铜活字字体系统。韩国是世界上最早发明金属活字的国家。据《朝鲜王朝实录》之《太宗实录》,其铜活字的历史始于太宗三年(1403,即明成祖永乐元年),称癸未字。这比欧洲发明铅字还早50年。其后续有铸造。《治平要览》(甲辰字本)中金宗直《新铸字跋》

云："活板之法始于沈括……然其字率皆烧土为之，易以残缺而不能耐久。百载之下，诞运神智，范铜为字，以贻永世者，其权舆于我朝乎？恭维太宗恭定大王作之于始，而世宗庄宪大王、世祖惠庄大王述之于后，于是乎铸字之精工，殆无以加矣。成于永乐癸未者，谓之'癸未字'；成于庚子者，谓之'庚子字'……"对韩国铸字历史的叙述颇明。而甲寅字于世宗十六年（1434，即明宣德九年）七月改铸，历时两个月而成20馀万个字。字体乃仿明永乐十八年（1420）内府所刻之《孝顺事实》，具有赵子昂笔意，俗称"卫夫人字"，以其精美尊为"韩国万世之宝"，被誉为朝鲜铜活字之花，乃其印刷术的顶峰。甲寅字以后被一再仿制，蓬左文库所藏之李壁注本是用哪一次"甲寅字"来印刷的呢？承庆星大学金致雨教授见告，从板式、鱼尾和个别字体等来判断，大概印刷于中宗初（1506）至宣祖六年（1573）或宣祖十三年（1580）之间。

然而在此以前，已有王安石诗李壁注本的刊印，那是用"甲辰字"（1484）印刷的，且以刘辰翁删节本为底本（今韩国奎章阁、"中央"图书馆藏有残本，日本尊经阁文库等则有全本）。围绕甲辰本的刊印，李朝君臣之间还发生过一场有趣的论争。据《成宗实录》，成宗十六年（1485）正月，"己酉，传于承政院：今以甲辰字将印《唐书》，然先可印王荆公集"。成宗要求率先印王安石集，原议《唐书》的印刷暂缓。但承旨等大臣表示疑虑，回复道："王荆公集有二，一有注，一无注，若印有注册，则甲辰铸字时未及铸，印出为难。"还提出："《事文类聚》，文士皆欲见之，然卷帙至多，中国亦未多有，买来少，国藏亦不过一帙，请先印之。"成宗闻之大怒："若关系国家事，则尔等言之可也；今予之欲印王荆公集，有何不可？敢尔言之乎？"还指责臣下"以己所好之书请先印出"以夺君主之所好。结果当然是成宗说了算，至该年三月就有"赐新印《王荆公诗集》于文臣等"的记载。这场君臣间关于先印王诗还是先印《事文类聚》等的争执,说明君主的诗歌审美满足超过了臣下的史鉴需要,也显示出中国文化对友邦的巨大吸引力。

及至寻访此书在韩国的庋藏,以期补全蓬左本的缺页时,又让我大吃一惊。遍查各著名图书馆书目,均告阙如,仅奎章阁(原属皇家,现归汉城大学)残存卷五、六两卷(另据延世大学《古书目录》,该校藏有甲寅本八卷,9—11、37—39、40—41,则未寓目)。造成这一情况的原因是历史上的"壬辰倭乱"。公元 1592 年丰臣秀吉率领 20 万日军侵朝,攻下首都汉城,占领朝鲜国土达四分之三,并谋进占中国。他在败退归国时,把朝鲜无数珍宝洗劫一空,其贪婪、残暴程度举世骇然。常人不可思议的是把三万只被杀害朝鲜人的耳朵和鼻子也当做战利品带回,并在京都建立"耳朵的坟墓"。这其间,朝鲜的大批公私藏书捆载东流,连同铜活字和印工亦不放过(日本用以印了第一部铜活字本《古文孝经》),朝鲜高度发达的活字印刷业遭到了毁灭性的破坏。李壁注本在其印刷原产地今已不见完帙踪影,其故即此。

书翰恩怨话古今,书籍也有它曲折坎坷的命运。此书原刊于我国宋朝,复刻于韩国,均荡然无存,而今仅藏于日本一部,已成世上孤本,现又影印重返中土。但我想不到这部古籍揭开了如此深刻的岁月伤疤,望着湖蓝色的封面,似乎有着历史风云的吹动。

(原载《新民晚报·夜光杯》1997 年 3 月 9 日)

余靖使辽与"蕃语诗"致祸

　　说起广东曲江(今属韶关市),治唐宋文史者自然会想起张九龄等乡贤;但在新千年的今日,首先使我注意的却是北宋名臣余靖。这位曲江人生于宋真宗咸平三年,正是公元 1000 年,恰与上一个千年同龄。他是位值得后人怀念的文武兼备的能臣。当范仲淹因言事得罪当轴遭贬时,满朝谏官、御史缄口避祸,第一位大胆上书仗义执言者是他,因被列为"四贤"(范仲淹、尹洙、欧阳修、余靖)之一,蔡襄的《四贤一不肖诗》写他:"崭然安道(余靖)生头角,气虹万丈横天衢。臣靖胸中有屈语,举嗌不避萧斧诛。"并预言:"吾知万世更万世,凛凛英风激懦夫!"他又是庆历时著名"四谏"(欧阳修、王素、蔡襄、余靖)之一,直言敢谏,力主改革弊政。而在军事方面,他配合狄青平定广西侬智高之乱,谋划甚多;且为帅十年,不载南海一物而归。广州旧有"八贤堂",余靖就是其中的一位。本文仅对他的使辽事迹作一评述,权作千年之祭。

　　《宋史·余靖传》说他"三使契丹",据考查,第一次在仁宗庆历三年(1043),他以右正言、集贤校理作为契丹国正旦使出使辽国,此纯系礼节性使命,按下不表(见《续资治通鉴长编》卷一四四)。

　　第二次却负有重大的外交使命,关涉到宋与辽、西夏错综复杂的三角政治、外交关系。当时三国鼎峙,关系极为微妙:宋辽自澶渊之盟后,大致维持表面的和平,互通使节,络绎不绝。宋与西夏,已开衅多年。而辽与西夏,因西夏勾结契丹内部的叛乱部落,关系甚趋紧张。但西夏于宋于辽,时时依违两端,忽友忽敌,反复无常。因此宋廷时而联辽制夏,时而联夏制辽,充满变数,颇难把握政策的基点。

庆历四年,西夏主元昊向宋朝表示归款请和,结束长达七年的战争状态,宋廷正拟封册拉拢,但契丹却悍然兵临西境,并通报宋廷:"为中国讨贼,请止毋和。"这使宋廷处于两难选择:"欲听,重绝夏人而兵不得息;不听,生事北边。"朝议纷纭不决。余靖保持了清醒的政治头脑,对事态的利弊得失作了条分缕析的论述,认为不能屈就辽国之借宋朝名义共同讨伐西夏,因为辽国最害怕的是宋廷"息兵养勇"政策,此才是其心腹大患。辽国之所以处心积虑地把宋廷拉上伐夏的战车,目的在于"用此以挠我",可能提出借兵、借粮、预支"岁币"等要求,以阻挠宋朝军事实力与经济实力的增强。于是余靖主动请命驰出居庸关,在辽军集结地九十九泉,"从容坐帐中辩言,往复数十,卒屈其议,取其要领而还"。取得"西师(夏)既解严,而北边(辽)亦无事"的双赢结果,暂时保持了和平(均见欧阳修《赠刑部尚书余襄公神道碑铭》)。而余靖本人也以本官升任知制诰、史馆修撰,膺获殊荣。这次对外交涉的成功,表现出余靖弭兵于坛坫之上、折冲于尊俎之间的杰出才能。

第三次出使,乃因辽国终于单独讨伐西夏,并取得胜利,遣使至宋相告,余靖又作为回谢契丹使于庆历五年再次赴辽。两国在名义上算是"兄弟"邻邦,这是一次依照礼仪的常规回访。就在这次出使中,他写了一首致祸的蕃语诗。刘攽的《中山诗话》云:

> 余靖两使契丹,虏情益亲,能胡语,作胡语诗。虏主曰:"卿能道,吾为卿饮。"靖举曰:"夜宴设逻(自注:厚盛也)臣拜洗(自注:受赐),两朝厥荷(自注:通好)情感勤(自注:厚重)。微臣雅鲁(自注:拜舞)祝若统(自注:福祐),圣寿铁摆(自注:嵩高)俱可忒(自注:无极)。"主大笑,遂为酹觞。

这首用华蕃混合语言写成的应对之作,在当时具体情景下不失为调节"友好"气氛的举动,原也未可厚非,不料却给他带来了仕途的迍遭。先是"御史王平等劾靖失使者体,出知吉州"(《宋史·余靖传》);又在他官场失势情况下,"怨家因之中以事,左迁将作少监,分司南京",乃至"还乡里"、"绝人事",过了六七年罢废生活(欧阳修《赠刑部尚书余襄公神道碑铭》)。与前一次的获赏相比,荣悴悬殊,颇堪玩索。

余靖这次受谴之由,《中山诗话》有不同说法:"仁宗待虏有礼,不使纤微迕之。"似是仁宗认为余靖写诗开罪于契丹,因被"谪官",这与《宋史·余靖传》"失使者体"的记述有异。看来《宋史》是正确的。当时弹劾余靖的还有监察御史刘元瑜。《宋史·刘元瑜传》载刘弹劾余氏云:"靖知制诰不宜兼领谏职,且奉使契丹,对契丹主效六国语,辱国命,请加罪。"交代得一清二楚。余靖到了吉州后给朝廷的《吉州谢上表》中也说:"臣既频到虏庭,欲练胡事,上则接谈于宾主,下则访事于舆隶。示相亲狎,则务通其情;所临机会,则未尝屈礼。本谓六蕃之语,可以博之;岂料一言之失,不能免罪。"这里突出的"未尝屈礼",正是对王平、刘元瑜弹劾他"失使者体"的自辩。

余靖的自辩,在今天我们看来,当然是有力的。他学习契丹语,目的是为了"练胡事"、"通其情",更好地完成外交使命,罪从何来?有个具体事例还可以佐证他的自辩。现存他所作的《契丹官仪》,详细地记录了契丹文武官员的构成、职掌等情况,是一份有重要价值的情报,这就得益于他的谙熟"夷语",才能与契丹的各式人等广泛接触,了解实情。他在此文开场白中说:"予自癸未至乙酉,三使其庭,凡接送馆伴、使副、客省、宣徽,至于门阶户庭趋走卒吏,尽得款曲言语。虏中不相猜疑,故询胡人风俗,颇得其详。退而志之,以补史之阙焉。"如此尽心尽职,成效卓著,反因功而受罚,其故何哉?

《中山诗话》对余靖被谴之由的解释虽不合实情,余靖并未"迕"辽,却仍含有深刻的内蕴。宋廷在对辽关系中处于军事弱势的地位,正如余靖所分析的,"乘我之怯,以恣无厌之求"(《论敌人求索不宜轻许奏》),形成被动应付的局面。这种弱势被动的"怯",竟使宋廷对本国使臣的防范、训诫也异乎寻常的严苛。宋廷使臣南返北往,如在路上迎面相遇,按规定不得私自交谈。使臣因细故受罚者,更是史不绝书。如刘沆,因契丹馆伴出上联云:"有酒如渑,系行人而不住。"刘沆应声曰:"在北曰狄,吹《出塞》以何妨。"亦被"谪官"(《中山诗话》)。如韩综,仅因"私劝契丹主酒",也被"落职知许州"(《续资治通鉴长编》卷一七九)。又如王拱辰,也在辽主宴会上,"痛饮深夜,席上联句,语同俳优",即遭御史赵抃弹劾,"失礼违命,损体生事,乞加黜降",被罚金二十斤(同上)。此尤与余靖经历如出一辙,连贬抑的理由也一模一样。窘困的国势反而刺激起对大国之"礼"、之"体"的超常强调,正反映出弱势外交的无奈与辛酸。余靖因写诗被贬的无理,是否从这里也有"理"可寻了?

近代一位著名职业外交家说过,外交家的职责在于维护平等条件下的国家利益,处强势而不谋求非分之利,处弱势尤应不丧权辱国。富弼有次使辽返朝,拒绝仁宗的"嘉其有劳",因为他那次为关南之地与辽交涉,是以"增币"来换取对方取消"索地"的要求。但在弱势外交下,他竟被认为有"奉使之功"。对比余靖之"过",可谓功过失常,其源在于一个"怯"字。

余靖的"蕃语诗"本身,在中国诗歌史特别是汉语与不同的语种的接触史上,别具一格,是值得一议的话题。

论及汉族与各兄弟民族的语言接触与诗文交涉,较早的有东汉明帝永平时,白狼王唐菆曾作诗三章,即《远夷乐德歌》、《远夷慕德歌》、《远夷怀德歌》,表示臣服汉朝、"慕化归义"的诚意,即是由"夷歌"译成的汉诗。据李贤注引《东观记》,尚保存此三章之"夷人本语"的音译,每句均为四个音节,可知汉语诗乃逐字逐句译出,成为整齐划一的四言诗,汉译在句式上是完全忠于原歌的。此三章汉语诗和音译诗均见《后汉书·南蛮西南夷列传》。北朝乐府中《折杨柳歌辞》云："遥看孟津河，杨柳郁婆娑。我是虏家儿，不解汉儿歌。"从后两句看，此诗也当是"胡"歌的汉译。但汉译最出色的诗，无疑应推《敕勒歌》："天苍苍，野茫茫，风吹草低见牛羊。"这幅在"天似穹庐"笼罩下的大草原的壮丽图景，其雄浑苍凉、刚健犷放，至今仍令我们动情。据《乐府诗集》引《乐府广题》说，此歌本为北齐斛律金（敕勒族人）所作："其歌本鲜卑语，易为齐（北齐）言，故其句长短不齐。"为什么从鲜卑语译成汉语，就会"长短不齐"呢？似未说清楚。日本著名汉学家小川环树先生考证说，敕勒或译为"敕力"、"铁勒"，即突厥，后几经迁徙，部分族人成为"广义的土耳其族的一种"。据现存土耳其古代民歌，其句式大都由两个二行诗组成，每一行的音节大体相等，在一定位置处各有停顿和押韵。《敕勒歌》的句式为三、三（韵）；四、四（韵），三（韵）、三（韵）；七（韵）。恰与上述土耳其古代民歌句式相同。这说明这首汉译诗，不仅文字明快，音调谐美，形象生动，而且全按原歌的句式、格律译出，"汉译非常忠实地保持了原文的韵律"，表现出高超的翻译艺术。小川先生此文题为《〈敕勒歌〉——其原文和文学史意义》，原刊于 1959 年 6 月《东方学》第 18 辑，收入《小川环树著作集》第一卷。他的考辨可称细密，推理亦合情理，虽自谦并非定论，却可备一说。国内似未注意及此，特赘笔表出。

与汉译诗不同，余靖是汉人学作"胡语诗"，或许还是此类创作中较早出现的一首。当人们与操不同语言的人进行语言接触时，总会尝试一些使双方均能大致理解的方式。余靖这首诗，一是半汉半胡，且是按照汉语词序和汉诗（七绝）格律来进行写作；二是对胡语仅作音译加注，因而也可以视作一首汉译诗。余靖的这类诗歌形式，影响久远；也启发不少诗人以"胡语"入诗，扩大诗歌语言的取材范围，丰富诗歌的艺术表现力。比如苏轼的《同柳子玉游鹤林、招隐，醉归呈景纯》，是一组"冈"字韵诗七首；一和再和，熔铸经史子集，极尽学人之诗之能事。最后一首结句是:"背城借一吾何敢,慎莫樽前替戾冈。"按,《晋书·佛图澄传》:羯语,"替戾冈",出也。句谓不敢再"出"和篇,互相斗诗就到此为止了。引"羯语"作结,又能巧叶"冈"韵,另有一番风味。晚清"诗界革命",如黄遵宪《日本杂事诗》的"摩多"、"淡巴菰"、"伊吕波"之类,亦留此流风馀韵。

(原载《文汇读书周报》2000 年 8 月 5 日)

千年叩问：欧阳修的两次文字风波

今年(2007)八月六日将是欧阳修千年诞辰纪念日，不知何故，我首先想到的却是他的两篇引起纠纷的碑志文：一为范仲淹所写的《范文正公神道碑》，一为尹洙的《尹师鲁墓志铭》。欧氏是以文字为生命、也以文字立命的大古文家，这两篇精心撰作的文章，竟遭墓主家属的排拒和名臣硕儒的质疑。问题的焦点是追叙往事的态度问题，也见出"修辞立其诚"的古训，在具体实践时会受到怎样的环境困扰和精神压力。直至今天，各类口述历史、人物传记等读物层出不穷，这一问题仍时时在身边发生，而且更显突出和尖锐。

宋仁宗皇祐四年(1052)五月，范仲淹病逝，他的儿子范纯仁请富弼和欧阳修分撰《墓志铭》和《神道碑》，富氏于十一月前写成上石，纳入墓中，按常规顺利完成；欧氏却延宕一年多以后始得完稿。这不仅因为《神道碑》立于地上，供万人拜阅，影响更大，而且因为要总结范仲淹的一生活动，无异于要梳理一部近三十年的现代政治史，尤其是党争的历史；而党争的另一方当时仍然人众势大，拥有不可轻视的政治能量，稍有不慎，极易引发事端。欧氏在给姚辟的信中说，他在富弼之后作《神道碑》：

> 中怀亦自有千万端事待要舒写，极不惮作也。……为他记述，只是迟着十五个月尔。此文出来，任他奸邪谤议近我不得也。要得挺然自立，彻头须步步作把道理事，任人道过当，方得恰好。……所以迟作者，本要言语无屈，准备仇家争理尔。如

此,须先自执道理也。

——《与姚编礼辟》其一

欧氏是范仲淹志同道合的政治盟友,"庆历新政"的倡导者和参与者。为范氏立传,也是为欧氏自己写照,因而他心中有"千万端事待要舒写";而要写好这篇文章,其关键是"须先自执道理"才能"挺然自立",使政敌们无可置喙。为达到这个要求,"迟着十五个月"也是可以谅解的了。初稿写成,他先送韩琦审阅:"惟公(韩琦)于文正(范仲淹)契至深厚,出入同于尽瘁。窃虑有纪述未详及所差误,敢乞指谕教之。"(《与韩忠献王稚圭》其十五)韩的意见反馈后,欧"悉已改正"(同前其十六)。事情进展至此,可谓一马平川,波澜不起;连反改革派方面也未发出不同声音,欧氏原先的顾虑也可打消了。不料到了富弼、范纯仁那里,却引发激烈反应,酿成轩然大波。富弼也是推行"庆历新政"的名臣之一,他对欧文的意见,见于《邵氏闻见后录》卷二一:

> 大都作文字,其间有干着说善恶,可以为劝戒者,必当明白其词,善恶焕然,使为恶者稍知戒,为善者稍知劝,是亦文章之用也。……弼常病今之人,作文字无所发明,但依违模棱而已。……褒善贬恶,使善人贵,恶人贱,善人生,恶人死,须是由我始得,不可更有所畏怯而噤默,受不快活也。向作希文(范仲淹)《墓志》,盖用此法。

他自己所作的范仲淹《墓志铭》采用的是务使善恶分明、善贵恶贱、善生恶死的痛快淋漓的态度,含蓄地批评欧阳修的《神道碑》却是"依违模棱"、调和折衷,实不足取;他进而明言,他写的《墓志铭》"所诋奸人皆指事据实,尽是天下人闻知者,即非创意为之,彼家数子皆有权位,必大起谤议,断不恤也"。即使引起吕夷简等家族子弟的群起谤议,他也无所顾惜，一派势不两立的阵势。

对于富弼的这个批评，欧阳修直截了当地予以拒绝，他请友人徐无党转告富弼：

> 于吕公（夷简）事各纪实，则万世取信。非如两仇相讼，各过其实，使后世不信，以为偏辞也。大抵某（欧阳修）之《碑》，无情之语平；富（弼）之《志》，嫉恶之心胜。后世得此二文虽不同，以此推之，亦不足怪也。……幸为一一白富公，如必要换，则请他别命人作尔。
>
> ——《与渑池徐宰无党书》其四

欧阳修这里所说的"吕公事"，正是双方矛盾的焦点，乃指宝元元年西夏战争爆发后的一桩史实：景祐年间，党争初起，范仲淹等人先后被贬，不久吕夷简也被罢去相位。西夏战争爆发，吕夷简再次为相，推荐范仲淹为陕西经略安抚副使。大敌当前需要一出新的"将相和"，范仲淹主动写信给吕夷简表示和解。欧阳修在《神道碑》中如实地记叙了这桩史实：

> 自公（范仲淹）坐吕公（夷简）贬，群士大夫各持二公曲直，吕公患之，凡直公者，皆指为党，或坐窜逐。及吕公复相，公亦再起被用，于是二公欢然相约戮力平贼。天下之士皆以此多二公。

看来，欧、富二人都主张碑志文应"指事据实"，"万世取信"；但究竟什么才是"事实"，如何叙事才能取信后代？他们之间实存在着真正的分歧。激烈的党派争斗，无休止地相互弹劾惩治，贬黜迁徙，不可避免地日趋情绪化，极易导致碑志文的写作出现"两仇相讼，各过其实"的偏向，离开了"信史"的基本原则。欧阳修说得好：他与富弼的区别在于"无情之语平"与"嫉恶之心胜"的不同。他对待历史要取公平、客观、冷静的态度,勿任一己感情好恶的驱使而背离真实。这一条传记写作的指针,具有普适性。

墓主家属范纯仁的态度,与富弼一致,对欧氏碑文也不能认同。他不像富弼那样着重于碑志写作的基本原则的讨论,而主要辩白上述的那桩史实。他坚持说"我父至死未尝解仇",否认确有其事。欧阳修回应说:

> 我亦得罪于吕丞相者,惟其言公,所以信于后世也。吾尝闻范公自言平生无怨恶于一人,兼其与吕公解仇书见在范集中,岂有父自言无怨恶于一人,而其子不使解仇于地下! 父子之性,相远如此?
>
> ——张邦基《墨庄漫录》卷八

《避暑录话》卷上亦载:

> 碑载初为西帅时与许公(吕夷简)释憾事曰:"二公欢然,相约平贼。"丞相(范纯仁)得之曰:"无是。吾翁未尝与吕公平也。"请文忠(欧阳修)易之。文忠怫然曰:"此吾所目击,公等少年,何从知之?"

他以第一证人的身份引证范仲淹的当日言论,更用范氏和解信件"见在范集"为物证,充分证明范纯仁的不敢面对现实,颇有说服力。

这场文字风波的结局是,富弼当然不敢"别命人作"来全盘否定欧作;范纯仁却断然删去范吕和解的一段文字,"即自刊去二十馀字乃入石";欧阳修的态度是,拒绝接受范纯仁所送碑文的拓片,声称此

"非吾文也"(见《避暑录话》卷上),还特意提醒人们:若要读这篇碑文,请以他的家集本为准(欧氏《与杜诉论祁公墓志书》)。双方互不退让,闹了个不愉快。

欧阳修并不认为他的碑文字字正确,无一瑕疵,不能改动。比如碑文中写道,有次仁宗母亲章献太后临朝,仁宗欲率百官朝拜太后,范仲淹认为不合礼制,力争乃罢。后来苏洵奉诏编纂《太常因革礼》时,得见政府所藏官方案牍,发现"无谏止之事",便告诉欧氏。欧氏说:"文正公实谏而卒不从,《墓碑》误也,当以案牍为正耳。"可谓从善如流(见苏轼《范文正谏止朝正》)。又如碑中对范氏任官履历的叙述,有人怀疑先后次序不当,他则解释道:"某官序非差,但略尔,其后已自解云'居官之次第不书',则后人不于此求官次也。"可谓耐心细密(见欧氏《与渑池徐宰无党书》其四)。那么,为什么在涉及与党争有关的史实上,他旗帜鲜明,寸步不让呢?似有更深层的原因在。北宋的庆历新政和熙宁变法的前期,都产生过不同政治派别之间的"党争",但与汉代"党锢之祸"和唐代"牛李党争"不同,他们是"君子"之间政见的歧异,而非单纯的争权夺利,相互倾轧,因而具有某些现代政党的色彩。然而两派对阵,各为自己的政治主张而相争,又极易导致意气用事,不择手段,演出种种你死我活的残酷场面。今日我们耳熟能详的词语,如"一网打尽"、"不知人间有羞耻事"、"笑骂由汝,好官我自为之"等,均出于北宋政争之时。但北宋的一批名臣国老,大都信奉"立朝大节",昌公论而杜私情,防止政争的失范。如范仲淹、韩琦在读到石介的《庆历圣德颂》时,因其一味丑化政敌以逞一时之愤,范曰:"为此怪鬼辈坏之也。"韩曰:"天下事不可如此,必坏。"(《枫窗小牍》卷上)辱骂丑诋不是政争的正常手法。诚如苏辙所言,范氏"早岁排吕许公(夷简),勇于立事,其徒因之,矫厉过直,公亦不喜也"(苏辙《龙川别志》卷上)。欧阳修的《朋党论》力辩"君子有党,小人无党",公开亮出君子立党的正当性和必要性,同样体现了政治节操与气度。欧氏在碑文中之所以叙述范吕和解一事,乃是为了突出"二人之贤,能释私憾而共力于国家"的政治风范(《墨庄漫录》卷八),"述吕公事,于范公见德量包宇宙,忠义先国家"(欧氏《与渑池徐宰无党书》其四)。然而这番用心却不被沉溺党派偏见的富弼、范纯仁们所体谅,难怪欧氏对苏洵说"《范公碑》,为其子弟擅于石本改动文字,令人恨之"了(《邵氏闻见后录》卷二一)。

　到了南宋,欧阳修获得了一位知音,就是朱熹。他与周必大曾为此桩公案展开争论,给周氏写过多封长信,认为:"范、欧二公之心,明白洞达,无纤芥可疑。吕公前过后功,瑕瑜自不相掩。"(朱熹《答周益公》其二)对吕夷简的"前过"与"后功",应采取分别对待之法:"盖吕公前日之贬范公,自为可罪;而今日之起范公,自为可书。二者各记其实,而美恶初不相掩,则又可见欧公之心,亦非浅之为丈夫矣。"(朱熹《答周益公》其三)对欧氏深致仰佩之意。至于范仲淹,他主动与吕氏和解,正见出"其正大光明,固无宿怨,而惓惓之义,实在国家","此最为范公之盛德,而他人之难者"。他还直接引用范氏给吕氏的和解书信的内容,即有所谓"相公(吕夷简)有汾阳(郭子仪)之心之德,仲淹无临淮(李光弼)之才之力"之句,并随手指出:"此书今不见于集中,恐亦以忠宣(范纯仁)刊去而不传也。"(朱熹《答周益公》其三)朱熹的这几封信件,持论平和,剖析入微,表现出他政见的成熟和对史事的透彻观察,实可看做本案的定谳。

　尹洙是欧阳修政见相契的文友,庆历七年(1047)不幸去世,欧氏受范仲淹之托,撰写了《尹师鲁墓志铭》。欧氏出于对文友的敬意,追摹尹洙简古的文风,用精练准确的语言,评述亡友一生的行事和业绩,欧氏自感能告慰亡友于地下。不料招来尹洙家属和欧、尹友人孔嗣宗的非难,欧氏又作《论尹师鲁墓志》一文予以辩解。从这篇文章中,可以看出双方意见分歧,主要集中在如下三点:(一)尹洙以古文名世,而《墓志铭》只说了"简而有法"四个字的评语,甚嫌评价不足。欧答云："简而有法"四字的分量极重，只有孔子亲自所作的《春秋》才当得起，我用以称尹洙之文，已是极高评价，"修于师鲁之文不薄矣"。（二）尹洙破骈为散，厥功甚伟，《墓志铭》未给予充分肯定。欧答云："偶俪之文，苟合于理，未必为非，故不是此而非彼也。"就文体而言，古文固然好，但骈文也未必一概皆坏。（三）尹洙家属认为"作古文自师鲁始"，而《墓志铭》未提到尹洙在宋代古文运动中的这一首倡地位。欧答云："若作古文自师鲁始，则前有穆修、郑条辈，及有大宋先达甚多，不敢断自师鲁始也。"三条意见，前两条属于事理辨析，后一条又关涉于事实的有无了。欧氏的辩解应该说是合乎情理和实际的。

然而，事情的结局是"尹氏子卒请韩太尉（韩琦）别为墓表"（欧氏《与杜诉论祁公墓志书》）。韩氏之《表》洋洋洒洒超过欧《志》二三倍之多，欧《志》遭遇冷落。欧阳修颇为感伤地说："又思平生作文，惟师鲁一见，展卷疾读，五行俱下，便晓人深处。因谓死者有知，必受此文，所以慰我亡友尔，岂恤小子辈哉！"（《论尹师鲁墓志》）

欧阳修说是尹洙家的"小子辈""卒请韩太尉别为墓表"，这是不确的，似乎他也不明白内情，这又要说到这场文字风波的另一位人物了。他不是别人，就是范仲淹。尹洙临终时，范仲淹在现场。范对行将辞世的尹洙说："足下平生节行用心，待与韩公、欧阳公各作文字，垂于不朽。"尹洙"举手叩头"，表示同意与感谢。范氏决定了具体分工："永叔作墓志，明公（韩琦）可与他作墓表也。"（范仲淹《与韩魏公书》其一）可见韩琦作《墓表》是范仲淹的主意。欧氏《墓志》作成而非议随起，这个难题又到了范氏那里。范氏给韩琦信（《与韩魏公》其二〇）云：

> 近永叔寄到《师鲁墓志》，词意高妙，固可传于来代。然后书事实处，亦恐不满人意，请明公更指出，少修之。永叔书意，不许

人改也。然他人为之虽备,却恐其文不传于后。或有未尽事,请明公于《墓表》中书之,亦不遗其美。又不可太高,恐为人攻剥,则反有损师鲁之名也。乞审之。人事如此,台候与贵属并万福。

范氏既肯定欧文"词意高妙,固可传于来代",但又说讲事实处,"恐不满人意",这或许在为尹洙家属代言。对这个"不足",欧氏拒绝修改,而若换别人写作,又"恐其文不传于后",真是两难。因而请韩琦在作《墓表》时弥补、充实,这样,对欧氏和尹洙家属的意见都能兼顾,且又能保持文字的身价与声誉,表现出范仲淹处理难题的老到达练。现在我们读到的韩琦这篇墓表,事迹详备,叙事酣畅,尤在政治评价上更为充分,但也注意不拔高虚美。他对欧、尹分歧的前两条即"简而有法"、"破骈为散"绝口不提;对于第三条"事实"问题,他写道:

> 本朝柳公仲途(柳开)始以古道发明之,后卒不能振。天圣初,公(尹洙)独与穆参军伯长(穆修)矫时所尚,力以古文为主。次得欧阳永叔以雄词鼓动之,于是后学大悟,文风一变,使我宋之文章,将逾唐、汉而蹑三代者,公之功为最多。

韩琦以柳开——穆修、尹洙——欧阳修来概括宋初以来古文运动的发展脉络,既肯定了尹洙的地位与贡献,也明显吸取了欧阳修的"作古文不自师鲁始"的见解,使争论双方都能接受,并为后世学者所普遍认同。几乎同时,范仲淹为尹洙文集作序(《尹师鲁河南集序》),也复述这一由柳、穆、尹、欧所构成的发展脉络,只是点明尹洙是"从穆伯长游"的,属于追随穆修之列,而且改"公(尹洙)之功为最多"为"深有功于道",删去"最多"二字,体现他评价尹洙"不可太高"的主张。而韩琦处理问题的深思熟虑,面面俱到,也丝毫不让范仲淹。他们二人可能已看出,欧阳修拒绝修改的根本原因,在于这既关乎古文

111

的写作及其历史发展的重大问题,又是关乎传记写作的"信史"原则。欧氏的坚持,理应得到尊重。

两次文字风波都给欧阳修造成一定的伤害,两篇原无问题的作品成了"问题"文章,受到不公平的对待;但他所坚持的思想、观念和原则,仍给后人以启迪,至今尚未过时。

(原载《悦读 MOOK》第 3 卷,二十一
世纪出版社 2007 年版)

蔡襄的"忠惠"与"买宠"

  北宋名臣蔡襄，死后谥号"忠惠"，确也名实相符。论其忠于国事，有著名的《四贤一不肖》诗在。那是宋仁宗景祐三年(1036)，范仲淹因弹劾宰相吕夷简被贬，余靖、尹洙上章论救也遭贬谪；欧阳修致信谏官高若讷，责备他不能仗义执言，反而非议仲淹，可谓"不复知人间有羞耻事"，高竟将欧信奏闻朝廷，欧又被贬。蔡襄挺身而出作此诗，"四贤"指范、余、尹、欧，"一不肖"就是高若讷。此诗轰动京城，士人争相传抄，还流传到了辽国，蔡襄声誉鹊起。据《谥法》，"爱民好与曰惠"，蔡襄在地方官任上也治绩斐然；但"惠"亦作"慧"讲，则更与他多方面的才能与智慧相符合。论书法，被认为"本朝第一"，苏轼说："欧阳文忠(欧阳修)论书云：'蔡君谟(蔡襄)独步当世。'此为至论。……天资既高，辅以笃学，其独步当世，宜哉！近岁论君谟书者，颇有异论，故特明之。"(《论君谟书》)他精于茶道，有《茶录》一书。他的《荔支谱》、《荔支故事》是最早的有关荔枝的专著，可与欧阳修第一个为牡丹作专著《洛阳牡丹记》相比美。至今泉州的万安桥，也是他任知州时主持建成的，全长三百六十丈，雄伟壮观，洵为北宋名桥，而"种蛎于础以为固"的加固桥墩的技术，也不愧为就地取材的创造。这些荦荦大端，彪炳史册，早有定评。

  不料苏轼晚年的一首《荔支叹》，却对他作了颇为严厉的斥责，指为"争新买宠"。苏轼于宋哲宗绍圣时贬往惠州(今属广东)。初至岭外，刚尝荔枝，简直使这位美食家乐不可支："我生涉世本为口"，"南来万里真良图"(《四月十一日初食荔支》)，一再唱起"日啖荔支三百颗,不辞长作岭南人"(《食荔支》)的赞歌。然而,令他忘掉贬谪痛苦、孤寂、穷困的同一荔枝,偏偏又使他记起"一骑红尘妃子笑"的历史故事。作为贡物的荔枝,他视之为带来民瘼"疮痏"的祸种,其中烙印着"赤子"的血和泪。他的这首《荔支叹》,即以浓墨重彩描绘出"宫中美人一破颜,惊尘溅血流千载"的惊心动魄的图景,怒斥向唐玄宗、杨贵妃谄媚求宠的李林甫,发出"至今欲食林甫肉"的呐喊。诗原以"荔支"为题,写到末尾,笔锋一转,由贡荔枝陡入贡茶、贡牡丹之事:"君不见武夷溪边粟粒芽,前丁(丁谓)后蔡(蔡襄)相笼加,争新买宠各出意,今年斗品充官茶。""洛阳相君(钱惟演)忠孝家,可怜亦进姚黄花!"借古喻今,此诗的重点实在针对本朝的贡事。清人汪师韩《苏诗选评笺释》卷六云:"'君不见'一段,百端交集,一篇之奇横在此。诗本为荔支发叹,忽说到茶,又说到牡丹,其胸中郁勃有不可以已者。"我每读此诗,总觉得东坡作此长篇,其要旨就在这"君不见"一段。因而不看作咏史诗,而径归入现实政治讽刺诗一类。然而,把蔡襄与"世皆指为奸邪"的丁谓并列,又搭上一味攀附后妃以求进的钱惟演,这对蔡襄的令名不能不是严重的损害,引起后人为蔡氏辩护,也是不足奇怪的了。

　　清初四库馆臣是较早对苏诗提出异议的,见《四库全书总目》卷一一五《茶录》提要。他们所举的理由有两点:一点是某些事实有出入。宋人费衮《梁谿漫志》卷八"陈少阳遗文"条云:"余(陈东,字少阳)闻之先生长者,君谟初为闽漕时,出意造密云小团为贡物。富郑公(富弼)闻之叹曰:'此仆妾爱其主之事耳,不意君谟亦复为此!'"馆臣们反驳说:"《群芳谱》亦载是语,而以为出自欧阳修。观修所作《龙茶录后序》,即述襄造小团茶事,无一贬词,知其语出于依托;安知富弼之言,不出依托耶?此殆皆因苏轼诗中有'前丁后蔡'、'致养口体'之语,而附会其说,非事实也。"就是说,欧阳修(或富弼)不满蔡襄的话,乃是好事者附会苏轼诗意而伪造的。馆臣们的这一看法是不对的，他们大概没有注意到苏轼此诗有条自注云："大小龙茶，始于丁晋公（丁谓），而成于蔡君谟。欧阳永叔闻君谟进小龙团，惊叹曰：君谟士人也，何至作此事？"此注可以证明，苏轼的指责蔡襄，实本欧阳修"惊叹"之意，引申发挥于诗笔而已；而不是另有其人根据他的诗句伪造"依托"出欧氏之语。至于《梁谿漫志》等说成是富弼之言（又见《碧溪诗话》卷五），是欧是富，尚待考证；但这并不十分重要，他俩均是同时代政见一致、地位相当的名臣。

馆臣们另一点理由是，蔡襄贡茶本是他担任福建路转运使的分内之职责，未可厚非。他们说，据《北苑贡茶录》，早从宋太宗太平兴国时开始，团茶已是"正供之土贡"，"漕司岁贡为上，则造茶乃转运使之职掌。（蔡）襄特精其制，是亦修举官政之一端"，认为蔡襄进贡团茶，职责所在，事属常例。至于"特精其制"，研制小龙团，有人更以蔡襄生性精严来解说。明何乔远云："臣事君犹子事父"，"况乎公之为人为文，凡百森整，岂有供御品式不致精凿以恩尚方？"（见逊敏斋本《蔡忠惠公集序》。恩，烦劳；尚方，皇室事务机构——引者）这也是似是而非的，未能理解苏轼指责蔡襄的真正意义。

苏轼对蔡襄的指责，当然绝非出于私隙。如前所述，苏轼推崇蔡襄的书法，且一再坚持自己的"当世第一"的评价："余评近岁书，以君谟为第一，而论者或不然，殆未易与不知者言也。"（《跋君谟书赋》）"仆论书以君谟为当世第一，多以为不然，然仆终守此说也。"（《跋君谟书》）尤其是他晚年所写的《记与君谟论书》，提到他曾当面推许蔡襄为书坛盟主，但被蔡氏婉辞谢却："自苏子美死，遂觉笔法中绝。近年蔡君谟独步当世，往往谦让不肯主盟。……今思此语已四十馀年，竟如何哉？"这则记事写于当年面谈的"四十馀年"以后，应与《荔支叹》作年大致同时。说明直到苏轼晚年，他对蔡襄仍然保持仰慕和敬意。即使对蔡襄的嗜茶，他在其他诗文中也是当做文人风雅趣事来看待的。如《书茶墨相反》一文云："蔡君谟嗜茶，老病不能饮，但把玩而已。"与吕行甫的好墨而不能书、却磨而啜饮,恰成有趣的对照,"可以发来者之一笑"。所以他对蔡襄的指责,实有更深的原因。

关键在于臣子事君的政治原则。在苏轼看来,作为士大夫的立朝大节,不同于"仆妾"之辈的私爱其主,而应竭力辅助君主养成"勤恤之德",绝不能诱导和助长其"穷天下之嗜欲"、"尽天下之玩好"的享乐之风;他自己正是规劝君主"务从俭约",防止侵民生怨,"亏损圣德"的(均见苏轼《谏买浙灯状》文)。他对蔡襄的非难正在于此,这与他对蔡襄的整体评价不能混为一谈,也与蔡襄开发建州茶叶资源、提高制茶技艺、发展茶叶生产的贡献,是不同性质的问题。另一原因是现实事件的激发。《荔支叹》云:"今年斗品充官茶。"苏轼自注:"今年(绍圣二年)闽中监司乞进斗茶,许之。"斗品,指参加斗茶的上品佳茗。可见自丁、蔡始作俑以来,贡茶愈趋精美,且花样百出。事实上,北宋末年整个上层统治集团追求享受之风日炽,以后造成民怨沸腾的"花石纲"之类,正是恶性发展的结果。苏轼的指责正当而不徇私情,且富有政治敏锐性。只是以"买宠"两字加诸丁谓、钱惟演头上,尺寸相当;而对于蔡襄,稍觉言重。

(原载《新民晚报·夜光杯》1997年9月27日)

"一代有一代之文学"说的考源与探微

王国维的"一代有一代之文学"说，是他文学史观的一个重要思想，早为人们所熟知。在我国古代文学史的研究中，是他较早从纷繁的文学现象中，力图找出贯串性的线索，使个别、分散的作家作品考辨和评论，提升到对文学发展规律的探讨，开拓了新的研究视野。但他的这一见解，实非一人突发奇想所得，而有其深远的形成背景。弄清一个观点形成的来龙去脉，才能更好地理解其意义和价值。

他在1912年所写的《宋元戏曲史序》中，开宗明义地说道："凡一代有一代之文学：楚之骚，汉之赋，六代之骈语，唐之诗，宋之词，元之曲，皆所谓一代之文学，而后世莫能继焉者也。"他的《宋元戏曲史》是经过四年多时间长期准备、酝酿后的精心之作，为什么要在这第一部戏曲史中首先强调"一代有一代之文学"的观点呢？

原来这一观点的形成，伴随着文学批评界对元曲价值逐渐升格的过程。我们不妨引述元、明、清三代戏曲评论家的一些相类的见解：元罗宗信《中原音韵序》："世之共称唐诗、宋词、大元乐府（指元曲），诚哉！"明王骥德《古杂剧序》："后三百篇而有楚之骚也，后骚而有汉之五言也，后五言而有唐之律也，后律而有宋之词也，后词而有元之曲也。代擅其至也，亦代相降也，至曲而降斯极矣。"清李渔《闲情偶寄》卷一亦言："历朝文字之盛，其名有所归，汉史、唐诗、宋文、元曲，此世人口头语也。"这些材料有两个共同点：一是其作者均是热衷或深谙戏曲的曲论家，二是他们着眼点都在于把元曲提到与历朝历代最突出的文体并驾齐驱的地位，借以把元曲送进中国古代文学的正统殿堂。这是对轻视、抹杀戏曲、小说等俗文学的传统观念的重大挑战，也是自宋代以来，文学的重心从诗词文的雅文学转移到小说、戏曲俗文学的一种理论反馈。类似这类材料尚多，正是王国维概括出"一代有一代之文学"论点的思想前提。

其实，王国维自己也不否认其说的渊源有自。他提到的是清人焦循。焦循在《易馀籥录》卷一五中说："余尝欲自楚骚以下至明八股，撰为一集。汉则专取其赋，魏晋六朝至隋则专录其五言诗，唐则专录其律诗，宋专录其词，元专录其曲，明专录其八股，一代还其一代之所胜。"焦氏也是清代著名曲论家，有《花部农谭》、《剧说》、《曲考》（已佚）等著作；他以极大的热情为地方戏曲"花部"（与"雅部"相对）护法，其原因之一是"花部原本于元剧"（《花部农谭序》），对元曲也是推崇备至的。

然而，作为近代具有开拓性的学术大师，王国维并非简单地承袭旧说，而是在融贯西方美学思想中加以全新的发挥。《宋元戏曲史》既论宋也论元，但重点在元代；他钟情元曲，"读元人杂剧而善之"，不满"后世儒硕，皆鄙弃不复道"的轻忽元曲的现象。但他的"一代有一代之文学"说，不是只停留在为元曲张目立帜上，而有其独立的内容，成为一种新的文学史观念。第一，对每个朝代的代表性文学样式，抉择更准。他摒弃了焦循的选取明八股，也不取李渔的采择宋古文，整理出楚骚、汉赋、六朝骈文、唐诗、宋词、元曲的发展序列，取舍允当，这已为大多数学人所认同。第二，他精细地辨别"一代有一代之文学"说的内涵。此说的含义是多重的：一是指"盛"，二是指"佳"，三是指代表性或独创性。王氏在批评焦循时说："余谓律诗与词，固莫盛于唐、宋，然此二者果为二代文学中最佳之作否，尚属疑问。"（《宋元戏曲史·元剧之文章》）即对"盛"与"佳"作了区别。比如词在宋代发展程度最盛最高，是宋代文学中最具代表性、独创性的文体，但其总体成就是否已超过宋诗宋文，尚难断言。王国维加以辨析，可谓

"具眼"。学术界曾有一种偏向：即因信从"一代有一代之文学"说，影响到对同时代其他文体的成就评价，或投入的研究力量不足，此实非王氏的过错和初衷。第三，他较为科学、合理地解释了文体代变的原因："盖文体通行既久，染指遂多，自成习套。豪杰之士，亦难于其中自出新意，故遁而作他体，以自解脱。一切文体所以始盛终衰者，皆由于此。"(《人间词话》)他把每一种文体看作动态的，不是固定不变的，都有发生、发展、鼎盛乃至衰亡的过程，从而逻辑地得出变革创新乃文学发展一般规律的结论。要之，王国维的"一代有一代之文学"说，意蕴颇丰，它所可能提供给今人的参考价值尚待开掘。

（原载《人民政协报》1997 年 12 月 29 日）

西 施 的 公 案

　　电视荧屏上在演绎西施和范蠡的故事,新编《西施归越》的剧本也搬上了京戏舞台,前几年,萧山曾跟诸暨争论过西施的出生地(两地均有苎萝山),看来西施到今天还有其历史魅力,甚至蕴有尚待开发的应用价值。说起来,苏东坡倒是最有资格向杭州市申请"专利",他的"欲把西湖比西子,淡妆浓抹总相宜"的诗句,为杭州和西湖提高了多少知名度,堪称是古今第一条优秀"广告语"了。

　　说西施在吴亡后,肚子里怀着夫差的孩子回归故里,这纯属剧作家艺术想象"翅膀"自由翱翔的结果,与史实了不相关;至于说到范蠡帮助越王勾践灭吴,最后携带西施泛舟五湖,这一结局却是有些来历可查的。因其风流潇洒,脱略名缰利锁,最合一般士人的心理要求,故颇为他们所咏诵。杜牧《杜秋娘诗》云:"西子下姑苏,一舸逐鸱夷。"大概是首次见于诗作者。苏东坡更在诗词中反复抒写,乐此不疲。《次韵代留别》诗:"他年一舸鸱夷去,应记侬家旧住西。"《戏书吴江三贤画像三首》其一咏范蠡云:"却遣姑苏有麋鹿,更怜夫子得西施。"《菩萨蛮》词:"莫便向姑苏,扁舟下五湖。"《水龙吟》词:"五湖闻道,扁舟归去,仍携西子。"《减字木兰花》词:"一舸姑苏,便逐鸱夷去得无!"这里隐含着苏轼本人在进退出处问题上的一种理想选择:急流勇退、功成而后隐,又有知己相伴,确是"人生一大美事"了。这一传说流传不衰,其原因似主要在此。

　　然而,从史书等典籍认真考察起来,范携西施的结局也属子虚乌有之事。《史记·越王勾践世家》仅谓范蠡在吴亡后"浮海出齐,变姓

120

名,自谓鸱夷子皮",并无与西施相随相游之艳事。鸱夷是皮制口袋,他取这个怪名字,据司马贞《索隐》的解释,"以吴王(夫差)杀子胥而盛以鸱夷,今(范)蠡自以有罪,故为号也"。谓取此名号与伍子胥有关,这是对的;至于范"自以有罪",一时有些费解。或许是当年越国处境困难时,他作为勾践的主要助手,两人地位相距不远,相处时不免有些冒犯勾践之处;如今勾践功成之后,就变成一种罪责了。

柳永有首《西施》词,谓西施得吴王宠幸,"正恁朝欢暮宴,情未足,早江上兵来",越国军队攻破吴国,西施"捧心调态军前死,罗绮旋变尘埃",则西施被越军所诛杀,但不详文献根据。真正透露一点西施结局消息的是《墨子》一书。《墨子·亲士》说:"比干之殪,其抗也;孟贲之杀,其勇也;西施之沉,其美也;吴起之裂,其事也。"这里把西施与比干、孟贲、吴起并论,各以其优长(抗直、勇力、美貌、事功)而致死,"死其所长"。也就是说,西施因天生丽质,被物色为实施美人计的人选,最终得到"沉江"的结果。今本《墨子》虽已非其旧,但总是先秦时代之作,似可据信。那么是谁把她沉江的呢?《吴越春秋》逸篇(见《墨子间诂》注引苏时学之语,又见《升庵全集》卷六八引)云:"吴亡后,越浮西施于江,令随鸱夷以终。"原来竟是美人计的决策者越王勾践!这则记载实在太出人意外了,然而正如《红楼梦》开篇所言"说来虽近荒唐,细玩深有趣味":第一,伍子胥之被谗而死,据说西施起了一定的离间作用,而伍氏是被盛以鸱夷而投入江河的;因而灭吴后为表扬他的忠贞而将西施也"随鸱夷以终",以示报应不爽。伍氏盛入"鸱夷"而死,与范蠡自号"鸱夷子皮",这或许是引起误传的原因。"随鸱夷以终",从上下文看,明指西施被越王下令盛入皮囊而沉江,而不是跟随鸱夷子皮(范蠡)而泛舟终生。第二,这又十分符合越王勾践阴狠残毒的本性和刻忌寡恩、擅杀有功之人的一贯作风。在他看来,西施乃至世间万物,都不过是他手中的工具,有用则取,无用则弃,犁然分明。为灭吴之需,他可以厚待西施;事成之后,又把她沉江以祀伍员。皮日休写过"越王大有堪羞处,只把西施赚得吴"(《馆娃宫怀古五绝》其一),此乃皮日休替古人害羞,在勾践本人心中,何羞之有?从这里也益发钦佩范蠡的远见卓识。灭吴后,他敏锐地觉察到自己"大名之下,难以久居"(《史记·越王勾践世家》),决定离越;他还劝说文种跟他一起退隐:"飞鸟尽,良弓藏;狡兔死,走狗烹。越王为人,长颈鸟喙,可与共患难,不可与共乐。"这里凝结着多少血的教训和深刻的政治智慧,可惜文种没有醒悟,没有看透旧时君主统制权术的底蕴,没有识别勾践这位"卧薪尝胆"、"生聚教训"、发愤图强的一代霸主,其内在性格的残忍,仍然留在越国,结果被赐剑自尽。勾践还对他说了这样惊心动魄的"理由":"子(文种)教寡人伐吴七术,寡人用其三而败吴;其四在子,子为我从先王试之!"原来"良弓"、"走狗"不只因对象消失而失去使用价值,应"藏"应"烹";而且还转而可能威胁主人本身,诛杀不贷,岂非必然。看来勾践的思考比范蠡还深一层,这也是唐人孟迟所感叹的"勾践岂能容范蠡"(《寄浙右旧幕僚》)的真正原因。清初著名史家万斯同在《鄮西竹枝词》中说:"霸越平吴范与文,五湖一去竟忘君;何如同逐鸱夷浪,千古忠臣自属鄞!"他比较范、文二人的进退抉择,推崇文种激流勇进而成为"千古忠臣",因此值得故乡骄傲。这位黄宗羲的弟子在当时提倡忠节,可能有他的难言之隐;但要求人臣心甘情愿地忍受宰割,却难完全使人信服。而据《吴越春秋》卷六的记叙,文种临终时"自笑曰:'后百世之末,忠臣必以吾为喻矣!'遂伏剑而死"。最后的醒悟颇合情理,也使人玩味、思索。

编织西施故事,以泛舟五湖、参差烟树为结,固然逍遥忘机,风流旖旎;但若取"沉江"之说,当做政治悲剧来写,虽然可能沉重了点,却似更能挖掘出历史人物复杂心理的内蕴,更多一些史实根据和历史训示与启迪,剧作家们不妨一试。

（原载《新民晚报·夜光杯》1997 年 2 月 23 日）

杨 贵 妃 之 死

"战争让女人走开",这句话透出男子汉勇于负责的气概,但实际上战争离不开女人的支撑。且不说庞大战争机器需要以女性为主的救护医疗乃至通讯联络等后勤配合,就是作为战士家属的精神支持更是无穷的鼓舞士气之源。但这句话总使我们的古人惭愧,中国历史上盛传的却是"惩尤物,窒乱阶"的女色祸国论。妹喜亡夏,妲己亡殷,褒姒亡周,就是此论的最早依据;流传更广的恐怕要数李隆基、杨贵妃的"长恨"故事了。

杨贵妃之死,传说纷纭,正史难免讳饰,野史失之诬妄,今日实难探明千年前的事实真相。但清理故事传闻的发展嬗衍过程,却真实地烙印着不同时期人们的认识、态度、心理的变化,反映出在时间距离效应下,人们从现实政治心态向人性复归的自然要求。

最早也是最普遍的说法是马嵬缢杀说。此为新旧《唐书》、《资治通鉴》以及唐宋众多笔记野史所采纳,如《唐国史补》(李肇)、《开天传信记》(郑棨)、《明皇杂录》(郑处诲)、《开元天宝遗事》(王仁裕)、《杨太真外传》(乐史)等。刘禹锡《马嵬行》"贵人饮金屑,倏忽舜英暮",则谓吞金而死,这是当时"里中儿"告诉他的别一传闻。总之,杨妃未得善终。

与杨妃同时的唐代士人,对她充满了激烈的政治批判,几乎未见对其爱情悲剧的同情。连诗圣杜甫亦不例外。既有《丽人行》斥责于前,又有《北征》"不闻夏殷衰,中自诛褒妲;周汉获再兴,宣光果明哲。桓桓陈将军,仗钺奋忠烈"。认为诛杨是中兴之兆,陈玄礼是再造唐室的功臣。

被缢说以后是"尸解说"。陈寅恪先生考察此故事的演变后，认为："在白《歌》陈《传》之前，故事大抵尚局限于人世，而不及灵界，其畅述人天生死形魂离合之关系，似以《长恨歌》及《传》为创始。"(《元白诗笺证稿》)他指出故事从人间向灵界的转化，确具慧眼。但早在白居易以前的笔记小说中，已出现"人天生死形魂离合"的情况。钱锺书先生《管锥编》第835页即揭出《太平广记》卷二〇《杨通幽》条，记载道士杨通幽为玄宗在"天上地下，冥寞之中，鬼神之内"遍寻杨妃的故事，甚为曲折生动。"后于东海之上，蓬莱之顶，南宫西庑，有群仙所居，上元女仙太真者，即贵妃也。"太真还对杨道士说："我太上侍女，隶上元宫；圣上，太阳朱宫真人。偶以宿缘世念，其愿颇重，圣上降居于世，我谪于人间，以为侍卫耳。"原来李、杨二人均是仙人下凡，天谴有数，偿还孽债。她于委死人间后，复又尸解蝉蜕返回仙界。此则记载，《太平广记》注出《仙传拾遗》，书前"引用书目"，把《仙传拾遗》列于《白居易集》之前。此故事又见《青城山录》，北宋董卣《广川画跋》卷一曾引，董氏还说："其事在一时已有录，宜为世所传。而(陈)鸿所书，乃言临邛道士，又不著其奏事，其有避而不敢尽哉?"也认为尸解说早在陈鸿撰《长恨歌传》之前流传于世。后来洪昇《长生殿》就以"尸解"一折来搬演其事。这个传说，反映出随着时间的推移，政治判断已让位于人性、情感的判断，士人笔下对杨妃的同情越来越多了。即便是记载缢杀说的著述，也洋溢着人性的光彩。

近年来新披露的、见于《樊川文集夹注》(藏辽宁省图书馆)的一条长达千馀字的注文，尤可珍视。注引《翰府名谈》、《玄宗遗录》云，玄宗被迫赐死杨妃，"贵妃泣曰：'吾一门富贵倾天下，今以死谢又何恨也。'"她似乎自称服罪；但她整整齐齐地穿好朝服去见玄宗，一连提出三个问题："夫上帝之尊，其势岂不能庇一妇人使之生乎?"问得在理却又未识大势。"一门俱族而及臣妾，得无甚乎?"言之哀哀实亦无助。"且妾居处深宫,事陛下未尝有过失,外家事妾则不知也!"自辩亦非无据,径向"女祸论"挑战。玄宗满腔无奈,只甩下一句:"子死以塞天下之谤!"杨妃最后要求:"愿得帝送妾数步,妾死无憾矣。"情意绵绵,不忍遽别,"如不可步,而九反顾",真是一步一回首,哀肠百折了。《翰府名谈》为北宋刘斧所撰,《玄宗遗录》不详作者,这些细节描写虽无法辨明历史真伪,但从杨妃性格而言,她对玄宗既怀怨望不平又含无尽情愫,应是入情入理的。

杨妃这三问,实开晚唐诗人吟咏的新思路。李商隐《马嵬》"如何四纪为天子,不及卢家有莫愁",张蠙《青冢》"太真虽是承恩死,只作飞尘向马嵬",贵为天子而不能保护心爱的女子,无能亦复可耻。罗隐《西施》"西施若解倾吴国,越国亡来又是谁",也可认作为杨妃辩诬,雪洗女祸论的污水。至于清人赵翼在《古来咏杨妃者多矣,多失其平,戏为一绝》,则代拟杨妃口吻:"马嵬一死追兵缓,妾为君王拒贼多。"把"女祸""戏"翻为"拒贼"立功,则从前人的由批判而同情,进而为热情赞颂了。

杨妃结局的第三说是潜逃未死。这是 20 世纪 20 年代由俞平伯先生提出的。他分析《长恨歌》及《传》的种种疑象,认为杨妃并未罹难,而被军士劫掠后流落倡家,当日另有"蛾眉"作替死鬼,陈玄礼则"装聋作哑"(见《〈长恨歌〉及〈长恨歌传〉的传疑》)。后有人增事踵华,证成信史,认为杨妃在忠于玄宗的陈玄礼、高力士帮助下,"换装隐逃"南去(《谈谈〈长恨歌〉与〈长恨歌传〉》,《文学遗产增刊》第十四辑)。对此我不敢苟同。

马嵬之变,事出仓促,实其来有自,有个逐渐酝酿的过程。仅从《旧唐书》取证。先是安禄山以讨杨国忠为名起兵谋反,陈玄礼即欲在长安城中诛杀杨国忠,然不果(《王毛仲传》附《陈玄礼传》);及至马嵬,一则云陈玄礼"密启太子,诛国忠父子"(《杨贵妃传》),一则云玄礼与飞龙马家李护国(即李辅国)"谋于皇太子,请诛国忠,以慰士心"

（《韦见素传》），故知马嵬事变实是在太子李亨（唐肃宗）的预谋下由陈玄礼出面执行而已。因而才会有安禄山乱起初时，玄宗原拟以李亨为"天下兵马元帅、监抚军国事"，却被诸杨哭谏而止（《杨贵妃传》）；也才会有事变后，"马嵬涂地，太子不敢西行"（《后妃传序》）的结果。明乎此，那种陈玄礼掩护杨妃潜逃的推测，恐离事实颇远。再就当日情势来判断。六军既先围驿杀死杨国忠，其子杨暄和韩国、秦国两夫人同时被诛，杨家其他成员随后也均被诛杀，无一漏网。事态发展至此，岂能放过杨妃？六军口口声声称杨妃为"贼（杨氏集团）本"，确是抓住了根本。时玄宗对整个局势已完全失控，诸军诛杀杨妃乃是箭在弦上、不得不发之举。不少笔记有杨妃死后陈尸让诸军目验的记述，倒是合乎情理的。杨妃不死，留下隐患，难保日后不发生反复的可能。

　　潜逃说固不合理，却在邻邦日本有了回应。据说杨妃逃出故土，漂洋过海到了扶桑，度过馀生。今山口县大津郡油谷町久津的二尊院中尚有杨贵妃墓，与陕西兴平杨墓东西遥望。据该郡郡志说：唐朝获知杨贵妃漂落此地，特送来两尊佛像，寺院亦因此而得名。其实在东瀛，杨贵妃还有不少"终焉之地"，如纪州熊野、武州浅草寺等地都曾有杨贵妃之墓。更有意思的是在名古屋的热仍神宫，这里不但有安葬杨妃的五轮塔，还流传更离奇的故事：杨妃竟是热田明神的化身，这位神祇变成美女，西赴中土以姿色迷惑玄宗，目的乃是制止玄宗进攻日本的计划，事成后又脱身逃回日本。据日本学者考证，这个传说大概成于镰仓末期，反映出日本对蒙古来犯的恐惧。虚幻的传说常常隐含着真实的历史，再一次得到证明。

　　无论潜逃说有着怎样的历史的投影，在我看来，杨妃之所以为东人所熟悉和喜爱，以致附会出种种传说故事，其最大原因乃是《长恨歌》在日本的广泛流传和深入人心。热田旧有蓬莱宫之称，又有太真殿，神社的门额题为"春敲门"（最初记载为"春叩门"），意谓此即受玄宗之命寻访而来的方士所叩之门。这些题名显然是受《长恨歌》"中有一人字太真","金阙西厢叩玉扃"等诗句的暗示。从艺术作品来接受杨妃,这或许是造成东瀛善待杨妃而与中土有异的一个因素。在中土仍纠缠在对杨妃褒与贬、哀怜与斥责之际,日本却普遍地认同和喜爱杨妃,乃至进而出现了"杨贵妃信仰"。比如京都泉涌寺内竟有杨贵妃观音堂,供奉着杨贵妃观音像。据该寺有关文书记载,此像是唐玄宗因思念死去的杨妃而命人塑造的等身坐像。建长七年(1255)由日僧湛海携往京都,因像设堂,每百年开示一次,郑重如此。泉涌寺之像与潜逃说无关,但对杨妃的推崇和喜爱,可以说与潜逃说是同一倾向的不同反映。

杨妃从尤物、祸水,到爱情悲剧的牺牲者,再到作为善与美的化身观音菩萨,其间有着时空迁移而造成的嬗变,也有着民族性的差异。

(原载《新民晚报·夜光杯》1997 年 9 月 13 日)

宋太祖"不用南人作相"辨

宋邵伯温《邵氏闻见录》卷一云："祖宗开国所用将相皆北人，太祖刻石禁中曰：'后世子孙无用南士作相，内臣主兵。'至真宗朝始用闽人，其刻不存矣。呜呼，以艺祖（赵匡胤）之明，其前知也。"（《云麓漫钞》卷四等亦有类似记载。）赵匡胤是否"刻石禁中"，史载不一；但他有"无用南士作相"之策，恐是事实。他虽是武将出身，却颇富政治智慧。陈桥兵变"黄袍加身"，登基称帝，他深知其统治根基仍是周世宗以来所奠定的人力、物力基础，南方诸国用尽武力或和平手段收入版图，一时难成心腹。比如宋初蜀士有"不乐仕宦"的惯例，直至苏轼的伯父苏涣于仁宗时中第，竟轰动全蜀，实是平蜀时杀戮过甚、蜀地士人对新政权保持一定距离之故。宋太祖最早任命的三位宰相范质、王溥、魏仁浦均为北周旧臣，"祖宗开国所用将相皆北人"，其缘由即此。

但是，这一政策是不能持久的。政治是经济的集中反映。我国的经济、文化重心至少从安史之乱后，已开始南移，至宋代，这一趋势更显突出。随着南方经济、文化地位的提高，必然引起南方士人对提高自身政治地位的渴求和努力。真宗朝开始打破这条赵宋"祖宗家法"，起用了第一位南人宰相王钦若（在此以前，太宗曾用江西人陈恕为参知政事，乃副相；王钦若亦江西人）。这是经过激烈斗争的。真宗欲拜王钦若为相，河北大名人王旦就以"祖宗朝未尝有南人当国者"的"家法"为由竭力反对；王旦退休后，王钦若终于当了宰相，他恨恨不平地说：因王旦之阻，"迟我十年作宰相！"（《宋史》卷二八二《王旦传》)他这句恨话却含意深长：南人必得为相，这是迟早要发生的历史必然，任何个人的有力干预也不过推迟几年而已。邵伯温对"艺祖之明"的追怀感慨，适足成为开历史倒车的哀叹了。真宗这样做是理直气壮的。据《曲洧旧闻》卷一称，真宗曾质问王旦："祖宗时有秘谶云：'南人不作宰相。'此岂'立贤无方'之义乎？""立贤无方"是《孟子·离娄下》中语："汤执中，立贤无方。"商汤执行公正的原则，举伊尹为相而不管他来自何方。真宗借以表达唯贤是举，量才录用，而不受地域拘限的用人政策，比之寇准"南方下国，不宜冠多士"（《江邻幾杂志》）的偏见来，颇显出"五湖四海"的气度。

宋真宗以后，南人为相日益成为司空见惯的现象，约已超过宰相的半数。陆游《论选用西北士大夫札子》（《渭南文集》卷三）有段概括叙述："伏闻天圣（宋仁宗年号）以前，选用人才，多取北人，寇准持之尤力，故南方士大夫沉抑者多。仁宗皇帝照知其弊，公听并观，兼收博采，无南北之异，于是范仲淹起于吴，欧阳修起于楚，蔡襄起于闽，杜衍起于会稽（他于庆历四年拜相），余靖起于岭南，皆为一时名臣，号称圣宋得人之盛。及绍圣、崇宁间，取南人更多。"再往后，到了宋孝宗时代，则如陈亮所说，"公卿将相大抵多江、浙、闽、蜀之人"（《上孝宗皇帝第一书》），反而要朝廷注意对北人的识拔与任用了。

造成这一趋势的具体动因是宋代科举制度的改革和发展。宋代是科举取士的黄金时代。仅北宋百馀年间共取士 6 万多人，每年平均 360 人（唐代每次取士仅二三十人），他们就是官吏的后备队伍。欧阳修曾说，"今东南州军进士取解者，二三千人处只解二三十人，是百人取一人"，而"西北州军取解，至多处不过百人，而所解至十馀人，是十人取一人"（《论逐路取人札子》）。这里讲各地考试举人，合格者"解"送中央礼部的情况。从解额比率来说，东南士人要吃亏十倍；但其总人数仍超过西北士人二三倍，反映出东南文化发达程度之高和举子人数之众。取得贡举资格的人数越多，意味着中进士和入仕者的人数越多,宋代文官政府中南人的比例也就越来越大了。"南人为相"应运而生,宋太祖的"家法"终于被冲破,这就应了一句老话:历史不以个人的意志为转移。

（原载《新民晚报·夜光杯》1997 年 4 月 13 日）

雍正帝的朱批谕旨

　　《随笔》1993 年第 6 期有则《年大将军》的补白，提到年羹尧因奏折内将"朝乾夕惕"，误倒作"夕惕朝乾"，被雍正帝严加"诘责"，由此失宠，直至勒令"自裁"。该文问道："不知这'夕惕朝乾'与'朝乾夕惕'意义上究有何区别，而使年大将军死于当年?"这个历史疑窦，我也想来猜一猜。

　　从词源上讲，"朝乾夕惕"典出《易经·乾卦》。乾，自强不息;惕，小心谨慎，句谓从早到晚，勤奋谨慎，不敢懈怠。说成"夕惕朝乾"，意义上出入不大。再从语法结构上讲，"朝乾夕惕"是并列结构。"朝乾"、"夕惕"这两个词组，前后互换，也有例可援，正如"暮去朝来"可说成"朝来暮去"，"朝参暮礼"写成"暮礼朝参"也是可通的。明眼人不难看出，这不过是雍正帝的借题发挥，寻衅发难，是他对年氏从视作"千古君臣知遇榜样"到"显露不臣之迹"的爆发点;然而我总疑心雍正的借"题"寻"衅"是否应该更高明巧妙一些? 须知他的这些朱批谕旨，嗣后都予公开刊行，目的是为身后树立一位宵衣旰食、日理万机(在位 13 年，今存密折达 2 万馀件)的勤政皇帝形象，一位谆谆教诲、整饬臣工、以理服人的有道君主形象;他又与乃父康熙帝一样，熟读古代典籍，不乏文史才华，当能自觉到这样的寻疵索垢，对他来说，不免过于拙劣，何以臣服天下舆论，或许反将授人以柄么? 后经查阅《清世宗实录》、《上谕内阁》等书，才知年氏此句不止是"有意倒置"，而是写成"夕阳朝乾"。年氏奏章本来"字体潦草"，误"惕"为"阳"，是很可能的，这样，把雍正帝喻为"夕阳"，引起"诘责"，于道理上就圆通

131

多了。

圆通是圆通一些了,但并不改变借"题"发难的实质。证据呢?就在他的朱批之中。原来君臣交恶,由来有自。雍正帝早就密令与年氏有关的重臣要员,一要与其疏远,保持距离;二要奏报年氏动向,搜集劣迹。如"近日隆科多、年羹尧大露作威福、揽权势光景……尔等当疏远之";"近日年羹尧擅作威福,逞奸纳贿,朕甚恶之。若畏势比昵附和,则恐为伊连累也"。磨刀霍霍之声,似已倾耳可闻,只是年羹尧尚蒙在鼓里,还对理藩院大臣"口传(雍正帝)密旨,训臣以改过自全之道"而感激涕零呢。

蒙在鼓里的还有他的一位门客汪景祺。这位浙江狂士偏偏把一部《西征随笔》的手稿献给年氏。他以插科打诨表示才华横溢,以摇唇鼓舌自诩智慧出众。其结果却是使年羹尧的"大逆之罪"由四条变成五条(大小罪状共达92条之多),也使这位狂士自己命归黄泉。其中要命的罪证主要有两篇。一篇是《诙谐之语》,记的是康熙帝南巡,无锡诸生杜诏献诗,龙颜大喜,"赐御书绫字"一轴,写的却是《千家诗》,开篇即程颢的《春日偶成》"云淡风轻近午天"。贵为九五之尊,竟从童蒙课本取资,郑重赏赉,迹近滑稽。于是有人作诗云:"皇帝挥毫不值钱,献诗杜诏赐绫笺。千家诗句从头写:云淡风轻近午天。"这一"诙谐"不打紧,"讥讪圣祖"的弥天大罪是铁打铜铸的了。

我想议论一番的是一篇《功臣不可为》论。此文写于年羹尧已贬杭州大将军,失去兵权以后,显然为年氏的由得宠而失势总结经验教训。所取的视角是古老而常新的话题:"鸟尽弓藏,古今同慨。"他在探究原因时,认为责任不在功臣的不会"韬晦",而在于君主的"猜忌"。他进一步揭出"猜忌之主"的四种心理及其逻辑发展:疑心→畏心→怒心→厌心。然后说:"以此四者待功臣,有不凶终而隙末者乎!"这对仍然"恃功骄横",保持"大将军气象"的幕主年氏,不失为一种必要的提醒了。

　　汪景祺指出年羹尧有杀身之祸，这是他的清醒之处；但他隐指雍正帝为"猜忌之主，其才本庸，而其意复怯"，于是而生"疑、畏、怒、厌"四心，这实在低估了"一世雄主"的雍正帝，应了鲁迅先生论及清代文字狱成因时所拈出的两个字："隔膜"。——汪景祺如果当时能看到朱批谕旨，或许会另作估计吧。

　　雍正帝这个人，历来口碑不佳。不少旧史家指其为弑父、逼母、杀兄、屠弟等宫闱秽事的导演者，"血滴子"之类的遗闻逸事又将其侠化乃至神化。说他专横独断、雄猜阴鸷、刻薄寡恩等等，自然也可以，但似未能揭其真正底蕴。作为皇权的高度自觉的代表，其一生实为爱新觉罗氏的江山殚精竭虑，死而后已。史称康熙宽仁，乾隆疏阔，而雍正的峻急整饬，对奠定康乾之治有其不可或缺的作用。康熙在位日久，吏治的弊端日趋严重，因而雍正的施政大计不得不集中在整顿吏治上。他即位之初，连发十一道谕旨，对督抚、提镇、府道、州县各级官员逐一训饬，严肃官箴，即可见出其祈向所在。他与年羹尧有郎舅之雅，但主要是赏识他在平定西藏、青海叛乱中所表现出来的卓异才干。他曾感叹"朕福薄不能得尔之十来人也"，甚至希望"我二人做个千古君臣知遇榜样，令天下后世钦慕流涎就是矣"。由年氏这类能臣十数人组成朝廷的中枢集团，应该说是他的真实愿望，由识才进而爱才也就可以理解的了。看早期君臣间的文字，可谓亲昵戏谑，契密无间，有时竟作小儿女口吻。如年羹尧上奏折说："臣伏睹珐琅翎管，制作精致，颜色秀丽，不胜爱羡。……如有新制珐琅物件，赏赐一二，以满臣之'贪'念。"撒娇般地索讨赏物。雍正批道："珐琅之物尚未暇精制，将来必造可观。今将现有数件赐你，但你若不用此一'贪'字，一件也不给。你得此数物，皆此一字之力。"君臣间调侃如此，真是闻所未闻。字里行间未必无情，"笼络"有之，"欺骗"则未必。但真正体现雍正政治能力的是他驾驭监控人才的手腕。他曾亲书一方"青天白日"的匾额赐给年羹尧，这自是无尚荣耀，但同时也是一个紧箍咒,即要求年氏纯洁无瑕,清廉无私,绝对忠贞,若有一丝一毫差池,立即翻脸,严惩不贷。因而当年氏居功自傲,市恩植党,贪赃枉法,僭越礼制,特别是收买雍正派到他那里的亲信、破坏雍正的情报网时,他就震怒了,或直斥:"你实在昏聩了!""年羹尧可谓第一负恩人也!"或威胁:"图理琛(新任布政使)是在广东拿住你哥哥的人,叫他来拿拿你看!"这与当年"真正累了你了,不但朕,怡亲王都疼你落眼泪。阿弥陀佛,好一大险!"彼一时,此一时,相差何啻天壤! 作为万民之主的雍正帝,当然也有常人的喜怒哀乐,但他的性格、感情大都已被政治化,连自己的亲生长子,一旦有小过也被照样赐死。雍正帝实已"异化"成皇权的工具。心狠手辣,整人有术;整肃法度,治臣有方,这就是一代雄主的雍正帝吧。汪景祺评他是"庸才",又未从年羹尧方面找其杀身之因(旧说年氏参与雍正改诏篡位,因而被杀灭口,近日史家多辩其妄),似均未恰当。

(原载《随笔》1994 年第 3 期)

想起了张荫桓

大概由于电视剧《走向共和》的播出，近来发表了不少有关李鸿章研究的文章，人们对这位一直被谥以"卖国贼"的晚清重臣有了较全面的认识，我不免想起当年另一位办外交的"能员"张荫桓。

对张荫桓（1837—1900）的印象原来颇坏。1894年甲午战败，他以尚书衔总理各国事务衙门大臣的身份被任命为对日议和大臣。次年一月抵沪，原拟下榻于广东会馆，却遭到广东同乡会等的强烈反对，声称要"用武力驱逐此辈"，张在同乡人面前丢尽脸面，吃了一回闭门羹。后东渡扶桑，日人又嫌他资望尚浅，再遭拒绝，清廷不得已改派了李鸿章。这第二回闭门羹像在嘲弄他连充当"卖国贼"的资格都不够，真让人齿冷了。甚至他为了朋友而委托谭献校订的《白香词谱笺》，其高雅之举也要打个折扣。

我昔年过澳门，得到一部《张荫桓戊戌日记手稿》（澳门尚志书社影印出版），记事始于光绪廿四年（1898）即戊戌年正月初一，止于七月初六，共213天，267页。这部日记纯供私人备用，并不准备示于外人或后人，其真实性应无疑义；当时张任户部左侍郎兼值总理衙门（三月初七起又兼任吏部右侍郎，一般史书失载），几乎天天晋见光绪帝，议及军国大事，君臣间的对话、讨论，倾耳可闻；上层决策集团内的错综矛盾（满汉、帝后），维新事业的举步艰难，亦历历在目，对历史人物之被裹胁而不能自主，多了一份"了解之同情"。

《清史稿》说张荫桓"精敏，号知外务"。他的旧属吴永曾记翁同龢对张氏的器重："每至晚间，则以专足送一巨封来，凡是日经办奏疏文牍,均在其内,必一一经其(张氏)寓目审定,而后发布。"张氏晚饭后常有押宝博戏之好,当翁氏送件来时,往往一边押宝如常,一边挥毫改稿,"如疾风扫叶,顷刻都尽",皆能"一言破的"、"点铁成金",令翁师傅"服膺不置"(见《庚子西狩丛谈》)。从这部日记的手迹来看,他的挥洒自如、雄健恣肆的书法风格,也足以显出他文思的敏捷。三月初一日他记述光绪帝召见李鸿章和他于仁寿殿南里间,光绪帝在殷殷问询李、张两人之喉疾后,"上额之,徐徐谕:总理衙门事,责成尔两人。"四月二十六日日记有云:"奉旨赏李鸿章、张荫桓一等第三宝星。"看来,在颟顸庸碌的晚清官僚集团中,张氏确是一位头脑机敏、处事果断的人物,在光绪帝的心目中,是仅次于李鸿章的外交能臣。

李鸿章在 1896 年曾专程面趋德国铁血宰相俾斯麦请教过一个问题:"在我们那里,政府、国家都在给我制造困难,制造障碍,我不知该怎么办?"(《李鸿章私访俾斯麦》,见《文汇读书周报》2003.9.26)这个困扰李氏的问题,也同样困扰着张荫桓。国事日非,列强觊觎,帝党后党,形如水火,个人才具不论如何卓异非凡,也无法自拔于这个政治泥潭。日记中所揭载的张氏被劾案就是最有说服力的证明。

第一轮在西太后跟前。五月初五日,后曾任广西乡试正考官的胡孚宸上奏折弹劾张氏,主要罪状有与俄交涉开辟胶澳、旅大、威海各事不力,借外款而图私利,与翁同龢朋比诸款,于是"太后盛怒",在有的臣工的缓颊"解说"、"剖白再三"下,"徐承太后谕,以向无大劣迹,明早令递牌子。皇帝勉之而退"。把问题踢给光绪帝处理,令张氏递呈职名牌预备皇帝召见,并已定下"勉之而退"的预案。此时张不在场,他从其他渠道得知后也做好"引咎求罢"的准备。

第二轮是光绪帝召见。光绪帝问张,对胡孚宸的弹章,"已阅过否?"张"徐奏言:'阅过。总是奉职无状,辜负朝廷,乞恩治罪罢斥。'光绪帝听后居然默尔'不答'。张于是趁机自辩道:'胶澳事奉派与翁同龢同办,旅大事奉派与李鸿章同办,借款事与敬信、翁同龢同办。奉旨专办只有日本商约一事。'光绪帝听毕,转问廖寿恒(时任兵部尚书,兼值总署):'昨日太后前说是他一人经办,何以今日不说?你们什么事不管,问起来绝不知道,推给一人捱骂!'上(光绪帝)词色甚厉,仲山(廖寿恒)碰头不已。"此事最后以光绪帝"传谕张荫桓不必忧虑"而暂告结束,张氏"跪聆之下,不禁零涕,伏地叩头",避免了一次政治翻船。

然而,也由此伏下祸根。"你们什么事不管","推给一人捱骂",实是光绪帝自己的心声。处在西太后的如来佛掌心中,凡所改革旧章,必然动辄得咎,他贵为九五之尊,何尝免得了捱西太后之骂! 张荫桓原深受翁同龢、李鸿章的青睐,又善于在各派官僚间纵横捭阖,搞等距离"外交",也与康有为交好,可谓左右逢源,但在当时变幻莫测的政争中,又从哪里获取真正的保护伞?张氏这次的被劫幸免,仅仅凭仗于"深结主知"(李鸿章对张氏语),到戊戌政变失败后,光绪帝被困瀛台,张氏也与谭嗣同等同时下狱,八月十三日谭等"六君子"处斩菜市口,张被发配新疆。两年后他又被杀于戍所,了结悲剧的一生。

这部日记从张氏一己的接触范围,反映出戊戌年一些上层的政治活动,而不少细节的记叙,鲜活生动,还原了百年前清廷情景,引人思索。比如跪拜奏事的记载,充斥全书。算起来,张荫桓当年也不过刚到甲子,但他的跪功实在不济。正月二十九日:"旋入见,承询德国事。跪对三刻馀,忽眩晕欲倒,两腿几不自持。上温谕:'尔头眩么?'因奏言:'日来本系感冒,因经办皆要差,不敢请假。'上谕:'尔扶着炕。'当即磕头。"光绪帝尚能体恤臣下,但君臣大礼的峻严,把这点人情味挤压得颇显尴尬。四月二十三日是一个重要日子,光绪帝下诏"明定国是",宣布变法。当时翁同龢"跪对数刻",至第二天尚"扶掖乃能行,为言昨日跪对之累"。翁毕竟已高寿近七十岁了,尽管那道

137

诏书还是他的手笔,也得跪着应对,几至体力不支,为锐意进取的新政抹上迟暮的一笔。这些御前大臣想来也够"累",面对棘手难办的政务,钩心斗角的政争环境,本已神经高度紧张,还得担心跪拜的失礼:五月初一日,"蒙召对三刻,幸能起立",张荫桓的这个"幸"字,在他是自庆复又自慰,而从制度文明史而言,却是一个大悲哀。

（原载《文汇读书周报》2003 年 11 月 28 日）

"落苏"与避讳

避讳之风,翻检史籍,远在周朝就已开始了,如《左传·桓公六年》就有"周人以讳事神。名,终将讳之"的记载。以后越演越烈。从避讳死人之名到避讳生者之名,从避讳帝王、尊长之名到避讳某些特定的犯忌或憎恶的字眼,涉及范围极广,以致形成一门专门学问"避讳学"。清代周广业的《经史避名汇考》、近人陈垣的《史讳举例》等均称名著。单从避名而言,有所谓避本字和避嫌名(声音相近的字)等花样,讳法日趋加严。我们马上能记起的是冯道和李贺的两个例子。五代时冯道历仕五姓,在后唐、后晋、契丹、后汉、后周等朝均为宰相等高官,自号"长乐老",算是个地地道道的"代代红"。有次他的门客讲解老子《道德经》,第一句就是"道可道,非常道",一下子遇到三个"道"字,撞上这位长乐老的名讳,于是这位门客竟念出这样的文句:"'不敢说'可'不敢说'非常'不敢说'。"读来开颜解颐,成了笑林中的故事(见宋曾慥《类说》卷四九引《籍川笑林》)。韩愈的《讳辩》也是人们耳熟能详的名篇。李贺的父亲名晋肃,"晋"与"进"同音,因而李贺不得举进士,还引起一场争论。韩愈便写此文为之辩护申援,他发问道:"父名晋肃,子不得举进士;若父名'仁',子不得为人乎?"这个反诘很有说服力,但李贺仍"卒不就举",无济于事,表明避讳习俗的顽强。

避讳习俗所反映的心理是很复杂的。最早可能源自蛮荒时代人们的原始思维对名物的崇拜,后或为维护等级尊卑制度的需要,或为迷信愚昧所致,或由于祈福祛祸的善良愿望,不一而足。此风又渗透到人们的各个生活领域,有的因时久而不易觉察。时下正值盛夏季节,茄子是当令蔬菜,说说茄子别名"落苏"的文化内涵,权作消夏谈助。

茄子在今天吴语区有个别名叫"落苏",据记载也与避讳有关。北宋王辟之《渑水燕谈录》卷九云:"钱镠之据钱塘也,子跛,镠钟爱之。谚谓'跛'为'瘸',杭人为讳之,乃称'茄'为'落苏'。"此说明人田汝成《西湖游览志馀》卷二四、清人周昂为吴任臣《十国春秋》所补的《拾遗·吴越》中均予采取。但南宋大诗人陆游却表示怀疑。他写道:"《酉阳杂俎》云:'茄子一名落苏。'今吴人正谓之落苏。或云:钱王有子跛足,以声相近,故恶人言茄子,亦未必然。"(《老学庵笔记》卷二)陆游所说的"或云",当包括王辟之一类的记述。

怎样看待陆游的意见呢?第一,"落苏"之名确非始于五代吴越王钱镠之时。唐段成式《酉阳杂俎》前集卷一九《草篇》云:"茄子,茄字本莲茎名,革遐反。(按,莲茎即荷梗。见《尔雅·释草》:'荷,芙蕖,其茎茄。')今呼伽,未知所自。成式因就廊下食伽子数蒂,偶问工部员外郎张周封伽子故事,张云:'一名落苏。'"段成式是唐德宗至懿宗时人,在钱镠之前。告诉他"落苏"别名的张周封,《新唐书》卷五八《艺文志二》曾著录他有"《华阳风俗录》一卷,字子望,西川节度使李德裕从事,试协律郎"。看来是位对民俗风情等颇有兴趣的杂家,因而段成式才向他请教。

第二,"落苏"之名也非始见于《酉阳杂俎》,至少可以追溯到唐武则天时的孟诜和玄宗时陈藏器的药物学著作。宋神宗时唐慎微所编《经史证类备用本草》卷二九"茄子"条,先引孟诜语云:"落苏,平,主寒。"又引陈藏器语云:"茄子味甘平无毒,今人种而食者名落苏。"据《新唐书》卷五九《艺文志三》,孟诜在则天时曾任同州刺史,著有《食疗本草》三卷;陈藏器是开元时京兆府三原县县尉,著有《本草拾遗》十卷(包括《序例》一卷、《拾遗》六卷、《解纷》三卷)。这是两部重要的药物学著作,唐慎微所引,即分别出自此两书。这也说明在唐朝前期早有"落苏"之名了。

第三,对"落苏"之名源于讳言钱镠跛子的说法,陆游认为"未必然",当然不错,因为此名早在五代以前已有;但我以为也不能完全排除"未必不然"的可能。就是说,此名虽早存在,但讳言钱镠跛子之说,在吴越地区广为流传,且从北宋王辟之直到南宋陆游,至少历时近二百年之久,恐亦非了不相涉。钱镠为吴越国建立者,算得上是位有为国君。他扩建杭城,修筑"钱氏捍海塘",治理太湖水系,造成"今其民幸富足安乐"的治绩(欧阳修《有美堂记》语)。至今西湖的保俶塔,也是因其孙钱俶降宋去汴京而为他祈福而建的。出于对钱镠的尊敬与对其跛子的同情,"杭人为讳之",也是可以理解的。又,为什么改称"落苏"呢?陈藏器云:"茄一名落苏,名义未详;按五代《贻子录》作酪酥,盖其味如酪酥也,于义似通。"(见《本草纲目·菜之三》引)酪酥是用牛、羊、马之乳汁制成的,一般是北方草原地区的食物,把"茄泥"比拟为"酪酥",倒很像北方人的思维习惯。正如福建人讳言茄子,将其改称紫菜(见陈望道《修辞学发凡》第六篇),也与其滨海的地域特点有关。说来也巧,段成式和王辟之都是山东临淄人,他们当作异闻记录此事,表明唐宋时期山东地区并无"落苏"的说法。茄子虽"处处皆有","落苏"之名却并不是全国性的名词。

如此推测起来,吴越民众为尊敬、同情钱镠父子,吸取、采用外来"落苏"之名,以讳言"跛"、"瘸",也是"未必不然"的。但推测不等于科学结论,谨述此以求教于高明。

(原载《新民晚报·夜光杯》1997年8月17日)

《孟德新书》与荆公《兵论》

　　近日报载王同亿词典抄袭案以他的彻底败诉而告终，本市某高校一位博士生导师因其论文剽窃事发而受到处分，这才想到本文这个题目。曹操和王安石是两位有争议的名相，前者统一北方，创建魏国基业；后者推行变法，力图富国强兵。他们的历史地位，目前学术界已渐趋肯定。而他们独特而复杂的个人性格以及多方面的才华，尤具魅力。据说，他俩各有一种论兵著述《孟德新书》与《兵论》，后都自行毁弃而失传，一见于《三国志演义》，一见于《朱子语类》。虽然或系小说家言，或亦遽难据为信史，但其中蕴涵的一些教训，值得寻绎。

　　《三国志演义》第六十回"张永年反难杨修，庞士元议取西蜀"，说的是汉中张鲁议取刘璋所占据的西川四十一州，孱弱无能的刘璋惊恐万状，无力抵抗，只好派谋士张松求救于曹操。张松暗画西川地图赴许都，不料遭到曹操冷遇。张松满怀郁愤，与杨修展开舌战，力夸蜀中人才之优，夸了先贤又夸时俊；同时讥刺杨修甘心屈居下僚，继又耻笑曹操"文不明孔孟之道，武不达孙吴之机"。于是杨修取出曹操所著《孟德新书》作为"武达孙吴之机"的证据，予以反击。张松不动声色，把书翻阅一过，大笑道："此书吾蜀中三尺小童亦能暗诵，何为'新书'？此是战国时无名氏所作，曹丞相盗窃以为己能，止好瞒足下耳。"接着更是一番精彩表演："从头至尾，朗诵一遍，并无一字差错。"杨修向曹操作了"汇报"，"曹操自闻知，曰：'莫非古人与我暗合否？'令扯碎其书烧之"。《三国志演义》的作者，如此描写的用意是清楚的：一是突出张松具有超人的记忆力和应对的机智敏捷；二是表现曹操的不能礼贤下士，坐失取川良机，又不能明辨真伪，白白受骗上当，可谓既骄且愚。这种贬曹褒张的态度，一般读者也是接受的。然而我们若从学术道德和学术规范的角度看，却不能不对曹孟德表示敬意：学术贵在创造，切忌简单重复，他仅仅因怀疑与古人"暗合"，就把自己这部"酌古准今，仿《孙子》十三篇"的兵学著作，毅然决然地"扯碎烧之"，这是何等可贵的学术良心！有两位前人的评论尚可一议。一位是钟惺。他在曹操"令扯碎其书烧之"下批云："老贼脚软了。"（明刻本《钟伯敬先生批评三国志》）意谓曹操此书确为赝品，被张松歪打正着，于是心虚脚软。这是缺乏根据的推测。憎恨曹操的情绪化批评影响了对事理的客观判断。另一位是毛宗岗。他说："《孟德新书》，或有以其不传为可惜者。不知兵不在书，即使其书传，而书中之意，岂书之所能传乎？""夫善兵者不言兵。曹操有书而孔明无书，是以曹操用兵不及孔明云。"这又显然偷换了论题。语言在达意上确实具有无法克服的局限，然而达意又只能用语言。舍筌蹄而求鱼兔，是无法实现的，把"兵不在书"绝对化，势必取消一切著述。

王安石《兵论》的失传，也有相似的情形。据《朱子语类》卷一二四载，"昔荆公参政日，作《兵论》稿，压之砚下"，就外出接待客人。此时刘攽来访，等候时"窃取视之"。后两人相见，安石问其近作，刘攽即以《兵论》一篇相答，"乃窃荆公之意，而易其文以诵之"。刘攽走后，王安石也毅然决然地"碎其砚下之稿，以为所论同于人也"。这个故事仿佛是上述曹操故事的重演。微有不同的是，王安石连文字不同而意思相同的"暗合"也不能容忍，照样"碎"之！朱熹对此的评论却是："江西士风好为奇论，耻与人同，每立异以求胜。如陆子静（陆九渊）说告子论性强孟子，又说荀子'性恶'之论甚好。"看来朱夫子有些偏见，他对与陆九渊之间关于"尊德性"与"道问学"之争论（"鹅湖之会"是大爆发），耿耿于怀，连带对王安石的批评也不免失之情绪化。王安石的自毁著作不能归罪于"好异恶同"，恰恰相反，其追求独创、追求卓越的学术精神应该得到表扬。面对曹、王之举,不知王同忆们作何感想?

如果替曹操、王安石总结"上当受骗"的教训的话,那又涉及到另一条重要学术规范,即在确定研究课题之前,应尽可能周全地掌握已有的研究成果,这不仅为了避免重复劳动或无效劳动,更主要的是把握自己的研究起点,以求学术不断从传承到创新的发展;完全避免"撞车"虽不容易,却是学人们理应努力达到的。

(原载《新民晚报·夜光杯》1997 年 12 月 7 日)

"孙行者"与"胡适之"

今年(1998)是北京大学建校百年大庆,很自然地想到 50 年代我负笈北上求学时的情景。按照中文系的惯例,高年级同学对新生负有接待、介绍的责任。一位比我高出一头的学长向我讲述了本系的教授阵容。他特别说到语言学家周祖谟先生:他是老北大的"状元"之一,他当年考大学时,正碰上陈寅恪先生出考题,其中有道"对对子"的题目为"孙行者",周先生以"胡适之"应之,轰传一时,叹为佳对。待到开学后,我上周先生的"现代汉语"课,一上来是讲语音部分,我这个南方人怎么也分不清前鼻音和后鼻音(-in 和-ing),最怕他亲自主持的练习课,窘态百出,至今难忘;连带把他的这个"胡孙"之对也牢记于怀了。

但此事似乎尚有待发之覆。对偶或对仗是我国诗文写作技巧的一大特点,依照规矩,上下两句应是词类相同而词意、平仄相反,即刘勰《文心雕龙》所谓的"反对为优,正对为劣"。以"胡适之"对"孙行者",词类是相应的:"适"与"行"为动词,"之"与"者"为虚词;词义又相异,平仄互协,自是严丝合缝之工对。至于"胡"、"孙",以姓氏言,尚属"宽对";但实谐音"猢狲",不免同属一物,稍有"合掌"之嫌。如果另行寻觅,不如"祖冲之"之类为得当("祖"与"孙"意义相反),也不知当年陈寅恪先生自定的标准答案是什么?

1980 年陈先生的《金明馆丛稿二编》出版了。其中收有《与刘叔雅(即刘文典)论国文试题书》。此文作于 1933 年夏,当时刘文典先生任清华大学国文系主任,请陈先生代拟入学试题,陈即拟作文题为

145

《梦游清华园记》,对子题为"孙行者"。陈先生于 1965 年又为此信补写了《附记》,揭出其标准答案竟是"胡适之"。乍读之时,内心不免生疑;细细玩索陈先生的解说,大为叹服,"胡适之"乃为唯一正解,其他对句均无法替代。这可从古典与今意两方面来说。先说古典。陈先生引苏轼《赠虔州术士谢晋臣》七律一联云:"前生恐是卢行者,后学过呼韩退之。"此诗是东坡从海南北返经虔州(今江西赣州)时所作。术士谢晋臣替他看相,说他前生乃慧能(俗姓卢)转世,故慧根聪颖;后学又以韩愈视之,儒道文章兼擅。这里的"韩卢",不仅姓氏相对,而且乃战国时韩国名犬之专名(见《战国策·齐策三》或《秦策三》,卢,原指黑色)。故陈氏赞叹"东坡此联可称极中国对仗文学之能事"!他所出之题,即从此脱化而出,而"胡孙(猢狲)"为猿,"韩卢"为犬,属对妙绝,相映成趣。

重要的是"今意"。陈氏此信在论及"对对子"的意义时,特别强调"对子可以测验思想条理","凡上等之对子,必具正反合之三阶段",也就是说,上、下两句组合之后,必须还能"别产生一新意义",才是对子的精旨。那么,"孙行者"、"胡适之"这一对子的"正反合"之妙处何在呢?陈氏说,"当时唯冯友兰君一人能通解者",这就不免奇怪了。黑格尔的"正反合"之说,并非冷僻,为什么只有冯氏"一人"才能"通解"?此话真是泄露了玄机。我们知道,陈氏为冯友兰先生的《中国哲学史》写过两篇《审查报告》,其中颇有曲笔。他说:今日某些学者所著的《中国哲学史》,"即其今日自身之哲学史者也。其言论愈有条理统系,则去古人学说之真相愈远。此弊至今日之谈墨学而极矣"。又说:"几若善博者能呼卢成卢,喝雉成雉之比。比近日中国号称整理国故之普通状况,诚可为长叹息也。"所谓"条理统系"的《中国哲学史》著作,所谓喜谈"墨学",所谓"整理国故",胡适不是完全可以"对号入座"的吗?即便在这篇《与刘叔雅论国文试题书》里,也埋下讽胡之笔。文中批评《马氏文通》用"格义"之法建构中国语法学,而不顾印欧语系与汉语乃不同语系,"《文通》《文通》,何其不通如是耶?"而胡适早年写过有名的《尔汝篇》、《吾我篇》,运用西语"格"(主格、宾格、偏格)和"数"(单数、复数)的概念来分析尔与汝、吾与我的区别,正如胡氏自己所承认的那样:"我是从《马氏文通》读通文法的。"因此,陈寅恪先生在这篇原是讨论"对子"的书信中,特意揭出《马氏文通》之"不通",殆亦为了微讽胡适一下。

还可举一旁证。陈氏在 1927 年所作的《王观堂先生挽词》中说到王国维入清华乃胡适所推荐,但所用语句是"鲁连黄鹞绩溪胡,独为神州惜大儒"。蒋天枢先生据陈氏自述加以笺注云,"鲁连黄鹞"出于韩愈《嘲鲁连子》诗"鲁连细丽黠,有似黄鹞子",原诗谓齐国辩士鲁仲连,"好奇伟俶傥之画策",他驳倒了另一辩士田巴,有如"开端要惊人",大有"不鸣则已,一鸣惊人"之声势。韩愈以黄鹞喻鲁连,陈氏又进而以黄鹞喻胡适,显有反讽调侃意味。这与《挽词》下文以"旧是龙髯六品臣,后跻马厂元勋列"一联婉讽梁启超,立意和手法有相似之处。陈氏后二年在《北大学院己巳级史学系毕业生赠言》中又云:"群趋东邻受国史,神州士夫羞欲死。田巴鲁仲两无成,要待诸君洗斯耻。"此"鲁仲"当亦指以胡适为代表的"整理国故"一派。陈氏的史学观念和研究门径与胡适异趣,对他有所不满自是情理中事。

由此看来,以"胡适之"对"孙行者",其含义不止是两个语句的简单叠加,停留在"仅知配拟字句"上,即是说,一加一不等于二,而有言外之意存焉。借孙大圣来映衬、比照胡适的治学风格,人们不难体会其中的调侃意味。这就是陈氏自述的"此不过一时故作狡猾",也就是"当时唯冯友兰君一人能通解者"的缘故。据说,周祖谟先生进北大后,始终不敢把此事告诉胡适,未知周先生是否已心领神会?

陈寅恪先生说过:"诗若不是有两个意思,便不是好诗。"(黄萱《怀念陈寅恪教授》)这是理解陈氏诗作的一把钥匙。陈诗之所以难读,即在于古典、今典交融,如有的学者所云,有他的语言密码系统。

像"胡孙"之对,就需要我们透过文字游戏的表象,寻绎其中隐藏的涵义。

但必须说明,这是一种雅谑,而且是大学问家才能玩的雅谑,绝非恶意的讽刺。而且也不是他的所有对子都有反讽意味,如他戏谓清华国学院学生是"南海圣人再传弟子,大清皇帝同学少年",调侃罗家伦及其《科学与玄学》一书是"不通家法科学玄学,语无伦次中文西文"(上下句第三字嵌"家"、"伦"两字),只是表现他才智过人的雅人风致而已。

走笔至此,忽又想起钱锺书先生。他在河南五七干校与文学研究所同事们闲聊时,偶尔谈及孩子取名之难的话题,正巧刘世德先生之夫人朱静霞(他俩同在文学所工作)走过,钱先生一时兴起,提议以"朱静霞"为出句,征求对句。同事们一边苦思苦想,一边请他不要急于说出答案。过了不久,性急的钱先生还是宣布道:"黑旋风。"一片欢笑,淡化了一些干校生活的苦涩和处境的无奈之感,这又是对对子的另一种功能了。

(原载《随笔》1998 年第 4 期)

"鲁迅型"与"鸥外型"

——研究方法谈片

    1984 年我到日本去教书。我问过一位研究唐诗的日本学者：据你看，近年来中国研究唐代文学哪部书最好？他毫不犹豫地说是傅璇琮先生的《唐代诗人丛考》，足见他对传统实证方法的肯定。当时国内是方法论热，讨论和探索的文章很多。直到现在（1987 年），新方法与传统方法有争论，宏观与微观有争论，问题仍没完全解决。1986 年年底我参加全国词学讨论会，发现一个现象，人们对新方法的热情跟年龄成反比，颇堪玩味。日本研究鲁迅有个著名学者叫竹内好，人称为"竹内鲁迅学"。他认为鲁迅把外国的东西介绍到中国，是选择那些本国最需要的东西来介绍，如介绍弱小民族的文学等。而日本的著名作家森鸥外（东京大学毕业生）却是选择他认为最先进最流行的外国理论介绍到本国来。竹内好分别称之为"鲁迅型"引进法和"鸥外型"引进法。这对我们今天引进国外理论，也很有启发。关于方法问题，似乎可以从两条途径去探讨：一是从理论上去讨论，文学研究有哪些方法？这些方法的各自特长，有无优劣之分，等等。二是从一些研究名著中找方法。任何一本论著或一篇论文，本身都兼有两个内容：一是具体告诉你论点和材料；二是告诉你取得材料、组织材料、分析材料的方法。从理论上探讨方法论，固然有其长处；但好像从名著中找方法更切实具体一些。比如从梁启超、王国维、陈寅恪等近代文史大家的名篇着手，系统而踏实地探讨一下他们新知旧学融贯整合的方法，具体梳理出中国文学研究的现代化进程，我想一定是大有裨益的。关于对古典文学研究的反思，我觉得十七年、近十年的古典文学研究有成绩也有不足。不满足是好现象，可以从各方面弥补不足。"五四"以后古典文学研究有了新的飞跃，当时的新方法现在有的已被认为是旧方法了。除此以外，还应当有一个反思，即对中国台湾、香港的学者近年来运用新方法进行研究的反思。大陆引进新方法比台湾、香港慢了半步。他们的外语一般来说比我们好，因此他们对外国论述新方法的原著理解比我们准确，我们大多用译本，隔了一层。在日本看港台的书比较方便，我发觉，他们的成果中，包含的经验教训也很值得反思。日本京都大学教授小南一郎是吉川幸次郎的高足。他到中国访问后，在一次座谈会上发表意见，认为对古典文学作品不能以有无趣味来评价，应把作品还原到当时的社会生活、风俗人情、心理习惯等环境中去理解。对作品本身理解了，然后再作结论。美国的魏伯·司各特在《西方文艺批评的五种模式》一书中，提出了文艺研究的五个流派，即道德批评派、心理批评派、社会批评派、形式主义批评派、原型批评派等。他对社会批评派讲了一段话，我感到很有启迪作用。他说：只要文学保持着与社会的联系（永远会如此），社会批评无论具有特定的理论与否，都将是文艺批评中的一支活跃的力量。小南和司各特都是研究过新方法的外国学者，似乎对社会批评法评价甚高。我自己觉得社会学的方法比较切实一些。当然，社会学的方法也要发展，更要跟庸俗社会学划清界限。我们研究的目的是为了加深对研究对象即文学现象的理解，解决一些问题，而不是增加些问题，使本来已经搞清楚的东西也产生了问题。当然，方法本身应是多元的，宏观、微观都是必需的，旧学新知应该结合，各种方法应该互补。此外，每个人可以根据自己的气质、禀赋和知识结构来选择自己认为最好的方法，不宜轻率改变。

（原载《半肖居笔记》，东方出版中心 1998 年版）

关于佛学与文学关系的几点想法

拜读了这次会议(南京大学召开的《中国思想家评传丛书》与传统思想文化学术研讨会,1999年1月)的一些论文,很受启发。这里拟就佛学与文学的关系问题,谈几点想法。

第一,对文学创作和文学理论的研究,离不开对其种种外部关系和内部关系的全面探讨,而在这些内、外部关系的研究中,我以为"影响研究"是最为困难的。探求佛学对文学的影响就是如此。为什么呢?凡是研究某一事物影响另一事物,即两者之间产生了某种因果关系,如某人诗学杜甫,某人词学苏轼,其中有迹可寻的部分,往往是属于现象层、浅表层的吸收或直接引用;而真正在精神实质上的深层次的影响他人或被他人所影响,则常常处在一种不即不离、若即若离或似明似暗、疑似难测的状态之中。要弄清这些复杂现象,具体探明两者之间的承续、变化与发展的关系,需要从多种角度、花很大力气去进行研究才行。

例如王国维的"境界说"与佛学的关系。我们从一般佛学工具书中得知,"境界"一词是来自梵语的意译,其最普通的意思是指"自家势力所及之境土"(见上海医学书局版《佛学大辞典》),所谓"自家势力",乃指人自身之"眼、耳、鼻、舌、身、意"这"六根"所具有的"色、声、香、味、触、法"这"六识"的功能。《阿毗达摩俱舍论本颂疏》卷一云:"功能所托,名为'境界',如眼能见色,识能了色,唤色为'境界'。"举凡人类"六根"感觉所达到者,即为"境界"。较早的《无量寿经》云:"比丘白佛,斯义宏深,非我境界。"则是比丘自谓他对佛教教义的"宏深"造诣,尚未达一间,未为自己所掌握。《法苑珠林·摄念篇》更有较详尽的阐述:"如是六根种种境界,各各自求所乐境界,不乐馀境界。眼常求可爱之色,不可意则生其厌。耳、鼻、舌、身、意,亦复如是。此六种根种种行处,各各不求异根境界,其有力者,堪能自在随觉境界。"因此,佛典中的"境界",其主要含义是强调它是由人类自身眼、耳等六种感觉器官对外界有所感受而得到的。但这层含义,是否为王国维所吸纳改造,用以构成其"境界说"的内涵,这是需要作出论证的。王氏论词当然重视词人的感性经验、直觉感受,但从《人间词话》开端九条集中地论述"境界"的文字来看,还不能直接推导出这个结论。只有第六条云:"境非独谓景物也,喜怒哀乐亦人心中之一境界也。"这与佛典中把"意"这第六根之"功能所托"也称做境界,倒是透露出一点潜通交贯的消息。另一方面,"境界"一词在我国自有的传统典籍中,早已屡见不鲜。汉郑玄注《诗·大雅·江汉》"于疆于理"句,就说"正其境界,修其分理"。这当然只是词语上的溯源,与王国维作为词学批评标准的"境界"理论并不相同。但在我国的诗、词、曲、文的评论中,用"境"或"境界"作为价值标准者也不乏其例。如传为唐初王昌龄所作的《诗格》有"诗有三境"之说,明陆时雍《诗镜总论》云:"张正见《赋得秋河曙耿耿》:'天路横秋水,星河转夜流。'唐人无此境界。"宋李淦《文章精义》云:"作世外文字,须换过境界。庄子《寓言》之类,是空境界文字。"元陈绎曾《古文矜式》亦专列"入境",探讨古文之法。明祁彪佳《远堂山剧品·真傀儡》云:"境界妙,意致妙,词曲更妙,正恨元人不见此曲耳。"与王国维同时的况周颐,在《蕙风词话》卷二中也说:"盖写景与言情,非二事也。善言情者,但写景而情在其中。此等境界,唯北宋人词往往有之。"这类关于诗、文、曲直至词的评论资料,其所论及的"境界",与王国维的"境界说"有否关联或有怎样的关联,也是亟须弄清的问题;否则,就无法确定王氏此说必定只来源于佛典。追溯王氏"境界说"的思想资源,看来并非单一直截的。

要之，我们在进行佛学与文学的影响研究时，既要重视对一些表层现象（如用语等）、一些明显的沿袭痕迹，作全面的搜集和细致的梳理，但更应重视研究因果关系中的中间环节。关键的不在于给出一个结论，而是提供出达到这一结论的论证过程。甲事物与乙事物在用语上的相同，并不等于甲事物一定是从乙事物来的，它还可能有别的来源，甚至此两者之间毫无关系；即使用语相同，往往也有一般性借用和内容上深化、改造、变异之别。尤其当我们跨越学科界限，研究两项事物之间的因果关系时，寻找彼此间的具体的中介，就显得更为重要了。

第二，关于文本的正确理解和多义性问题。中国传统思想的三大支柱是儒、释、道三家。从文本解读的角度看，对老庄哲学和佛教经典的解读，往往艰深玄奥、难于索解，且有时又并非只有一种确解，存在着多义性。试举一例。《老子》第八十一章有言："信言不美，美言不信。"有的学者从中得出老子把"信"与"美"即真实性与审美价值绝对对立起来的结论；但如果联系老子的全部思想来看，他的"道"论就是他的"美"论。他主张返璞归真，反对伪饰雕琢，崇尚"真"与"朴素"之美，则其"真"和"美"又是统一的。《文心雕龙·情采》已云："老子疾伪，故称'美言不信'；而五千精妙，则非弃美矣。"刘勰认为老子此语乃在于"疾伪"而非"弃美"，堪称一针见血之见。《老子》中此类"正言若反"的思维方式和语言句式很多，第五十六章所说的"知者不言，言者不知"，表面上也似把"知"与"言"对立起来，否定了语言文辞的作用，实际上只是表达"知"乃是"欲言而不能言"、"不可得而言"而已（《管锥编》第 454 页），否则他何必要写"五千精妙"、著书立说呢？这倒是与《维摩诘所说经》之"心行处灭，言语道断"、"无有文字语言，是真入不二法门"等等旨趣相契的。《老》、《庄》和佛教典籍中的一些文学、美学思想，在注意到它们之间的区别与差异以外，似更应对其相通互补、用心攸同之处，作出充分的估计和阐释。

第三，关于古代作家接受佛学影响的复杂性问题。我承担"中国思想家评传丛书"中《苏轼评传》的写作任务，就遇到苏轼与佛学关系这一问题。苏轼受到佛教多方面的深刻影响，这是毫无疑问的。如在诗歌理论方面，他对陶渊明的评论，在我国陶诗接受史与评论史上有着划时代的意义。是他第一个对陶诗艺术特质作了"外枯而中膏，似淡而实美"、"质而实绮，癯而实腴"的精辟品评，认为陶诗艺术的极致是把"枯"与"膏"、平淡与绚烂、清癯与丰满这些看似矛盾的异质因子统一了起来。这是深得艺术奥秘的见解。苏轼之所以能作出这种品评，他自己明白交代是得益于佛书的结果。他在《评韩柳诗》中说："所贵乎枯淡者，谓其外枯而中膏，似淡而实美，渊明、子厚之流是也。若中边皆枯淡，亦何足道！佛云：'如人食蜜，中边皆甜。'人食五味，知其甘苦者皆是；能分别其中边者，百无一二也。"这里的"佛云"，典出《四十二章经》第三十九，可以看出苏轼在这个问题上受到佛教中观学派的影响。但并不是在所有问题上都如此明显、明确，如他与华严宗的关系，就比较复杂了。

1996年2月，杭州西湖筲箕湾花家山庄施工现场出土一尊圆雕石像。据有的学者考证，其地为宋代高丽寺（慧因寺）遗址，此石像像主乃当时任杭州知州的苏轼，他是作为护法神被塑像供奉于寺内伽蓝殿的。事情的缘起是这样的：元丰八年，高丽僧统义天（高丽国王文宗之四子）访华巡礼，问道于杭州慧因寺净源法师，研习华严教义，由苏轼友人杨杰馆伴。苏轼曾作《送杨杰》诗，对义天此举尚采取友善欢迎态度。但到了元祐四年，义天因净源已圆寂，派遣其徒寿介等三人前来祭奠，时任知州的苏轼却激烈反对，一连向朝廷写了《论高丽进奉状》等七篇奏议。从这里可以看出苏轼对待对外文化交流与外交关系，已持有迥异的立场了。

而深入到他与华严宗的关系，更存在种种复杂纠缠的问题点，详情见我所写《走近"苏海"》一文,不再赘述。我深切感到面对这些矛盾和问题,我们应进一步探讨苏轼的信仰生活及其与政治态度的关系,继续研究他从政治利害出发对华严宗的排斥态度,这还是较为容易说明的;尤应对苏轼的文学思想与创作中所受华严宗的影响,进行深入细致、切实具体的研究,才能更准确地认识他的思想与创作的全貌,这就很有难度了。由苏轼这个例子也可说明,对古代作家接受佛学影响的研究,是一个颇为困难但又具有重要意义的课题,还有待于我们的共同努力才能较好地解决。

(原载《思想家》第 1 辑《杰出人物与中国思想史》,江苏教育出版社 2000 年版)

学科意识的自觉与学科建立的条件

一

从地域角度切入中国文学的研究，或者说对中国文学进行地理学的研究，是中国文学学科发展的自身需求，也是学术界的共识，并已积累了相当的研究成果。梅新林教授的《中国文学地理学导论》一文（载《文艺报》2006年6月1日），第一次鲜明地提出建立"中国文学地理学"的课题，并就学科意义、理论创新、体系建构诸方面作了全面系统的论述和富有启发性的阐释，把以往学术界对这一问题的关注和散见论述，提到"学科建设"的高度，表现了学科意识的自觉，从而引起研究者们的重视和共鸣，是令人感奋之举。

学科意识的自觉与否对学术的发展和创新具有关键性的作用。凡是取得突出成就的学术领域，均与其学科意识的日趋自觉息息相关，当今各高校都把学科建设置于各项工作的首位，自是抓住了要害。例如我国词学学科从传统到现代的发展，离不开从20世纪初以来一批硕儒前贤的建树。夏承焘对词学专题和词人年谱之学等的开拓，唐圭璋对词学文献的基础性建设，均功不可没，但我特别想提到龙榆生。读他当年主编的《词学季刊》，他几乎每期都能从建设现代词学学科的角度，提出重要而中肯的意见，示来者以轨则，开研究之路径，经过词学界的长期努力，终于建立起一门独立而成熟的词学学科。龙榆生的贡献应在词学史上特书一笔。梅新林教授的《导论》同样表现了这种可贵的学科建设意识，虽然尚处于发凡起例的草创阶段，其学术创新的勇气是十分可贵而有意义的。

　　《导论》的不少论点颇具启发性。作者提出,关注作家籍贯地理、活动地理、作品描写地理、传播地理四个层序时,要特别关注"地理"之于"文学"的"价值内化"作用。也就是说,有两种"地理",一是作为空间形态的实体地理,一是由文学家主体的审美观照后所积淀、升华的精神性"地理"。这一见解,深化了"人"与"地"关系的认识。例如欧阳修占籍江西庐陵,不免产生"江西情结",在他诗中"为爱江西物物佳,作诗尝向北人夸"(《寄题沙溪宝锡院》),"区区彼江西,其产多材贤"(《送吴生南归》),时抒怀乡之情;嘉祐元年以后,他向朝廷求知洪州不下十次,也有这一因素在。但他生于四川,长于随州,以后宦游各地,一生中仅因葬母回江西一次,因而"庐陵"对他的影响不算深刻。倒是他的初仕地洛阳,对他一生的思想与文学创作起了一锤定音的作用:对洛阳盛游的追思、对洛阳花(牡丹)的吟咏成为他诗词创作长盛不衰的主题,对洛阳一批友人的悼亡文字,是他"六一风神"散文主体风格的最初体现,嵩山之游对石刻的强烈兴趣,成为他从事《集古录》编著的最初契机;而更为重要的,洛阳不只是一个具体的地理名词,而是他的一个永不消退的记忆场景,是他人生感悟的一种象征与符号。他可能再次回到洛阳,但永远回不到他心目中的那个精神性的洛阳,他对洛阳当年豪迈欢乐的体悟与盛衰变幻的怅惘感受,已不能再遇。欧阳修的这个"第二个洛阳"很值得再作深入研究。从他的例子也可以说明,对于具体作家而言,上述四个层序的作用力是并不平衡的。

　　《导论》提出的"场景还原"与"版图复原"的二原说,着眼于从细节上复原历史、激活历史,对认识历史原生态真貌具有重大意义。历史本来是骨肉丰满的鲜活存在,但在我们研究者的笔下常常被简单化、抽象化。然而重视文学事件中的地理因素,并不单纯地为了交代事件的几个地名,而是从事件的具体流程中发现问题,阐释问题。试以《导论》所举的辛弃疾、陈亮互相酬唱的五首《贺新郎》为例。梳理这次会晤的全过程,不免疑窦丛生:陈亮此冬为何从东阳远道来访?朱熹为何违约未从福建崇安来到紫溪会面?辛陈已有十日之游(包括鹅湖同游),为时已不算少,陈亮东归后,有病之身的辛弃疾为何在次日又追至鹭鸶林,但因雪深而止,辛氏只能独饮方村,夜半才宿吴氏泉湖?这一连串的时地迅速转换后面是否另有隐情?再寻绎五首词作的主旨,实突出知音难遇的感叹。陈亮在给辛氏的信中说:"四海所系望者,东序惟元晦(朱熹),西序惟公(辛弃疾)与子师(韩彦古)耳。又觉戛戛然不相入!甚思无个伯恭(吕祖谦)在中间捆就也。"这不是想在朱熹与辛弃疾之间调停斡旋,做个吕祖谦第二吗?我总怀疑,隐藏在这次唱和事件背后,有一个地理性的情结,即"鹅湖之会"。朱、陆的鹅湖之会,是一次学术协商;朱、辛拟议而未果的鹅湖之会,是一次抗金复国的政治协商。鹅湖之会具有协商沟通的象征意义,在中国哲学史、中国词学史上留下了意味深长的一页。两次鹅湖之会(一次失败,一次未果)发生在江西地区,均有深刻的政治、学术、文化和地缘原因,尚待揭示。从此切入,可以对辛、陈唱和词作出新的解读。

二

《导论》把中国文学地理学,定性为"新兴交叉学科或学科研究方法,其发展方向是成长为相对独立的综合性学科",审慎而具开放性。这里似乎有三个关键词——研究方法、交叉学科、独立学科——三者又形成循序发展的趋向。

作为一门独立的学科,应有它自身的目的、要求、对象和方法,具有区别于其他学科的排他性。如中国词学学科,依照有的学者的概括是:"词学作为一种独立的专门之学,属于文学研究范围,但又与音乐、史学、文化学等学科相互交叉。研究范围包括词的起源、词的体制、词与音乐、词调、词律以及词人行实、词籍版本、词学理论、词派、词史等诸多方面,构成一个内容广泛、复杂而又严密的学术体系。"

（马兴荣等《中国词学大辞典》，浙江教育出版社 1996 年）能形成这样的学科认识，如前所述，是几代词学研究者长期努力的结果。任何独立学科的真正建立，概莫例外。作为"独立学科"的"中国文学地理学"，《导论》作了"发展方向"、"成长为"这些"将来式"的规定，我以为是实事求是的。

独立学科的建立是长期的目标，当务之急是依据文学和地理学相结合的研究方法或视角，开掘出一批有学术生长点的有关专题，进行扎实而有成效的研究，为学科建设提供多方面的支撑。例如宋代两年一次的全国性的"省试"，成为各地人才大流动、大交融的盛会，来京的举子"待京师者恒六七千人"，"秋取解，冬集礼部，春考试"（《宋史·选举志》）。人数几近万人、居京时间自秋至春长达半年，对于这样一个具有不同地域文化色彩、消息量密集的特殊文化圈，是值得作专题分析的。又如清代词学的重镇，大致分布于环太湖流域，浙西词派、常州词派、阳羡词派产生于此，这一地区的许多世代相传的文学世家，犹如繁星丽天，占领了词学的天空。严迪昌先生久已注意及此，惜哲人其萎，责在后人了。这个"词学——地域——家族"相结合的研究课题，极为诱人，相信会对中国古代文学地理学的一些理论性问题，带来一些新的思考。

独立学科的建立虽是长期目标，并不是说可以削弱或取消对学科整体框架、学科理论原理、学科研究方法等的宏观研究；恰恰相反，必须继续展开讨论与争鸣，以引导学术的正确发展。然而，在考察文学与地理这一特殊关系时，必须把握适当的度，也就是黑格尔所说的地理对于文学的影响"不能低估也不能高估"。黑格尔在《历史哲学》的《绪论》中，论及"历史的地理基础"，他一方面肯定"自然""地理"是"'精神'所从而表演的场地，它也就是一种主要的，而且必要的基础"；但又指出"我们不应该把自然界估量得太高或者太低：爱奥尼亚的明媚的天空固然大大地有助于荷马诗的优美，但是这个明媚的天空决不能单独产生荷马。而且事实上，它也并没有继续产生其他的荷马。在土耳其统治下，就没有出过诗人了。"（上海书店出版社2001年版）"自然""地理"对于人类精神、精神产品的巨大作用，黑格尔作了充分肯定，但又坚决摒弃地理决定论倾向。他的这一基本观点，至今看来仍是十分精辟的。毫无疑问，中国古代文学具有显著的地域特征，在作家的地域分布和作品的地域流动上，有自己的特点和规律，但是中国长期是个统一的国家，尊奉的思想原则又基本一致，尤为重要的是使用同一的汉语言文字这一文学表达工具，因而能否从地域特征的基础上发展出真正意义上的"某地域文学"或"某地域文学区"，还是需要再加斟酌的。我个人的感觉是"大体似有，定体则无"，处于疑似之间。试看《诗经》与《楚辞》，原是中原文化和荆楚文化的两种代表，但在秦统一以后的发展中，日益为各地区作家所共同接受与学习，"诗"、"骚"成为中国的诗歌的最初源头。《楚辞》没有发展出独立的地域性的荆楚文学，《诗经》更没有这种可能，它已上升为全民族文学共同尊奉的"经"了。

独立学科的建成还有赖于学术资源的积累和文献资料的整理。资料是研究的基础和前提。中国古代的地理书，从《禹贡》、《山海经》，到史书地理志以及数量庞大、真伪杂糅、头绪纷繁的方志，实是一个文献宝库。我们依靠这个宝库及其他资料，已建立起中国自然地理学、中国人文地理学、中国历史地理学、中国经济地理学等独立学科，若要求得文学与地理学更深刻的交融，资料工作不容忽视。光是近年来所刊布的各类地方志，林林总总，其中"艺文"类的文学家传记和作品部分，似尚无人作出系统整理，就是一例。

（原载《文艺报》2006年7月8日）

卷三　考论杂谭

《花间集》命名之由

《花间集》是我国第一部文人词的总集。它由五代时后蜀赵崇祚编纂，欧阳炯作序，共收入温庭筠、韦庄等十八家"诗客曲子词"500首，共十卷。词史上的"花间派"即因此集而得名，对后世词坛影响深远。

为什么取名"花间"，现今学者间犹解释纷纭。较早提出解说的是施蛰存先生。他在《历代词选集叙录》中（《词学》第一辑，署名舍之）指出："集名'花间'，（欧阳）炯《序》中所释，其取义殊不明晓。"施老遂广举古今中外之例，认为乃是"以花喻诗"；"花间集"者，指明其为诗歌之集而已。其他学者的论著则另提出新说：或谓命名"花间"，是指该集词作以描写女性为中心，以花比喻女性之例，指不胜屈；或谓是体现该集选词的主要地域乃在繁花似锦的锦城成都；或谓比拟该集词作的工丽精美，欧阳炯《序》中已说得明白："裁花剪叶，夺春艳以争鲜。"等等。这些解说，都有各自的证据，且颇能活跃人们的思路，读来很有兴味。

但我以为欧阳炯以"花间"两字命名，就其字面本义而言，并无深意，即是花丛之谓。之所以发生"殊不明晓"的疑惑，恐与未推究这篇序文的最初文本有关。今存最早的《花间集》刻本，是宋绍兴十八年晁谦之所刊本（现藏北京图书馆，1955年文学古籍刊行社已影印），其中的欧阳炯《序》最后写道：

> （赵崇祚）以炯粗预知音，辱请命题，仍为序引。昔郢人有歌《阳春》者，号为绝唱，乃命之为《花间集》，庶以"阳春"之甲，将使西园英哲，用资羽盖之欢；南国婵娟，休唱莲舟之引。

这是欧阳炯自释取名之由的原文。嗣后的刻本，如南宋淳熙鄂州本，其刊刻者大概觉得"庶以'阳春'之甲"六字费解，遽然予以删却，又改下句的"将使"为"庶使"，此段成为：

> （赵崇祚）以炯粗预知音，辱请命题，仍为序引。昔郢人有歌《阳春》者，号为绝唱，乃命之为《花间集》，庶使西园英哲，用资羽盖之欢；南国婵娟，休唱莲舟之引。

此删改本反而成了通行文本而广为流传（王鹏运《四印斋所刻词》即据鄂州本影刻）。这样，"昔郢人有歌《阳春》者，号为绝唱"，变得突兀而无下落，"乃命之为《花间集》"之"乃"，也显得因果不明。《全唐文》编者或许也认为原文有误，在著录此序时进一步把"昔郢人"以下二句也统统删除，而在"仍为序引"下径接"乃命曰《花间集》"一句（见《全唐文》卷八九一），武断地割断了《花间集》命名与《阳春》的关系。其实，这正是欧《序》所要表达的词学思想的关键之点。在欧阳炯看来，《花间集》所收词作，上承楚国古曲《阳春》传统，一是合乐歌唱，二是高雅精深，因而才可供像曹氏邺中名士胜流的游宴之需。（"西园英哲"、"羽盖之欢"，见曹丕《芙蓉池作》："乘辇夜行游，逍遥步西园。……卑枝拂羽盖，修条摩苍天。"曹植《公燕》："清夜游西园，飞盖相追随。"）而《采莲曲》一类的梁陈绮靡歌辞，南方歌女也可以"休唱"了。《花间集》编纂的直接目的是为当时歌女演唱提供与《阳春》一样的格调高雅的新歌辞。陆游用"简古可爱"四字评花间词(《花间集跋》),可视作对欧《序》的正确解读(虽然此集内也不乏轻艳之作,那是另一问题)。

有的学者认为,"'阳春之甲'于义未安"。我觉得此句虽欠醒豁,但也未必不能解通(有的径改作"阳春之曲",则颇嫌无据,且与上文复沓)。"'阳春'之甲"的"甲"字,据《说文·甲部》云:"甲,东方之孟,阳气萌动,从木戴孚甲之象。"段玉裁注引《月令注》曰:'日之行,春东从青道发生,月为之佐,时万物皆能孚甲。'《月令》曰:'孟春之月,天气下降,地气上腾,天地和同,草木萌动。'"甲,指荜甲,原义为草木萌芽时之外皮,也用以指花,如李绅《新昌宅书堂前有药树一株……》:"白榆星底开红甲,珠树宫中长紫霄。""开红甲"义近"开红花"。此处"阳春之甲"云云,意谓先有阳春温煦,后有万花萌发,春阳致使花卉盛开。因而,《花间集》取名的本义,即指花卉;而在上下文中是指该集词作深受《阳春》古曲之挚乳沾溉,得以保持能歌和雅化的特点。但这层含义,并非"花间"一语的本义,也不是它本身固有的引申义或比喻义。

"花间"的本义即指花卉或花丛,还可从此集所收欧阳炯自己的词作来作旁证。据日本学者青山宏《花间集索引》,欧阳炯词中用"花间"一语者有两例:《贺明朝》其一:"忆昔花间初识面,红袖半遮,妆脸轻转。"其二:"忆昔花间相见后,只凭纤手,暗抛红豆。"所言"花间",均指花丛之间,并无特殊寓意。他的《南乡子》有"豆蔻花间趱(徘徊之意)晚日"句,更是坐实为"豆蔻花"了。

《滕王阁序》的原题与主旨

　　我国江南三大名楼之一的滕王阁,近年来得以重建,全赖王勃之序的深远影响力,可谓楼以文存;而此序的隆盛声名,除其本身高度的艺术成就外,还跟一个动人的文学故事相关。据《唐摭言》、《新唐书》、《唐才子传》的记载,"阎公"在重阳节大宴宾客,原属意其婿写序,使其扬名,不料"时年十四"的王勃不期而至,公然操觚而"不辞让"。阎公初未许其才,至"落霞"一联,才"瞿然而起曰:此真天才,当垂不朽矣!"终于"极欢而罢"。这个故事以其戏剧性、趣味性而家喻户晓,极大地提高了此序的声誉,但也导致了对此序的不少误读,甚至影响到对主旨的正确把握。一是王勃作序时,据史料年已二十五六岁,序中亦明言"等终军之弱冠"(二十岁左右为弱冠)。十四岁云云,大概是附会杨炯《王子安集序》说王勃"年十有四,时誉斯归"而来,或是曲解序中"童子何知"一句以增加传奇色彩(童子是后生小辈的谦称,此处不作孩童讲)。如出孩童之手,就不能真切了解序中深刻的人生不偶之感。二是此次聚会虽在"九月",却绝非重阳。序中明言"十旬休暇",当在九月十日、二十日、三十日旬休之日,且文中无一笔涉及节事,亦未见孟嘉落帽、王弘送酒、佩茱萸、饮菊酒以及龙山、戏马台等常用的重阳事典语典,这对满纸典故铺排的此序而言,真是不可思议了。

　　从文本的版本系统上也可以证明本篇乃"饯别序",而非重阳宴集序。今存王勃文集,此篇题目或作《滕王阁诗序》(明张燮辑《王子安集》本),或作《秋日登洪府滕王阁饯别序》(清蒋清翊《王子安集注》

本），实应以后者为准确。日本奈良的正仓院是一座保存稀世珍品的宝库，尤以入藏日本遣唐僧、遣唐使从中国带回的文物而闻名于世。其所收旧抄本中，有王勃诗序卷子，计 41 篇，本篇题目正是《秋日登洪府滕王阁饯别序》（我藏有此诗卷之精影本）。此抄本的独异之处是用了唐武则天载初元年（689）制定的"则天文字"，如天作而，地作圣，日作囸，月作囲，星作〇，当是依初唐抄件为底本者。卷末云抄于日本庆云四年（707，即唐中宗神龙三年）七月二十六日，上距王勃之死（675）约 30 多年，而其所据底本则时代更早，因而也最接近原貌。认作原题大概是没有问题的。

序，原是著作或一篇诗文前的说明性文字，即序跋之序；后发展有宴集序、赠序等类。古人宴集时，常同赋诗，诗成后推在场一人作序，是为宴集序（如王羲之《兰亭集序》）；后虽无聚会，亦作文相赠，以表示惜别、祝愿、劝勉之意，是为赠序（如韩愈《送孟东野序》）。本篇当是作者为自己所作饯别诗而写的序文。

确定本篇的性质是饯别序后，必然产生一个问题：被饯别者是谁？这在文中是有迹可寻的：宴会的主人当然是洪州都督阎公；陪客是孟学士和王将军，一文一武；被饯别者就是那位路经洪州、前往新州（今广东新兴）赴刺史任的宇文大人；从身份和文中描写来看，作者本人也可算作一位次要的客人。明确了这次宴会的主、客情况，特别是重视主要客人宇文新州的存在，才能对全文脉理和主旨得到正确的理解。

全文共七段，第四段中间"兴尽悲来，识盈虚之有数"是全文结构转折的关捩；而两位被饯送者宇文新州和作者则是体现本篇主题的中心人物。作为饯别序，本篇不可避免地带有应酬目的：首先是对主人阎公及其文武陪客孟学士、王将军等人，作者备致颂美仰望之忱；其次是对洪州地势、高阁景观和"胜饯"、"伟饯"的赞扬夸说，也是对主人的另一形式的称颂。——这就是前半幅所写的"兴"。从"望长安于日下"以下的后半幅,则主要写"失路之人"、"他乡之客"宇文新州和作者之"悲"。不少注家把这半段和第四段文字仅仅看作作者一人的自悲和自勉,这是不准确的。至少是兼指两人,或者毋宁说主要是指宇文新州(细玩冯唐、李广诸典和"老当益壮"、"桑榆非晚"等语,似与作者年龄不切)。只有到第六段"勃三尺微命"以下,才单指作者自述了。仕途多舛的共同遭遇,客中送客的特殊感受,使王勃在寄情抒怀时显得更为投入,尽情地发泄了怀才不遇的人生悲慨,表达了济世的渴望和志节自守的坚贞。失落、追求、怨恨、勉励,种种矛盾复杂的感情交织在一起,使本篇超越了应景酬世的目的,而成为表现主体情性的真正文学作品。

前几年黄任轲先生亦撰文阐述此旨,惜未引起人们注意,近又见不少误解此序者,特再写短文补证黄说,并为其鼓噪助阵。

(原载《新民晚报·夜光杯》1997 年 1 月 26 日)

"老泉"非苏洵之号补证

幼读《三字经》云"苏老泉,二十七,始发愤,读书籍",知"老泉"乃苏洵之号,先入为主,深信不疑;后章太炎增修《三字经》改为"苏明允,二十七",亦未探改笔底细。及长,阅叶梦得《石林燕语》卷一〇说:"苏子瞻谪黄州,号东坡居士,东坡其所居地也。晚又号老泉山人,以眉山先茔有老翁泉,故云。"叶梦得离苏轼时代不远,且与苏轼幼子苏过交往颇密,其言之凿凿,似可信从。

其后辨误之文层出不穷。其证据大略有二:一是发现苏轼书画中自钤"老泉山人"、"老泉居士"之印章。如明郎瑛《七修类稿》卷一九《辩证类》"老泉为子瞻号"条在引述《石林燕语》后云:"尝闻有'东坡居士、老泉山人'八字共一印。而吾友詹二有东坡画竹,下用'老泉居士'朱文印章。据此,则老泉又是子瞻号矣,然岂有子犯父号之理?"明焦竑《焦氏笔乘·续集》卷二"老泉"条、张燧《千百年眼》卷一〇"老泉是子瞻号"条所述与郎瑛大致相同,但改作"坡尝有'东坡居士、老泉山人'八字共一印,见于卷册间,其所画竹,或用'老泉居士'朱文印章"。后吴景旭《历代诗话》卷五八、丁传靖《宋人轶事汇编》卷一二等,均把此段引作《石林燕语》语,殆误。明人黄灿、黄炜《重编嘉祐集纪事》谓亲见苏轼《阳羡帖》有"东坡居士、老泉山人"之图记。戚牧《牧牛庵笔记》亦谓"原版《晚香堂帖》尾有'东坡、老泉'之印,钤苏轼名下,此其明证"。此外,今存清人师亮采所刻拓《秦邮帖》卷一,收苏轼所书《挑耳图题后》正用"东坡居士、老泉山人"之印。这是颇有说服力的证据。

二是从苏轼诗中用"老泉"语来作反证。如阮葵生《茶馀客话》卷一二"老泉非苏洵号"条云:"东坡得钟山泉公书,寄诗云:'宝公骨冷唤不闻,却有老泉来唤人。'(按见《六月七日泊金陵阻风,得钟山泉公书,寄诗为谢》一诗,作于元祐八年)果老苏号老泉,敢作尔语乎? 惜不令焦文端(焦竑)闻之也。"宋时避讳甚严,苏轼因祖父名苏序,凡作诗文集序时均改称"叙",未敢稍违,阮葵生问得有理。

我在1984年秋参观大阪市立美术馆时,曾观赏该馆所珍藏之苏轼所书《李白仙诗卷》墨迹。该件后有金人蔡松年、施宜生、刘沂、高衎、蔡珪五人的题跋。其中高衎(金世宗时吏部尚书)于正隆己卯(四年,即宋高宗绍兴二十九年,1159)的跋文云:"太白清奇出尘之诗,老泉飘逸绝伦之字。"这说明早在南宋初年,金国士人已称苏轼为"老泉"了。当时,"程学行于南,苏学行于北",金人对苏轼是颇为熟稔和景仰的。此例可为"苏轼号老泉"助证。

但是,从南宋以还,人们又常以老泉称苏洵(有人认为北宋曾公亮有《老泉先生挽词》、蒲宗孟有《祭苏老泉先生文》,实有出入)。如宋光宗时郎晔《经进东坡文集事略》称苏轼为"老泉仲子也",《三字经》的作者王应麟、《文献通考》的撰者马端临,学识淹博,亦是如此。今存南宋刻本《东莱标注老泉先生文集》十二卷(绍熙四年刊,1193)、《老泉文集》十一卷(见《三苏先生文粹》所收,南宋婺州王宅桂堂刊本),与题名《嘉祐集》者同时并行。

把"老泉"加之于苏洵,亦非空穴来风,恐事出有因。一种推测是由于梅尧臣作"老泉诗"故。如清杭世骏《订讹类编续补》卷下"苏老泉"条云:"老泉者,眉山苏氏茔有老人泉,子瞻取以自号,故子由祭子瞻文云'老泉之山,归骨其旁'。而今人多指为其父明允之称,盖误于梅都官有'老泉诗'故也。"按,梅尧臣于嘉祐三年(1058)有《题老人泉寄苏明允》诗,只是记述苏洵家乡有关"老翁泉"的传说:"泉上有老人,隐见不可常。苏子(苏洵)居其间,饮水乐未央。"与误以老泉号苏洵者,实无必然关系。

我想作另一种推测。宋神宗熙宁末年,朝廷郊祀,广施封赠,苏洵被追赠为"太常博士累赠都官员外郎",苏轼于元丰元年"谨遣人赍告黄二轴","择日焚纳"祭奠乃父。这篇祭文题名为《祭老泉焚黄文》。此处"老泉"原指先茔墓地,与苏辙《再祭亡兄端明文》"老垄在西,老泉之山。归骨其旁,自昔有言"之"老泉",其义相类,但也可能被误解为指称苏洵了。

(原载《新民晚报·夜光杯》1997年3月2日)

[附记] 此文作于1984年冬,曾发表问世。近年(1993)上海古籍出版社出版《嘉祐集笺注》,于书末设有"苏老泉非苏洵号"专题,备列有关资料,颇称周全。唯未收拙文所引用之《订讹类编续补》、《茶馀客话》等条,不知何故,而其所列《随园诗话》条实抄自《订讹类编续补》,文字全同。袁枚比杭世骏年幼20岁,其书初刊于乾隆五十五年(1790),而杭书成于十一年(1746),袁书晚出40多年。又,《嘉祐集笺注》所列《蛾术编》条亦大致沿袭《茶馀客话》,《蛾术编》为王鸣盛晚年所作,其书初刊于道光二十三年(1843),而《茶馀客话》成书于乾隆三十六年(1771)前,其十二卷本初刊于五十八年(1793),比《蛾术编》问世早整整半个世纪。

第一部《中国文学史》

　　《中国文学史》的编纂史,略与本世纪同龄,至今整整一百年了。我国传统学术中固然也有不少关于文学发展的"史"的研究成果,但作为一种著作体裁的"文学史"观念,则是从国外传入的。第一部《中国文学史》并非国人自己所编,一般认为是英人赫伯特·贾尔斯(Herbert Giles,1845—1935)。此人曾任宁波英国领事馆领事,在华二十多年;返英后任教于剑桥大学。他在1901年于伦敦出版《中国文学史》(A History of Chinese Literature),全书八章,从公元前6世纪叙起,直至1900年,共448页。此书嗣后在纽约、东京、台北一再重版。朱东润先生30年代发表的《司空图诗论综述》中,已引用他论《廿四诗品》渊源于道家思想的观点,大概是此书最早为中国学者称引的记录。但此书还算不上"第一部"。有资料表明,俄人瓦西里耶夫的《中国文学史纲要》,那是1880年出版的,虽仅只163页,但实有首创之功。另一部1902年出版于莱比锡的德人葛鲁贝(Grube)的《中国文学史》,467页,也是应予提及的早期著作。

　　国外汉学最发达的国家当推日本,自然不会让西欧人独着先鞭。他们早在贾尔斯以前出版过不少文学史著作,如古城贞吉《支那文学史》(1897年,东京,经济杂志社,734页)、笹川种郎《支那文学史》(1898年,东京,博文馆,316页)、中根淑《支那文学史要》(1900年,东京,金港堂),这几部都是1901年以前问世的。至于久保天随的《支那文学史》(东京,人文社,438页)出版于1903年,晚于贾尔斯之书二年,也勉强可看做同时成书的。

中国人自己开始编写文学史，倒是直接受到日本的大学体制改革和同行著作的启发。20世纪初，京师大学堂学习日本的大学课程建制，开始讲授文学史一课。主其席者为福建闽县人林传甲（1877—1921）。他从1904年5月起，经四个月的时间，编出《中国文学史》讲义16篇，即于同年印行（署名林归云）。1910年4月起在《广益丛报》连载，同年6月由武林谋新室出版，共210页。他在卷首题记中自称："传甲斯编，将仿日本笹川种郎《中国文学史》之意以成书焉。"但"斯编"与笹川氏之作尚有很大差异。笹川氏之作，主要以时代为序、以作家为中心来展开叙述，体现了"史"的观念；而林氏之编，从文字、音韵讲起，又偏重于文体之辨，在吸纳新观念中，表现出强烈的中国传统学术的模式和特点。

与林著差不多同时着手编写、而问世时间稍后的《中国文学史》，则为黄人（1866—1913，号摩西、蓦庵）所撰。他在1904年东吴大学任教时，开始撰写此书；后成书29册（另有增补本1册），由国学扶轮社出版。复旦大学藏有此书，但无出版年月，据萧蜕《摩西遗稿序》说，此书约1909年以后完成，则印行更在其后（故郑振铎《插图本中国文学史》、容肇祖《中国文学史大纲》均推林传甲书为最早文学史）。此书长达2000多页，篇幅远比林书为巨，但作品的选录几占全书十分之六七。

国人自撰文学史的发轫期，以北林南黄两种为例，难免存在草创阶段的幼稚粗率，但比较而言，黄著已具有可贵的"史"的自觉观念，从单纯的文学批评向综合的历史研究转化，注目于文学的"源流、种类、正变、沿革"。两书的共同特点尤堪玩味。一是科研与大学的教学改革、课程更替紧密联系，此点似一直沿承至今。二是新知与旧学的结合。我国学者在吸取外来文学观念时，总是习惯性地以我国传统学术为背景来加以改造与消融。冯友兰先生说过，他开始编写中国哲学史时的主要方法，是"就中国历史上各种学问中，将其可以西洋所谓哲学名之者,选出而叙述之"(《中国哲学史·绪论》)。林传甲这样做了而没有明说,黄人就直说我国传统"学问"中的文学家列传(如《文苑传》)、目录(如《艺文志》)、选本(如以时、地、流派合选者)、批评(如《文心雕龙》、《诗品》、诗话等)是他取材的来源。这种外国新观念和本国旧"学问"相接轨或嫁接的编写方法,既对写出有民族特色的《中国文学史》是一种重要的保证,也容易在更新研究观念、扩大研究视野上产生束缚和局限。以后的文学史编写工作正是在不断解决这个难点的过程中得到提高的。

(原载《新民晚报·夜光杯》1997 年 2 月 2 日)

《历代词人考略》今存何方

　　龙榆生先生《唐宋名家词选》原是大学教材，因而在普及性以外又颇具学术性，援据丰赡，尤重原始资料。其中引及《历代词人考略》一书者达 17 条之多，以其见解的精警久为词学爱好者所瞩目。但对此书的作者、作年、卷数、内容乃至存佚情况，至今仍疑异莫明，引起人们求索的兴趣。

　　从龙先生所引该书 17 条来看，此书作者大都注明为清末四大词人之一的况周颐，但有一处（第 30 页，古典文学出版社 1956 年版）却作"刘承幹《历代词人考略》卷五"，则作者有况、刘二说。所引卷数则从卷二、卷四到卷一八不等，最大的卷数是卷一八，也不知全书凡几？内容大致有两类：一是词人生平的记述，大都并无新见；二是词人词作的笺订和评论，则颇多鞭辟入里、体悟有得之言，学者间关心此书者即在于此。如论韦庄"尤能运密入疏，寓浓于淡，花间群贤，殆少其匹"，与王国维"骨秀"之评可以相互阐发，抓准了韦庄词的特点；又论冯延巳"《阳春》一集，为临川珠玉（晏殊）所宗，愈瑰丽，愈醇朴"，也与王国维评冯词"开北宋一代风气"相呼应；论贺铸更以"厚"字称许："《东山词》亦极厚"，"填词以厚为要旨"，"厚之一字，关系性情。'解道江南断肠句'方回（贺铸之字）之深于情也"，则常为研究者所引用。这都表明该书作者的独具只眼，确非凡手。

　　近年上海古籍出版社影印赵尊岳辑《明词汇刊》，其附录的赵氏两文，对《历代词人考略》的情况透露了一些重要消息。赵氏曾师从况周颐学词，他在《惜阴堂汇刻明词纪略》中（原刊《大公报》

1936年8月13日），叙述汇刊明词的缘起说："癸亥间，蕙风先生（况周颐之号）所辑《历代词人考鉴》已至元季，将欲赓续，亦苦于明词之不多，则督余搜箧以应之。"原来此书一名《历代词人考鉴》，实乃况周颐所撰，在癸亥年（1923）已编写到元代，因缺乏明词资料而暂告中辍。既是况氏所撰，因何又有"刘承幹所作"一说呢？赵尊岳在另一篇《惜阴堂明词丛书叙录》中（原载《词学季刊》第三卷第四号）中又说："蕙师又应吴兴刘氏之请，为撰《历代词人考鉴》，上溯隋唐，至于金元，凡数百家。甄采笺订，掇拾旧闻，论断风令，已逾百卷。亦付尊岳，盥手读之。"况周颐撰写此书，乃是应吴兴著名藏书家、嘉业堂主人刘承幹之"请"；此一"请"字，即刘氏出资、况氏为之撰作之谓也。

王国维在1917年8月27日致罗振玉一信中，也提及此事。他说到"近来哈园又因做寿大热闹七夕"，座中即有况周颐，并云："夔笙在沪颇不理于人口，然其人尚有志节，议论亦平。……近为翰怡（刘承幹之号）编《历代词人征略》，仅可自了耳。"（见《学林漫录》八集陈鸿祥文所引）夔笙即况氏之字，他在辛亥革命后，流寓上海，卖文为生。时英籍犹太人哈同在哈同花园内（旧址即今上海展览馆）创办仓圣明智大学及其他学术刊物，罗致名士，王国维应聘任事，况周颐亦经常出入该园，有词作《霜花腴》、《紫萸花慢》等记其事。时刘承幹亦寓居沪上，况氏曾帮助刘刻印《嘉业堂丛书》、《吴兴丛书》等，代撰《考略》亦属情理中事，均为料理生计耳。

综上所述，可知《历代词人考略》（一名《考鉴》、《征略》），乃况周颐为刘承幹所作，至少在1917年以前已动手，到1923年已撰成一百馀卷，内容涉及从隋唐到金元的数百家词人。

这部出自词学名家之手的百馀卷大书，其"甄采笺订，掇拾旧闻，论断风令"的丰富内容，对研究我国词学和况氏的词学思想，都具有重大的学术价值。据我所知，不少词学同好均在寻访此书下落。我自己曾函今已去世的唐圭璋先生请教(他所编《全宋词》将此书列为"引用书目"),他指示我去北京图书馆一访,经查仍无踪影。

近闻浙江图书馆藏有词话钞本一种共七册,题为况周颐《宋人词话》,莫非就是《历代词人考略》? 但经研究,该书内容仅限于对宋代两浙词人的评述(作者假托某一湖州人氏口吻,可能又是况周颐替刘承幹捉刀之作)。寻访《考略》的这一线索也告中断了。茫茫天壤之间,不知此书尚存否?

(原载《新民晚报·夜光杯》1997 年 5 月 3 日)

欣托燕翼递学讯

　　承蒙《新民晚报·夜光杯》编者的雅意,慨允设立专栏刊登我的一些半学术性笔记。当初我颇为犹豫:《新民晚报》面向广大读者群,素有"飞入寻常百姓家"的"燕子"美誉,我的这些笔意滞重的短文会有多少人阅读? 出乎意料,竟在一定读者圈内引起相当的反响,鼓励者有之,商榷者有之,更有不少朋友提供重要的学术信息,释疑解惑,受益良多。我要说,读者需要本刊,本刊也适应了作者的需要。

　　5月3日刊出《〈历代词人考略〉今存何方》一文,我在结尾处问道:"茫茫天壤之间,不知此书尚存否?"意在借晚报一角作寻书启事,因为此书的当事人况周颐、刘承幹当年均在上海。现已有可喜的回应:南京图书馆藏有此书残本,这是南京师范大学钟振振教授提供的重要信息。承他面告,该书署名刘承幹,存37卷,据书前目录知为残本,但龙榆生先生《唐宋名家词选》引及此书的十七条文字,均在此残本之中。词学爱好者获知此事后,想必和我一样高兴。另外,我近日翻阅夏承焘先生《天风阁学词日记》,内记他1934年11月30日访苏州,吴梅邀宴于松鹤楼,席间听吴氏谈"蕙风(况周颐)遗事",谓"蕙风晚年,尝倩彊村(朱孝臧)介于刘翰怡(刘承幹)编《词人征略》(按,即《历代词人考略》)。恐其懒于属笔,乃仿商务书馆例,以千字五元计酬金。所抄泛滥,遂极详。瞿安(吴梅)谓可名《词人征详》。蕙风贫不得已也。"况周颐的"卖文为生",不仅仅是一般意义上的换取稿酬,连署名权、著作权一并卖掉了。

　　2月2日刊出的《第一部〈中国文学史〉》一文中,我提出国内第一部《中国文学史》的作者当推林传甲，这也是有的学者的看法。最近，苏州大学王永健教授惠寄他早在 1995 年 6 月发表在台湾《书目季刊》(第 29 卷第 1 期)的大作《中国文学史的开山之作——黄摩西所著中国首部〈中国文学史〉》，对黄人(号摩西)该书作了详尽精到的评述，尤其是披露了一些稀见的资料，有助于对黄氏著书过程的具体了解。但对黄氏此书是否为"首部"，我仍有怀疑。

永健先生大作揭载了徐允修《东吴六志·志琐言》中的一段记事，文稍长却极重要：

> 光绪三十年(西历一千九百又四年)，孙校长(东吴大学外籍校长孙乐文)以本校仪式上之布置，略有就绪，急应厘订各科学课本。而西学课本尽可择优取用，唯国学方面，既一向未有学校之设立，何来合适课本，不得不自谋编著。因商之黄摩西先生，请其担承编辑主任，别延嵇绍周、吴瞿安两先生分任其事。一面将国学课择要编著；一面即用誊写版油印，随编随课，故编辑之外，又招写手四五人，逐日写印。如是者三年，约计所费已达银元五六千，所编《东亚文化史》、《中国文学史》、《中国哲学史》等五六种。孙校长以此事着手业经三年，理应择要付印。因由黄先生将《文学史》整理一过。……书虽出版，不合校课之用。正欲修改重印，先生遽归道山，遂致延搁多年。今春(1926)，有王均卿先生(王文濡)愿负修改之责，完成合式之本，付诸铅印，不日即可出版矣。

交代著书原委甚详。另据萧蜕《摩西遗稿序》(《南社丛刻》第一集，又见《南社丛选》文选卷七)，他于 1909 年访问黄人，黄"出《中国文学史》相示，牛腰钜挺，未曾脱稿"。据此，对黄氏著书全过程条列于次：(1) 1904 年起，着手著述，"逐日写印"；(2) 过了三年，即 1907 年，拟付印，黄氏需"整理一过"；(3) 1909 年，萧蜕访黄，书"未曾脱稿"(钱仲联先生有"摩西性极懒"之记述);(4) 某时(约 1911 年后,详下),"书虽出版",但不合教学之用(引录示范作品过于"繁泛");(5) 1926年,王文濡拟修改重印。这就是说,黄氏自 1904 年开始撰著,"逐日写印",当年已陆续印出油印本讲义;至 1907 年,初稿已基本完成(今苏州大学图书馆尚存此种讲义本一册,弥足珍贵),但是否已形成正式著作稿,尚不一定,还待黄氏"整理一过"。因而所谓"书虽出版,不合校课之用"者,此"出版"之书,即是今日所见国学扶轮社印行之书(国学扶轮社创于 1911 年,此书当在其后出版),因而下接"正欲修重印,先生遽归道山(1913)",时间上颇为衔接,"正欲"才有下落。永健先生认为 1907 年已有初稿本出版,似尚待进一步查证。(徐文仅云:"理应择要付印。")

再看林传甲著书情况。据复旦大学所藏林氏《京师大学堂国文讲义中国文学史》,前有江绍铨(即江亢虎)序,谓"甲辰夏五月"林氏任职京师大学堂,即奋笔著书,"日率千数百字",四个月后成《中国文学史》16 篇,业已"杀青"。甲辰,即 1904 年。此本林氏自署"光绪三十年(1904)十二月朔,侯官林传甲记",已成正式著作形式。1906 年再次印行。至 1910 年 6 月出版"武林谋新室"排行本。此书内容沿承"国学"传统过重,"每篇自具首尾,用纪事本末之体也。每章必列题目,用《通鉴纲目》之体也"(林氏自述)。在文学观念和框架结构上,黄著确比林著为优;但若论"第一部",则无论是讲义本(林著 1904,黄著 1907)或排印本(林著 1910,黄著 1911 以后),均应推林著。

走笔至此,忽然想到自己曾就读于北京大学,永健先生今执教于苏州大学,"北林南黄"的"第一部"之争,恰成替各自母校争光之局面,实非初衷,仅供一噱。我真诚地感谢王先生,更感谢《晚报》,只是让其担当传递学术信息的"燕子",翅膀过于负重了。

(原载《新民晚报·夜光杯》1997 年 7 月 13 日)

[附记] 趁友人赴宁之便,托其去南京图书馆阅览《历代词人考略》一书。知标明"吴兴刘氏嘉业堂钞本",正文前署"吴兴刘承幹翰怡辑录",目录共五十七卷,内容为唐五代至宋之词人资料(宋词人已全,共961人),但此本正文仅存三十七卷。每位词人之下,先叙生平,次列"词话"、"词评"、"词考"并按语四项,颇称详赡。

此书实为"删订"之本,拟付刊刻之用。删订者云:"此书纂述极有用,为词学不可少之品。惜原稿贪多务得,转成疵累,今删削之,约去其半,庶乎可观。"与吴梅"征详"之讯吻合。又云:"原来书名未定,或作《历朝词林考鉴》,或作《历代词人考略》,因词林与翰院作混,且作词亦无取乎鉴戒,故用'考略'之名。"又云:此书详注版本出处,"但彊村刻词中所有之词,未全注出,盖蕙风辑此书时,彊村词尚未刻全也"。则知此书实际纂辑者确为况周颐无疑。

1997 年 11 月 25 日补记。

国色天香说花王

——牡丹诗话

牡丹，素有"百花王"之称，千百年来一直深受人们的喜爱，吟咏它的作品也浩如烟海。

不过，不要想当然地以为牡丹的花魁地位是与生俱来的。据现存文学作品来看，当芙蓉、菊花等名花早已出入先秦两汉六朝文人墨客的笔端时，当牡丹的"同族"姐妹芍药也早在《诗经》中亮相、在晋宋已获专题吟咏而有《芍药花颂》《芍药花赋》等作品时，牡丹却踪影难觅。但是，"天生丽质难自弃"，隋唐之际，牡丹花时来运转，社会上掀起一股崇尚牡丹的热潮。整个唐代以及唐诗都与牡丹结下不解之缘。

李肇《国史补》说："京城贵游尚牡丹三十馀年矣，每暮春，车马若狂，以不耽玩为耻。"寥寥数语，生动地记录了当时长安城内万人哄观、倾城而出的赏牡丹场面。诗史互证，我们在刘禹锡诗中也能看到同样的描绘：

> 庭前芍药妖无格，池上芙蕖净少情。
> 唯有牡丹真国色，花开时节动京城。
>
> ——《赏牡丹》

一派花团锦簇、游人如织的热闹景象，如在眼前。刘禹锡不但描绘了花会之盛，也点及了牡丹备受推崇的某些原因。芍药虽妖媚但缺乏端庄品格,芙蓉净洁却寡情少欲。作为"国色"的牡丹,不但艳丽端庄,而且富有人情味。所谓人情味,就是牡丹的世俗色彩。在花品中,牡丹从来不像空谷幽兰、出水芙蓉、霜天傲菊、雪里梅花那样标高孤洁、落落寡合,她开在百花盛放的春季,不避花季的繁华;她开得热烈尽情,花苞硕大、颜色鲜艳、花香浓馥,是一种雅俗共赏的富丽型花卉。富丽的形象,与当时那种崇尚丰满、健美的审美观是相合拍的;富丽形象所散发出的世俗色彩,也是唐代审美意趣中的基本特征。牡丹赢得社会上下广泛的经久不衰的赏爱,也尽在情理之中了。

唐人对牡丹的推崇,是牡丹从百花中脱颖而出的基础;牡丹"百花王"地位的确立则不得不归功于唐代诗人的名章隽句了。爱赏牡丹的唐代诗人,也咏写了大量的牡丹诗,心悦诚服地把牡丹请上了百花谱中的首位:"雅称花中为首冠,年年长占断春光"(殷文圭《赵侍郎看红白牡丹因寄杨状头赞图》);"独立人间第一春"(传皮日休《牡丹》)。按,此诗不见于《全唐诗》皮日休卷和《皮子文薮》,而收入清《渊鉴类函》卷四〇五等,是否皮氏佚诗,待考)。李正封诗云:"天香夜染衣,国色朝酲酒。"于是乎,"国色天香"成了牡丹的专评。

唐人咏牡丹时,有一很突出的写法,就是把杨贵妃与牡丹花相提并论。本来,牡丹既是百花王,杨贵妃为佳丽之冠,两者地位相同;同时,杨妃的丰满和牡丹的富丽,又属同一审美类型,两者品位相类。因此两者相提并论,理所当然。

把杨贵妃与牡丹联系而论的始作俑者恐怕要算是唐玄宗。据载,他看着沉香亭畔的牡丹,赞叹沉香亭上的妃子为"解语花"。把世界上两种性质不同的美丽事物(或人)联系起来,能激发人们的想象力,开拓诗人的构思角度。果然,诗人们在咏贵妃、咏牡丹时,往往以花喻人、以人喻花、人花互喻,而使诗章别具风采。

李白的《清平调词》(三首)即以花喻人,以牡丹衬写杨贵妃之美:

云想衣裳花想容，春风拂槛露华浓。（其一）

一枝红艳露凝香。（其二）

名花倾国两相欢。（其三）

名花佳姝，相得益彰。而罗隐则反用之。他的两首咏牡丹诗，以人喻花：

似共东风别有因，绛罗高卷不胜春。

若教解语应倾国，任是无情亦动人。

……

——《牡丹花》

……

当庭始觉春风贵，带雨方知国色寒。

日晚更将何所似，太真无力凭栏杆。

——《牡丹》

前一首运用了唐玄宗的典故，作者在以人喻花时，借助两者的不同来突出两者的一致：无声无情的花和能言多情的人一样美丽动人。后一首把带雨牡丹形容成凭栏贵妃，显系李白"一枝红艳露凝香"的翻用，而"太真无力"一语传递出雨后牡丹的娇弱妩媚。前者构思之巧，后者形容之妙，都是人花相喻的结果。

唐代诗人不但关注盛时之牡丹，也把目光投向衰败的牡丹。"如梦如仙忽零落"（韩琮《牡丹》），"占断春光"、"独立人间"的牡丹也难逃凋零之劫，此时诗人们那种"一年生意属流尘"（李商隐《牡丹为雨所败》）的伤春惜花之情也会油然而起。白居易《惜牡丹花》这样写道：

182

> 惆怅阶前红牡丹，晚来唯有两枝残。
>
> 明朝风起应吹尽，夜惜衰红把火看。

手持火烛，夜看衰红，把作者怜花惜花之情，宛然托出。

降至赵宋，社会对牡丹的喜爱比起唐代是有过之而无不及。由于洛阳牡丹品种既多且佳，牡丹花会由唐代长安改在西京洛阳举行。欧阳修的《洛阳牡丹记》是我国现存最早的有关牡丹的长篇专文。文中记录了几十种名贵品种，解释了花名的由来，介绍了栽培技术，还记载了洛阳赏花的风俗：

> 洛阳之俗，大抵好花。春时，城中无贵贱皆插花，虽负担者亦然。花开时，士庶竞为游遨，往往于古寺废宅有池台处为市井，张幄帘，笙歌之声相闻。最盛于月陂堤、张家园、棠棣坊、长寿寺东街与郭令宅，至花落乃罢。
>
> ——《洛阳牡丹记·风俗记第三》

由此可见洛阳花会并不逊于唐长安，而且更加平民化。洛阳人爱重牡丹，把它径称为"花"，意思是天下真花只有牡丹，不必再冠上"牡丹"之名。赏花活动已成为洛阳民俗。

牡丹花与洛阳人民的生活融成一片，前来洛阳的文人对此必定是印象深刻。比如欧阳修，年轻时在洛阳做过官，离开洛阳后，念念不忘洛阳牡丹，在其诗文中一再提及，并亲切地称为"洛阳花"。《送张屯田归洛歌》追忆了他少年时在洛阳杜家一次醉伴牡丹的经历："杜家花虽非绝品，犹可开颜为之饮。少年意气易成欢，醉不还家伴花寝。"接着便引发出现时的感叹："一来京国两伤春，憔悴穷愁九陌尘。红房紫萼处处有，骑马欲寻无故人。"洛阳花是他青春岁月的象征，凝聚着他韶华易逝不复、世事盛衰变幻的人生体验。可以说，回忆洛阳赏花就是追念他生命中最为美好的人生阶段,因此,出现在他作品中的"洛阳花"成为一种固定意象:代表了充满欢乐、青春、活力、理想的洛中生活。这时,牡丹就成了洛阳的象征之物:"常忆洛阳风景媚……关心只为牡丹红。"(欧阳修《玉楼春》)

牡丹与洛阳,牢固地合而为一,这丰富和扩展了牡丹这一诗歌意象的内涵。如以后洛阳人陈与义在历经靖康之难、流落江南时,以《牡丹》为题,抒发其深沉的故国之叹:"一自胡尘入汉关,十年伊洛路漫漫。青墩溪畔龙钟客,独立东风看牡丹。"正是牡丹贯通了故乡洛阳昔日的繁华与今日异地的孤寂,强烈的反差映射出感情巨大的起伏跌宕,使之成为一首有关洛阳牡丹的名作。陈与义在前辈吟咏洛花的基础上开掘出新的意蕴。

但是,如此美好的牡丹也曾蒙上"恶谥":"富贵花"。牡丹的形象属于富丽堂皇型,本来与富贵的象征只一箭之遥,更兼北宋周敦颐《爱莲说》的一锤定音:"牡丹,花之富贵者也。"从此牡丹又获"富贵花"浑名。她可以被人赏爱,却不入隐者高士、仁人君子法眼,难在花的品第上博得魁首之位。后来潘韵写了一首《咏白牡丹》似为之翻案:"千红万紫斗芳春,羌独生成洁白身。似厌繁华存太素,甘抛富贵作清贫。琼葩到底羞争艳,国色原来不染尘。昨夜月明深似水,只疑瑶岛集仙真。"牡丹不是什么"富贵闲人",而是"世外仙姝",有"太素"的资质、"不染尘"的品格,但翻案本身也说明了"富贵"之评影响深远。

无论是"太真花"、"洛阳花"、"富贵花",颠簸沉浮于评价中的牡丹终究是"国色天香"的花王,它为万人所喜爱是不变的事实,洛阳至今年年举行的五月牡丹花会,正是一个佳证。

(原载《半肖居笔记》,东方出版中心 1998 年版)

说"止酒诗体"与"同字相犯"

宋哲宗元符二年（1099）的立春节，贬于海南岛儋耳（今海南儋州）的苏轼，写了一首《减字木兰花·己卯儋耳春词》。词云：

> 春牛春杖，无限春风来海上。便丐春工，染得桃红似肉红。　　春幡春胜，一阵春风吹酒醒。不似天涯，卷起杨花似雪花。

海南岛在宋时被目为蛮瘴僻远的"天涯海角"之地，前人偶有所咏，大都是面对异乡荒凉景色，兴起飘零流落的悲感。苏轼此词却以欢快跳跃的笔触，突出了边陲绚丽的春光和充满生机的大自然，在我国词史中，这是对海南之春的第一首热情赞歌。苏轼与其他逐客不同，他对异地风物不是排斥、敌视，而是由衷地认同。他当时所作的《被酒独行，遍至子云、威、徽、先觉四黎之舍》诗中也说"莫作天涯万里意，溪边自有舞雩风"，写溪风习习，顿忘身处天涯。苏轼一生足迹走遍大半个中国，或是游宦，或是贬逐，但他对所到之地总是怀着第二故乡的感情，此词表现的也是这种旷达的胸襟，对我国旧时知识分子影响深远。这是作者高出常人的地方。

《减字木兰花》上、下片句式全同。此词上、下片首句，都从立春的习俗发端。古时立春日，"立青幡，施土牛耕人于门外，以示兆民（即百姓）"（《后汉书·礼仪志上》）。春牛即泥牛。春杖指耕夫持犁杖侍立；后亦有"打春"之俗，由人扮"勾芒神"，鞭打土牛。春幡，即

"青幡",指旗帜。春胜,一种剪纸,剪成图案或文字,又称剪胜、彩胜,也是表示迎春之意。上、下片首句交代立春日习俗后,第二句都是写"春风":一则曰"无限春风来海上"。作者《儋耳》诗也说:"垂天雌霓云端下,快意雄风海上来。"风从海上来,不仅写出地处海岛的特点,而且境界壮阔,令人胸襟为之一舒。二则曰"一阵春风吹酒醒"。春风吹酒醒,点明迎春仪式的宴席上春酒醉人,兴致勃发,情趣浓郁。两处写"春风"都有力地强化全词欢快的基调。以后都出以景语:上片写桃花,下片写杨花,红白相衬,分外妖娆。写桃花句,大意是乞得春神之力,把桃花染得如同血肉之色一般。丐,乞求。这里把春神人格化,见出造物主挈乳人间万物的亲切之情。写杨花句,是全词点睛之笔。海南地暖,其时已见杨花。作者次年人日有诗云:"新巢语燕还窥砚",方回《瀛奎律髓》评云:"海南人日,燕已来巢,亦异事。"盖在中原,燕到春分前后始至,与杨柳飞花约略同时。以此知海南物候之异,杨花、新燕并早春可见。作者用海南所无的雪花来比拟海南早见的杨花,那么,海南不是跟中原一般景色么!于是发出"不似天涯"的感叹了。——这实在是全词的主旨所在。

这首词在写作手法上的特点是大量使用同字。把同一个字重复地间隔使用,有的修辞学书上称为"类字"(同一个字接连使用称"叠字",如李清照《声声慢》"寻寻觅觅,冷冷清清,凄凄惨惨戚戚")。清人许昂霄《词综偶评》云:"《玉台新咏》载梁元帝《春日》诗用二十三'春'字,鲍泉奉和用三十'新'字……余谓此体实起于渊明《止酒》诗,当名之曰'止酒诗体'。"本来,诗人遣词造句,一般要避免重复。《文心雕龙·练字》提出的四项练字要求,其中之一就是"权重出",以"同字相犯"为戒。但是,有的作者偏偏利用"同字"来获得别一种艺术效果:音调更加动听,主旨得到强调和渲染。而其间用法颇多变化,仍有高下之别。陶渊明的《止酒》诗:"居止次城邑,逍遥自闲止。坐止高荫下,步止荜门里……"每句用"止"字,共二十个,可能受了民间歌谣的影响，毕竟是游戏之作，带有俳谐体诗的味道。梁元帝《春日》诗（一作简文帝诗）说："春还春节美，春日春风过。春心日日异，春情处处多。处处春芳动，日日春禽变。春意春已繁，春人春不见。不见怀春人，徒望春光新。春愁春自结，春结讵能申？欲道春园趣，复忆春时人。春人竟何在？空爽上春期。独念春花落，还似昔春时。"共十八句竟用二十三个"春"字，再加上"日日"、"处处"、"不见"等重用两次，字法稠叠，颇嫌堆垛。再如五代时欧阳炯《清平乐》："春来阶砌，春雨如丝细。春地满飘红杏蒂，春燕舞随风势。　　春幡细缕春缯，春闺一点春灯。自是春心缭乱，非干春梦无凭。"这首词也写立春，为突出伤春之情，一连用了十个"春"字，句句用"春"，有两句用了两个"春"字，也稍有平板堆砌之感。

　　苏轼此词却不然。全词八句，共用七个"春"字（其中两个是"春风"），但不平均配置，有的一句两个，有的一句一个，有三句不用，显得错落有致；而不用"春"字之句，如"染得桃红似肉红"、"卷起杨花似雪花"，却分别用了两个"红"字，两个"花"字。其实，苏轼在写作此词时，并非有意要作如此复杂的变化，他只是为海南春色所感发，一气贯注地写下这首词，因而自然真切，朴实感人，而无丝毫玩弄技巧之弊。后世词人中也不乏擅长此法的，南宋周紫芝的《蝶恋花》下片："春去可堪人也去，枝上残红，不忍抬头觑。假使留春春肯住，唤谁相伴春同处？"前后用四个"春"字，强调"春去人也去"的孤寂。蔡伸的《踏莎行》下片："百计留君，留君不住，留君不住君须去。望君频向梦中来，免教肠断巫山雨。"共用五个"君"字，突出留君之难。这都是佳例。

（原载《新民晚报·夜光杯》1997 年 4 月 20 日）

说"吞吐诗体"

谢翱诗《九日集葆山寺得载字》云:

> 贫居懒出门,未到辄复悔。偶寻秋夕英,顾见石璀璀。
> 手劚松根苓,下有坟千载。青山如葆羽,无人禁樵采。
> 狂歌呼曲生,悲往兴故在。未卜遇浮丘,犹堪居畏垒。

谢翱是宋末爱国志士,曾为文天祥部属,宋亡后仍秘密进行抗元活动。此诗写宋亡后重阳节他与友人采菊饮酒、诗歌酬唱。在日常生活场景的描绘中,凝聚着作者对人生、现实的苦苦思索,集中地反映他盘结于怀的悲愤心情,从中可以窥见他当时思想的另一个侧面。

此诗在写法上有个特点,即每联上下句之间都构成一个转折、对立或矛盾的意象。第一联说,因贫居而懒于出门,但如不赴节日聚会则必后悔。这是开篇,讲赴会不赴会的心理矛盾。第二联说,重阳例需采撷菊花,但山石垒垒所采无多。这写重阳节"本地风光",过节而并不顺遂如意。第三联说,欲采松根之茯苓,以求延年益寿,但人生大限难逃,松树下布遍千年老坟,即是证明。从采菊到采茯苓,从重阳节想到人生短暂,这本来是古代诗人常有的感慨,如杜牧《九日齐山登高》:"古往今来只如此,牛山何必泪沾衣?"(牛山,齐景公登牛山北望齐国,感叹说:"美哉国乎! 使古而无死者,则寡人将去此而何之?")第四联说,葆山树木葱茏,犹如车盖,但无人禁伐,难免好景不长。这里以葆山树木易尽比喻人寿有限,又从眼前景物取喻,也是

"本地风光"。第五联说,我狂歌痛饮(曲生,指酒),悲哀暂时离去,幽兴却仍存在。意欲借酒去悲,毕竟难以排遣。结尾两句说,盼遇道士浮丘公,但机缘难以预卜,那就安居家乡吧。浮丘公是有名道士,《列仙传》云:"王子乔者……道士浮丘公接以上嵩高山。"畏垒,典出《庄子·庚桑楚》:"居三年,畏垒大穰。"后泛指乡居。前五联像五个一起一伏的感情浪头,一气奔腾而下,直逼终篇;而结尾的感慨又用转折的语调来表达——表面上说安于乡居,骨子里对浮丘公的向往仍未泯灭,毋宁说更执著。这时期谢翱的诗文中,常有此类对道家思想的追求,应是当时复杂险恶的政治现实的曲折反映。

前人评谢翱诗风为"奇奥"、"奇气兀傲",这种通篇用矛盾方式结撰,层层推进的写法,极得起伏吞吐之致,有助于造成奇崛精策的艺术效果。这种写法在其他诗中较少见,特为拈出,以备一格,并姑妄称之为"吞吐诗体"。

(原载《半肖居笔记》,东方出版中心 1998 年版)

"杨花覆蘋"何堪疑

——读《杜甫研究》

　　杜甫《丽人行》结尾时有"杨花雪落覆白蘋，青鸟飞去衔红巾"两句，旧注大都解释为隐语，暗中讽刺杨国忠和虢国夫人之间的暧昧关系。萧涤非先生的《杜甫研究》（下卷，山东人民出版社 1959 年版）的注释里也采用了这一说法。其中一个很有力的论据是："《广雅》：'杨花入水化为萍。'《尔雅翼》：'萍之大者曰蘋。'是杨花、萍和蘋虽为三物，实出一体，故以杨花覆蘋，影射兄妹苟且。"（见第 19 页）

　　读过《广雅》的人对这条引文发生怀疑是很自然的，因为《广雅》的句式大都是简单的"甲，乙也"，很少其他的句型。我于是查对《广雅》原书，始终没有发现上述引文。这个说法的出处究竟在哪里呢？苏轼有过"柳花著水万浮萍，荔实周天两岁星"的诗句（《苏文忠公诗合注》卷三七《再次韵曾仲锡荔支》），并且自注云："柳至易成，飞絮落水中，经宿即为浮萍；荔支至难长，二十四五年乃实。"又陆佃《埤雅》卷一六《释草》"萍"下云："世说杨花入水化为浮萍。"在这两位宋人的文字中没有提供更早的出处，我们也没有找到在他们以前的类似材料。清王念孙在《广雅疏证》卷一〇（上）中，从科学的观点对此说详加批驳，但与我们关系不大；然而他有这样一段话："俗谓杨花落水，经宿为萍，其说始于陆佃《埤雅》及苏轼《再和曾仲锡荔支》诗。"如果王念孙的判断不错，那就说明杜甫时代还没有流行"杨花化萍"的传说，我们现在也无法正面证实唐代曾经有过。马茂元先生没有引用原文，仅仅说"古人认为水里的浮萍是杨花的化身"（《唐诗选》上册第

293 页),也似未加深考。

《丽人行》的这两句诗究竟有无寓意,这里姑置不论;我想提出的是另一个问题:注本的引文。几年来,我们古典文学的普及工作取得了很大的成绩,如何进一步提高选本的质量,是一个大家共同关心的问题。适当地引用经过核实的原始材料,我以为是加强科学性的一个方面。萧先生在《写在〈下卷〉之前》里说:"这些补充(按,指对旧注引文的补充),我大部分引用了原书,未加翻译,这是因为我多转了一个念头:想借此让青年读者多一次接触原始材料的机会。"这个用意是很好的。但引用材料,是件十分细致、艰苦、踏实的工作,稍有疏忽,就不免发生错误。

一种是引文失实。引文应该忠于原著,经得起查对,这是最低的要求。而引文时漏字、增字乃至随意增删句子,这在《杜甫研究》(下卷)中也没有完全避免。如第 4 页注③引《齐民要术》、第 64 页注㊿引《新唐书·玄宗纪》等,文字上或衍或失,与原文颇有出入;又如第 17 页注①、⑪引《通鉴》、同页注⑩引《通典》、第 19 页注⑨引《旧唐书·杨贵妃传》、第 21 页注⑬引《三秦记》、第 63 页注㊿引《通鉴》、第 80 页注⑧引《汉书·李陵传》等,其中有不少删改的地方;第 38 页注㉙引《明皇杂录》又增加了"赐从臣浴"一句等。此外,引文注明卷数、篇名,便于读者查阅,也是应该注意的。

另一种是引文不够完整,或简而不明。萧先生注《自京窜至凤翔喜达行在所三首》之二"司隶章初睹"句,引《后汉书·光武纪》:"光武行司隶校尉,置僚属,作文移,一如旧章。三辅吏士见司隶僚属,皆欢喜不自胜。老吏或垂涕曰:不图今日复见汉官威仪。"(第 54 页注⑧)查《后汉书》卷一(上)《光武纪》的原文是:"更始(按,更始帝刘玄)将北都洛阳,以光武行司隶校尉,使前整修宫府,于是置僚属,作文移,从事司察,一如旧章。……(三辅吏士)及见司隶僚属,皆欢喜不自胜。老吏或垂涕曰:'不图今日复见汉官威仪。'"萧先生的引文因删节过多过碎,语意就不大明畅。"光武行司隶校尉"是更始帝的任命,删了就有些不明不白了。

还有一种是引文不是第一手或最原始的材料。如第 81 页《垂老别》注④中关于周亚夫"介胄之士不拜"的故事,萧先生引《汉书·周亚夫传》(按:周亚夫没有单独立传,《汉书》是附在《张(良)陈(平)王(陵)周(勃)传》中,见《汉书》卷四〇),实应引《史记》卷五七《绛侯周勃世家》。第 39 页注⑫关于共工怒触不周之山的故事,照理应引《淮南子·天文训》而不是比它后出的假托的《列子》。至于前已提到的《尔雅翼》(宋罗愿著)中关于蘋是萍的一种的说明,其实在《尔雅·释草》中早已有"萍,萍,其大者蘋"的记载,罗愿不过照抄罢了。而且引宋证唐也不合注释的通例。

《杜甫研究》是一部花了辛勤劳动的书,萧先生对杜诗诗义和意境方面的阐述,尤有不少新见,读后很有启发;上面所举的例子,大都由于沿用旧注而未一一复按的缘故。但转引旧注,没有注明,而且又加了引号,这就有个文责问题了。我只是从注释工作的角度提出一个问题,希望能引起选注者和出版方面的重视而已。

(原载《光明日报·文学遗产》1962 年 11 月 4 日)

跨越海洋的纪念

——喜读《鲁迅·增田涉师弟答问集》

赶在鲁迅先生50周年忌日之前,日本《红楼梦》研究的著名学者伊藤漱平先生寄来了他和中岛利郎先生合编的《鲁迅·增田涉师弟答问集》(汲古书院出版)。这半个世纪以前手迹的影印本,这80封书信103页的珍贵资料(除6页外,均为首次发表),生动地展示出这对异国师生的拳拳情谊,字里行间跳跃着一位诚挚长者对后辈的诲人不倦之心。

师弟,即现代汉语的师生之意。鲁迅有位日本老师藤野先生,鲁迅说过:"在我所认为我师的之中,他是最使我感激、给我鼓励的一个。"他曾给鲁迅的笔记作过精批细改,我在上海鲁迅纪念馆看到过展品,《藤野先生》中的有关描写和实物展品都使我激动不已。如今展现在眼前的是他和学生增田的答问信函,那密密麻麻的蝇头小楷,那图文并茂的耐心解说,处处显示出一丝不苟的认真作风。说来有缘,这部书的两位编者又是增田涉的学生。伊藤漱平先生原是东京大学文学部的主任教授(中文系主任),今年(1986)4月1日,他从东大退休(现任二松学舍大学教授),我也于同一天在东大任教期满返国。在此以前,他曾告诉我整理、编辑此书的计划。他是以鲁迅"再传弟子"和增田涉门生的双重身份来从事这一工作的,作为"鲁迅逝世五十周年,增田涉逝世十周年纪念"而出版,向老师们谨献一束深切的悼念之花。此书装帧的精美、印刷的讲究自是意料之中了。

增田涉(1903—1977)也是东京大学文学部的学生。他在听著名汉学家盐谷温讲授"中国文学概论讲话"课时,首次接触到鲁迅的《中国小说史略》,立即为之倾倒,"那材料的丰富和体系的完整,使人惊异"。1931 年春他来上海,通过内山完造的介绍结识鲁迅,如他后来回忆所说,这真是"千载难逢的好机会,我下决心要从他那里学习一切,吸收一切"。一位 51 岁,一位 27 岁,从此开始了长达五年之久的师生之谊。由于自己的学术爱好和内山的建议,他决心翻译《中国小说史略》。他每天下午去鲁迅寓所,由鲁迅指导他先学习《呐喊》、《彷徨》,直至同年冬返日,整整十个月。从鲁迅日记来看,他俩经常共进晚餐、同看电影、会见友人,亲密无间。增田回国时,鲁迅赠诗有句云"却折垂柳送归客,心随东棹忆华年",深情地回忆自己早年的留日生活,抒发了对日本人民难以忘怀的依恋。增田回国后,师生鸿雁来往不绝(有时每月通信达四五次之多),直至鲁迅逝世前几天为止。其中有不少是增田请教疑难、鲁迅给予解答的信件。这就是本书的来由。

本书由三个部分组成。一是关于《中国小说史略》的质疑答问。共 35 封,58 页。这是本书的主要部分,其中不仅有关于词义训诂的解释,名物典章制度的说明,有的还径为日译。鲁迅的认真感人至深。如增田涉曾向他询问《大业拾遗记》中关于宇文化及弑炀帝时"焚草之变"的含义,鲁迅因手头无《隋书》,一时难于解答,特于 11 月 10 日致函曹聚仁,托其查找,13 日得曹复函,当晚即写信答复增田涉,就是一个生动的例证。因此,1936 年 6 月当此书将以《支那小说史》书名由赛棱社(汽笛社)正式出版时,增田涉曾要求鲁迅用"合译"的名义,鲁迅复信说:"'合译'没有意思,还是单用你的名字好。"但答应为日译本专写一篇序文。增田涉在《译者的话》中说:"假如这本翻译多少有可取之处的话,这完全是著者(指鲁迅)恳笃的指教所赐。"这既反映了两人尊师爱生的高尚情操,也反映了鲁迅对日译本确实花了非凡的心力,书信手迹就是明证。

二是关于《世界幽默全集》第十二卷《中国篇》的质疑答问。共 41
封,41 页。此书后于 1933 年 3 月由改造社出版,佐藤春夫主编。收
有鲁迅《阿 Q 正传》、郁达夫《二诗人》、张天翼《皮带》以及《今古奇
观》、《儒林外史》等个别章节。信件即涉及有关翻译上的各类问题。

三是关于《鲁迅选集》和《小品文的危机》的质疑答问。共 4 封,4
页。《鲁迅选集》是由佐藤春夫和增田涉合译的,后于 1935 年 6 月岩
波书店出版,列为《岩波文库》之一。信件涉及《风波》、《肥皂》等的翻
译问题(这部选集在选题时,鲁迅曾特别建议应收入《藤野先生》)。
《小品文的危机》后译载于 1935 年 8 月的《中国文学月报》第 6 号。

这三批书信,本书全部原件影印。大都是鲁迅在增田提出疑问
的原信上加以批答,也有鲁迅另页解答的。编者又每页排印译文对
照,黑字为增田原信,红字为鲁迅批答,眉目清楚;还有详尽的"解说"
和"跋"。这部书体现了鲁迅的诲人不倦,增田涉的认真不苟,编者的
精细严谨,可说是师生三代人的心血结晶。

鲁迅的伟大和对日本友好人士的深情厚意,赢得了日本人民的
衷心爱戴。增田说过:"我要一辈子做鲁迅先生的学生,学习鲁迅,宣
传鲁迅,让鲁迅精神在日本生根开花。"多年来,日本朋友对鲁迅先生
在日本的遗物和手迹一直加以细心的发掘和精心的保存。鲁迅 1935
年 10 月 25 日致增田涉的信,原先缺了两行,1977 年在增田涉的知友
松枝茂夫先生处意外发现时,日本朋友立即告诉我国有关方面。内
山嘉吉先生说:"鲁迅的珍贵文物必须让它完整无缺。"因此,这次本
书的出版引起了日本舆论界的高度重视。《每日新闻》于 4 月 6 日以
头条位置发布这一消息,导语是:"在已故增田涉氏宅的新发现","跟
鲁迅来往书简 80 通","围绕巨著《中国小说史略》质疑的详细应答"
等。该报 5 月 4 日又刊载了伊藤漱平先生关于鲁迅笔名"关道清"的
专文。原来鲁迅因增田信中问及《西游记》"火燎三关道不清"一诗,
涉笔成趣,在信封上自署"关道清",从而提供了一个新的鲁迅别名,

已被收入今年 3 月出版的藤田正典的《现代中国人物别称总览》。这批信件的学术价值,还有待中外鲁迅研究家们去探索和认识。

1935 年《中国小说史略》日译本出版的时候,鲁迅愉快地函告增田涉说:"《中国小说史略》装帧的豪华,是我有生以来,著作第一次穿上漂亮服装。我喜欢豪华版。"面对着两位再传弟子隔海奉献来的这部新的豪华版,我仿佛看到他燃烟颔首的欣慰。

(原载《解放日报》1986 年 10 月 23 日)

《赵志集》研究的新进展

清康熙时编纂的《全唐诗》是迄今为止唯一的唐五代诗歌的总汇，对研究唐代乃至我国的文化、历史和文学具有毋庸置辩的重要价值。但这样一部九百卷的巨型总集，仅以十人之力，在不足两年内编成，其错、漏实属必然。因而当时印行不久，日本的市河世宁即据彼邦所存文献，编辑《全唐诗逸》三卷以补其缺失。然而离完善之境，尚有不小差距。目前，作为国家教委古籍整理的重点项目，新编《全唐五代诗》的工作已在紧张而有序地展开。为尽可能充分地利用遗存在日本的唐诗文献资料，特约请大阪市立大学斋藤茂教授等，对这些文献资料进行系统的调查、搜集、整理和研究，《赵志集》的注释、索引和考论的完成，就是其中的一项可喜的成果。

古抄本《赵志集》原藏日本天理图书馆。卷首注有"十七张"字样，但现仅存六张，共录诗十首（五言七首，四言三首），均不见今本《全唐诗》，当是唐诗佚篇。此抄本的背面抄有部分《唯识章》，并有跋语云"长元三年十月四日申刻书写了"，则知抄于日本平安时代的长元三年（1030，即我国宋仁宗天圣八年）；但《赵志集》的抄写年代比此更早，一般认为在唐初（即日本的奈良时代）。斋藤茂氏等又举出抄本前的"山阶传法供"的注文和"兴福传法"的印记，从有此类注文或印记的其他抄本的时代作旁证，进一步证成唐初之说。（"兴福"，指奈良兴福寺，建有传法院。"山阶"系兴福寺旧称。）

1980 年，《赵志集》作为《天理图书馆善本丛书》之一，由日本八木书店影印于世，遂流传中土，引起中日两国学者的浓厚兴趣。斋藤茂氏的"《赵志集》研究班"又作了深入探讨,现已印行《赵志集注释稿》、《赵志集汉字索引》及有关专论,在前人研究基础上又有新的进展。

一、关于《赵志集》诸诗产生的时代。学术界一般从官名("司户")、避讳(避李世民讳)数项来论定《赵志集》作于唐代。斋藤氏等又从诗中"终期掩半千"句,认为"半千"乃是运用今典(高宗、睿宗时有"才俊之士"名"员半千"者),进而推测诸诗作年在高宗、中宗时期。

二、关于诸诗作者。斋藤氏等对十首作品(均系唱酬诗)作了分组的细致梳理,指出其中三首(第4、7、9)为赵志所作,其他七首的作者分别为张皓、刘长史、郑司马、裴草然、张结、徐长史、萨照。(这些作者的生平资料均告阙如,当不是其时著名人物。)因此,此诗卷应是将赵志的赠答诗及他人之作一并抄录的诗集。

三、关于正文校录。此诗卷的抄手文化素养较低,因而错残缺漏之处甚多,斋藤氏等对此一一作了校理。如"□送衔芦雁,风催翳叶蝉"句,注释稿据上官仪"云飞送断雁"句及此诗卷该诗前一首"风气清幽谷,云阴淡浅流"以"风"、"云"对仗的用例,对首字所缺者校补为"云"字,不为无据。他们在校勘上用力甚勤,共得80馀条,对阅读原诗,助益颇多。

除了古抄本《赵志集》以外,斋藤氏等近年来又对《唐人送别诗》(两卷,唐末日本僧圆珍来华,此两卷收录赠给圆珍诗18首,书信7封)、《佚名唐诗集残卷》(抄录苏味道等13人诗26首)、《白氏长庆集卷二十二》抄本等进行研究,其中不乏唐代佚诗,即使是已见之唐诗,也保存了重要的异文,可供校勘之用。

斋藤茂氏等的这项课题,获得日本文部省科学研究经费的资助。

(原载《作家报》1995 年 8 月 19 日)

读《国宝 72》等有感

岁行更新，"盘点"个人在 2002 年的经历，乏善可陈；但是，冒着雪花、排队二三小时参观上海博物馆书画国宝展，算是一桩值得回味的大事了。队伍绵亘蜿蜒而一无喧哗，人们似乎怀着朝圣的心情缓步移行。我顿时感到我们这座城市的可敬与可爱。不止一位先哲说过，一个不懂得珍爱自己优秀文化遗产的民族，是没有前途的。后见报载，这次 36 天的展期，共有 23 万观众，我将记住这两个数字。

展厅里供应两本书：《国宝 72》和《文物天地·晋唐宋元书画国宝展特刊》。两书是有分工的：前者逐一介绍 72 件珍品的内容特点与艺术价值，同时展示出晋唐以来绘画和书法的发展轨迹。图文并重，对勘比读，颇具直观性和可读性，是一本用心甚细、简明浅显的参观"导游书"；后者则有一定的学术性，不少专题论述，讨论的是中国书画史上的一些重要话题。两书也并非截然相异。如《国宝 72》在每篇作品介绍后所设的"馀思"栏目，也有涉及专业性的课题；《文物天地》特刊所揭载的"画里故事"和"画外情节"，也多饶有兴味的文字，至于对书画一般知识的介绍（书画装裱形制、题款、印章），也为普通观众所需要。稍觉遗憾的是对原作的复制水平似尚未达一间，欣赏上恐要打些折扣。

我之所以购藏这两本书，却主要为了留住参观时的那份激动，把它当做能使观摩记忆凝固起来的载体。直接面对这些千百年前的真迹，想象名家高手们当年挥毫落纸的风采，竟能将瞬间捕捉到的美，淋漓尽致地表达出来，真是令人神往心惬，流连忘返。然而这乃是可遇而不可求的难得机会，书本上的复印件和说明文字就显得十分必要了。但它毕竟是平面的，不能代替对原件的立体式的全面品赏，尤其是站在展柜前所引发的种种遐想。比如黄庭坚的一幅小行书《小子相帖》，在 72 件珍品中可能不算最耀眼的，但运笔的挺拔，线条的锋利，此书简介中喻之为"气度与张力的交响曲"，可谓善评。然而，若与黄氏的代表作《松风阁诗帖》等相较，更多了一份自然和温情。老实说，黄氏为了突破晋唐成规，突出尚意的个性，其专力经营的代表作，不免有些夸饰成分。而这件小品原是因儿子黄相读书不勤（"懒书"）而发，既有对"士大夫胸中"应时时浸润古今典籍、否则"俗尘生其间"的严肃训诲，又因"戏题其几"、率然命笔，而有一股亲子之爱在纸上自由流泻。这位品性高卓的"山谷道人"，骨子里富有人情美。他的两位正夫人先后辞世，仅留一女，黄相是他两次丧偶以后、由一位侍妾所产，时黄庭坚年四十，在当时已算得子甚晚，使他格外钟爱。即使在贬谪生涯中，他对黄相的教育问题费尽心力，不仅遍请良师，还亲自执教："日为之讲一大经，一小经，夜与说老杜诗。"又觅得两位"勤读书"的友人之子伴读。他写过《嘲小德》诗（小德即黄相），表达自己"中年举儿子，漫钟老生涯"的自喜与自慰，苏轼特意写了和诗，陈师道的《赠黄氏子小德》也称赞"黄家小儿名小德"，"笑君（指黄庭坚）老蚌生明珠"，"君当买酒吾当贺，有儿传业更何须！"苏、陈的诗作反映出黄相在黄庭坚心目中的地位，他对乃子"传业"的期盼之深。了解这些，对这幅小品所表现的劲直而温馨、"刚健含婀娜"的书风，当能加深领悟。此文不见《豫章黄先生文集》，有的著录误字甚多，均可据原件补遗、校正。

（原载《悦读 MOOK》2003 年第 2 期）

永远的《唐诗三百首》

清孙洙(1711—1778)编选的《唐诗三百首》,就其传播之广泛和持久而言,超过了其他任何一种唐诗选本,甚至位居中国古今诗词选本之首。一位著名作家说过:"最能表达汉语汉字的特色的,我以为是中国的旧诗。一个懂中文的华人,只要认真读一下《唐诗三百首》,他或她的心就不可能不中国化了。"(王蒙《非常中国》)为什么这部普普通通的童蒙书在编选上能取得如此巨大的成功,而其文化功能又如此深远? 这是值得我们深长思之的。

《唐诗三百首》编成于清乾隆二十八年(1763),署名"蘅塘退士"。长期以来人们不知其真实姓名,经过 20 世纪 50 年代一些学者的考证,确知他为孙洙。他是无锡人,字临西,蘅塘退士乃其别号。乾隆十六年(1751)进士,历官直隶大城、卢龙、山东邹平知县。二十七年,任山东乡试同考官,后改江宁教授。其传记资料可参看顾光旭编《梁溪诗钞》卷四二、窦镇《名儒言行录》卷下、《锡金游庠同人自述汇刊》之《孙譔鸿自述》(孙譔鸿乃孙洙五世孙)。1929 年刊行的《孙氏宗谱图咏》卷三为"杜庐校谱图题咏集",孙诰鸿题诗有句云:"画图一幅垂不朽,应证吟咏愧蘅塘。"自注云:"先五世祖临西公讳洙,晚号蘅塘退士。……编《唐诗三百首》,通行海内。"譔鸿、诰鸿当为同辈裔孙。

尽管是部普及性读物,孙洙却在编选体例和选取标准上先行作过一番斟酌,尤对已有的同类选本的得失优劣,进行分析和研究。他在卷头题辞中说:"世俗儿童就学,即授《千家诗》,取其易于成诵,故流传不废。但其诗随手掇拾,工拙莫辨,且止五七律、绝二体,而唐宋人又杂出其间,殊乖体制。"《千家诗》相传是宋谢枋得所编选的一部启蒙选本,长期"流传不废"。但孙洙认为它有三项缺点:一、选取标准不严,羼入一些并非上乘之作品;二、诗歌体裁不全,仅止近体诗的五七律、绝二体;三、作者年代不够整齐统一,唐宋两代诗人混而编之,先宋后唐,忽宋忽唐,颇显凌乱。这都是他编选《唐诗三百首》时所应避免的缺点。其次,在孙洙生活的时期,诗坛正流行三大流派,即王士禛的神韵说,编有《唐贤三昧集》;沈德潜的格调说,编有《唐诗别裁集》;袁枚的性灵说,有《随园诗话》等诗论著作。孙洙的本意是"专就唐诗中脍炙人口之作,择其尤要者"而编撰此书,而且要达到"俾童而习之,白首亦莫能废"的目的,就是说,他必须选出脍炙人口的唐诗精品,不仅供儿童启蒙之用,老年人也可诵读,以收长幼咸宜、雅俗共赏的效果。这是一个优秀选本的最低要求,但同时也是最高标准。因此孙洙对上述三大诗歌流派进行过认真的抉择,虽然他从《唐诗别裁集》中汲取甚多,但也从王、袁两家中有所吸取,颇具包容性和多元性,这是这部选本取得成功的一个前提条件。取名"唐诗三百首",系从他《题辞》所引俗谚"熟读唐诗三百首,不会吟诗也会吟"中化出。有人说是从"诗三百"而来,恐怕不确,《诗经》是儒家经典,想来他不敢如此"僭越"。此书是他与继室徐兰英共同编选的,后来为此书作"补注"的陈婉俊(伯英)也是女性,这反映出清代士人家族的一种文化现象,也说明唐诗接受的普遍性和全民性。

一

《唐诗三百首》在编例和选目上有些什么优长呢?

编排合理,体裁完备,是此书编例上的突出优点。此书按不同诗体编排,计五古33首、乐府7首;七古28首、乐府14首;五律80首;七律50首,乐府1首;五绝29首,乐府8首;七绝51首,乐府9首,共310首。(此书原本可能是302首,因屡次刻印,每有增补,故有321、317、313首等不同。)这一编例,与沈德潜《唐诗别裁集》相同,均能做到眉目清楚,条理井然。唐人完成了从古体诗到近体诗的转变,因而诗体大备,孙洙采纳沈书体例,实际上也为初学者展示了中国古代诗歌的全部体裁。但比之沈书仍有两点不同:一是不选排律,这当然与童蒙书的要求明白易解、便于记诵有关;二是把乐府诗单列,置于各体之末。沈德潜说:"唐人达乐者已少,其乐府题,不过借古人体制,写自己胸臆耳,未必尽可被之管弦也。故杂录于各体中,不另标乐府名目。"(《凡例》)但孙洙采纳郭茂倩《乐府诗集》的意见,予以单列,以示此诗体的别有系统。有人认为《唐诗三百首》另立乐府类,为"极不恰当",因"乐府"与"古诗"在诗歌形式上"并无分别"。我以为从律诗发生学而言,大都由乐府诗演变而来,至唐代仍留有遗迹。如沈佺期的《独不见》,既为乐府体,又是典型的七律,《唐诗三百首》编入卷六"乐府"类,以表明乐府诗并不完全是古体诗,是有一定道理的。

再从选诗的数目来看,总数控制在 300 首左右,固然为那句"熟读唐诗三百首"的俗谚所规定,但篇幅适中,适合于儿童的接受能力和水平。《全唐诗》总数有 49 000 首,300 首仅占 0.6%。尝鼎一脔,"窥斑一豹",这个比例是颇为恰当的,这也成为以后普及选本规模的一种范式(今上海古籍出版社即推出"三百首"系列,形成一个"品牌")。

原书除选诗作品正文外,还有注、评、点。注只注事,不释义;评在诗行之侧,指点作法、作意;点有句圈和连圈,表示重要句或佳句。这些项目设计也是为了初学者能增进和提高对诗意的了解和欣赏,如杜甫《望岳》旁批:"字字是望"、"结明望字";王维《青溪》"声喧"句批"闻","色静"句批"见","漾漾"句批"溪中","澄澄"句批"溪上"等,颇有提挈点醒的作用。子墨客卿为章燮《唐诗三百首注疏》作序(光绪十年,1884)说孙洙"以'闻'、'见'、'山'、'水'等字指点初学,颇具苦心。其选诗大意具见旁注,亦复要言不烦;间有笺释,足资考证",

所言颇是。但比较简略,因而后世作"补注"、"注疏"、"新注"者络绎不绝。

二

一部优秀选本,除了具备合理妥善的编选体例外,更重要的是选诗标准的正确,这就取决于选家的眼力和艺术修养。所谓"体制备而抉择精"(张荸荪《新体评注唐诗三百首》),《唐诗三百首》基本上达到了这个要求。

一是艺术取向兼容并包,而又突出雄浑壮阔的唐音基调。不可否认,此书受沈德潜《唐诗别裁集》影响甚巨。沈书初版于康熙五十六年(1717),40多年后,更作增订,收诗1 928首,诗人270人,于乾隆二十八年(1763)编成,与《唐诗三百首》的编成都在同一年。今《唐诗三百首》所选诗与增订本同者达2/3左右,孙书从沈书中取资甚多,有的学者甚至认为已当做"蓝本"之用,乃是不争的事实。这是因为沈书标榜"去淫滥以归于雅正"(《原序》),以李、杜为宗,突出唐诗雄浑壮阔的基调,正与孙洙的审美旨趣相吻合,也适合于童蒙普及的需要。然而,仔细寻绎,两书的差异之处甚堪玩索:一是升王(维)退李(白)。沈氏自云,他此选为"使人知唐诗中有'鲸鱼碧海'、'巨刃摩天'之观"(《重订唐诗别裁集序》),实针对王士禛《唐贤三昧集》之排斥雄奇之作,因而"是集以李杜为宗"(《凡例》);孙氏却推崇王维,选诗29首,比李白(27首)为多,除选取《老将行》、《洛阳女儿行》等雄健、清丽之作外,大量地入选《山居秋暝》、《过香积寺》、《积雨辋川庄作》、《鹿柴》、《竹里馆》等符合"神韵"标准的佳作。二是推重李商隐等抒写男女之情的作品,尤其入选多篇《无题》诗,这又与袁枚"性灵说"潜通暗合,也表现出孙洙的颇为宽容的艺术态度。三是不选李贺"荒矬古奥、怨怼悲愁"的奇丽之作,这应是普及选本的性质所使然。四是少选五言试帖诗。此类诗在沈书中颇为刺目。沈氏明确地说:"今为制科所需,检择佳篇,垂示准则,为入春秋闱者导夫先路。"(《重订唐诗别裁集序》)五是选七绝诗,李商隐、杜牧之作多于盛唐,对"诗必盛唐"的成见有一定的突破。要之,孙洙对沈氏《唐诗别裁集》采取"精中选精"的方针,并构成《唐诗三百首》的选目基础;但又不废"神韵"、"性灵"之说,多元组合,形成多姿多彩的自家面目。

二是精品意识,所选大都是思想艺术俱佳的名篇。此书已流传240年,用现在的眼光对这三百多首诗逐一检查,大都仍是经得起历史考验的佳作。我们今天信口吟咏的"慈母手中线,游子身上衣"(孟郊《游子吟》);"长安一片月,万户捣衣声"(李白《子夜吴歌》);"海内存知己,天涯若比邻"(王勃《杜少府之任蜀州》);"烽火连三月,家书抵万金"(杜甫《春望》);"野火烧不尽,春风吹又生"(白居易《草》);"无边落木萧萧下,不尽长江滚滚来"(杜甫《登高》):全都见于这部选本,不少还是现今幼儿启蒙的第一批唐诗。鲁迅曾不满于《三百首》所选唐玄宗李隆基的《经鲁祭孔子而叹之》,他认为"和我们不相干"(《徐懋庸作〈打杂集〉序》,见《且介亭杂文二集》)。其实,孔子一生,经历曲折,又尊为圣贤,真不知"从何处赞叹?"(沈德潜语)李隆基在祭孔时,着眼于他的栖惶不遇:"夫子何为者? 栖栖一代中",用典自然贴切(见《论语·宪问》);"叹凤嗟身否,伤麟怨道穷",对仗亦称工整。纪昀说此诗"只以唱叹取神为妙",平心而论,还是一首不失水平的诗作。(作者也可能有把他作为帝王之诗予以选录的因素在内。)自然,没有被选进去的诗中,肯定有胜过已选者,这就无可厚非了。

三是作家的涵盖面和代表性。此书共收诗人70家,以杜甫(38首)为第一,次为王维(29首)、李白(27首)、李商隐(22首),以此四人作为唐代最有代表性的四大家,可谓另辟蹊径,令人耳目一新。从作者的社会身份而言,从皇帝、名臣、布衣、和尚、歌女乃至无名氏等均一视同仁。如西鄙人的《哥舒歌》(北斗七星高)、无名氏的《杂诗》(近寒食雨草萋萋)等,都是《唐诗别裁集》未收的。尤把杜秋娘的《金缕衣》(劝君莫惜金缕衣)置于卷末,颇有"压卷"意味。

《唐诗三百首》中有一个前人未发现的错误,即混入宋诗。张旭名下的《桃花溪》:"隐隐飞桥隔野烟,石矶西畔问渔船。桃花尽日随流水,洞在清溪何处边?"孙洙批云:"四句抵得一篇《桃花源记》。"此诗实是宋人蔡襄所作的《度南涧》。但这个错误从宋代洪迈《万首唐人绝句》起已存在(大概是洪迈贪多务得吧),一直错到王士禛《唐贤三昧集》、康熙的《御选唐诗》,也就难怪孙洙了。这个错失是由莫砺锋先生发现的,见他的《〈唐诗三百首〉中有宋诗吗?》一文(《文学遗产》2001 年,第 5 期)。

(原载《中国韵文学刊》2005 年第 1 期)

文献渊薮　词翰宝库

——《全宋文》出版感言

《全宋文》是迄今为止我国规模最大的断代文章总集，也是新时期以来古籍整理的最重要的成果之一。它从 1985 开始启动，在十多年前已经完成，自 1988 年起由巴蜀书社出版前 50 册，却因故未能继续印行；使用过前 50 册的学人已从中得到种种裨益，一直期盼能够得见全书。现由上海辞书出版社斥以巨资接手，与安徽教育出版社共同运营，终使此 360 册的鸿篇巨制整体推出，满足了人们等待 18 年之久的愿望。

《全宋文》突出的学术价值在于为学人们提供了丰富、完备、并经过整理甄别的宋文资料。《全宋文》集万种书籍为一编，共收录两宋作家九千多，总字数超过一亿。它最引人注目之处是，不仅收录有别集传世作家的作品，而且也收录没有别集传世作家的作品。在全书所收的十七馀万篇各种体裁的文章中，有 95％ 的作家无别集传世，都是辑佚所得；有别集传世者也收有大量的佚文，这对于研究者来说，其重要性不言而喻。《全宋文》作为宋代百科资料宝库，它的出版对于宋代政治、经济、军事、法律、哲学、宗教、历史、教育、科技等的学科研究，均将产生巨大的推动作用，而对宋代文学的研究，关系尤为深巨，直接影响着宋代文学研究格局的调整和水平的提高。对此我个人感受颇多。长期以来，宋代文学研究存在着重词诗轻散文、重北宋轻南宋、重一流作家轻二三流作家的畸重畸轻的倾向，极大地阻碍了学科的发展和进步。我国古代文学研究，从上世纪初以来，受"五四"

新文学运动"选学妖孽、桐城谬种"口号和外来文学观念的影响,散文研究一直处于边缘地位。在一般文学通史中,对散文的叙述,不见线,不见面,连几个散点也是寥若晨星,将这一最能表现民族特性的文体挤压到微不足道的地位。《全宋文》的十七馀万篇文章,对梳理宋代文章的发展过程,作了最坚实的资料支撑。《全宋文》的出版必将带来中国古代文章学研究的新热潮,带动一个学科的发展。南宋文学是一个重绘文学版图、具有自己独特内容和特色的文学发展阶段,但是尚处于若明若暗的研究状态,可喜的是最近对南宋文史的研究有了长足的进展。《全宋文》所收南渡以后作者人数约为两宋作者总数的 2/3,作品篇幅的比例也大致如此,还有不少南宋作者别集的孤本是首次披露的,如钱时的《蜀阜存稿》、孙德之的《太白山斋遗稿》等。这些数字和情况表明,未来的南宋文史研究前景看好,必将从《全宋文》中获取广泛的学术信息和研究资料。《四库全书》收两宋别集五百多家,在入录九千家的《全宋文》中,所占比例甚少,相信在展开中小作家研究中,能够探寻新论题、新视角,找到新的学术生长点。当然,《全宋文》对于已有的宋代文学研究课题,也并没有失去其价值,如关于西昆体评价之高下、流传之广狭、影响时间之长短等争议问题,《全宋文》收有诸多资料可供研究。晏殊文集久佚,今存胡亦堂、劳季言、李之鼎三种辑本,仅得文 19 篇,《全宋文》另辑得 33 篇,其中从《国朝二百家名贤文粹》中辑入之《与富监丞书》一文,晏殊自叙任职馆阁翰苑时,感染骈偶时风,自历二府(枢府、政府)以后,即认识到韩柳价值,"然后知韩柳之狭高名为不诬矣",甚至认为柳胜于韩,这对论定他是否是西昆体作家很有帮助。谢绛当时颇负文名,但文集亦佚,《全宋文》辑得遗文 15 篇(惜《公孙龙子序》疑是伪作,已有学者指出),可以具体了解他的文风特点。此类具体事例,不胜枚举。总之,《全宋文》的编成,乃研究宋代文史学人的一大幸事。

从我国古籍文献系统而言,《全宋文》的出版,同时填补了两个空白：宋代文学文本系统的空白和中国历代文章总集系列的空白。首先，《全宋文》是有宋一代单篇散文、骈文以及诗词以外的韵文的汇编，它与《全宋词》、《全宋诗》、《全宋笔记》共同构建了宋代文学比较完备的资料宝库。这样，以文、词、诗、笔记为代表的宋代文本就全了。《全宋文》填补的这个空白，使宋代文学的文本系统趋于完整和完备，为更深入精微地进行打通文体的综合研究，展示出诱人的前景。其次，《全宋文》的出版又使我国文章总集更具系列性。纂辑一代或数代之文为一集，盖以清嘉庆时官修的《全唐文》和严可均私辑的《全上古三代秦汉三国六朝文》为优，这两部总集囊括了宋前之文；近年已出版的《全金文》、《全元文》和正在编纂中的《全明文》等，则是宋以后文章的结集。《全宋文》的出版，正是从纵的历史向度上把我国文章总集组成环环相连的文献体系。宋代传世之文数量庞大，情况复杂，如有现存别集之文、别集未收之文、无别集传世之文、无名氏之文。然现有《皇朝文鉴》、《南宋文范》等几部所谓的宋代文章总集收文却都十分有限。迄今为止，宋代还没有一部像《全上古三代秦汉三国六朝文》和《全唐文》等书一样"义取全备，巨细兼收"的全编性的断代总集。故《全宋文》"网罗散佚"，将两宋所有单篇文章汇成一编，集系统性、完整性和学术性为一体，对有宋一代乃至我国历代文献都具有填补空白的重大作用。

在编纂经验方面，四川大学古籍所在曾枣庄、刘琳两位先生的领导下，经过二十馀年的艰苦奋斗，终于成此洋洋 360 册的《全宋文》巨编。它的编成，为我们编纂大型文献汇编提供了新的经验。首先，在总结前人编纂总集的经验基础上，提出了周密的编纂规划和工作细则，讲究内部、外部协调。不仅培养了人才，而且又出了成果。其次，将古籍整理与学术研究相结合。四川大学古籍所在编纂《全宋文》的过程中，出了一系列的相关成果，如编纂目录、标点文集、出版专著等，极便学者，四川大学古籍所俨然已成为宋代文化研究的重镇。

缪钺先生为《全宋文》所作的《序》中曾谈到了编纂《全宋文》的四难,即普查搜采之难、校勘辨订之难、分类编序之难、制订条例之难,十分中肯深刻。我以为搜采广博、抉择精审、体例谨严、检索便利,是编好《全宋文》的四个标准。《全宋文》在编纂过程中已基本上达到了这个要求。难能可贵的是,《全宋文》虽然在十几年前早已编成,但编者在此次出版之前,仍在不断的修订,尤对前50册修改更多。这一永不停顿、精益求精的精神实令人感动。我相信,随着创世纪文化工程的开展,《全宋文》的含金量将被不断地开发!

(原载《古籍整理研究情况简报》

2007年第2期、总第432期)

卷四 字词天地

沈佺期《独不见》之"独"

唐代诗人沈佺期名篇《独不见》云：

> 卢家少妇郁金堂，海燕双栖玳瑁梁。
> 九月寒砧催木叶，十年征戍忆辽阳。
> 白狼河北音书断，丹凤城南秋夜长。
> 谁为含愁独不见，更教明月照流黄。

此诗原为拟古乐府之作，故题为"古意"（一题作《独不见》），却是一首典型的七律，明何景明等人甚至推为唐人七律之冠。《升庵诗话》卷一〇"黄鹤楼诗"条云："宋严沧浪取崔颢黄鹤楼诗，为唐人七言律第一，近日何仲默、薛君采取沈佺期'卢家少妇郁金堂'一首为第一。"（又见王世贞《艺苑卮言》卷四）

今细按平仄，此为平起首句入韵式，全首平仄谐调，确为七律典式，但只第七句"谁为含愁独不见"作"平仄平平仄仄仄"，以三仄结尾，"独"字似不谐。无"独"有偶，宋之问《陆浑山庄》"归来物外情"一首五律，亦为平起首句入韵式。全首平仄谐调，但也是只有第七句"去去独吾乐"作"仄仄仄平仄"，为孤平之句，"独"字亦似违律。

1980 年春，我曾因这两个"独"字向张世禄先生请教。他在复信中说："关于'独'字,认为并无异读现象,沈、宋诗中用此字,有不尽合律之处,我想只能依据'一、三、五不论'的例来解说。避忌'孤平'之说,似乎尚待查究。窃意'近体诗'的产生,是从'古诗'的律化而来,而当'近体诗'形成之际,便有反律化的'古体诗'产生;同时'近体诗'与'古体诗'又发生交互的影响。"

张先生关于"近体"、"古体"交互影响的论述甚为精辟,给我很大启示;但认为"独"字无"异读",沈、宋诗"不尽合律"的意见,我仍有疑问。后来我读到温庭筠的十四首《菩萨蛮》(见《花间集》卷一),每首上下片的结句都为五言句,共二十八句,其中二十七句末三字都是"平仄平"(如"梳洗迟"、"金鹧鸪"、"残月天"、"头上风"等),只有"独倚门"一处作"仄仄平"。看来,"独"字是以入作平的现象较为普遍,大抵因作者口音的关系(三人皆河南、山西人),反映出当时实际语言中"入派三声"的演化倾向已经发生("独"为全浊变阳平)。沈、宋此二诗应属平仄全合的律诗。张先生已归道山,我不能再向他请教了。

《四库全书总目》卷一八六评介《才调集》时,谓沈佺期此诗原系乐府诗,被高棅窜改成律诗,而《才调集》"独存其旧"(又见同书卷一八九评介《唐诗品汇》条)。《二冯评阅才调集》卷三亦持此说,恐均不确。今《唐人选唐诗十种》之一的《搜玉小集》收此诗,文字与前面我们所引全同,足证非高棅所改。《才调集》所录其他作品,一般异文甚多,今可知并非皆为原作。其实,管世铭《读雪山房唐诗钞》卷一八《七律凡例》中已指出:"七言律诗出于乐府,故以沈云卿《龙池》、《古意》冠篇,初唐之作,皆当以是求之。张燕公《舞马千秋万岁词》、崔司勋《雁门胡人歌》,尤显然乐府也。"可知因沈佺期此诗为拟乐府而疑其为非律诗,是没有根据的。

(原载《新民晚报·夜光杯》1997 年 5 月 24 日)

《师说》"圣人无常师"段辨惑

韩愈名作《师说》在结尾处有云：

> 圣人无常师,孔子师郯子、苌弘、师襄、老聃。郯子之徒,其贤不及孔子,孔子曰:"三人行,则必有我师。"(第一式)

这是通行本的文字。但宋时所存较早韩集旧本,却没有"孔子师郯子"五字,而以"苌弘、师襄、老聃"六字,连下"郯子之徒"为一句,文句如下:

> 圣人无常师。苌弘、师襄、老聃、郯子之徒,其贤不及孔子。孔子曰:"三人行,则必有我师。"(第二式)

宋魏仲举编《五百家注昌黎文集》卷一二就是如此。此第二式显然有疵病,三个句子之间文义不相连贯,也缺乏必要的连接词。金王若虚《文辨》指责道:"《师说》云:'苌弘、师襄、老聃、郯子之徒,其贤不及孔子。孔子曰:"三人行,必有我师。"'此两节,文理不相承。"所言不无道理,如果连上"圣人无常师"一句,更显突兀。

韩愈文集的传本颇为复杂,南宋孝宗时人方崧卿参校当时所存诸本之同异,撰成《韩集举正》。他在《师说》篇的校注中说"校本一云:'郯子'下当有'数子'二字,其上当存'孔子师'三字为是。"那么,按照他的意见,此段应改为:

213

圣人无常师,孔子师苌弘、师襄、老聃、郯子数子,其贤不及孔子,孔子曰:"三人行,则必有我师。"(第三式)

近见流传港台的《唐宋八大家古文修辞偶疏举要》一书,指出第一式加"孔子师郯子"五字,乃沈德潜所校改,"虽无碍于义法,第略嫌臃肿耳",依该书作者的看法,应在"其贤不及孔子"以下,宜加"孔子皆尝从而师之"一句,"于理乃安",则此段应作:

圣人无常师,苌弘、师襄、老聃、郯子之徒,其贤不及孔子,孔子皆尝从而师之。孔子曰:"三人行,则必有我师。"(第四式)

韩愈是位古文大手笔,他此段原作如何,惜已不可确考;但宋时较早旧本之第二式,显然不妥。这倒给后人各出己意进行修改提供了可能。研究这些不同意见,似可悟出一点作文之道,不为无益。窃以为应参酌朱熹《昌黎先生集考异》卷四之说,仍以第一式通行本文字为胜。

第一,孔子所师之四人,郯子是春秋时郯国国君,孔子曾向他请教上古少昊氏"以鸟名官"之事,时在鲁昭公十七年,孔子约 27 岁(见《左传·昭公十七年》);孔子又分别向苌弘、老聃请问过古乐和礼仪,时在他去周天子首都雒邑之际,已在 34 至 44 岁了(见《孔子家语·观周》)。另他又向鲁国的乐官师襄学习弹琴(见《史记·孔子世家》)。按孔子问学先后而论,郯子应在苌弘等三人之前,而第三式、第四式均把"郯子"放在末尾,则与开端"圣人无常师"句照应不紧。"圣人无常师",语意出于《论语·子张》。孔子门人子贡说:"夫子焉不学,亦何常师之有?"意谓孔子无处不学,又何必要有固定的老师呢? 因而下接四位他曾请益之人,理应按先后顺序排列较为合理。又"圣人无常师"一句,语意出于《论语》,但作为成句则首见于《左传·昭公十七年》杜预的注中，所注的正是孔子问学于郯子之事。（《左传》云：孔子"见于郯子而学之，既而告人曰：'吾闻之天子失官，学在四夷，犹信。'"杜预注云："失官，官不修其职也。传言：圣人无常师。"）韩愈写作时，也可能很自然地会把此句首先跟孔子师郯子相联系。第二，更从文义文脉来看。此段实包含两层意思：一是"圣人无常师"；二是"师不必贤于弟子"，这也是"圣人无常师"的前提：正因为不要求凡是老师都应贤于学生，而采取"择其善者而从之"的态度，才有可能"无常师"。因而此段应在"老聃"下断句，分成前后两句。下句"郯子之徒"的"之徒"，已包括苌弘三人。文脉清晰，并不"臃肿"。相反，依照第四式的改笔，不仅四人的排列次序失当，两句之间文气衔接有疏，而且近距离地连用三个"孔子"，也略有"臃肿"之感了。

另外，"孔子师郯子"五字，早见于宋刻朱熹《昌黎先生集考异》所引韩集本文（宋·廖莹中《世綵堂昌黎集注》卷一二亦从之，此书现存明东雅堂覆刻本），《偶疏举要》一书说是清人沈德潜"纂《唐宋八大家古文》"时所擅加，亦似不妥。

（原载《新民晚报·夜光杯》1997 年 7 月 26 日）

名 篇 求 疵

——谈《秋声赋》"其容清明"句

欧阳修《秋声赋》以悲秋为主旨,其渲染秋色萧瑟处有四个排比句:"盖夫秋之为状也:其色惨淡,烟霏云敛;其容清明,天高日晶;其气慄冽,砭人肌骨;其意萧条,山川寂寥。"这里"其容清明,天高日晶"一句,仅从本句看,"天高"则"清","日晶"则"明",严丝合缝,搭配妥帖,但与其他三句却色彩不谐,情调乖异,不免启人疑窦。

然而,如把此篇与宋玉《九辩》作比较,似可探明其故。《九辩》云:"悲哉秋之为气也!……泬寥兮,天高而气清;寂寥(寂寥)兮,收潦而水清;憯凄增欷兮,薄寒之中人。"欧赋之"天高日晶"即本之"天高而气清",正如"砭人肌骨"渊源于"薄寒之中人","山川寂寥"脱胎于"寂寥兮,收潦而水清"一样。但《九辩》文义一贯而《秋声赋》却觉突兀,原因之一在于《九辩》用了不少带有悲怆色彩的形容词语,如"泬寥"、"宋嶚(寂寥)"、"憯凄增欷"等,构成统一的意境,而《秋声赋》的"其容清明"却与"其色惨淡"、"其气慄冽"、"其意萧条"扞格难通,不能不说是这篇名文的白璧之瑕。

"清明"一词原来是欧阳修沿用王逸注而来。王逸注《九辩》"泬寥兮,天高而气清"句云:"秋天高朗,体清明也。言天高朗,照见无形,伤君昏乱,不聪明也。"此解颇为穿凿,不待详辨,其"清明"一词原以清澄明澈隐指耳目"聪明",而欧赋却移以描写"秋容",遂致误会。

固然,人们对"天高日晶"的秋空、秋阳的感受,可以不同,或为清朗澄明,或为清厉凝肃,情绪也有爽朗和畅或凄怆萧瑟之别。陶拱《秋日悬清光》云:"秋至云容敛,天中日景清。悬空寒色净,委照曙光盈。"写秋阳之"清",兼写秋空之高洁。李纲《秋色赋》云:"夜气既除,清晴昼宣,扫去氛祲,静无云烟,万里凝碧……此秋色之在天也。"他还宣称:"春之色近乎令,而秋之色近乎介",把秋作为"节概之士"等的化身。苏轼《秋阳赋》说:"吾心皎然,如秋阳之明;吾气肃然,如秋阳之清。"这些讲秋空、秋阳的作品都有"清"、"明"字样,但与欧阳修《秋声赋》的意境、情调相反。《秋声赋》的萧瑟境界在古代作家的笔下是常见的,如陈普《秋兴赋》的"穹昊高兮清苍";张协《杂诗十首》其二的"龙蛰暄气凝,天高万物肃";陶潜《和郭主簿二首》其二的"露凝无游氛,天高肃景澈";柳宗元《浑鸿胪宅闻歌效白鸼》的"下沉秋水激太清,天高地迥凝日晶";何瑾《悲秋夜》的"天寥廓兮高寨,气凄肃兮厉清"等。但他们描写秋空、秋阳大都用"清苍"、"万物肃"、"肃景"、"凝"、"寥廓"、"凄肃"等语,就比"清明"贴切了。

王夫之《楚辞通释》卷八云:"薄寒中人,感萧森而怆悦;天高水清,览旷寂而懔恨。"认为"天高而气清"之景乃是"旷寂",而且"天高而气清"句前的"沆寥兮",也是旷荡空廓之意,都不是"清明"的境界。欧阳修沿用王逸注文时,似有所疏忽。

(原载《新民晚报·夜光杯》1997 年 6 月 21 日)

"烟霏云敛"别解

《秋声赋》"其色惨淡,烟霏云敛"的"霏"字,一般通常注本有"雾气"、"飞"(或"飘扬"、"飘忽"、"飘散")等歧说。解作"雾气"显然不妥,"霏"与"敛"为互文,不应作名词讲(欧阳修《醉翁亭记》"日出而林霏开"的"霏"字,则作"雾气"讲)。解作"飞"义,也值得推敲。

《诗经》毛传训"霏"为"甚也"(见《北风》"雨雪其霏"、《采薇》"雨雪霏霏"句注)。《说文》十一下只释为"雨云貌",则较笼统。以后又有"飞"、"云起"、"零"、"雾"等不同训释。钱大昕《潜研堂文集》卷一一《答问》提出"靐"、"霏"通假之说,薛传均《说文答问疏证》卷二加以发挥说:"靐,毛纷纷也。钱君岂取雪之形似言乎?……'霏'在《新附》云'雨雪貌',既违《毛传》'甚也'之训,又属许书阙如之文。"郑知同也认为"霏"字为汉代晚出之字,"古《毛诗》决不作'霏',疑应作'靐'","由毛之纷纷取状雪之纷纷,意最切近",与钱大昕之说相同(《说文新附考》卷五)。由此可见,"霏"字的本训,兼有"甚"(盛、密)和"飞"(飘扬)二义,释作"纷飞"、"纷扬"为宜,只作"飞扬"、"飘扬"、"飘忽"、"飘散"讲,似非的解。

试举例言之。唐太宗作《晋书·王羲之传赞》论云:"观其点曳之工,裁成之妙,烟霏露结,状若断而还连;凤翥龙蟠,势如斜而反直。"以"霏"对"结",可见"霏"为"烟"之纷飞,正如"结"为"露"之横坠,如单作"飞"义,则与下句"凤翥"犯重。唐徐安贞《奉和圣制喜雨赋》写久旱降雨时情景:"乘空离合,烟霏雾杂。"杜甫《遣闷奉呈严公二十韵》:"露泪思藤架,烟霏想桂丛。""霏"与"杂"、"泪"互文,当亦含有

218

甚、密、盛之意。杜甫《奉送魏六丈佑少府之交广》云："侍婢艳倾城，绡绮烟雾霏。"诗意夸张女饰之盛，"霏"为形容绡绮质轻幅多，犹如烟雾之纷纷扬扬。另有作"霏霏"者。如刘向《九叹·远逝》："雪雰雰而薄木兮，云霏霏而陨集"；曹操《步出夏门行》："天气肃清，繁霜霏霏"；《苦寒行》："溪谷少人民，雪落何霏霏"；陆机《列仙赋》断句："腾烟雾之霏霏"；杜甫《望兜率寺》："霏霏云气重，闪闪浪花翻"；《雨四首》其三："朔风鸣淅淅，寒雨下霏霏"；韦庄《台城》："江雨霏霏江草齐"。这些"霏霏"，皆不单指飞扬，至为明显。"霏霏"不仅可以形容雨、雪、云、霜、烟雾之纷飞，也可以状写其他事物。如《晋书·胡毋辅之传》："（王）澄尝与人书曰：彦国（胡毋辅之）吐佳言如锯木屑，霏霏不绝，诚为后进领袖也。"潘岳《西征赋》："雍（饔）人缕切，鸾刀若飞，应刃落俎，霍（霍）霍霏霏。"杜甫的《丽人行》有"犀箸厌饫久未下，鸾刀缕切空纷纶"之句，显从潘岳《西征赋》化出，亦用"纷纶"来解释"霏霏"。至于刘峻《广绝交论》的"骆驿纵横，烟霏雨散"，则"霏"与"散"相对，也有聚集之义。正与扬雄《剧秦美新》"川流海淳，云动风偃，雾集雨散"句式相类。杜甫《宣政殿退朝晚出左掖》"宫草霏霏承委佩，炉烟细细驻游丝"；王禹偁《南郊大礼诗十首》其三"黄道月斜风细细，紫檀天晓露霏霏"，"霏霏"与"细细"也是对比成文，应作密盛讲。

所以，《秋声赋》的"烟霏云敛"，似应释成烟云纷飞密集，跟通常用语"烟消云散"恰成反义。但有的选本竟解成"烟消云散"，（"敛"虽可作敛缩讲，如谢灵运《石壁精舍还湖中作》"林壑敛暝色，云霞收夕霏"；王勃《饯韦兵曹》"川霁浮烟敛，山明落照移"等，但欧赋此处应作敛聚讲。）那就不会是"其色惨淡"了。

（原载《字词天地》1984 年第 5 期，

原题《〈秋声赋〉析疑二题》）

从"泉香而酒冽"谈起

　　欧阳修的散文名篇《醉翁亭记》以"乐"字贯串全篇,从山水之乐、游人之乐写到宾宴之乐,最后归结到作者的自乐其乐。其写宾宴之乐处有"临溪而渔,溪深而鱼肥;酿泉为酒,泉香而酒冽"之句。有的注本认为"泉香而酒冽"是"泉冽而酒香"的讹倒,金代王若虚却说:"《醉翁亭记》言太守宴曰:'酿泉为酒,泉香而酒冽。'似是旋造也。"(《滹南遗老集》卷三六《文辨三》)"旋造",意思相当于"倒装"。

　　以"香"状"酒",以"冽"(清冽、寒冽)状"泉",似乎贴切恰当,说成"泉香而酒冽",粗读颇嫌不顺。其实,这里反映出我国古代诗文中另一种修辞现象。

　　"泉香"一词,造语原有所本。《礼记正义》卷一七《月令》记"仲冬之月","大酋"(酒官之长)酿酒"兼用六物",其一即"水泉必香",欧阳修的"酿泉为酒,泉香而酒冽"实从此化出。《先秦汉魏晋南北朝诗·北周诗》载《周祀五帝歌》,其十五《配帝舞》描写斋戒沐浴时也说:"匏器洁,水泉香。"泉以"香泉"为名者,更属常见,如河南汲县、安徽和县都有。陕西凤县(旧凤州)即有二"香泉",其一"在县西十五里,水出石罅,味甘冽,可酿酒"(《凤县志》卷一)。诗文中"香泉"一词也是屡用的,如宋之问《秋晚游普耀寺》:"花覆香泉密,藤缘宝树幽";丁仙芝《和荐福寺英公新构禅堂》:"咒中洒甘露,指处流香泉";杜甫《留花门》:"沙苑临清渭,泉香草丰洁";赵嘏《送僧归庐山》:"题诗片石侵云在,洗钵香泉覆菊流"等。诗人们还从"泉香"、"水香"驰骋想象,铸造绚丽多彩的诗歌意境:或说水香是由于花开吐香而成,如许浑《沧浪

峡》："一声溪鸟暗云散,万片野花流水香";元稹《湘南登临湘楼》："高
处望潇湘,花时万井香";温庭筠《西陵道上茶歌》："涧花入井水味香,
山月当人松影直";杜牧《华清宫》："零叶翻红万树霜,玉莲开蕊暖泉
香";王安石《天童山溪上》："溪深树密无人处,惟有幽花渡水香"等。
或说水香是因美人体香所染,如杜甫《数陪章梓州泛江,有女乐在诸
舫,戏为艳曲二首》其二："立马千山暮,回舟一水香。""艳"而不亵,而
其设想的奇妙,颇出人意外。

所以,"泉香而酒洌"不仅造语渊源有自,不是"讹倒"或"倒装",
而且比之经常遇见的"酒香"、"泉洌"之类,更有新颖之趣,而无熟滥
之弊。——然而,这句的好处并不仅仅如此。

"互文"是我国古代诗文中常见的修辞方法,其最普遍的格式是
上下两个句子或词组,对举成文,字异义同。如《诗经·邶风·旄丘》
讲黎国君臣因受狄人攻掠逃到卫国,向晋国求救,晋却稽延不出,黎
人怨恨地说:"何其处也? 必有与也。何其久也? 必有以也。"上句的
"与"跟下句的"以"同义,都作原因讲。又如江淹《泣赋》的"虑尺折而
寸断","尺折"亦即"寸断"之义。这一格式在修辞学上往往与复叠相
联系,起到反复强调、渲染的作用,在训诂学上为解释字义开一途径。

互文的第二种格式是上下两个句子或词组,各举一端,但因彼此
映衬而兼具两义。唐贾公彦《仪礼疏》中说:"凡言互文者,是二物各
举一边而省文,故云互文。"即指此类。如《木兰诗》的"雄兔脚扑朔,
雌兔眼迷离",实际上兼指雄兔雌兔都是眯缝双眼,爬搔不止,因而下
面接着说:"两兔傍地走,安能辨我是雄雌?"王昌龄《出塞》的"秦时明
月汉时关",不能理解成"秦代的明月和汉代的关隘",而是说修筑长
城以御边患,起于秦汉,因而明月照临关塞的景象在秦汉之时已是如
此,由来已久。杜甫《潼关吏》的"大城铁不如,小城万丈馀",是讲大
城和小城,都是既坚且高,"铁不如"、"万丈馀"在字面上分属"大城"
和"小城",意义上却是合指的。白居易《琵琶行》写浔阳江头送客,

"主人下马客在船"，是指主客一起下马，同进船舱，后面的"主人忘归客不发"才是讲主客两人为琵琶声所吸引，一忘辞归，一忘开船出发，不是互文。这类互文在散文中也有。如柳宗元《捕蛇者说》："悍吏之来吾乡，叫嚣（吆喝吵闹）乎东西，隳突（骚扰）乎南北。"实谓叫嚣、隳突乎东西南北，也就是到处吵闹、扰乱之意。苏轼《超然台记》："美恶之辨战乎中（在心中反复判别），而去取之择交于前（在眼前反复衡量）。"实谓美恶之辨、去取之择战乎中、交于前，也就是眼前胸中都充满着美恶之辨、去取之择。

这类上下对照、各举一端的互文，能使各个句子或词组除了本身的意义之外，还含有其对应句子或词组的意义。我们所论的"泉香而酒冽"即属此类。这句的含意是泉兼有气香、味凉（冽又有色清之义）等义，酒亦兼此多义，取得了"意则期多，字惟求少"的效果。韩愈的两句诗"酒味既冷冽，酒气又氛氲"（《醉赠张秘书》），实在只抵得上欧文中"酒冽"两个字。王士禛《香祖笔记》卷一一说："《泊宅编》：'欧阳子守滁，作《醉翁亭记》，后四十五年，东坡为大书重刻，改"泉冽而酒甘"为"泉甘而酒冽"。'（按，见方勺《泊宅编》卷一）今读之实胜原句。"方勺所记苏轼改笔一事，尚属传闻；王士禛"实胜原句"之说，却颇有眼力，惜语焉不详。另外，王若虚说"泉香而酒冽"是"倒装"，是不妥的。互文和倒装不同。倒装是有意颠倒语法上或逻辑上的普通顺序，目的或为谐调音节，或以错综句法产生新奇的语感，但并不增加新的意义。有的前人举作互文的例子，实际上都是倒装。如江淹《恨赋》的"孤臣危涕，孽子（贱妾所生的庶子）坠心"，《别赋》的"心折骨惊"，李善注云："江氏爱奇，故互文以见义。"江淹运用倒装手法，追求新颖奇特，不同凡响，说他"爱奇"，是不错的。但它们不具有多义性：心就是"危"，并不兼具"坠"义；涕就是"坠"，并不兼具"危"义。"心惊"、"骨折"之所以算不得互文，也是如此。这是倒装和互文的不同之处。但字词确是一个奇妙的世界，有时因误而成的倒装，会产生文义全变、情趣迥异的情况。如《晋书·孙楚传》说："(孙)楚少时欲隐居,谓(王)济曰:'当欲枕石漱流。'误云'漱石枕流'。济曰:'流非可枕,石非可漱。'楚曰:'所以枕流,欲洗其耳;所以漱石,欲厉(砺)其齿。'""枕石漱流"是当时的习惯用语,屡见载籍,为避世隐居的代称;孙楚说成"漱石枕流",诚为口误,但"漱石"、"枕流"却是后世文人喜用的词语,成为喻指隐士情志之高洁坚卓的新成语。歪打正着,正说明互文这种修辞方法能充分发挥古代汉语一字一义的特点,适应以少许胜多许的艺术要求,具有很大的灵活性和很强的生命力。

　　第三种互文的格式更复杂一些。俞樾《古书疑义举例》卷一曾举《周易·杂卦》的"晋(卦名),昼也;明夷(卦名),诛也"一例,他根据《周易》卦辞往往两两相对、语意相称的造句特点,解释这两句说:"知'晋'之为'昼',则'明夷'之为'晦'可知矣。'明入地中'(《周易·明夷》中语),非晦而何? 知'明夷'之为'诛',则'晋'之为'赏'可知矣。'康侯用锡马蕃庶'(《周易·晋》中语),非赏而何?"这确是显微阐幽、发蒙破惑之解。其实,这种互文格式前人解经时已经发现。钱锺书先生在《管锥编·周易·损》中已举郑玄、孔颖达数例来说明"互文相足"之法。今各举郑、孔一例,以见一斑。郑玄注《礼记·坊记》"君子约言,小人先言"时指出:"言人尚德不尚言也。'约'与'先'互言尔:君子'约'则小人'多'矣,小人'先'则君子'后'矣。"就是说,用"君子约言"暗含"小人多言",用"小人先言"暗含"君子后言",两个句子,四层意思:君子沉静寡言而小人喋喋不休,小人先说后动手而君子反之,表示君子重于德行而不尚空谈。又如《左传·宣公十四年》记申舟之语曰:"郑昭宋聋。"孔颖达注疏云:"'郑昭'言其'目明',则宋不明也;'宋聋'言其耳暗,则郑不暗也。耳目各举一事而对以相反。"就是说,字面上讲郑国目明,宋国耳聋,实际上包括郑昭、宋不昭、宋聋、郑不聋四层意思。

　　杜甫《北征》的"不闻夏殷衰,中自诛褒妲",可以算做第四种互文的格式。旧时认为夏、殷和西周的灭亡,是由于夏桀、殷纣王、周幽王三人各自宠幸妹喜、妲己、褒姒的结果。这里上句言"夏殷"实已包括"周",下句言"褒妲"实已包括"妹喜",否则下句应作"妹妲",才能与"夏殷"相应。顾炎武《日知录》卷二七云:"不言周,不言妹喜,此古人互文之妙。"所论甚是。

总之,以少许胜多许是我国古代诗文的一项宝贵艺术经验,即所谓"文约而事丰"(刘知幾《史通·叙事》)、"片言可以明百意"(刘禹锡《董氏武陵集记》)。其手段之一就是尽量调动文字的多义性和暗示性,使有限的文字产生尽可能多的意义,以经得起读者的玩味和咀嚼。互文就是这样一种重要的修辞方法。除了第一种复叠格式者外,其他几种格式都利用前后两个事项的联接,产生出它们在单独存在时所没有的意义,从而取得含蕴丰富的艺术效果。

(原载《文史知识》1984 年第 10 期)

"泰山"与"鸿毛"

毛泽东的"老三篇"大概是当今中国民众中背诵人数最多的篇章。作为革命者的人生观、价值观和生死观的基本教材，至今仍未失去它的光辉。他写于1944年的《为人民服务》中说："人总是要死的，但死的意义有不同。中国古时候有个文学家叫做司马迁的说过：'人固有一死，或重于泰山，或轻于鸿毛。'为人民利益而死，就比泰山还重；替法西斯卖力，替剥削人民和压迫人民的人去死，就比鸿毛还轻。"义正词严，掷地有声。但在当年几乎天天背诵之馀，也有个别枝节上的疑惑，只敢自个儿思忖而已。第一，把司马迁径称作"中国古时候"的"文学家"，稍觉未安。司马迁首先是位伟大的史学家，他的《史记》虽有极高的文学价值，所谓"史家之绝唱，无韵之《离骚》"（鲁迅语），但若要定性，应属历史著作，是我国纪传体史书之祖。好在"我国古时候"文、史不分家，这点疑惑不妨模糊处之。

第二，其所引司马迁的话，原意是讲"死的意义有不同"，还是对死的态度有不同？"泰山"、"鸿毛"之喻，与不少比喻之有"多柄"、"多边"一样（见钱锺书先生《管锥编》），也具有多义性：从客观的死的意义和价值来说，"泰山"乃比喻死的意义和价值之大，"鸿毛"则喻其小。清初屈大均《过涿州作》云："男儿得死所，其重如山丘。"就是很好的用例，毛著亦取此义。而从对死亡的主观态度而言，"泰山"却喻指对生命的珍重，不可作无谓的牺牲；"鸿毛"则指当死则死，视死如归，一无恋惜。南宋刘过的《从军乐》说："但期处死得其所，一死政自轻鸿毛。"义不容辞，死就被看做比鸿毛还轻。刘过和屈大均的诗，讲

225

的是"死得其所"的同一情况,屈氏从意义价值着眼,认为重如泰山;刘氏从主观态度立论,主张应从容轻易去死。他们或许都受到司马迁的启发,但两人取喻的角度不同,甚至是相反的。

那么,司马迁的原意究竟怎样呢?这段话见于他的《报任少卿书》。在这篇名作中,他尽情地抒发了横遭宫刑、忍辱负重的满腔郁恨、幽愤和隐痛。金圣叹以"终不引决(自杀)"作为此文的句眼,最能抓住文脉结穴所在(见《天下才子必读书》卷八)。在本段以前,司马迁说自己身份低下,皇帝把他看成"倡优",流俗之人亦甚轻视,如果他"伏法受诛,若九牛亡一毛,与蝼蚁何以异?"故理应从容"引决",这是第一层义;他果真去死,世俗之人也不会把他当作节士之死,不过是他平素的身份地位所使然,死亦毫不足惜,这是第二层义。逐段寻绎,其主旨均在说明"引决"乃小事一桩,无足轻重。所以本段之"或重于泰山,或轻于鸿毛",其重点实在下句,即对于他自己的死,原应是轻易从容的当然之举。本段后下接几句排比句,说明"腐刑"乃受辱之极,除死而外,别无选择——然而为了完成《史记》的著述大业,他才决定"隐忍苟活"。所以,从文义来看,本段强调的是对自己的死应采取"轻于鸿毛"的态度。

本段原文在"人固有一死,或重于泰山,或轻于鸿毛"后,还有"用之所趋异也"一句。用,因;之,指死;趋,趋向,其义略近于现在所讲的条件、情势之类。这句意谓,应根据死亡时的具体情势、趋归而采取或轻视或珍重的不同态度。此解还有一个旁证。《燕丹子》是一部记载燕太子丹与荆轲故事的古小说,它在历叙太子丹对荆轲的种种礼遇厚待后,荆轲感动地对太子丹说:"闻烈士之节,死有重于泰山,有轻于鸿毛,但问用之所在耳。太子幸教之。"这显然是向太子丹表明心迹:他已视生命如鸿毛之轻,愿为其赴汤蹈火,绝不爱身,只要太子吩咐就是了。《燕丹子》一书的产生时代有不同说法,清孙星衍认为此书虽始见于《隋书·经籍志》著录,但应是作于司马迁之前的

"先秦古书"(《燕丹子叙》,见《四部备要》本);李慈铭则推测"出于宋、齐以前高手所为"(《孟学斋日记》甲集上),则在司马迁之后。不论孰先孰后、谁受谁的影响,《燕丹子》和《报任少卿书》两文的取义是相同的:"轻于鸿毛"不是贬词,而是对勇于献身或从容赴死的褒扬或肯定。

《报任少卿书》收入《文选》卷四一。《文选》有"六臣"注本。六臣之一的唐代张铣在解释司马迁本段话时说:"人生必有一死,若生不值明君,不以义相及,则命重于泰山;若遇明君,临之以义,命则轻如鸿毛。故死则一也,用之所归趣殊矣。"这个较早的串讲笺释,它结合死的价值"义"与"不义"来阐发"泰山"、"鸿毛"之喻的内涵:死于不义,则应视命如泰山之重而惜之;死于义,则视命如鸿毛之轻而从容赴死。我以为也是较为接近原意的。

如此说来,毛著的用法可以看作对古代比喻材料赋予新的含义,是古为今用的一种别解。这样自释所疑,不知当否?

(原载《新民晚报·夜光杯》1997年10月25日)

卷五　序跋集萃（上）

《不京不海集》^①序

2011年7月9日复旦大学举行了"章培恒先生学术思想研讨会"，在会上展示出两部著作：一是《中国文学史新著》修订版，一是这部《不京不海集》的快样书。其时离章先生辞世刚刚过了一个月，我还未从悲痛中走出，看到这两部新著，不禁怦然心惊。《中国文学史新著》是在病榻上最后完成定稿的，是章先生与病魔顽强搏斗的产物；《不京不海集》中最晚的文字，可能是《金圣叹的文学批评》一文的《附记》："2011年2月25日章培恒于华山医院口述，吴冠文记录整理。"三个月后，他便怀着未竟之业的遗憾离开了我们。面对这代表他学术成就的一史一论，我分明感受到作者超乎常人的坚毅，立意高远的学术旨趣，摩挲新著，仿佛又看到熟悉的音容笑貌，甚至能感受到他的体温。

章先生是位有鲜明个性色彩、坚持独立精神的学者，又具有新中国培养的第一代学人的共同时代特点。在那"激情燃烧的岁月"，这代人从心底里服膺马克思主义，不是把它当作教条，而是力求在其理论指导下，开创一片新的学术天地。列宁评价马克思说："凡是人类社会所创造的一切，他都用批判的态度加以审查，任何一点也没有忽

---

① 章培恒著《不京不海集》，复旦大学出版社2012年版。

略过去。凡是人类思想所建树的一切，他都重新探讨过，批判过。"当时初入学坛的年轻人，读来心潮澎湃，学术使命感和责任心油然而生。章先生的"少共"情结，更促使他刻苦地钻研马列，在我们同辈人中，他对马列著作的熟稔是有口皆碑的。时代的主流理论思潮不能不在这一代人身上打下深深的烙印，甚至成了不容选择的选择，深刻地影响着学术道路的进程。

在这一代学人的成长过程中，一批学术大师、名家仍然健在，言传身教，给予年轻学子耳提面命、亲炙领会的机会。面对面地感悟大师馀荫是这代人的一大幸运，也可以说是最后的幸运，稍晚几辈者就无此缘分了。章先生数次说到复旦的三位老师给他的教益：从蒋天枢先生学习文献学和实证研究，从贾植芳先生处接受鲁迅、接受"五四"开创的现代学术传统，向朱东润先生承受中西结合、力求创新的学术精神。

时代思潮和学脉师承与章先生的独特学术个性取得密切的结合，形成他的学术性格。姑且借用他的两部专著书名来叙说我的感想。

一是献疑精神。他在《献疑集自序》中说："我所聊以自慰的是：集中之作，都颇耗过一番心血，没有一篇是随声附和的；而且我所提出的看法，几乎都跟眼下占据主流地位的意见相左……是向被公认的见解挑战。"翻开他的论文集，每篇都从疑点落墨，如《辨奸论》非邵伯温伪作，而施耐庵墓志却是赝作，六朝文学的评价、晚明文学的评价，在他那里得到全然不同的估量，凡此等等，不胜枚举。由于是"向被公认的见解挑战"，引起讨论或争论也是意料中事。然而第一，他所发现的问题是"真问题"，是他在日常研读中思考所得的，所提问题本身，就往往具有学术价值。他在一封讨论李陵答苏武书真伪问题的信中自白过："盖治文学史数十年，疑端异说充溢胸中，几不可容，今悉于此吐之。知我罪我，其在斯乎？"第二，他严格遵循考证文章的规范,不仅取材丰赡,尽可能达致一网打尽,而且论证严密,尽可能做到滴水不漏。第三,他"献疑"的每个问题,不仅在辨明具体问题的是非真伪,而且联系着文学史发展过程中一些重要问题,体现出一定的历史观和方法论。像《洪昇年谱》看似单纯的谱学之作,却是为了回答洪昇是否反清等问题的。刘大杰先生早年创作小说,被他的老师郁达夫评为"问题小说",章先生的论文,实亦可以"问题学术"视之,在质疑中坚守精神追求的自由,在具体论题的背后,存在着更内在的思想。

二是"不京不海"的学术风格。陈子展先生在1946年的一首绝句中,有"不京不海不江湖"之句,也是讲学术路数的。京派、海派之别,由来已久,颇难确切定义。大抵说来,京派谨慎求实,失之格局局促;海派兼包并容,气度恢宏而又精准不足。章先生以"不京不海"为书名,也可读为"亦京亦海",在实证基础上追求理论的突破,自谦亦复自信,胸中自有全局在。最好的例子就是他的文学史著述了,他突破了常见的文学史书写模式,从单纯作家作品汇编提升为有思想的知识体系,努力寻找统领全史的阐释结构。他的文学史历经了1996年复旦版、1998年上海文艺出版社版《新著》及最后复旦版《新著》的修订本和增订本,清晰地呈现出他不断探索、不断反省的思想演进轨迹。他从认真研读马恩原著出发,提出人性的发展与中国文学发展同步的重要判断,以此来解析中国文学具有持久生命力的原因;继而又钻研文学观念及形式问题,强调追寻文学形式在中国文学发展中的演进变化线索,以此来解释中国文学具有永恒艺术魅力的原因;最后又提出古今演变问题,回答"五四"新文学是否存在"断层",以此来解释中国文学一脉相承、不能割裂,从而更深刻地认识中国文学的民族特征和中国文化生生不息的日新之境。

章先生的学术道路是不平坦的,前期受牵累于政治,后期被困扰于身体,一生的大部分时间是在逆境中度过的。他从备受重用的"又红又专"典型,几乎一夜之间被打入政治"另册",离开了讲台,也离开了学术本业;待到"文革"以后的改革开放时期,正当大显身手,重圆自己学术梦想时,1999 年起又罹患癌症,长达十二年之久。正如一位复旦人所咏"方欣时运转,忽苦病魔缠",而他一生最重要的著作,正是在与病魔抗争中完成的。荣辱、顺逆都改变不了他对学术的自觉担当精神,晚年的他更显坚执、淡定、弘毅和沉着。这是使我久久感佩不已的。我记起了他给毕业班学生的题词:"追求真理,锲而不舍。纵罹困厄,毋变初衷。"这也是他的自我写照。

《宋词艺术技巧辞典》^①序

　　词家千馀、词作二万的宋词是中国文学中一丛绚丽夺目的奇葩。它素与唐诗并称，均为一代文学之胜，千馀年来一直得到各个时代不同读者的喜爱和倾倒，不仅盛传不衰，而且历久弥新。其永恒的魅力即植根于词体的本质特征和审美功能之中。在我国以抒情为主的诗歌传统中，宋词无疑是一种更典型、更纯粹的抒情诗。词本是配合音乐演唱的歌词，是来自民间的一种通俗艺术形式，但在唐五代时逐渐文人化，成为成熟完美的以言情和审美为内质的新的文学样式。封建时代的文人雅士们，其感情的萌生和抒发，不能不受到封建伦理规范、道德要求的约束，包括男女之间的婉娈缠绵之情就受到很大的压抑；然而，独独在词中，种种合乎人情而不合乎礼法的感情却可以尽情地宣泄，从而开拓出表现个人内在情感世界的新天地。题材上侧重于男欢女爱、伤时惜别、人生迟暮，风格上崇尚细美幽约，基调则感伤哀怨，凄怆抑郁，境界上又表现出狭深的特点，前人所谓词为"小道"、"艳科"，"诗庄词媚，其体元别"，词"以清切婉丽为宗"，"类不出乎绮怨"，"词之为体，要眇宜修"等，即是从题材、风格、基调、境界等方面指出词的言情、审美的总体特征，使之成为"上不牵累唐诗，下不滥浸元曲"的长短句新诗体。这在唐五代时词的生成时期表现得最为典型。

　　词的这一言情、审美的总体特征，影响和规定了宋词面貌和发

---

① 《宋词艺术技巧辞典》，吉林文史出版社 1998 年版。

展。当然，这种总体特征也并不是一成不变的，随着宋词中所谓"正、变"或"本色"、"非本色"之争的开展，特别在具体创作实践中，新变迭出，不断涌现出新题材、新风格、新情调、新词境。如在苏辛词派中，既有柔情的倾诉，又有豪情的迸发，既有个人感受的曲折传达，又有对民族、国家、社会的深切慨叹，拓展了词的感情内涵和表达方式。但这并没有破坏词体甚或取消词的本质特征，反而是对词体的提高和丰富、改造和发展，从而造就了宋词千姿百态的词境创造和幽微层深的词心抒写。

词境的创造和词心的抒写，离不开娴熟的艺术手法和写作技巧。宋词中所运用和体现的艺术手法和写作技巧，其本身就是一宗巨大的艺术财富，对于诗词创作和鉴赏有着不言而喻的重要意义，值得我们学习、研究，以便更好地把握词境、体认词心。

词的艺术手法和写作技巧，或曰词法，是一个包括不同层次的复杂系统。清人刘大櫆在论及散文写作时曾提出"神气"、"音节"、"字句"三者，分别界定为"文之最精处也"、"文之稍粗处也"、"文之最粗处也"，并认为这三者的关系是："音节者，神气之迹也。字句者，音节之矩也。神气不可见，于音节见之；音节无可准，以字句准之。"（《论文偶记》）要求达到以神运气，以气运文，不恃法度而又不离法度的境界。姚鼐继承此说，进一步提出"所以为文者八，曰神、理、气、味、格、律、声、色。神、理、气、味者，文之精也；格、律、声、色者，文之粗也"（《古文辞类纂序目》），并主张学习古人作品应遵循由粗求精、进而遗其粗的途径。这些论述也同样适用于词。词的本体特征和审美功能，其集中体现应是词境、词心。而词境、词心，诣精造微，神明变化，充满着随机性和不确定性，几乎无迹可寻；但实际上它又依赖于较易言说的具体的艺术技巧，如体式、意脉、结构、章法、剪裁、比兴、寄托、用典、对仗、声律、琢句、炼字等等。我们应该承认，在艺术创造中确有许多只可意会、不可言传之处，诚如陆机所说："是盖轮扁所不得言,故亦非华说之所能精。"(《文赋》)我们的传统词论中对此有过不少精深透辟的说明,"神理气味"之类实蕴涵有丰富的内涵,并非故弄玄虚的话头。但相对而言,词论中涉及具体作法的资料,则是大量的。如宋末杨缵有"作词五要":"第一要择腔","第二要择律","第三要填词按谱","第四要随律押韵","第五要立新意"(见《词源》附录);沈义父有"四要":"音律欲其协","下字欲其雅","用字不可太露","发意不可太高"(《乐府指迷》);元人陆辅之有"四贵":"命意贵远","用字贵便","造语贵新","炼字贵响"(《词旨》);清人沈谦关于各调的作法要领:"小调要言短意长,忌尖弱;中调要骨肉停匀,忌平板;长调要操纵自如,忌粗率"(《填词杂说》);沈祥龙的"词有三法":"章法、句法、字法","章法贵浑成又贵变化,句法贵精炼又贵洒脱,字法贵新隽又贵自然"(《论词随笔》);直至近人蒋兆兰,提出填词之法,必须循序以进,历经"炼意——布局——炼句——炼字"的过程,以求立意、结构、语言的高妙(《词说》)。这些关于具体作法的论述,既是填词的要求和标准,也是对词的创作经验的总结,尤于初学者,指示了有效的门径和法度。它们或许属于词法的"粗"的部分,但"粗"与"精",即现象层与内蕴层,实际上又是相互依存、互为条件的:离开具体作法的讲求,内蕴层的"神理气味"之类便无所附丽;而失去表达词境、词心的目的,具体的写作技巧也就毫无艺术的意义,而归于一种简单技术。"粗"、"精"结合,才构成词法的完整体系。

从词法的内容构成的特点出发,要求我们对它的运用和鉴赏应该采取艺术的态度。自古及今,对于写作之"法"有过肯定、否定或折衷的长期争论。肯定者认为"不以规矩,不成方圆"(孟子),"才之能通,必资晓术"(刘勰),"文有文法,诗有诗法,字有字法,凡世间一能一艺,无不有法"(揭傒斯),否定者则认为"万法总归一法,一法不如无法"(陆时雍),这两种意见其实都包含有深刻的艺术真理,并不是完全对立的,因而折衷派的意见更易为人们所认同,其不少概念和范畴更值得我们思考和领会。一是有法和无法的统一。吕本中说："规矩备具，而能出于规矩之外，变化不测，而亦不背于规矩也。是道也，盖有定法而无定法，无定法而有定法。"（《夏均父集序》）姚鼐则概括言之："古人有一定之法，有无定之法。有定者，所以为严整也；无定者，所以为纵横变化也。"（《与张阮林书》）既承认有"规矩"，即"一定之法"，以求"严整"，有章可循；又承认超越"规矩"，即是"无定之法"，以求"纵横变化"。前人论"奇"、"正"，论"因"、"变"，也都是同类意见的阐发。二是活法和死法的区别。吕本中曾提出"活法"的概念，其含义即上文所说的"能出于规矩之外"，以纠正他当时江西诗派末流学古不化、蹈袭模仿之弊；但他的"活"仍然要求"不背于规矩"，局限于江西诗派的一套"夺胎换骨"、"点铁成金"的诗"法"之中，即在江西诗派之内求"活"，因而有较大的局限性。但如果把"活法"和"死法"这一对立概念，引申为更一般的诗学、词学法则，是能帮助理解艺术奥秘的。如元人郝经就从有我、无我来加以发挥。他说："文有大法，无定法。……文固有法，不必志于法。法当立诸己，不当尼（泥，即拘泥）诸人。"（《答友人论文法书》）"尼"即是"死法"。在承认"有大法"的前提下，重要的是以抒写自我情志为中心，而不是匍匐于古人的脚下，亦步亦趋。谭元春更直截了当地说："法不前定，以笔所至为法。"（《诗归序》）从"有我"这一角度来把握"活法"，突出了艺术主体性和创造性。还有从学习过程来阐明这一命题的。清人徐增说："诗盖有法，离他不得，却又即他不得；离则伤体，即则伤气。故作诗者先从法入，后从法出，能以无法为有法，斯之谓'脱'也。"（《而庵诗话》）"脱"即是"活法"。诗之于"法"，不即不离，若即若离，法入法出，追求无法之法，无技巧正是最高明的技巧。有的更提出"有法——无法——未尝有法、未尝无法"的三个递进阶段来论诗法（明张大复《清娱编叙》），尤富辩证色彩。这些都同样适用于对词法的整体把握。

　　就词人的实际创作情形而言，大多数词人并不是按既定的"作法"而写作的,情之所至即笔之所至,然而"文成法立",其间仍有"行于所当行,止于不可不止"的"法"在。因而我们在欣赏词的写作技巧时,就不能画地为牢,自我作茧,拘限自己想象的空间,而要不黏不滞,灵活领悟。当然,词人中也不乏具有较自觉的作法意识者,他们呕心沥血,惨淡经营,但也不必把他们说得浑身都有解数,字字句句都有深意。这或许也是探求写作技巧时所应注意的。

本书编写诸公都是深于词法、研究有素的作者,必能为读者指路导向,升堂入室,逐渐掌握这种"入乎法内,出乎法外"的艺术三昧,从而获得真正的审美愉悦,我想是可以预期的。

1992 年 7 月于复旦大学

《唐宋词审美观照》^①序

　　许久未见人们提起马克思的一个艺术难题了。他在论及希腊艺术和史诗时曾说："困难并不在于了解希腊艺术和史诗是与社会发展的某些形态相关联的。困难是在于了解它们还继续供给我们以艺术的享受，而且在某些方面还作为一种标准和不可企及的规范。"(《政治经济学批判·导论》)运用文艺社会学的观点和方法来揭示文艺作品与"社会发展的某些形态"的因果互动关系，因有具体的事实现象可供寻绎，虽亦需付出巨大的努力，但毕竟还是有迹可寻、易于操作的；而对于古代艺术作品为什么至今仍保持其艺术魅力，并成为某种艺术"标准"和"规范"，则其深层原因，就是说不清、道不明的文学难题了。

　　对于距今已达千年之久的唐宋词，同样存在这个难解的艺术之谜。处于世纪之交的中国读书界，面对着无所不在、其势汹涌的商品经济大潮，为什么总是持续不断地掀起对唐宋诗词的阅读热潮？从1983年以上海辞书出版社推出《唐诗鉴赏辞典》为标志，形成了一个长达数年的"鉴赏热"，各类唐宋诗词赏析书籍纷纷面世，其影响之广、数量之众似出乎出版界人士的意料。直至今年年初，"唐宋名篇音乐朗诵会"在首都造成轰动效应，并日益波及全国，相关音像制品随即迅速上市，以应读者急需；一项被称为"中华古诗文经典诵读工程"的文化推广活动，也在全国各地渐入高潮。在这两项活动中，唐

---

① 吴惠娟著《唐宋词审美观照》，学林出版社 1999 年版。

宋词也居于举足轻重的地位。这些事实一再证明：唐宋词具有恒久的巨大艺术魅力，它将跨越浩瀚悠邈的时空，满足大众多种多样的审美需求，影响一代又一代人们的精神生活。这是毋庸置疑的。

存在疑问的，就是马克思称为"困难"的那个"问题"了——如何解开唐宋词艺术魅力之谜？事实上，近年来的唐宋词学研究，除了继续深入探讨已有的研究课题以外，至少还表现出向两个新的视角或领域突进：一是从文化背景着手，一是从美学角度切入。对唐宋词进行多方面的文化观照，力图说明词体形成、发展、变化的文化背景，实际上也不可避免地触及词境、词心乃至词乐、词律等方面；而鲜明地提出从美学角度阐释词学，则更能单刀直入地把握词之所以为词的本质特征，从而揭开词体魅力的真正之源。在提倡研究观念的多元化和研究方法的多样性的前提下，从美学角度来研究词学，或许是一种最接近词体本身而且更富学术开拓性的观念和方法。

摆在读者面前的吴惠娟女士的这部新著《唐宋词审美观照》，就具有学术前沿性质，既适应了学术发展的内在要求，也对群众性的鉴赏活动起到了提高、深化和理论总结的作用。

作者研治词学有年，并一直从事此领域的教学工作。她对有关研究成果和文献资料了然于胸，运用熟稔；对研究对象又长期潜心体味，吟咏赏玩，获得丰富、深切的审美经验。这使她对由二万馀首作品所组成的唐宋词"美学殿堂"，逐渐形成自己的认识体系。本书对此作了颇为全面的反映。全书共七章六个专题，纲举目张，分梳相当细致，但都紧紧围绕一个中心而展开，这个中心就是词体的本质特征。从广义而言，词是隶属于我国古代诗歌艺术系统中的文学样式之一，是一种长短句的格律诗，这是仅从形制格律上来作定义的；若从艺术本质上看，词则是更感性化的、更纯粹的抒情诗。虽然我国古代诗歌有着"诗缘情而绮靡"的重情传统，叙事诗不很发达，"言志"诗也大都融情于其中，但比起后起的以配合音乐、女声演唱的词体来，在言情这共同点上，仍表现出明显的区别。诚如本书作者所言："词心体现了理性与非理性的统一，而词心表现的理性内容大多是以积淀的形式融合在审美感知中的，它比诗更感性化，这是词体的一个审美特性"，唐宋词"从整体上讲它是侧重以其强烈的情感来打动读者，而不是以深刻的意蕴来启示教育读者。相对来说，诗歌要比词注重和强调意蕴"。本书多处以诗为参照物，多角度、多层面地发挥这一中心论题，我以为是颇具识见的。

　　本书的开宗明义两章，即论"词境"与"词心"，可视作唐宋词"美学殿堂"的两大重要理念支柱。王国维和况周颐是近代两位最杰出的词学理论家，又有骄人的填词实践，他们分别提出的"词境说"和"词心说"，都是各自词学理论中的核心命题，含蕴精微而又切中词体独特的抒情特性这一要害。本书对这两个核心命题，特设两章详尽阐释，精义迭见。在词境与诗境的异同比较上，在"万不得已者"为词心的解说中，或言前人之所未言，或详言前人之所略言，但均注意绝不以论诗的路数来论词，更不以强加词体本身以外的内容来论词，保持了本学科的严格规范。紧接首两章标举基准后，第三、四章即进入"词情"本题，对唐宋词中的情感层次、情感类型、情感表达形式与符号的选择、符号的排列组合与情感特征，作了周密翔实的分析、阐述。第五、六、七三章，先论"词乐"，则从词体生成时期的特殊功能（女声配乐歌唱）归结到"声情相谐"的美学要求等论题；而"流变"与"风格"两章，或从纵向的历时性，或从横向的共时性这不同视角来进一步把握词体本质特征。全书的整体结构井然有序，层层推进，而所有论证的逻辑指向皆不离开词体以抒情为重心的文体特性，并由此探寻其蕴藏的艺术魅力之根源。整体的布局设计反映了作者观照、探索唐宋词的基本观点，使本书在已经问世的同类著作中自成一家之言，与其他学者一起，从各自别有会心的角度共同去逼近词体文学的审美底蕴。

作者是位女性学者,因而书中所显示的娓娓道来、细腻熨帖、曲尽其妙的特色,原也不会使人惊奇;但我们不应忽略,这对于研究对象的词体文学来说,具有特殊的意义。唐宋词的作者虽大都为男性,却是"男子作闺音",使词涂上浓厚的女性文学色彩,由女性学者来研究,自具有天然的优势。我们从书中对具体作品的大量分析中,足见作者用心之缜密,体会之精微,用语容或繁多却绝非冗长,耐心地与读者平等地交流自己赏析的一份心得,足以启人心智,共同领略词境的幽美深邃或词情的壮怀激烈,如花色貌,似火肝肠,一一尽收眼底。但这些分析又不是简单的鉴赏文字,而是服务于论述展开的论据。随手举个例证。作者在论述"词心""以真情实感打动人心"时,曾分析温庭筠《菩萨蛮》(翠翘金缕双鸂鶒)说:"前六句组成四个优美的意境,其排列并不依照方位,而是凭借感受留下的印象。"乍看似乎杂乱,但当了解词心的审美特性以后,才理清其间的脉络:前六句真切地表现抒情主人公对触目"芳菲"之不能已于兴感,后两句转写"忽有匪夷所思之一念,突然醒悟到自己所处的境地",油然兴起"青琐对芳菲"的孤独寂寞之感。转而思念远在玉关的所爱者,进而怨其音信的稀疏与薄情。由此说明"词心"的特性在于"善于把审美主体若隐若现、变化极骤的审美情绪对象化地融合到审美客体中去"。这一分析合情合理,丝丝入扣,不黏不滞,由具象而抽象,理、据兼擅,是有说服力的。

具体性的分析评赏与抽象性的论理思辨,这两者的尽可能完善地统一,是本书的又一个特色。书中处处表现出作者理论思维的明晰、条贯,追求论证的可信、严密、有力度,这是尤其值得称道的。例如对词境拓展与变化的三因素(音乐、歌者和时代的审美风气)的分析,对诗与词两种文体在发展过程中离合趋势的归纳,对两种情感层次("常人境界"与"诗人境界")和五种主要情感类型(爱情、闲情、别情、宦情、君国之情)的划分,如果没有对研究对象的全面审察与把握,是做不到这样条分缕析、严丝合缝的。从词的功能(侑酒、应歌、抒情、言志)来概括其流变轨迹,特别是分辨侑酒之词与应歌之词的不同,见解新颖可喜,似未见前人道及。至于吸收符号学理论来研究词的情感表达方式,区别符号与通常所用的意象的差别;又运用统计学方法来加强论述的实证性,这又表现作者适当引进新理论、新方法并使之与传统研究方法互补互融的可贵努力。

当然,唐宋词的"美学殿堂"是无限广宽奥深的,对其艺术魅力的追索也是没有穷尽的。作者已经作出的有益探讨,正是继续研究的坚实起点,祝愿她精进不已,更上一层楼,获得更大的成绩。

1999 年 4 月 25 日

《唐宋人选唐宋词》^①序

　　唐宋人选唐宋词,与唐人选唐诗一样,都是唐宋文学发展中的重要文学现象,具有多方面的意义:既是唐宋诗词繁荣兴盛的产物,也是唐诗宋词成为专门学科的确切标志;既供品评鉴赏、创作取资之需,又是诗学批评理论史的基础资料之一;既是使作家、作品得以流布传承的桥梁,也是供校勘、辑佚等的宝库,其价值是不待多言的。

　　据初步研究,唐人选唐诗约有八九十种之多,现存重要者为十种,早已有《唐人选唐诗(十种)》问世(中华书局上海编辑所 1958 年版;又见《唐人选唐诗新编》,陕西人民教育出版社 1996 年版),被视为研究唐代的唐诗学的最直接的文献依据,对唐诗研究的深入,起到了促进作用。然而在词学方面,尚无相应的结集刊本出版,似是一项亟待弥补的学术缺失。唐宋人选本朝词,据估计数量也是相当可观的,如《遏云集》、《家宴集》、《兰畹集》、《聚兰集》等今均已佚,而如《群公诗馀》一书,清初曾入钱曾、季振宜之手,嗣后便迷失不知去向。现取尚存的《云谣集杂曲子》、《花间集》、《尊前集》、《金奁集》、《梅苑》、《乐府雅词》、《草堂诗馀》、《唐宋诸贤绝妙词选》、《中兴以来绝妙词选》、《阳春白雪》、《绝妙好词》共十种,哀为一编梓行,以供学界参考。

　　此十种选集具有鲜明的独创性,在中国词学史上,创造了诸多"第一"。从现存文献来看,《云谣集》为最早的一部唐代民间词集,《花间集》则是文人词总集中最早的一部;从选词规模而言,《复雅歌

———————————
①　上海古籍出版社编《唐宋人选唐宋词》,上海古籍出版社 2004 年版。

词》入选四千多首，堪称诸选本之冠，但原书已佚，今存宋代规模最大的词集，当推《花庵词选》了（包括《唐宋诸贤绝妙词选》、《中兴以来绝妙词选》，共入选 223 家，1 239 首）。而《乐府雅词》专选宋人词，其前三卷是宋代 34 位词人各自选集的合刊，此种编例也属罕见；《梅苑》乃最早的专题咏物词选，以题材为选取标准，也是首创。

在传统图书四部分类中，选集从属于总集，《四库全书》总集类即以《文选》居首。其总集类序云："文籍日兴，散无统纪，于是总集作焉。一则网罗放佚，使零章残什，并有所归；一则删汰繁芜，使莠稗咸除，菁华毕出，是固文章之衡鉴，著作之渊薮矣。"对总集的两大功能，即搜集而成"渊薮"、选择以显"衡鉴"，作了颇为中肯的说明。以上十种词集也具有这两大功能。此外，作为词集，它们还具有其他一些特殊功能。

最初的词选集，其主要功能是为了"应歌"而设，即向歌女伶人提供演唱的歌曲而编选的，这在早期的词选集中尤为明显，《云谣集》、《花间集》、《尊前集》、《金奁集》及南宋的《草堂诗馀》等均是如此，已佚的《遏云集》、《家宴集》等也能从集名中推断其为歌曲集的性质。不少选本的以调编次或以类编次的体例，也是"盖以征歌而设"（宋翔凤《乐府馀论》）。在这一系统的选本中，《花间集》和《草堂诗馀》是两种影响更广泛、地位更重要的选本。《花间集》被尊为"近世倚声填词之祖"（陈振孙《直斋书录解题》），创立了所谓"花间范式"；《草堂诗馀》更在市井里巷广为流布，在明代尤为盛况空前。毛晋《草堂诗馀跋》中说："宋元间词林选本，几屈百指。惟《草堂诗馀》一编，飞驰几百年来，凡歌栏酒榭丝而竹之者，无不拊髀雀跃。"可见流行之一斑。因而，后世常以"花"、"草"并称，如明人陈耀文有词选《花草粹编》，清人王士禛有词话《花草蒙拾》等即是。

而另一系统的选本，如《乐府雅词》、《阳春白雪》、《绝妙好词》等，或受南宋崇雅观念的影响，或正面提倡骚雅词风，则更密切地联系着其时注重文采、推尊词体的审美风尚和创作倾向,与词史的主流发展进程同步。曾慥自序《乐府雅词》,直言"涉谐谑则去之",对欧阳修的艳词,判为"小人"伪作而"悉为删除",均为崇"雅"之故。朱彝尊论《绝妙好词》:"虽未全醇,然中多俊语。方诸《草堂》所录,雅俗殊分。"(《书绝妙好词后》)虽然此三种在具体取径上仍有所差别(或崇周,或宗姜),但与《草堂诗馀》确有"雅俗殊分"的不同取向。黄昇的《花庵词选》则博采众长,选词以苏、辛为多而又兼取多种风格,颇能反映词史全貌。

本书所收各种选集,均选择善本、佳本作为底本进行认真校点,务求达到较高的整理质量。《云谣集杂曲子》自上世纪初在敦煌发现以来,曾有不少学者作过校释,唐圭璋先生于 1943 年所作的《云谣集杂曲子校释》,能"集合诸家之长,重为校订",代表了当时的校释水平,具有一定的总结性。但限于当时条件,未能据原书影印件加以审订,本书是从文献整理史的角度选录此本的,后出新本(如王兆鹏、刘尊明等编撰的《全唐五代词》本,中华书局 2002 年版),读者自可参读。

《宋代文学研究年鉴》(1997—1999)①卷首语

　　以"年鉴"为书名,殆始见于《宋史》。该书《艺文志》五著录《年鉴》一卷,属子部五行类,原书虽佚,但可推断其与现代习见的各类年鉴,性质有异。作为以信息库为主要特征的工具书,现代年鉴承担着搜集、筛选每年学术信息,评估、推介学术成果,探究、展示学术未来发展趋势的重任,其必要性与重要性是不言而喻的。因而这一著作体裁自18世纪于欧洲兴起以后,便逐渐为我国所接受。从辛亥革命起,各类年鉴包括综合性与专科性、世界性、国别性与地域性、记述性与统计性等等,应运而生,林林总总,适应了学科发展和社会应用的需要,受到了读书界的重视与欢迎。

　　从学科建设角度而言,年鉴的编纂是学科研究体系或格局中一个不可或缺的有机构成,既是推动学科进展的必需,也是一门学科成熟、健全的标志。宋代文学是中国文学发展史上的重要阶段,其所蕴藏的深厚文化内涵举世公认,严复、王国维、陈寅恪、胡适等人对宋代文化的现实意义均作过极高的评价,理应成为学术研究的重点,成为建设现代精神文明的重要资源。自20世纪以来,我们在这个领域中已经取得了重大成绩,尤以宋词研究成果丰硕骄人。但也存在不少不尽如人意之处,它比不上唐代文学研究的规模与水平,也不如宋史

---

① 刘扬忠、王兆鹏、刘尊明主编《宋代文学研究年鉴》(1997—1999),武汉出版社2001年版。

研究的深入与广泛。改变这种相对滞后现状的呼声日趋强烈。而加强学术同行间的学术交流,寻求全国性的适当组织形式来加以协调引导,创办专业性刊物等,无疑是改变现状的一些有力措施。2000年3月,在上海举行了"首届宋代文学国际研讨会",并成立了中国宋代文学学会(筹),即是为此而作的努力。在会议期间,代表们交流学术心得,共商学科发展大计,又一致提出:编纂内容充实、反映及时、且能保证连续出版的年鉴,已成为当务之急。恰在此时,刘扬忠、王兆鹏、刘尊明等先生把他们刚刚编就的《词学研究年鉴(1995—1996)》,分赠与会代表。此书设置了"会议追踪"、"研究综述"、"专题讨论"等九个专栏,提供了两年内词学研究,特别是宋词研究的全面、系统的信息资料,深得代表们的好评。于是我和同道们建议:以此为基础,稍作调整和充实,更名为《宋代文学研究年鉴》连续出版,中国宋代文学学会也与中国社会科学院文学研究所、武汉大学人文学院、湖北大学人文学院一起参与主办,共襄盛举。这一建议得到了三位先生的热情赞同。现在,在他们的精心擘画、积极组织、高效运作之下,新刊即将以全新面貌问世。我获知后,既对他们的辛勤劳动深致仰佩之谢忱,也为宋代文学研究界拥有一个定期总结成果的新阵地而由衷高兴。兴奋之馀,写出下面几句新刊寄语,以为祝贺。

年鉴首先应发挥的是信息库的功能。它旨在按年度汇集本学科进展的各种新情况、新资料,信息密集应是其最大特色。在处理与安排学术信息上,我个人希望能看到述中有评,述既全面准确,评更有真知灼见;有叙述性文字也有统计性材料,两者互为表里,彼此补充;专栏的设置能保持稳定性,当然每期也可作一定幅度的调整。《词学研究年鉴》在这方面已提供了很好的经验,想必能发扬光大,更上层楼。

其次是桥梁和纽带的功能。在宋代文学研究中,曾经有过重北宋轻南宋、重词轻诗文、重视大作家而忽视中小作家的偏颇,也有过某些课题过分集中而某些重要课题又乏人问津的情况。"撞车"是研究资源的无谓浪费，"空白"又会影响学科的合理布局，影响对重大课题的协力攻关，影响提升宋代文学研究的整体品格。如今一卷年鉴在手，犹如无形的师友在旁提醒我们应如何选题，如何从研究现状中寻找学科前进的关键点，也能在研究观念、视角、方法上获得多方面的启迪，力避闭门造车、简单重复之弊。作家需要社会化，不能在完全封闭的自我内心世界中进行创作，研究者也需要"预流"，尽可能使自己的研究与整个学界声息相通，年鉴无疑是个最好的助手。

今年是新千年的第一年，《宋代文学研究年鉴》第一辑恰在此时问世，真是一个好兆头。年鉴具有连续出版的自身要求，这一点的学术意义重大而深远。每一本年鉴所提供的信息具有横向性，而逐年出版的年鉴系列，所提供的信息则超越横向性而具有纵向性，也就是说，每年集中贮存的资料，经过逐年的积累而形成的信息链，将使人们读出更丰富更深刻的内涵，也为日后宋代文学学术史的撰著奠定最直接的基础。

然而，我们也清醒地看到，在目前的学术环境与条件下，要保证年鉴的连续出版，是一桩需要花费大量精力、物力的事情，绝非轻而易举。但我们也充满信心：一靠几位年富力强、敬业重信的主编的努力，最近数期年鉴的出版，已有保证；二是武汉出版社的大力支持；三就靠学术界的同行、朋友了。我们深知，年鉴稿件的撰写，是件投入大、产出少的工作，撰稿人没有一点奉献精神是不会承担的。但他们既然兼有读者与作者的双重身份，相信必能继续给予关爱和帮助。

《宋代文学研究年鉴》第一辑出版了，祝其越办越好！因为这块园地是我们自己的，栽培、耕耘是我们，收获也是我们的！

2001 年 2 月

《宋诗三百首》①序

　　选本是普及我国古典诗歌的最通行的著述形式,一直受到广大读书界的欢迎;同时它也最能考量选家本人的学力、胸襟、评赏趣味和衡鉴眼力,不少有影响力的优秀选本往往出自硕儒名家之手,就是明证。夏承焘先生说过:"选诗难,选宋诗更难。"我想,一难于在1998年北京大学古文献研究所出版72册《全宋诗》以前,如何从浩如烟海、分散各处的宋诗作品中选取别择,确是一桩高难度的工作;即便在《全宋诗》问世以后来选诗,面对入收诗人九千馀家、多达三千七百馀万字的这一巨大存在,也不免有目迷五色、无从措手之感。二难于今人选宋诗,已有多种名著在前,尤其是钱锺书先生的《宋诗选注》。钱先生以大学者之手所编的这一选本,兼具普及性和学术性的双重品格,把普及读物提升到宋代诗学专著的高度,已成为宋代诗学研究中的一部名著,在一般读书界和学术界都已产生广泛而深远的影响。这给继起的宋诗编选者带来一定的压力,但同时毋宁说是一种助力,呼唤着另辟蹊径、别具特色的同类选本的出现。

　　金性尧先生的《宋诗三百首》自1986年初版以来,一再重印,热销不衰,并非偶然,正是因为它是另一部个性鲜明的优秀选本。我自己习惯于把金选和钱选并置案头,时时对读,会读出另一番意味来。叶绍翁"春色满园关不住,一枝红杏出墙来"的名句,前人评赏已成千累万,钱选注文引了五个相似或相近的用例,发挥钱先生"打通"的学

---

① 　金性尧编注《宋诗三百首》,陕西师范大学出版社2005年版。

术优势，指出唐人温庭筠、吴筠等的不及叶氏的"醒豁"，陆游的不及其"新警"，张良臣的不及其"具体"，不啻是这一构思、意象的演化小史。金先生却舍繁富取简约，仅将叶诗与张良臣一联作比较，他说："比叶绍翁早的亦是江湖派诗人张良臣，在他的《偶题》结末云：'一段好春藏不尽，粉墙斜露杏花梢。'就显得太用力了；如'好春''粉墙'之类总感到有些涂抹，'藏不尽'比'关不住'尤其见绌。"钱先生欣赏叶氏此联的"醒豁"、"新警"和"具体"，金先生却从"自然"着眼，相异而又相成，让我们犹如聆听两位高手的对话与切磋，获得更广阔的欣赏空间。

看来，金先生在着手编选时，对钱选是下过深入研究和通盘筹划的工夫的。他在《选本的时间性》一文中（原载《文汇读书周报》2003年6月6日，收入《闭关录》），已谈到钱选因当时"气候"的限制，再版时删去了初版所选的左纬一家，他的选本就不受此困扰了。他能完全按照自己对宋诗发展过程的把握，对宋代诸家诗人的创作特色、地位的理解，自由选取。他强调了"北宋诗歌之魂"的苏轼和"南渡后诗坛的一座长城"的陆游，前者选诗十七首，后者十三首，为全书之冠，并以此为支点，构成北、南宋作者队伍的基本格局，全面周匝，层次井然。如对黄庭坚，钱选仅选三题五首，且七绝占其四；金选九首，并突出黄氏代表"宋调"的主体风格的作品。因此，对初读者而言，金选似更能体现宋诗发展的概貌。一部选注本一般由前言、选目、作者小传、注释四部分组成，而选目是基础。金先生此书选诗三百三十七首，折衷损益，严于去取，既收录历久传诵的名篇，又发掘出不少为人们所忽略的佳作，在在见出苦心。钱先生因时代原因而未能充分表达的本意，在金先生此书中得到了一定的弥补。

金先生是位资深编辑，又是我们熟知的杂文、随笔大家。读他的书，自有一种娓娓道来的亲和力和称心惬意的满足感。他的文字清俊隽永，自然流淌，举重若轻，三言两语却又阐释透辟。用随笔笔法从事选本编著,是其一大特色。他评周必大"长年忽得南来鲤,恐有音书作急烹"云:"船老大得到一条鲤鱼,作者想起古诗里面的两句诗,(引者按,指《饮马长城窟行》:"呼儿烹鲤鱼,中有尺素书。")唯恐其中有书信,赶快叫船老大剖开。亦明知是一种空想,但思家忆弟之情却表现得极为真率。辞尽而意未尽,全诗心裁即出此两句中。"看似仅用白话直译古诗,但评赏已在其中,点题尤切中肯綮。评杨万里《夏夜玩月》诗云:"全诗兔起鹘落,表里交叉,层层转折,直问到底,遂觉理趣兼具。末两句逗出一个'水'字,是其善用'活法'处。月如不与水接,能有几分风姿?"用语省净,点到为止,说诗不黏不滞,却示人以赏诗"活法",颇能激活读者的接受思维与无穷的联想。他评赵师秀云:"读了他的全部作品后,如同小艇徐行小河中,亦让我们看到两岸风物,却无法进入浩茫的大江激流。"这类善譬妙喻,大都系一时兴到之笔,然无扎实深厚的诗歌内功者实不办。

金先生书中还时时透露出他的评注与其旧诗创作之间的交融。记得二十多年前,上海作家协会古代文学组同仁有宁波溪口之游,我和金先生同行。在名刹天童寺,寺僧听说来了"作家",捧出文房四宝恳请留下墨宝,众人推金先生即席挥笔应命。事先一无准备,他边想边写,从幼时游天童开篇,一路叙来,已是一首二三十句的五古。看到纸幅将尽,他自言自语说:"纸没了,该收尾了。"遂以两句作结,掷笔之际,兴犹未尽。这次不经意间的演示,给我以很大的震撼。我当时还不太清楚金先生是否常常吟哦,至少不以诗词名家,而这次"对客挥毫",却充分说明一位文史学者所必备的学殖素质与词章修养,才能临场挥洒自如。这种感受也同样在他的选本中得到。在杨万里小传中,他批评杨氏"低低檐入低低树,小小盆盛小小花","节节生花花点点,茸茸晒日日迟迟"等诗句,"其实已近于玩弄语言,任何一个善于作诗的人都优为之"。使我们感到,这类小技,在他金先生那里也不在话下。徐照以"洒木跳微沫,冲崖作怒湍"一联写"石门瀑布",

金先生评云："洒,故只能成微沫;冲,乃作怒湍",见其"锤炼之功"。一语中的,抓住要害。像这类剖析毫芒的评析,非个中人是无法知其创作甘苦的,读来令人神旺。

金先生已年近九十,我们在祝他福寿绵延的同时,也为这部二十年前的选本得以重印,向他道声谢谢。

2004 年 10 月 28 日

《宋诗体派论》①序

在中国古代诗歌批评史上,唐宋诗优劣之争绵延近一个世纪之久,而且至今似乎未有定论。不但古今的许多诗评家、诗人参与其中,还吸引不少名家、伟人。鲁迅说过:"我以为一切好诗,到唐已被做完。"毛泽东也有"宋人多数不懂诗是要用形象思维的,一反唐人规律,所以味同嚼蜡"。这表明在这个长期聚讼的"诗案"中,崇唐、宗宋、折中三派并不是处在旗鼓相当的同一层面上的,因为对唐诗的"巅峰"地位,三派皆异口同声、一致肯定,争论的症结点集中在对宋诗的评价与定位上,宗宋派在这一争论中处于弱势。然而在 20 世纪八九十年代文学价值观念多元化、对异量之美的认同、艺术标准调整的背景下,宋诗研究逐渐有所深入,对其特质的认识更为周全、通达和深刻,有助于确立中国古代诗歌中这不同于唐诗的别一类的艺术审美范式。"唐音"和"宋调",恰似双峰对峙、两水分流,蔚为我国两大诗歌奇观。

研究宋诗的特质与艺术定位,可以而且应该有多方面的专题与方法。从宋诗的"体"、"派"人手,就是一个较为切实而又存在很大学术空间的课题。宋诗"体"、"派"纷纭,名目繁多,但自 20 世纪30 年代梁昆《宋诗派别论》问世以来,迄无系统著作对这一课题继续进行研究。梁昆说:"欲论宋诗,不可不知其派别",不了解各派之"方法"、"习尚"、"长短"、"宗主"等而轻言宋诗总体特点,就很难

---

① 吕肖奂著《宋诗体派论》,四川民族出版社 2002 年版。

避免以偏概全之弊。这是不错的。但他似不了解，宋诗作为中国古代诗歌的一种独立类型与范式，确具有其自身的特点；但这种特点不是凝固不变的几个艺术要素的叠加混合，而是动态地存在于宋诗的发展、变化过程之中，存在于宋诗不同诗派和诗体的推衍、嬗变之中。也就是说，紧紧围绕"宋调"的特质来展开对"体"、"派"的探索与把握，对于各个"体"、"派"的细致描述，应以"宋调"作为贯穿的中心线索。我以为这是一个既具学术开拓性、又能对宋诗研究产生重大作用的课题。

吕肖奂君于1992年秋来复旦大学从我攻读唐宋文学的博士学位，我们经过多次商讨，确定了《宋诗体派论》作为学位论文的题目。她刻苦研读，三历寒暑，终于在1995年完成初稿，顺利地通过论文答辩，获得与会的答辩委员的一致好评和鼓励。嗣后，她又经过不断的修改充实，克服了出版、家务等方面的种种困难，现在得以出版面世。虽稍觉姗姗来迟，我却备感欣慰。

总览全书十章三十节，以"宋调"为纲，以各体、各派为目，纲举目张，前后相连，相互参证，形成一个有机的结构。作者主要着力于不同诗体、诗派的深入阐述，但又展示出"宋调"发生、发展、定型、变化乃至旁支、馀音的轨迹，以及"宋调"的特点和历史定位，应该说，颇为圆满地达到了预设的两个写作目标。

与一般女性学者的著作相似，本书也具有论述细腻、叙说雅婉的风格。尤需说到的，是作者较高的理论概括能力和较好的艺术感悟鉴别的素养。如她对宋诗"新变派"的理论、创作及其新变实质的揭示，"新变派"名称的确立；又如把江西诗派看做一个变动不居的动态流程，分析其从正体至变体乃至馀脉的过程；又如对"活法"涵义及其演变的论析，均属独立见解，且持之有故，颇具说服力。

本书是肖奂君的第一部学术著作，应成为再次拼搏精进的起点，盼能笔耕不止,继续奉献佳构。岁月荏苒,她离开复旦不觉已过六年,东西阻隔,虽时通音问,却未谋面,今借这篇短文,带去我的问候和期望。

2001 年 12 月

《宋代散文研究》^①序

中国文学在生成时期就呈现出与西方文学的不同特点。就文学样式而言，诗和文雄居于中国文学的正宗和主流地位，直至元、明、清以后，戏曲、小说才涌入文学殿堂；而在西方文学中，戏曲、小说始终是最重要的文类。先秦时代的历史散文和诸子散文，同以《诗经》、楚辞为代表的诗骚传统，双峰对峙，两水分流，开启并决定了中国文学的历史走向。而在文人的写作心态中，"文"或许比"诗"更被看重。吉川幸次郎在其名作《中国文章论》中，开宗明义地说："在中国人的意识里，做文章—— 即把想用语言表现出来的东西用文字写下来——是人间诸生活中最重要的事情。……由此而来的结果，文章作为人格的直接象征，在中国人的生活中，至少在以往的生活中，占有着极其重要的位置。"挥毫作文是中国文人的生存方式，是文人之所以为文人的首要标志，也是文人思想、感情、智慧、人格的最直接的体现，因而也留下了足以骄人的丰富遗产。然而，在当前中国古代文学研究的整体格局中，散文研究却是最薄弱的一环。这个明显的失衡早为有识之士所重视。我记得《文学遗产》1988 年第 4 期，就作为"古代散文研究专号"推出，大力提倡与呼吁，这在该刊是少见的举措，我们深佩编者的眼力与用心。嗣后散文研究的状况有所进展，但总的看来似未根本改观。

探索其原因则颇为复杂。作为传统学科的一个分支，古代散文

---

① 杨庆存著《宋代散文研究》，人民文学出版社 2002 年版。

研究面临向现代转换的课题，或者说，如何通过现代的阐述活动使传统得以延伸与更新；还面临着与世界文化的对接或对话，寻求激活传统的切实有效的途径。然而这对于中国古代散文研究来说，是充满荆棘、困惑和挑战的。

首先是近百年前那场"五四"新文化运动的历史性影响。"五四"高扬"打倒孔家店"、"桐城谬种、选学妖孽"的口号，气势凌厉的白话、文言之争，几乎斩断了欲使传统古文进行现代转换的一切可能；而逐渐引进的西方文学观念，又从学理上动摇"古文"的文学地位。西方文学理论中关于诗歌、戏曲、小说的分析术语和鉴赏方法，大都可引入中土，而对于兼具文学因素和非文学因素的我国古代散文，却无法与之直接对话，进行简单的类比、比附，从文学的标准来研究古文，几乎处于"失语"的境地。古文是否还具有现代价值，古文的本体性质究竟如何定位，这还是振兴古代散文研究必须解决的两个重要难题。好在已对"五四"进行着反思。这场中国现代史上的伟大爱国革命运动无疑将继续彪炳青史，但也造成历史发展的重负。文言、白话之争，实质上是新旧两种文化之争，传统古文创作和理论判断，与之关系至巨。同在新文化运动策源地的北京大学，林纾《春觉斋论文》、姚永朴《文学研究法》、刘师培《汉魏六朝专家文研究》等都作为北大讲义、教材问世，这在后来也任教北大的陈独秀、胡适、钱玄同等人心目中，无疑正代表了"桐城谬种"和"选学妖孽"，而林纾更自觉地站到了新文化运动的对立面。几经较量过招，林纾等人终于败下阵来。他们是这场斗争的失败者，这是历史的定谳，不能翻案也没有必要去翻这个案。但是，林纾等人的文评著作却随之遭到不应有的贬低，甚至整个中国古代散文的地位也受到影响，在以后出版的各类中国文学史著作中，均可看到这一点。而学术史的事实却告诉我们，在我国文评著作中，恰恰在"五四"前后涌现出一个热潮，达到三十种左右之多。如吴曾祺《涵芬楼文谈》、陈衍《石遗室论文》、王葆心《古文辞通义》、唐文治《国文经纬贯通大义》、来裕恂《汉文典》、徐昂《文谈》、胡朴安《历代文章论略》、褚傅诰《石桥文论》、刘咸炘《文学述林》等，都是我国文评发展史上的有价值的成果，但罕见有关研究的成功论著。或许如有的学者所说，他们在文化上只代表过去，而不像王国维那样能导示未来。此论虽不无道理，然而文化上的守先待后者与开风气之先者，实不能截然分开。如林纾个人的两大文化工作，即大量引进西洋小说和"力延古文之一线"（《送大学文科毕业诸学生序》）之间，果真新旧划然、彼此绝无潜通暗接之处吗？为中国近现代文学打开面向世界窗口的"林译小说"，实际上是林纾为了表明西洋小说"处处均得古文文法"的产物，新与旧，有时是相反相成的。又如王国维在词学中创"境界"说，被认为具有新的文学、美学观点，林纾在古文研究中也提出"意境"为"文之母"即文之艺术核心的见解，两者相通而呼应。从这两个例子可以说明我国传统文评中存在着与"新学"对话的广阔空间。

我觉得当务之急，是在认真吸纳现代文艺学、美学研究成果的基础上，对浩瀚丰富的传统文评资料进行概念的全面梳理、范畴的逐一界定、方法的系统归纳，寻找其内在实有的独特体系，为建构一门"中国古代散文美学"提供学术资源。而这又必须同时对我国古代散文写作实绩作出深入切实的研究与探讨，发掘出古人心血结晶中的精华。平心而论，古文是最具民族文化特色的文字载体，古文创作与古文理论的研究，如能齐头并进，循环互阐，中国古代散文美学研究颇具诱人的前景，对于当今各类人文学科乃至一般文化的发展均有不可忽视的作用。

正是在这个意义上，我对杨庆存君的《宋代散文研究》的问世，欢喜无量。这部断代分体文学史，不仅在宋代文学研究中是第一部，填补了长期的学术空白，改变宋代文学研究中重词、轻诗、更轻文的研究格局，加强研究的整体性；同时也是古代散文研究中自觉而又深入地运用新知与旧学相结合方法的开拓性著作,对本课题的难点和焦点作者了然于胸,迎难而上,表现了创新求真的理论探索的勇气,体现了较强的学科建设意识。

本书共十章二十多万字,遵循学术内在理路来建构全书框架:先以综论性的开篇两章为学科定位入手,着重探讨"散文"概念的性质和研究范围,属于散文本体性这一学科根本属性问题;立意既高,视界亦广,力图使全书建基在较高学术层面上来展开全书主旨的论述。继而即具体论析宋代散文,也是全书的重点和中心,则采取纵横交叉、有论有考的方法。一方面从不同时段梳理出宋文演变的脉理轨迹,论析其不同体派,更逐一品评重要散文作家的写作特点与成就,点、线、面结合,叙次井然,历史与逻辑浑然一体;一方面又着力于宋文有关多个专题的研究,如宋文在中国散文史中的位置,宋文之繁盛及其底蕴,宋文体裁样式等,均有精当细致的阐发与剖析,把宋文研究推向深入。

本书题为"宋代散文研究",实有超越宋文以外的散文一般理论的研究成果。这尤为学术同道所瞩目。如关于"散文的产生不晚于诗";"散文"概念由周必大、朱熹、吕祖谦等人提出,而非"源于西方"或"始于罗大经";又以音乐作为划分诗文的标准,并确认赋与骈文属于散文等,都是富有启发性的独立见解。论述这些见解的论文早在《中国社会科学》、《文学遗产》发表时,就引起广泛的注意,有的还荣获《文学遗产》优秀论文奖。作者传统学术功底颇厚,又善于吸收和融化西方的文化知识,由此而提出的这些见解,容或仍有继续探讨的空间,但乃学术上的"真问题",则是肯定的;而提出"真问题"本身,就值得人们称道了。

我和庆存君是在1990年11月江西上饶举行的"纪念爱国词人辛弃疾诞辰850周年学术会议"上初次相识的,他提交的《稼轩散文艺术论》,在会议绝大多数论辛词的论文中颇为显目;辛氏存文不多

(十七篇),他都能从深处、细处把握辛文特色,确立其"散文高手"地位。三年后他又来复旦大学从我攻读博士学位,并选定"宋代散文研究"为题,1996年按时完成初稿,顺利通过论文答辩,获得一致好评。经过四五年来不断的充实和提高,今始葳事,就是呈现在我们眼前的这部著作。他离复旦后即从事行政工作,在繁重的公务之馀,争分夺秒,勉力耕耘,个人甘苦自不待言。宋代知识精英大都是集官员、学者和文士于一身的复合型人才,他所倾心研究的欧、苏尤是如此。但愿他今后在完成本职工作的同时,仍能在专业研究领域内坚守初衷,并更上层楼!

2002 年 3 月 28 日

《王安石与北宋文学研究》^①序

克勤君是我指导的第一位研究生,那是在 1983 年,岁月流逝,不觉已过二十多年了。人们在做第一件事时总是认真的。我认真地思考过自己"指导"的资格,即如何取得"指导权"问题。研究生教育是我国高等教育体系中的最高层次,以培养高级专门人才为目标;研究生的研究课题及其成果毕业论文,理应具有专精独创的学术内涵,而这并不一定是导师之所长,导师个人的研究题域是有限的,他的发言权也是有限的。我记得告诉过克勤:当年在中国社会科学院文学研究所,何其芳先生和他的四位年轻研究人员,共同进行《红楼梦》研究,年轻人分别就《红楼梦》主题(市民说等)、在小说史上的继承和发展以及曹雪芹与顾(炎武)、黄(宗羲)、王(夫之)等思想关系展开论述,何先生则写出长达七八万字《论〈红楼梦〉》进行全面讨论。由于论题相同,资料共享,因而何先生对他们的指导,具体、深入而富有启发性。我进文学所时,常听到这几位学长的深情称道,感到一生受用不尽。这一写作群体,虽无明确师徒名分,却收到了良好的教学相长的效果。克勤听后心领神会,就选取了王安石作为研究课题,以与我的研究方向接近,我自然同意了。但他的具体论题即《王安石的诗文分期及其文学成就》和作为基础的《王安石诗文系年》的选定,却另有学术史上的缘由。

王安石是北宋杰出的政治家、思想家和文学家,他一生的所作所

---

① 　高克勤著《王安石与北宋文学研究》,复旦大学出版社 2006 年版。

为,影响最大、聚讼最甚的是他的变法活动。检阅一部王安石研究史,无论政治评价、思想考量、文学论析均为变法问题所左右,政治化和意识形态化成为王安石研究史上的一个突出倾向。这影响了研究的科学性和理性,不仅不能正确认识王安石的政治思想和实践,也不能正确认识"荆公新学"和他的诗词文创作在文学史上的地位。

如果说,王安石当年和司马光、苏轼等人的矛盾还属于政见不同之争,彼此不失道德人格上的互相尊敬;至北宋末、南渡后,王安石即被定性为北宋灭亡的祸首。洛党杨时在靖康国难当头之际,首倡"今日之祸,实安石有以启之"的说法,嗣后口诛笔伐,一片骂声。诚如鲁迅所说,此一论调已成为"北宋末士论之常套"(《中国小说史略》)。尤为怪异的,曾被陆九渊许为"洁白之操,寒于冰霜"的王安石,沈与求却在绍兴年间上奏朝廷,认为"丧乱之际,甘心从伪,无仗节死义之风,实安石倡之",要求治罪,其证据竟只是王安石曾说过扬雄和冯道的好话,这连陈振孙在《直斋书录解题》中也叹为"此论前未之及也"。在这样的社会舆论笼罩下,要实事求是地研究王安石,是不可能的。

直到清末民初,出现过平反辩诬的呼声,褒贬立场虽异,但思想方法仍未脱离政治化的倾向。蔡上翔的《王荆公年谱考略》和梁启超的《王安石》是两部代表性的翻案之作。蔡《谱》材料翔实,考证缜密,然而过度强烈的辩诬目的夹杂着乡邦之谊的情绪化色彩,使不少论断失之偏颇;梁氏之"传"大处着墨,影响深远,但显有借古喻今、为戊戌变法申雪张目的印痕,也损害了学术内容。

建国以来,王安石被置放在崇高的地位,列宁说的"王安石是中国 11 世纪时的改革家",一时成为研究的基准和社会的共识。其实,列宁这句话是他的《修改工人政党的土地纲领》中的一个注解,内容是肯定王安石主张"土地国有化";但我们知道,中国自古就有"普天之下,莫非王土"的观念,王安石的"方田均税法",只是划分户等、均定税役的一项新政,并不涉及土地所有制的国有或私有问题。但列宁的这条注解,却使王安石研究避免"左"倾思潮"大批判"之风的干扰,研究论著和文本资料的出版颇为丰富,不像苏轼研究一度成了禁区。到了"文化大革命"大搞"评法批儒"时期,王安石被派定为大法家,一束束耀眼的光环阻挡了人们对他的认识,正如苏轼被强扣上一顶顶"投机派"、"保守派"、"两面派"帽子而被弄得面目全非的一样,或荣或辱,都离开了学术研究的正途。学术研究的政治化或意识形态化,其极端形态于此可见。

从学术研究的自身立场而言,无论是对王安石的肆意攻击,或是无限拔高,都是不正常的,都无法科学地认识和评价这位历史人物的实际面目和历史地位,也无法揭示他于当下社会的意义和价值。

克勤的王安石研究,开始于 20 世纪 80 年代,一方面新时期"拨乱反正"的时代主调,使正常的学术研究有了可能;另一方面当时的王安石研究,比起北宋的其他几位大家来,却还比较冷清和薄弱。他便老老实实地从实证研究起步。他先作《王安石诗文系年》,立足于文本的整理细读,为自己打下较为扎实的基础。面对文献资料搜集较易而可供参酌的新成果却少的现状,他的这部稿子和《王安石著述考》、《王安石年谱补正》等文,均为考辨之属,言必有据而援据充分,推阐审慎而力求有所发现和发明。《年谱补正》利用李焘《长编》等资料,对詹大和、顾栋高、蔡上翔三《谱》的疏误,多有纠正,《著述考》引用率颇高。对个别历史细节的查勘更有趣味,如王安石极赏王令,他与王安石舅父之女联姻,即由王安石提亲撮合;论《王荆文公诗笺注》中篇目重出、混入他人之作或与他人互见的作品,亦能查检细致,用力甚多。惜《诗文系年》后因有同名著作问世,未能增订出版。结合这些考辨心得,他同时写了不少专题论文,关注王安石诗文分期、成就与影响、荆公词,以及王安石与杜诗、王安石与同时代的范仲淹、曾巩等关系探索或异同比勘,论析平实,提出一些很有价值的见解,涉及的方面也称广泛。今将这些作品汇为一集出版,是他学术道路上一个很好的阶段性的成果展示,作为今后继续精进探索的动力。

　　王安石研究目前正呈现出良好的发展前景,一批富有学术质量的论著先后问世,特别是有不少年轻学人投入王安石研究的行列。以变法是非为焦点的王安石政治思想研究,已摆脱非学术化的干扰,无论肯定或批判,探讨均走向理性、客观。海外学者的视野更趋宏阔,启迪尤多。而在学术思想和文学创作的研究上更有明显的突破与进展,如王安石"新学"的价值越来越受到重视。学术界重新确立"宋学"概念,纠正了宋学等于理学的偏颇,认为理学仅是宋学之一支,在当时的地位和影响不及新学。金人李纯甫《鸣道集说序》说:"王介甫父子倡之于前,苏子瞻兄弟和之于后,濂溪、涑水、横渠、伊川之学,踵而兴焉。"表面上看来,这一学术脉序的叙述似乎先后颠倒,年岁错乱,却道出了各个学派重要性和影响力的大小,"错误"中含有真理。在文学创作方面,王安石创作个性突出,在宋诗、宋文乃至宋词中的"异类"特色,更受到人们的关注,学者们的探索兴趣日趋浓厚。王安石研究正是大有作为之时。

　　克勤离开复旦后在上海古籍出版社工作,敬业勤奋,在编辑策划和出版思路上颇能开拓进取,现已居于领导岗位;尽管他仍未忘情学术,但在精力和治学条件上不能不受到影响。面对王安石研究的诱人前景,我仍希望他能克服困难,加倍努力,集出版人和学者于一身,继续取得双丰收。

《唐代三大地域文学士族研究》^①序

　　李浩君在 1999 年秋来复旦大学中文博士后流动站工作,《唐代三大地域文学士族研究》(中华书局 2002 年版)就是他两历寒暑、辛勤耕耘的成果。在进站以前,他已先后出版了《唐诗的美学诠释》、《唐代园林别业考论》、《诗史之际——唐代文学发微》、《唐代关中士族与文学》等多部论著,在他自己的治学道路上留下坚实明晰而又逐层攀登的印迹,也为本书的撰作打下良好的基础。然而本书不是他前此成果特别是《唐代关中士族与文学》一书的简单延伸,而是在理论观念、学术视野、文献占有与考辨、研究方法与手段诸方面的一个突进性的发展。从他个人治学历程而言,本书有着重要的意义,标志着已达到颇为成熟的学术境界;而对唐代文学研究乃至我国古代文史之学来说,也提供了不少值得思索、参考的内容。

　　随着文学研究的日益深入多样化,对文学的本体特征及其边界的认识反而有些模糊起来,但这正酝酿着突破的契机。许多学者感到,单纯从文学到文学的研究策略处处显得捉襟见肘,似已难乎为继,而越来越关注于从相关学科的交叉点上来寻找文学研究的生长点,以扩展学科发展的空间。近年来我审读过的不少博士学位论文的选题也呈现出这种倾向。其中,从地缘、血缘、学缘等关系上研究古代文学就是常取的视角,这对更具包容性、多元并存的学术格局的形成,是一种有力的促进,也是对"出文入史"、文史结合的学术传统

---

① 李浩著《唐代三大地域文学士族研究》,中华书局 2002 年版。

的弘扬，我认为这应予肯定与提倡。

关于地域文化和家族文化的研究，前辈学者均有涉及，提出过不少精辟的见解，陈寅恪先生尤为鲜明地标举"地域——家族"的研究观念，并用以具体考察唐代制度、政治与文学，成为他史学思想的核心观念之一，且初具理论形态。近二十多年来，在英美汉学家中，对此似又聚集成一个学术兴趣点，也颇堪注意。美国宾夕法尼亚大学郝若贝教授（Robert M. Hartwell）曾有《750—1550年中国人口、政治和社会的转变》长文，在1980年秋的北京学术会议上宣读。此文考察从中唐到明中期800年间的人口、政治和社会面貌的"戏剧性改变"，详细研究"区域性"对于中国社会性质的影响，尤其着重于从"家族"角度来研究"政治精英的转变"。这一研究思路在其他英美学者的论著中继续得到发展，如李浩君在本书提到的伊佩霞、姜士彬、戴维·约翰逊、包弼德等学者的著作，他们阐述的有关历史地理学、地缘文化学、社会学史的一系列观念以及具体史实的考论，已逐渐引起国内研究者的重视。因此，李浩君的这部新著，以唐代三大地域文学士族为研究对象，系统论述唐代士族的崛兴、分布、流动、衰落及相互间的冲突、交融、整合的历史过程，并进而概括其基本特征，探讨一些规律性的问题，正好"预流"于目前"地域——家族"研究的学术热潮。本书所表达的独特观察、思考和具体结论，当能深化和丰富这一课题的研究，并与国内外学者进行有益的学术对话。

原创性是研究者追求的最高目标，也是一切学术成果的生命。本书作者好学深思，具有自觉的"问题意识"，善于从大量原始文献中发现问题和解决问题，力拓思路，提出新见；同时重视学术史研究，在全面梳理本课题已有成果以及存在问题的基础上，确立自己研究的主旨和方向，使自己的研究汇入本课题的学术史序列之中，其创新点既来源有自，又坚确可信。如一般认为，隋唐时士族已趋衰微，坠没湮灭之势不可遏阻，本书作者从士族演进的客观进程着眼，结合文本分析与文献考证,提出并论证唐代"文学士族"新概念,以与东汉时的"经学世家"、两晋南北朝时的"门阀世族"等概念相对应,并认为"文学"之于六朝士族是一种修养,而于唐代士族则变成了一种工具。又如唐代政治上的大一统,地域上的四海混一,由此带来文学和文风上的南北交流与融合,这已成为文学史研究中的定论,然而作者经过仔细考察,指出唐代在政治上、地域上的统一,既没有改变自然地理的风貌,也没有消除经济文化发展不平衡的状况,因而文学的地域差别依然存在,可谓大唐之音,和而不同。这些都是富于启发性的见解,也为全书立论找到理论支撑。还应指出,作者思致敏锐而又精细,能从无疑处质疑,廓清诸多积非成"是"的看法,如对陈寅恪先生士族理论的长期误读,对唐代"以诗取士"的某些曲解,也都能别白有据,剖析入理,对这些唐代文史研究中的重大问题的理解深入一步。

本书上编共六章为总论,综述唐代地域文化与文学士族;中编共五章为分论,对相关问题进行专题阐释;下编共三章为个案研究,主要对河东裴氏家族的迁徙、婚姻及佛教信仰进行研究。可以看出,这样的章节设置,服从于作者的"问题意识"和研究心得,不追求形式上的全面系统,有时甚至稍有突兀之感(如"寡母教孤"章),但仍存在内在学理上的统一性和逻辑性。行文流畅,不枝不蔓,每章开端提出问题,又以简短结论殿后,论旨显豁,读来纲目犁然,表现出良好的学风和文字表达功力。

"渭北春天树,江东日暮云。何时一樽酒,重与细论文!"这是身处长安的杜甫对漫游江南的李白所表达的怀念与期盼。我与李浩君如今也"渭北"、"江东",睽违东西,但也希望他能抓住年富力强、学术势头正旺的大好时机,努力不懈,再出新成果,等待"重与论文"的一天!

《北宋诗学》^①序

  海鸥君的这部《北宋诗学》，是继其《两宋雅韵》、《宋代文化与文学研究》之后的又一部学术专著，标志着他在宋代文史领域中不断探索的行进脚步。我为他取得的这一新的成果感到十分欣慰。

  整整十年前，他负笈北赴复旦大学从我攻读唐宋文学的博士学位，除集中精力撰写博士论文外，另有两事给我留下深刻印象：一是他选修日语为第二外语，从掌握字母起步，在短短一二年内竟然"斩将过关"，达到基本掌握；并翻译了日本学者宇野直人的《柳永词论稿》，由上海古籍出版社出版，表现出勇于攻坚的拼搏精神。二是他学习期间，常常给我看一些他创作的诗词作品，抒情摅意，文采斐然，又表现出对辞章之学的倾心。勇于攻坚，自然应受到鼓励和赞许；倾心辞章，我当时却有些保留。研究诗词而不会写作，上堂讲诗却动手无能，这是我国古代文学研究和教学中的通病，它原来并不是痼疾，前辈学者大都学人与诗人融于一身，建国前的大学教学也是学与作互相结合的；但作为现今的研究生，首要的是把文史基础夯实，提高识见，拓展视野，辞学之章不能不处于从属的辅助地位。如果一旦深嗜笃好，沉溺其中，恐非有益。从当前的整个环境和条件而言，旧诗创作也不大可能出现再创辉煌的"中兴"局面。但海鸥离复旦后科研与创作并进的情况，打消了我的顾虑。这几年虽然粤海沪滨，暌隔甚遥，但天水相连，时通讯问，华章佳作，源源而来，特别是一些长篇歌

---

① 张海鸥著《北宋诗学》，河南大学出版社 2007 年版。

行，运思摛藻，颇得"长庆体"或"梅村体"之神韵风调，在学术同道中颇获口碑；他在中山大学开设的诗词习作与欣赏的课程，努力把个人的创作体会和对古典诗词的一份挚爱传达给学生，也得到热烈的回应，对营造充满诗意的校园文化不无帮助。

海鸥君的这部新著，更使我发现自己认识上的一些偏颇。古人论学有所谓"为人之学"与"为己之学"的区别，或可理解为奉献于社会与安顿于个人的不同，学术著作和诗词创作在目的上也大致存在相类的差异；但实际上是不能截然分开、而应该自觉追求统一的。其统一性即在于对研究对象的根本态度上。我国古代诗歌作家、作品和文学思潮、文学现象，不是纯客观的冷漠存在，而是充满魅力和活力的生命有机体，认识、解读和把握这多姿多彩、丰富深邃的生命有机体，不仅需要理性的深细分析，而且需要研究者一己的生命体验的全身心的投入，以求得"尚友古人"、作异代的精神对话，并与作品莫逆于心，也才能获得一些真切的解读，此实是治学的理想境界。这在越来越强调学术著作的规范模式和一整套科班训练程序的今天，呼唤个性化的甚或"另类"学术写作，也许不是没有意义的。

海鸥君是位有性情、有才藻、优长和弱点都很容易被别人认识的年轻学人，他写作诗、词、古文，完全是因为找到了倾诉自己感情的载体，绝无功利目的，而一任笔墨流淌，乃至忘乎所以。我们常在一些同仁集会上，看到他自告奋勇登台吟诵，深知并非为了露才扬己，而是一种内心冲动，一种表达需要，化用马克思的话，也许可云："不是他占有诗歌，而是诗歌占有他。"从事学术研究，在基本态度上也是如此。前辈所谓的"了解之同情"，即是强调主体对客体的内在关注，不相信有什么和研究者无关的"零度风格"。王士博先生为海鸥君的《宋代文化与文学研究》作序说："他研究遥远的古代文学，总是携带一份鲜活的生命关怀和文化关怀走近古人，和古人进行超越时空的心灵对话，然后再走出那个境界，把一些真切的心得转述给别人。"所言甚为确当。海鸥君的这部新著依然保持原来颇具"个性化"写作的特点，字里行间，时见作者的生命律动、思考轨迹乃至发现的喜悦，且笔锋常带感情，文字清新流畅，一如其人。书中多处论及苏轼，对这位文艺全才的诗学思想，展开了多层面、多方位的阐释，对其诗美观念的论述，处处流露出景仰之情；附论苏轼对白居易的文化受容和诗学批评，不仅澄清了一些长期模糊或误解的具体问题，而且还从文化承传的角度，对苏、白关系做出亲切而又深入的论述。

从"为己"（不是把学术当作稻粱谋的"为己"）到"为人"、最后走到两者统一，不仅是很高的学术境界，也是一个需要琢磨、推敲的难题。学术著作本来应以"立意为宗"而非"能文为本"，这是毋庸置疑的：但我们的确急需从目前"面目可憎，语言无味"的大批量产品中突围而出。海鸥君著作中的这个"个性化"写作的特点，使我格外感到兴趣，其源盖出于此。

刻苦攻坚精神在这部新著中有了更充分的体现：一是冥思苦索，调整学术观念，开拓考察视角；二是扩大取资范围，检索文献资料力求趋于系统和全面。胡适说过他的"思想和学问的方法"，是"疑而后信，考而后信，有充分证据而后信"（《介绍我自己的思想》），这里的三个"后信"，指出获得信实的科学结论，必需经过三个步骤或条件，即"疑"而"考"，"考"必依据"充分证据"，也是对他"大胆的假设，小心的求证"的"十字诀"一个重要说明。创新是学术研究的灵魂，但求新必先具求真求实之心，而非哗众取宠，故作惊人之论。本书旨在梳理北宋诗学思想的丰富内涵和发展轨迹，一方面当然要接续学界已有的论题，不能完全另起炉灶，贵在另出手眼，旧题能出新意而更上层楼；另一方面又要开挖新的论题，努力把这个专题研究做深做透。这两方面的刻苦研究，构成本书的主要学术收获。宋初"三体"已是宋诗史上的共识，论述已甚为充分，本书却进一步追问：何谓宋初"白体"？宗尚者谁？流行于何时？为何流行？尤对宋太宗与"白体"关系有了新的探索。作者又对"晚唐体"提出"一体三义"的新界定:"一体即特指晚唐至宋末一些具有隐逸情调的精雕苦吟之诗;三义即:或指以'郊寒岛瘦'为代表的'唐之晚年诗';或指宋初一些僧、隐诗人所作类似郊、岛之诗;或指宋季'四灵'一脉学习贾、姚之诗。"这个新界定当能推进我们对"晚唐诗"的观察和思考,自具一家之言。对于"西昆体",一改以往常用的从主流意识形态的社会关怀的视角,调整为从诗人的文化精神和审美趣味的方向切入,从而把握诗中所呈现的崇学尚典的文人意趣和宋代文学雅俗分流的发展趋势。欧阳修、苏轼、黄庭坚等是宋代诗学大家,本书作者也努力在已有众多研究成果基础上,贡献一己的心得体会。相对而言,对已往研究比较薄弱的环节,似更能激起作者的兴趣,故用力甚勤。如对范仲淹、余靖、司马光、邵雍诸家,作者提出的新问题、新观点、新材料,相信也会得到读者的关注。他拈出"通趣"来论余靖诗学:"论诗倡通趣,作诗亦有通趣,此北宋人审美意识之要领。宋世文人为人为诗,处世审美,皆尚通达,讲意趣,余靖乃开风气者之一。"对范仲淹在以复古求革新的文化思潮中的历史定位,司马光关于诗歌功能的并非单一的复杂性的认定,邵雍"快乐诗学"的阐发,论说新锐,而理、据并擅,足以启人心智。

文献资料是研究的基础和前提,我也高兴地看到作者近几年来在这方面的长足进步。虽然得益于现代科技网络和电子文献检索功能,但并不能完全代替对纸质典籍的研读与搜讨,前者表面上标示的查检线索(字头、词语),有时未能揭示材料之间的内在关系。本书附论的《从秀句到句图》,就是运用两者互补互动方法的较为成功的例证。作者依此方法,对唐代"秀句"和宋代"句图"著录的文献情况,进行全面细致的清理甄别,所得结论准确可靠。由此对秀句与句图之文体源流、文化意蕴作了深入分析,提出"唐秀"、"宋图"的界说简明、中肯:"唐秀句主要是为学习者提供文场句范,宋以后句图主要是为彰显名人佳句而作。"它们既是重要的文献资料,也是一种文学传播方式,有助于文学作品的经典化。作者对"摘句"这个专题所包蕴的多方面的意义,作了详尽的抉发和阐释,加深了对这种体式的理解。这使我联想到在司空图《二十四诗品》真伪问题讨论中,他的《与李生论诗书》中一连"自列其诗之有得于文字之表者二十四韵"即二十四联的作派,放在"摘句"批评大行其道的唐宋时代,也就十分自然了。

海鸥君正当盛年,精力充沛,然岁月不居,时不我待,希望他在时寄华章妙文的同时,再使学术著作渐入高境,实不胜翘企之至。

2005 年 4 月

《韦庄集笺注》^①前言

一

韦庄（约836—910）^②，字端己，谥文靖。京兆杜陵（今陕西西安市东南）人。

韦氏为唐世显族。据《新唐书·宰相世系表》，韦庄出韦氏逍遥公房，七世祖待价相武后，四世祖应物官苏州刺史，但曾祖履复、祖徹、父韫均无显宦，正史无传^③。韦庄少年时居长安、下邽两地，生活过得无忧无虑，任性放浪："御沟西面朱门宅，记得当时好弟兄。晓傍柳阴骑竹马，夜隈灯影弄先生。"（《途次逢李氏兄弟感旧》）"昔为童稚不知愁，竹马闲乘绕县游。曾为看花偷出郭，也因逃学暂登楼。招他邑客来还醉，儳得先生去始休。"（《下邽感旧》）但这段无拘无束的少年生活一结束，就开始了他大半生颠沛流离、坎坷困顿的人生道路。

韦庄成年之后、广明元年（880）之前的情况可考者不多。大概二三十岁时曾在虢州村居约十年，或因科举受挫而潜心力学以应举。咸通二年（861）入京应举再次下第，失意而归。后辞家泛潇湘，游江南。

---

① 聂安福笺注《韦庄集笺注》，上海古籍出版社2002年版。
② 韦庄生年不详，此姑依夏承焘《韦端己年谱》之说。参见该书附录六《韦庄年谱简编》附注［一］。
③ 《蜀梼杌》、《资治通鉴》、《唐诗纪事》、《十国春秋》等均称庄为玄宗天宝末宰相韦见素之后，盖指裔孙。据《新表》，见素出南皮公房。参见该书附录六《韦庄年谱简编》"唐文宗开成元年"条。

　　广明元年十二月，黄巢军攻入长安，时韦庄在京应举，被困。中和二三年间逃至洛阳，旋赴润州入镇海军节度使周宝幕府，开始了为期十年的江南避乱生涯。光启初，唐僖宗为李克用所逼出奔兴元（今陕西汉中市）。韦庄自江南经汴宋往陈仓迎驾，未入关辅而为兵乱所阻，折道山西还金陵。光启三年，镇海军乱，周宝被逐。韦庄南下客居越州、婺州，屡发异乡流落之悲："天涯方叹异乡身，又向天涯别故人"（《东阳酒家赠别二绝句》其二）；"若见青云旧相识，为言流落在天涯"（《送人归上国》）；"避世移家远，天涯岁已周"（《避地越中》）。

　　大顺二年（891），韦庄辞越游江西、湖南，次年入京应举未中。乾宁元年（894）再试及第，虽已年近六旬，仍难抑其兴奋得意之情："街鼓动，禁城开，天上探人回。凤衔金榜出云来，平地一声雷。　　莺已迁，龙已化，一夜满城车马。家家楼上簇神仙，争看鹤冲天。"（《喜迁莺》）及第后，韦庄历任拾遗、补阙等职。

　　韦庄初及第时所作《与东吴生相遇》云"且对一樽开口笑，未衰应见泰阶平"，意谓唐王朝仍有望复兴。然而藩将割据争雄、朝廷形同虚设的现实，使韦庄对唐王朝失去信心。乾宁四年，西川王建攻打东川，韦庄随谏议大夫李洵奉诏入川和解未成，亲身感受到藩将对唐王朝的轻视，但其本人则颇为王建所赏识。三年后，即天复元年（901），韦庄应聘入蜀任王建掌书记。此后直到去世，韦庄仕蜀十年间，为王建扩展势力、建立大蜀政权出谋划策，外交内政，多为所制，官至门下侍郎兼史部尚书同平章事。武成三年（901）死于成都，享年约七十五岁。

　　韦庄家世显赫，"才敏过人"（《唐才子传》语），具有强烈的功业名位思想。在其艰辛曲折的人生经历中，韦庄始终未泯经世济时之志，以志匡尧舜自许："莫怪苦吟鞭拂地，有谁倾盖待王孙"（《柳谷道中作却寄》）；"平生志业匡尧舜，又拟沧浪学钓翁"（《关河道中》）；"大盗不将炉冶去，有心重筑太平基"（《长年》）；"闲冲暮雨骑牛去，肯问中兴社稷臣"(《赠野童》)。表达出平定战乱、中兴唐室的志向。韦庄志怀远大,但家道衰落,"要路无媒",早年下第即唱叹:"千蹄万毂一枝芳,要路无媒果自伤。题柱未期归蜀国,曳裾何处谒吴王。马嘶春陌金羁闹,鸟睡华林绣羽香。酒薄恨浓消不得,却将惆怅问支郎。"(《下第题青龙寺僧房》)继而又逢衰乱之世,流离避难,虽曾有过"能诗岂是经时策,爱酒元非命世才"(《对雨独酌》)一类真情独白,但其大半生也只能在诗酒自遣中度过:"为儒逢世乱,吾道欲何之。"(《寓言》)"不是对华长酩酊,永嘉时代不如闲。"(《江上题所居》)他时时徘徊在进退出处之间。

终其一生,韦庄虽志在功业名位,但除晚年短期间颇称亨达外,实无多建树,留给后世的主要是他杰出的诗词创作。

二

韦庄存诗三百二十馀首,大多写于唐僖宗广明元年(880)至唐昭宗天复三年(903)的二十馀年间,在唐末诗坛上占有重要地位。明唐汝询认为"韦庄于晚唐中最超"(《汇编唐诗十集·癸集》三),清翁方纲称他"胜于咸通十哲多矣"(《石洲诗话》卷二),推崇备至,郑方坤则把他与韩偓、罗隐并称为"华岳三峰"(《五代诗话例言》)。他前逢黄巢军大起义,后遇藩镇割据大混战,忧时伤乱为他诗歌的重要题材,诚如其弟韦蔼所说:"子期怀旧之辞,王粲伤时之制。或离群轸虑,或反袂兴悲。"(《浣花集序》)从一己的所见所闻、所感所思出发,较为广阔地反映了唐末动荡的社会面貌。《悯耕者》、《汴堤行》对战乱中人民所遭受的苦难深表同情。《睹军回戈》、《喻东军》、《重围中逢萧校书》对当时屯居洛阳的唐军残害人民、掳掠妇女的丑恶行径作了谴责,同时又对他们拥兵自重、未能积极镇压黄巢军表示不满。而《铜仪》、《洛北村居》、《北原闲眺》、《辛丑年》等诗,则反映了他对唐室"中兴"的热切期待;《闻再幸梁洋》、《江南送李明府入关》等诗,表示了他对离乱中的君主、皇族多所眷念;《咸通》、《夜景》、《忆昔》等作,更抚今追昔,为唐王朝的衰微唱出深沉的挽歌。他又有一些出色的怀古诗,如《台城》、《金陵图》、《上元县》等,在对南朝史迹的凭吊中,寄寓着他对唐末社会动乱的哀叹,情调凄婉。此外,他还有一些诗如《思归》、《江外思乡》、《古离别》、《多情》等,反映了他长期四处漂泊、求官求食的境遇和心情。他的写景诗,如《题盘豆驿水馆后轩》、《登咸阳县楼望雨》、《秋日早行》等,取景疏淡,思致清婉,也有特色。

韦庄以近体诗见长。律诗圆稳整赡,音调响亮,绝句包蕴丰满,耐人咀嚼,明许学夷评为"绝句在唐末诸人之上"(《诗源辩体》卷三二),而清词丽句,情致婉曲,则为其近体诗的共同风格。

韦庄不多的诗评言论中明确表达出对清新诗格、淡远诗境的崇尚。光化三年(900)所作《又玄集序》云:"但掇其清词丽句,录在西斋。"同年所作《乞追赐李贺皇甫松等进士及第奏》称李贺、皇甫松等"丽句清词,遍在词人之口"。《题许浑诗卷》谓许诗"字字清新句句奇",《题萧必先卷》称萧诗"满轴编新句"、"吟终意未终"、"似逢曹与谢,烟雨思何穷"。《桐庐县作》云:"潭心倒影时开合,谷口闲云自卷舒。此境只应词客爱,投文空吊木玄虚。"而对雕琢刻苦之作则不以为然,如《赠峨嵋山弹琴李处士》云:"后生常建彼何人,赠我篇章苦雕刻。"他的诗歌审美理想和自己的近体诗风格是完全一致的。

韦庄的代表作是长篇叙事诗《秦妇吟》。此诗长达1 666字,为现存唐诗中最长的一首。(敦煌出土的《季布骂阵词文》,长达四千四百多字,但与一般唐诗不属同一系统。)诗中通过一位从长安逃出来的女子即"秦妇"的叙说,正面描写黄巢军攻占长安、称帝建国,与唐军反复争夺长安以及最后城中被围绝粮等情形。反映历史巨变的重大题材,宏伟严整的叙事结构,在我国诗史中都是从未有过的;而内容的复杂性和思想的矛盾性更属罕见。一方面对黄巢军的原始性复仇破坏行为多所暴露,夸饰渲染之中也不乏某种真实,对揭竿而起的历史合理性的严重冲撞中,又不自觉地反映出黄巢军掀天揭地的声威及官僚集团的仓皇失措和腐败无能;一方面又无情地揭露了唐军残民以逞的罪恶,但又夹杂着对他们"剿贼"不力的谴责,表现出对唐室的忠忱。旧时民谣所谓"贼来如梳,兵来如篦",表达了深重灾难中黎民百姓的真切感受;韦庄既揭露黄巢军又斥责唐军的双重态度,固然还未达到同样的认识水平,但也具有超越文学以外的历史、社会意义。这首长诗选择典型的情节和场面,运用铺叙而有层次的手法,布局起伏,脉络分明,标志着我国诗歌叙事艺术的重大发展。

与诗大多写于入蜀之前不同,韦庄词则大都作于晚年仕蜀期间,成为前蜀词坛的领袖人物。韦庄也是"花间派"中成就较大的词人,与温庭筠并称"温韦"。温、韦词在内容上相类,多写男欢女爱,离愁别恨,流连光景。但温词主要是供歌伎演唱的歌词,创作个性不鲜明;而韦词却注重于作者一己感情的抒发,如《菩萨蛮》(人人尽说江南好)五首,学习白居易、刘禹锡《忆江南》的写法,追忆往昔在江南、洛阳的游历,把平生漂泊之感、饱经乱离之痛和思乡怀旧之情融注在一起,情蕴深至。风格上,韦词不像温词那样浓艳华美,而善于用清新流畅的白描笔调,表达颇为真挚深沉的感情,如《浣溪沙》(夜夜相思更漏残)、《女冠子》(四月十七、昨夜夜半)等。他有些词还接受民间词的影响,用直截决绝之语,或写一往情深,或写一腔愁绪。如《思帝乡》(春日游)的"妾拟将身嫁与,一生休。纵被无情弃,不能羞",于直率中见结郁;《菩萨蛮》(如今却忆江南乐)的"此度见花枝,白头誓不归",以终老异乡之"誓",更深一层地抒发思乡之苦。陈廷焯《白雨斋词话》卷一说"韦端己词,似直而纡,似达而郁,最为词中胜境",许昂霄《词综偶评》评韦词"语淡而悲,不堪多读",都指明这一特点。王国维《人间词话》认为韦词高于温词,指出"端己词,情深语秀","要在飞卿之上";"温飞卿之词,句秀也。韦端己之词,骨秀也",也是从这点着眼的。

　　韦庄集的整理、校注，前人已有不少成果。聂安福君在充分吸纳这些成果的基础上，搜讨更广，考辩更细，在词语训释、典故引述、史事释证、作品背景与主旨阐发上，用力颇勤，取得了一些切实可喜的收获。聂君为人沉潜诚笃，谦虚向学，此书当仍有未臻圆满之处，伫心以待教言。

2002 年春

《屈骚与宋代爱国文学》①序

在群星璀璨的我国文学家人物画廊中,屈原位居榜首,是中国第一位伟大诗人。以他为代表的作家们所创作的楚辞,与《诗经》一起,并为中国文学之源,影响与规定了中国文学发展的方向,形成了生生不息、充满活力与魅力的"诗骚"传统。屈原研究也就成为一个常作常新的课题,以期加深对于中国文学的认识,加深对于我们民族精神的理解与把握。而研究屈原,既要探求屈原其人其事,尤其是其作品文本意蕴的阐微抉幽,更要考察后世对屈骚的接受过程,梳理出文学前后赓续之链、异代精神交融之迹,并把这两者经纬互补,循环互释,才能呈现出完整意义上的屈原和屈骚。罗敏中先生的《屈骚与宋代爱国文学》一书正是遵循这一研究理路、辛勤探究的可喜成果。

敏中先生是一位学殖颇厚、勤于思考的学者。在前人成果甚丰的屈原生平研究领域中,他提出了屈原后半生经历了被疏、被放、被迁三个阶段的见解。"被疏"、"被放"已是成说,而"被迁"——即把整个部族(家族)迁到边鄙之地,远离朝廷和原居住地,当是新见,从而解释了屈原最后移居汨罗的原因。这已为不少屈原研究者所称引,起到了补充旧说之未备的作用。屈原的忠君爱国思想无疑是他政治观的核心,也是屈骚精神实质之所在。前贤时彦论述纷纭,成为讨论的热点和难点。本书从春秋战国时期"爱国模式"上着眼,提出孔子的"去国爱国"与屈原的"居国爱国"的区别,则更有启发性。在今天,

---

① 罗敏中著《屈骚与宋代爱国文学》,远方出版社 2002 年版。

热爱祖国是每个公民的道德规范和必备品质，但爱国主义作为一个理论和学术问题并不是能够简单说清楚的。依据多年前的权威界定，爱国主义是"千百年巩固下来的对自己独有的祖国的一种最深厚的感情"（《列宁全集》第 28 卷第 167 页），这里指出爱国主义是历史长期形成的对父母之邦的最深厚的感情，至今看来仍是正确的；然而"千百年来"的时间限定，似乎又嫌绝对化。如从楚武王自立为王、建都于郢算起，至屈原时还不到五百年，距"千百年"远甚，用这个权威定义来衡量，也就取消了产生爱国思想的可能性，那么，屈原为之"九死未悔"、矢志追求的理想，他的"忠贞之质，清洁之性"，我们又如何科学地定性呢？爱国主义不是抽象的，具体内容是爱人民，爱乡邦，爱土地，爱民族传统，这种爱的感情自然需要较长时段的积累过程，（比如一些旋建旋亡的小国就不宜泛化地使用"爱国主义"这个概念。）但它又具有萌芽、发展、丰富和成熟的不同阶段，就春秋战国时代而言，各民族实际存在的爱国思想尚处于萌生状态，因而具有不同于近代以来的特点。敏中先生对此的不少具体论述，富有探索精神，提供了继续开拓深化的空间，想必会引起学界同道的兴趣。

宋代士人具有崇尚前代典范而又力图超越典范的精神。宋初诗歌的所谓三派，白体、晚唐体、西昆体，即以白居易、贾岛、姚合、李商隐为楷模，而杜甫、韩愈、陶渊明三位，更是宋代诗人倾心追慕的对象，影响深巨恒久，这已是共识。但屈原对宋代士人的影响似尚未引起人们的足够重视。本书后半部分，以李纲、朱熹、张孝祥、陆游等个案为例，详论他们对屈原思想的阐发、发展和补正，对屈骚文学遗产的吸纳、融汇和出新，或填补学术空白，或充实薄弱环节，对于宋代文学研究也是颇有助益的。

德国美学家姚斯在《走向接受美学》中说过："第一个读者的理解将在一代又一代的接受之链上被充实和丰富，一部作品的历史意义就是在这过程中得以确定，它的审美价值也是在这过程中得以证实。"我们不妨将这里的"第一个读者"作较为宽泛的理解,则在屈骚接受史上,汉代一批学人的评论正具有这种"第一个读者"的作用。以淮南王刘安、司马迁、王逸为代表的尊屈派和以扬雄、班固为代表的批屈派(或可称为褒中有贬派)的论战,直接开启了后世屈骚接受史的论题。论题的中心内容即是对屈原"忠君爱国"的评价,两派的分歧,根源在于对儒家价值标准的不同理解,特别是围绕儒家"中庸"思想而展开的。是其志"虽与日月争光可也",还是"露才扬己"、"责数怀王"而未能乐天知命、明哲保身? 宋人的接受也沿此思路,朱熹则是其中最重要的一位。敏中先生提出了"以儒制儒,融屈于儒"与"以儒批儒,拨儒于屈"等命题,以此来论证朱熹的屈骚观,启迪颇多。作者强调指出,应该注意后世接受屈骚中的"补充、发展、修正",力避走入"一条狭窄的胡同",我想,就宋代的屈骚接受史而言,本书已达到了这个目标。我希望作者以此为基础,继续探求,写出一部贯串古今的屈骚接受史。

回想半个世纪以前,我在初中时第一次接触的屈骚是《山鬼》,那是语文老师自选的课外辅助范文。"若有人兮山之阿,被薜荔兮带女萝",这位服饰华美、行动飘逸的女鬼,却怀有"折芳馨兮遗所思,怨公子兮怅忘归"的缠绵悱恻、不能自已的深沉爱情,使我一扫幼时对鬼魅的恐惧,而惊叹于人性之美。后来考入北京大学中文系学习,著名楚辞专家游国恩先生为我们讲授楚辞,我至今仍忘不了他讲解《离骚》时的情景。他几乎不看讲稿,背一句讲一句,忽而慷慨激昂,忽而低沉徘徊,讲到结尾"仆夫悲余马怀兮,蜷局顾而不行",从远游的梦想重又回到人间,游先生的语调有些哽咽,全场一片肃静。我们在不知不觉中经受了一次爱国主义的洗礼,对父母之邦的眷爱可以达到如此痴心崇高的境界,这才第一次把握到屈骚精神的核心。屈骚没有过时,但要使其成为"活"的传统,又必须依赖于不间断的阐述和研究。罗先生的这部著作,并非单纯地"发思古之幽情",而是与世道人心息息相关的。

走大众文化与精英文化结合之路

——《万古风流苏东坡》①序

　　龙吟先生近年来连续创作的《智圣东方朔》、《诗剑龙洲侠》、《万古风流苏东坡》等历史小说,受到不同层次读者的热烈欢迎;尤在网络、影视领域拥有广泛的受众,声誉鹊起,卓然名家。他的初步成功,已成为一个引人思考的文化—文学现象,为弘扬民族精神而探寻精英文化与大众文化的结合之路,提供了可贵的经验。

　　在龙吟先生的小说中,《万古风流苏东坡》无疑是最受瞩目的一部。首先,这是他本人用力最多、倾注其几乎全部学养、才情、识见和人生经验的作品,最具代表性和个性特征。其次,这还是一部未完成的巨著。第一部《人望》,60万字,从苏轼出生写到22岁中举;第二部《人伦》,60万字,从22岁回蜀守母丧写到32岁护父柩还蜀。现在摆在读者面前的是第三部《人杰》,又是60万字,从再次返京写到赴杭州任通判,时年36岁。苏轼一生活了66岁,这就是说,几乎还有一半甚至超过一半的内容尚在创作之中。就这一部小说创作过程而言,目前还属于继续有待驰骋才华、纵笔挥洒的开放的艺术世界,因而对作者已有创作劳绩的品评,也就处在流动不居之中,无法最后论定。但前途无可限量,则是可以预期的,我们从本书(第三部)跟前两部的比较中,就可明显地看出后出转优,越写越好的趋势。

　　我在一篇文章中说过:"我对苏轼似有一份特殊的感情,以至于

---

① 　龙吟著《万古风流苏东坡》,吉林文史出版社2005年版。

281

了解别人心目中是个怎样的坡公形象,成了我的偏嗜。"这主要指对苏轼的学术研究而言,希望能将同道的研究成果与自己的体会相对勘,以便从每个研究者的个人视角共同去逼近苏轼的真面目。而于小说、戏曲中的苏轼形象,虽然在我国古代文学史中不绝如缕,却未引起我的注意。这次接触到龙吟先生所创造的苏轼小说形象,满心欢欣,颇多启迪。

创作历史小说的难处在于:一方面要完整地再现时代背景和氛围,必须尊重历史的真实;另一方面,文学艺术的感染力又少不了虚构想象和夸张。本书恰在二者之间取得平衡。大如熙宁变法的过程、朝廷党争的原委、边关战事的始末,小至一次君臣奏对、文人聚会,主要的历史人物和事件都于史有据,真实可信;而在历史的空白处展开大胆而合乎情理的想象,于细节描写颇多渲染夸张,如神宗与王安石的君臣遇合与雷琴的关系、神秘诗偈对东坡的出处抉择的启示等,又为小说的阅读饶添了兴味。要做到艺术真实与历史真实的统一,非学人与才人兼具者不办,龙吟先生曾有宋代文学研究生的"科班"经历,更具多方面的文艺兴趣与特长,才能得心应手地驾驭这一题材。

本书比之前两部,还有两个突出的创作难点:一是文史资料的选择与处理,二是重大政治事件与众多历史人物的理解与把握。应该承认,前两部所写乃是苏轼刚刚从万山围抱的蜀中盆地走向中原大地,初入仕途,他所面对的人生课题、生存环境都还较为单纯,而现今所保存的该时段的文献资料相对不算丰富,在基本掌握政局大势与士人社交环境氛围的前提下,反而易于发挥作者想象虚构的优长和娓娓道来的叙事本领。而本书所面对的却是"熙宁变法"、复杂党争这一中心事件,牵动着宋朝上层政治的方方面面,出场人物众多,互相关系错综纠葛,而有关史料又庞杂丰硕,歧出异见,不一而足。但俗话说得好,艺术就是克服困难,倒是作者施展因难见妙的艺术手段的机会。

本书以东坡的活动为经,以重大社会历史事件为纬,多侧面多层次地展现了时代风云和文人群体的精神风貌,在谋篇布局方面具见作者的匠心。官场的风云变幻与边塞的刀光剑影穿插进行,文士们的雅言谈谑与风俗人情交替描述,既有浓墨重彩,又不乏轻灵舒徐之致。在作者笔下,朝堂、战场、家庭,空间置换得宜;政治、战争、人事,头绪纷繁却又脉络分明。在塑造人物方面,龙吟先生本是学人,对宋代文人深具同情之了解,又历"仕途",对官场亦怀了解之同情,故将古人心事,体贴入微;又融正史记载、笔记描述于一炉,在准确深刻地把握其思想内涵的基础上,真实地再现了一千多年前政坛、文坛和日常生活中的文人群体像,不但是胸怀坦荡、睿智可亲的东坡,也将年少气盛、锐意革新的神宗皇帝,强横自负、心思深细的王安石等刻画得鲜明传神,馀者如刘攽、王雱、曾布、蔡京等人亦各有点睛之笔,不犯雷同。

对于一部优秀的历史小说来说,真实而动人地再现历史事件和人物风貌并非它的最高境界,本书的特出之处就在于把当代意识融入对历史的观照中,站在新的时代高度对历史事件和人物进行重评重塑。围绕着熙宁变法,小说中的人物的思想发生激烈碰撞。变还是不变,如何改变,今天人们仍然可以从东坡的思想中得到启示。而作者把在变法与党争的复杂环境下,东坡以及围绕他的各色人物性格中的善恶美丑近景式地昭示给当代读者,更发人深思。这些并不纯粹是小说人物的塑造问题,它其实传达了作者对人性、社会、历史的反思和再认识。当然,我们对历史事件与历史人物的认识和评价,不会是凝固不变的,即便是写历史小说,也是一个不断求索的过程。比如王安石与苏东坡,"都是了不起的人",他们俩却"走不到一起",但"阴阳两极最终是要谐合的",这是作者的一种理性化的解读。但本书中所塑造的王安石具体形象,是否较为平面,是否还有进一步深化和丰富的空间？苏、王同为一代伟人，而其文化内涵却又有很大差异，这些我相信作者在今后的创作中会给出回应。

龙吟早年在中国社会科学院文学研究所攻读硕士学位，我恰已调离该所，未能谋面。他的导师胡念贻先生是我谊兼师友的知交，我称他"胡公"。胡公为人讷于言而敏于思，富于学而勤于手，也是学者与才士兼具型的谦厚君子。除了"讷于言"以外，龙吟颇具乃师之风。1976 年天安门清明时，胡公为文学所填写两首《西江月》书于挽联，我记得其一云："五十馀年心血，四千万里山河。谁知天半起悲歌，忽地巨星陨落。　　矢志忠于领袖，赤心力战群魔。一番栽获一番多，遍地花红似火。"天安门前曾出现万人传抄此词的景象。如今哲人已萎，已看不到自己门生的业绩，我借用"一番栽获一番多，遍地花红似火"两句移赠龙吟，作为我的祝辞和胡公的慰勉之辞吧。

2004 年 4 月于复旦大学

《中唐诗歌嬗变的民俗观照》^①序

　　刘航君于 1998 年负笈南下,从我攻读唐宋文学的博士学位,我对她这位来自我的母校北京大学的门生,怀有一种特殊的感情:除了师生之谊,又兼校友之雅,也姑且算是"风义平生师友间"吧。其实,进校门是学生,出校门就是朋友了。但她三年的攻博生活是够"苦"的:一是苦读。她选择唐诗与风俗之间的跨学科研究,逐字逐句地通读全部唐诗及其他相关文献资料,一丝不苟,毫不松懈,这在同侪中是不多见的。二是苦思。她时刻思考自己的论文,从主旨的把握,框架的设置,论点的组织,到材料的抉择,冥思推究,几近忘我之境。我每次在校园内碰到她,她总会驻步质询,急切的语速中反映出思致的敏捷活跃,使我油然想起"人之于学,避其所难而姑为其易者,斯自弃也已","为学患无疑,疑则有进"这类宋贤语录。最后通过博士论文答辩时,她得到理应得到的赞许。

　　现在面世的《中唐诗歌嬗变的民俗观照》一书就是在博士论文的基础上反复修改补充而成的。跨学科研究在当前已非新的课题,但以中唐风俗诗作为研究专题,尚属罕见;更难得的是在学术理念和研究方法上有新的突破。长期以来,风俗诗主要作为类型诗受到关注,按内容分类并分析相关诗歌艺术风貌的做法颇为常见。然而,本书虽以中唐风俗诗为研究对象,却跳出了类型诗研究的窠臼,不仅注意到中唐诗人为追求新奇而大力拓展诗歌题材,使得风俗诗因题材之

---

① 刘航著《中唐诗歌嬗变的民俗观照》,学苑出版社 2007 年版。

特殊而空前兴盛,如同风俗本身一般丰富多彩,也注意到中唐文化普遍存在的世俗化倾向,中唐风俗诗对当时乃至后世诗歌艺术的巨大影响等诸多方面,得出了中唐风俗诗的兴盛绝非某些诗人一时心血来潮闭门造车的结果,而是社会心理发生根本剧变时波及诗坛的直接产物的结论,并指出若欲全面深入地认识中唐在诗歌抑或社会文化流变中的枢纽作用,中唐风俗诗研究都是不可或缺的一环。这一认识使得本书能够以一定的专业理论为指导,主要从两个方向进行了深入的挖掘:一是中唐风俗诗与中唐社会新风气的关系,二是风俗诗的兴盛与中唐诗歌新变的关系,并进而把关注点集中在文学方向上,为唐宋思想—文学转型论,提供了一个特定侧面的论据。

作为由唐音入宋调之关键,中唐诗歌历来备受瞩目,研究成果丰硕,但迄今仍有一系列基本问题悬而不决,极大地影响了研究的深入。例如诗歌的世俗化问题虽早有论列,但迄今仍未有人做过深入系统的研究;以元白为代表的浅切诗风与以韩孟为代表的险怪诗风并峙于元和诗坛的原因,更缺乏有深度的探讨。本书对这一问题做出全面系统的考察,从时代风尚着眼,揭开了元和诗坛的奥秘,种种色彩迥异各树一帜的诗风由此而连成富有逻辑关联的整体,无疑为研究中唐诗歌的演变提供了全新的视角。

随着人文学科内部的交叉渗透日益成为令人瞩目的思潮,民俗作为观照文学的独特视角也越来越广受重视,但本书却并未不加辨析地沿袭民俗学的现有体例,而是在充分吸纳人类学、民俗学、文艺学等诸多相关学科理论成果的基础上,将风俗研究与诗歌研究融为有机的整体。由于风俗本身散碎庞杂的特点,在论述某一历史时期的风俗时往往不免给人松散之感,本书在处理这一问题时却颇具匠心,作者受到美国著名文化人类学家玛格丽特·米德《萨摩亚人的成年》《三个原始部落的性别与气质》等著作的启示,既未削足适履地以某一现成的理论框架来整合风俗资料,亦未一味胪列风俗事象,不复以结构之谨严与否为念，而是在准确把握中唐时代精神的基础上，通过具体论证过程中内部逻辑的层层递进，在一定程度上有效地改变了结构松散的现象，构筑出内在逻辑相当严整的体系，使文献学的资料基础与文艺学的分析评赏得到相当完满的结合，在一定程度上纠正了以往研究中往往将风俗诗视为单纯的文本或风俗史料的"偏向"，这不仅可以为文学史研究提供新的结论，还具有一定的方法论意义。

作者以新的眼界和求实的态度，将思索的根须牢牢植于对材料的广泛占有和严格甄别中，很多观点发前人所未发，如唐代赏玩牡丹之风的形成和发展以及与赌博性质浓厚的斗草习俗之间的关系、竹枝词研究史上聚讼纷纭的几个基本问题（起源时间与地域、功用以及以"竹枝"、"女儿"为和声的现象）、竹崇拜观念在中唐的盛行与竹枝词的兴盛、中唐乐府着力挖掘诗题中蕴含的风俗内容并以精到的民俗心理描写发展深化了汉乐府的叙事艺术、白居易对诗歌传统与风俗内涵的双向借鉴和改造、宫词题材和主题的历史性变革与中唐浓郁的怀旧心理之关系、王建《宫词》采用迥异于前人的百首联章体的缘故及其对后世的深远影响等等，均能擘理分肌，直抉神髓，方法和结论都相当精彩。全书论述严整有序，纲举目张，结构宏大而缜密，行文典丽而流畅，全面展示了本书所涵盖的丰富而复杂的内容。

本书是刘航君的第一部学术专著，作为一个坚实的起点，我自然十分欣喜。刘向说过："少而好学，如日出之阳；壮而好学，如日中之光；老而好学，如炳烛之明。""好学"如刘航君，正处在如日中天的最佳时机，自当精进不止。掩卷搁笔，厚望顿生。

2004 年五一节于复旦大学

《走向世俗——宋代文言 小说的变迁》①序

自鲁迅《中国小说史略》问世以来,中国古代小说史研究逐渐成长为古代文学领域一门重要的学科,但是在古代小说研究中,宋代文言小说则是其中相对薄弱的一个环节,历来学者谈到宋代小说,多半在讨论白话小说,而对于文言小说则明显重视不够,实际上,宋代文言小说与白话小说平行发展而彼此交融,相对唐传奇而言,宋代文言小说也发生着重大的历史变迁,它处于晋唐小说与元明清小说的转折点上,具有重要的小说史意义。宋元之际,中国文学重心从雅文学向俗文学转移,宋代小说的变迁是其重要标志,其表现为从文言小说为主转变为以白话小说为主,但在白话小说方兴之时,文言小说并没有告退,而是也发生了内涵与风格方面的重要变迁。另外,宋代文言小说还包含着丰富的历史文化内涵,具有重要的认识价值,都有深入研究的必要。

自上世纪 80 年代以来,学术界思想日渐活跃,学术视野日益开阔,小说史研究的格局也有所变化,文言小说研究越来越受到更多的关注。对于宋代文言小说,学术界也出现了重新认识评估并向深度广度推进的趋向。郁之君这部新著就是这一文学研究趋向中的产物。本书是在他的博士论文基础上修订而成,它以宋代文言小说为主要考察对象,试图从宏观上把握并描述唐宋小说史的流变,认为宋

---

① 凌郁之著《走向世俗——宋代文言小说的变迁》,中华书局 2007 年版。

代文言小说相对唐传奇及唐前小说发生了具有转型意义的变迁,并用"走向世俗"来概括这一变迁的主导趋势。他没有按照传统路数去解读宋代小说的变迁,而是从唐宋文化转型及雅俗文学互动的宏大视角展开具体而微的讨论,揭示出宋代小说内在的走向世俗的历史动向。

宋代小说的走向世俗,是与宋代文化、宋代文学转型紧密相扣的。如果离开这个大背景,则很难真正理解和评价宋代小说。本书正是把宋代文言小说放在这样的社会语境下以及中国小说史的大背上予以观照,揭示唐宋之际小说史观念发展、风格变迁的表现和根据,探讨宋人小说与宋代文化文学转型的内在关联,透析文言小说向说话的倾斜、向戏曲的拓殖以及其间的融会,从而比较清晰地揭示了宋代小说的全面的存在形态及其走向世俗的态势和意义。

全书共分七章,前面六章构成一个颇为严整的理论体系(第七章是个案研究),每一章都试图阐述著者自己对小说史和宋代文言小说的认识,提出了一些较有新意的论点。第一章《唐宋文言小说的嬗变》指出,对于宋代小说,我们以前似乎存在一些认识上的误区,过分强调了唐宋之间小说的变迁,又把这种变迁简单等同于从唐传奇到宋话本的转变,而实际上唐宋间小说史在变迁的同时仍然存在着一些相承相因的因素。由于长期以来鲁迅小说史观的影响及历来小说史、文学史的辗转相因,以致几乎一边倒地倾向于唐传奇而忽视宋代文言小说,并对唐宋小说客观整体的发展情况有所忽视。著者认为,唐宋小说史的变迁不仅表现在鲁迅等前辈文学史家所描述的从唐传奇到宋元话本这一方向上,而即使在文言小说一系的发展史上,也仍然存在着内涵和风格方面的嬗变。

宋代社会从中古走向近世,由士族社会转为平民社会,其社会文化方面由此产生了一些新的质素。我们讨论宋代小说的走向世俗,已经不能局限于小说本身了,必然涉及到唐宋文化的历史走向乃至中国传统文化从中古向近世的转变。小说的变迁是时代文化文学变迁的一部分，一个时代文化文学的变迁也同样反映在当时的小说上。唐宋文化转型与唐宋小说的变迁的趋势相一致，这不是偶然的巧合，而在于两者之间存在深层的因果关系。只有将两者联系在一起加以审视，才能深刻揭示出宋代文言小说变迁的本质和意义。第二章《宋代文化近世化转型的小说文本》即从唐宋文化转型的角度探讨了宋代文言小说的变迁，认为宋代小说的走向世俗根本上是宋代社会文化近世化、世俗化、平民化的反映。宋代社会文化趋俗的状况是小说变迁的大气候或大背景，文化与小说构成了双向参错的格局。著者还探讨了宋代民间生活、风俗、信仰，并揭示了其与文言小说内容和叙事的关系，认为此乃宋代文言小说通俗化在内容方面的重要体现。宋代文言小说总体上表现出向俗文化的倾斜，说明了小说写作精神的转变；宋代文言小说的这种叙事价值取向，体现了小说走向世俗的显著趋势。

宋代文学发展有一个由雅而俗的历史动向，总体上呈现出由雅文学（主要是诗、词、散文、四六）向俗文学的倾斜，主流文学家及其所谓雅文学的创作，其总体的趣味存在着以俗为雅、俗中求雅、亦俗亦雅乃至大俗大雅的倾向。虽然雅文学仍是宋代文学的核心，但是小说与雅文学创作是经常沟通互动的，甚至发生打破文体畛域进而贯通融会的现象。这种现象本身其实就是文学的通俗化。第三章《宋代文言小说与宋代文学以俗为雅的历史动向》指出，宋人小说包括文人小说的走向世俗，只是宋代文学整体趋俗的一种体现而已。宋代文言小说的大量产生，民间各种说唱曲艺的繁兴，表面看来，似有与传统雅文学分庭抗礼之势，而从宋代文学的全局看，实乃宋代文学全局趋向通俗化的重要表现。文学向俗的倾斜，不仅表现在小说戏曲繁荣并趋进到文学层面，还表现在雅文学对俗文学包括小说的吸纳并呈现出总体的通俗化趋势。宋代文学的总体时代风格发生着通俗化的转型,诗文雅文学与小说俗文学出现了前所未有的交融的态势,相互影响,相互接受,相互包容。陆游说:"不读狐书真僻学。"以读"狐书"即小说为博学,是宋世文人比较普遍的趣味倾向,这种趣味明显带有趋俗的性质,并深刻地影响着以文人为载体的雅文学;这种趣味转向,也潜在地反映着宋代文化与文学的转型。

宋代小说出现了文言小说与白话小说(包括说话艺术)平分天下的格局,在这样的格局下,两者间的相互影响、相互渗透就是不可避免的了。而当两者相互影响、相互渗透后,双方都会发生相应的变化,就文言小说而言,就是明显地趋向了通俗。第四章《宋代文言小说向说话的倾斜》指出,如从魏晋而降的文言小说发展史看来,宋代文言小说与白话小说的分流与互渗的格局自是小说史一大变局,此变局也是宋代小说走向世俗的变迁的重要表现。在文言小说与白话小说互相影响过程中,宋代小说实际上整体地趋向世俗。因而,包含白话小说与文言小说的宋代小说的整体地通俗化才是中国古代小说史的重大变迁,它规定了后世小说史的发展方向。以往谈到宋代小说的通俗化,一般都把焦点集中在白话小说上,诚然,白话小说是宋代小说通俗化的重要表现,但此外如传统的文言小说门类也出现了通俗化现象,而且两者密切联系。所以宋代小说的通俗化就不仅是文本语言方面由文言而白话的问题,而且是某种内在的根本的深层次的由雅而俗的问题。第五章《宋代文言小说向曲艺的拓殖》考察了表演形态的"小说",指出小说并非只以静止的书面形态存在与传播,而同时以活态的说、唱、演等表演形式而存在与流行。宋代已形成相当规模的市民社会,近代型城市也在孕育生长,市民文艺已是比较成熟发达。曲艺是宋代市民文化的重要方面,也为上层文化所乐于接受。宋人好曲艺,是宋代文化通俗化的表征之一。在某种意义上,与书面小说存在于同一生态圈的说唱、戏曲可以视为小说的延伸,是小说的拓殖空间。可以看到一代小说的全面的存在方式,也更能看清宋代小说的走向世俗的趋势和意义。

对于小说而言，小说题材、叙事者与接受者是非常重要的三个因素。宋代小说在叙事者、受众及题材诸方面都发生着相对前代小说的深刻变化，并影响着宋代小说的通俗化。第六章《三位一体的世俗化》考察了宋代文言小说的题材、叙事与接受层面。小说离不开事件，而选择什么样的事件以及选择哪些类型的事件，都受制于叙事者的主观因素，其中反映着小说观念方面的信息。叙事者的阶级状况、队伍结构、文化层次、意识形态及性格志趣，以及受众层面上读者或听众接受群体的小说消费、欣赏趣味等，都是我们分析宋代小说演进的重要考虑对象。小说叙述者不是以旁观者或教化者的态度，而直接参预小说所反映的世界。宋代文人已洗尽唐代文人的贵族气味，而多平民色彩，这也是宋代文人小说趋俗的潜在驱动因素。三方面因素都决定着宋代文言小说在基本倾向上的通俗之趣。

郁之君的这部新著采取了比较灵活的研究机制，深入探讨了小说与社会、文化、宗教、民俗诸方面的关系，把宋代文言小说放在中国小说史特别是唐宋小说史的背景上，宏观地加以审视和描述，重构了唐宋小说史的真实图景。著者试图动态地把握小说史的变迁，尽量在小说史意识和小说史体例方面追求创新，突破以往一般小说史研究主要就作家、作品逐一介绍论述的架构，也突破粗线条地以北宋、南宋分前后的格局，力求在还原史实的情况下进行大判断的严谨推敲与小结裹的精细搜讨，揭示宋代文言小说乃至宋代小说动态的发展与变化。本书能够自成体系，反映了著者对宋代文言小说以及宋代小说整体格局和发展态势的宏观思考和微观探索。

郁之君曾于 1997 年获得复旦大学硕士学位，毕业后从事过一段时期的高校古代文学教学工作，晋升为副教授；复又于 2002 年重回母校攻博，并于 2005 年获博士学位。悠悠六载，他都师从陈尚君教授，主攻唐宋文学方面。作为陈先生的第一位硕士生，他从业师身上感悟到以学术为生命的信念，驰骋于学术领域的能力和识力，以及那份刻苦认真、坚持不懈的努力，充分领会到为人为学之道。去年，以他的硕士论文为基础的《洪迈年谱》在上海古籍出版社出版，洋洋40万言，为学术界提供了一部内容详赡、编排合理、质量上乘的谱学之作；如今，这部由他博士论文修改而成的新著，又在中华书局印行。这两部有关宋代文学的著作，是他在复旦读研生活的切实而珍贵的成果。我曾参与过他的论文开题、预答辩、评审和答辩的过程，看到他在学术上的成长与成熟，确感高兴，并愿他不改初衷，坚守志业，继续精进不息。

2007 年 9 月 20 日于复旦大学

《宋金元词籍文献研究》^①序

宋代文学的研究较以往来说,已经进入了一个较为繁盛的时期,词学又是宋代文学研究中的重要领域之一,就目前的研究状况而言,新的领域,新的视角,新的方法,在不断地开拓着,也在不断地尝试中。

宋金元词籍文献的研究,前贤时彦已有人作过类似的工作,较早的有唐圭璋的《宋词版本考》,汇录了宋人二百多家词集,标注所据著录的书目或所见版本,不作详细考述,罗列排比,简明清晰。后有饶宗颐的《词集考》,录唐五代、两宋及辽金元人各类词集三百五十馀种,著录版本,叙述源流,论说异同,旁征博引,采摘繁富。除此外,还有吴熊和《唐宋词通论》和王兆鹏《词学史料学》等书中的部分章节也涉及了相关的内容,新近出版的还有蒋哲伦等编著的《唐宋词书录》,以上诸书的共同点均是重在对词集版本的著录,或考辨,或评介,或汇录。

宋金元人词集,除传本外,散佚甚多,有不少未能流传下来,这在宋金元人诗文集、笔记杂纂等中多有记录。子勉此书意在对宋金元人所编撰的词集类著作,作一较为全面的梳理,涉及宋金元词集在历代的刻印、传抄、典藏、校勘和接受等,并对其中与词学学术活动等相关的问题进行了分析。

本选题是在宏观上对宋金元人词籍文献及其相关问题的探讨,全书由四部分组成:其一、叙本源,这部分主要是对宋金元人著述中

---

① 邓子勉著《宋金元词籍文献研究》,上海古籍出版社 2008 年版。

提及的词集文献进行归纳,略作考述,包括词集丛编本、词集单行本、诗文集中附载有词的部分,以及词集选本、词话等等,凡是宋金元人诗文集、笔记杂纂、史籍方志等中提及的词集或相关的内容,均予以网罗,尤其是作家诗文别集本(即全集本)中附载有词的部分,今人较少给以关注,本书的有关章节均有较为详细地考述。本编以考述为主,广为搜辑相关资料,著录了不少未被后人注意到的词籍资料,为今人研究宋金元词籍文献提供了比较详实的数据。其二、论典藏,这部分主要是论述宋金元词集文献在明清以来的著录与传抄。文中分析了宋金元词集在明清的传抄、庋藏等情况,涉及到《永乐大典》的引录、明代书目中的著录、明清公私所藏等,重点介绍了明末清初毛氏汲古阁典藏词集的种类、数量、版本及其特色等。毛氏汲古阁所藏词集,为清以来所传词集的主要来源,现存的多数宋金元词集(含全集本)都可以从毛氏藏书中找到相关的传承关系,文中考述了汲古阁所藏宋元刻本、影宋抄本以及其他抄本的名目和数量,对考察宋金元词集在清代和近代传抄刊印的源流,具有一定的参考价值。同时还论证了清代及近代一些重要的私人藏书家,如钱曾、朱彝尊、丁丙等在词集收藏传抄等方面的特色和贡献,对清初皇宫内府所藏词集的情况也作了分析,所有这些,都是在充分地占有资料的前提下进行的论证,前此少有人谈及,也为今人研究宋金元词集在清代及近代传刻的数量和质量、特色与存佚等,提供了详实的数据。其三、说校勘,这部分主要是论述宋金元词集在明清及近代的编印与校勘等活动,首先是对现存明代编辑的三部词集丛编的情况进行解读,指出了现今研究中存在的一些误解,如对《百家词》、“紫芝漫抄本词集”原所收书种类的解说等,有助于释疑解惑。其次重点介绍和评述了明末清初毛晋与毛扆父子、清代中期黄丕烈与劳权等、近代王鹏运与朱孝臧等对词集的校读和汇刻,考述了其所藏所校的词集,论述其校勘校读的方法,分析了其中的得失所在。其四、谈学术,这部分是讨论与词集相关的一些学术问题,如宋金元人词集序跋文的存佚情况,和所反映出的两宋词学观的嬗变及其所具有的现实意义,以及对歌词创作及词集传抄刻印的影响。又如论两宋诗禁对词的创作和词集传刻的影响。此外,还就宋金元人词集在清及近代的接受与传播等,作了简要地分析,意在说明清及近代的词学思潮、词学流派、词学活动等在宋金元词集的传播和接受等方面所产生的互动性作用。文中还就藏书家论词的见解、历朝评批本词集等也作了介绍。

本书从纵横两方面对宋金元词籍文献的历史状况进行了论证与分析,其间在资料的挖掘、立论诸方面,不少地方发前人所未言,体现出了一定的开拓性。书中能充分地运用所搜集的材料,考辨与论述相结合,做到有的放矢,不作空洞的论说,以务实的态度和方法写作,为论文观点的成立提供了较为可靠的保证。文中在某些方面对前人的有关论述也进行了补充和说明,使之进一步完善。同时,还针对不同的问题,设置了一些表格,一目了然,有助于说明和论证文中的观点。起到了互证互释的作用,这也是值得称道的。

子勉于2003年考入复旦大学,随我攻读博士学位。这部著作是在他的博士论文的基础上修订而成的。他的论文,获得了参与评审答辩专家的较高评价。其突出点,就是一切以材料为出发点,坚持在占有较为充分详实资料的基础上,进行立论评说,这一方面得益于他对相关文献给予的较多关注与搜集,另一方面也得益于他早年在南京图书馆古籍部工作十馀年知识和经验的积累。在如今古代文学研究风气不太令人满意的情况下,子勉能以务实的学风,不从耳食之言,言必有据,这是难能可贵的。不久前,欣闻他所编辑的《宋金元词话全编》已由凤凰出版社付梓,全书一百四十馀万言。以他在词学研究方面用功之勤,相信在日后的学术生涯中,他会有新的成就的。

2008 年 8 月

《宋金元词话全编》^①序

　　词的创作，自两宋始大盛。因此对词的研究，也就成了后人研究宋代文学的一个热点。与诗文比较而言，宋元人撰写的词学专著是屈指可数的，今仅存有王灼的《碧鸡漫志》、张炎的《词源》、沈义父的《乐府指迷》、陆辅之的《词旨》，凡四种，字数在四五万之间。据文献记载，已知的还有杨绘的《时贤本事曲子集》、杨湜的《古今词话》、晁补之的《骫骳说》、朱弁的《续骫骳说》、赵威伯的《诗馀话》、鲖阳居士的《复雅歌词》、张侃的《词话》等，这些著作原书均佚。唐圭璋先生的《词话丛编》收录了十三家宋元人词学著作，除上述四家外，其馀的九家均为后人所辑录。民国以来，海内外辑录宋人词话的专著屡有出版问世，凡此不仅使后人减少了翻检之劳，也为学术的研究提供了便利。就其价值来说，略而言之有四点：

　　其一、在理论方面。宋元词学专著所存是寥寥无几的，但宋金元人论词的话语和文章却是可观的，把这些谈及词的文字辑录在一起，有助于较为全面地了解宋金元时期的词学思潮、词人活动等，掌握由北宋及金代到南宋以及元朝，词学观的发展、承继和演变的情况。

　　其二、在出版方面。宋元时期图书出版业发达，词集的刊印在南宋时呈现出旺盛的局面，已知的词集丛编有《百家词》、《典雅词》、《琴趣外编》、《六十家词》等，均曾刊印问世，现今留存下来的宋金元

①　邓子勉编《宋金元词话全编》，凤凰出版社 2008 年版。

时期刻印的词集是极少的,宋金元人论及词集的编印及其相关问题的文字,则有助于今人了解当时词集出版的情况,包括书商的运作及其编辑的规模、质量等。

其三、在典事方面。古人谈论诗词的话语中,涉及到作品的本事往往占多数,宋金元人词话也是如此,这为人们对词作的背景、词人的行迹、词语的用意等的解读提供了帮助。

其四、在校勘方面。宋金元时期刊印的词学著作留存至今者颇为罕见,而同一作家词集有两种或两种以上刻本的更是难寻;所见多为宋元以后,尤以明末至清及近代刊印的为大宗。而宋元人词话中记载了不少词作的异文,其中不少是作者的原文,在宋金元刊刻的词集稀缺的情况下,其校勘价值无疑显得更为重要了。

子勉早年在南京图书馆古籍部工作,他的硕士论文是论宋代词人朱敦儒的,因此在宋词方面给予了较多的关注。工作之馀,也从事着宋金元人词话资料的辑录和抄写,至今已有十馀年了。数年前,他到复旦大学深造,撰写的博士论文是《宋金元词籍文献研究》,与此同时,对这方面资料的搜集工作仍在继续。这是件苦差事,但也是非常有意义的。所编《宋金元词话全编》今书稿已成,全书共录宋金元人词话五百八十馀家,凡四千二百馀则,总字数超过了一百万。这是辑录宋金元人词话资料较为全面、较为丰富的一部书,并且注明出处、标示版本,其便于宋金元词学的研究,这是不言而喻的。如今此书即将付梓,予乐观其成,是为序。

2008 年 4 月 20 日

《宋词研究》^①序

村上哲见教授是当代日本词学研究界最重要的学者。20 世纪 70 年代，他的《宋词研究——唐五代北宋篇》(1976 年)刚问世，立即得到学术界热烈的反响。这是日本第一部正式的词学研究专著，凝聚着作者多年辛勤探讨的研究成果，以其见解精当、论证严谨、取资丰赡，对日本继起的词学研究发挥着引领的作用。不仅在学术理念和研究方法上提供了一个样本，而且促成了日本词学研究队伍的形成与发展。

对当时中国词学界而言，村上先生的这部力作还具有特殊的意义。其时，我国刚刚经历过历史的曲折，迎来了学术发展的新时期。我们渴求开拓和创新，追回被浪费的十年光阴，以期再创学术的辉煌，"他山之石，可以攻玉"，成了自然而然的内在呼声。村上先生此书的中译本适时地出版面世，以其新命题、新观点、新视角、新方法，吸引了中国广大词学研究者，几乎达到人手一册的程度。

我个人对词学涉猎不广，用功不深，但在初步研读村上先生此书后，就强烈地感受到他在缜密考辨过程中蕴含着几个重要的学术观念，具有全局性的指导意义。

第一，诗词贯通观念。村上先生在此书的《自序》和《绪言》中反复强调，"词"作为以抒情为主的韵文样式，同"诗""在根柢上有相通

---

① ［日］村上哲见著《宋词研究》，杨铁婴、金育理、邵毅平译，上海古籍出版社 2012 年版。

之处,在现象上也有多种多样的交错",因此,对那种"把诗与词当作彼此分立的文学样式的传统认识而缺乏综合地理解它们的观点","我感到不满"。他把诗词贯通的观念作为他"研究工作出发点上的基本想法"。词在发生阶段乃是配合曲谱演唱的歌词,然而,随着文人词的演进和与音乐的日益疏离,词成为一种以抒情为主的长短句格律诗,因而应该从诗词审美的统一性上去研究。他论证唐五代词向宋词转变的标志,是从"超乎一切的具象性",即抽象的忧愁和悲伤等等情感本身,转而为抒写"日常生活体验的题材及其中的感怀"。他论苏轼词的特点之一,是超越以前词人所沉溺的感伤,而以"一种悠然静观的姿态或者一种仿佛人生达观的态度构成了它的基调",这些观点都与吉川幸次郎先生在其名著《宋诗概说》中论述宋诗"日常性"、"悲哀的扬弃"、"平静的获得"诸特征一脉相承,都表示出在同一文学审美趋向影响下词与诗的接近。但是,词与诗的同向运动,并不是简单的重合和同化,而是一种矛盾冲突的过程。村上先生在论述苏轼"以诗为词"时说:"词为了同诗诀别而成为独立的样式,曾不得不尖锐地提出将其异于诗的独立性加以纯粹化问题。但是到了北宋中期,词作为与诗不相同的文学样式,已经在人们的认识中赢得了地位,因此词朝着重新接近诗的方向扩大其领域也成为可能的了。最极端地,并且以优美的形式实现这一点的,可以说是东坡吧。"就是说,"以诗为词"是以词"别是一家"为前提的,这两个看似对立的词学概念原来是可以统一的。词的正变问题或本色、非本色问题是历史上长期聚讼的一桩公案,村上先生在诗词综合贯通的观念指导下所提出的新思考,为解决这一公案似已开辟了新的途径。

第二,历史发展观念。村上先生评论词家,绝不把他视作孤立的封闭的存在,而是紧密联系整部词史的发展来确定其历史地位和个人特点的。在北宋词坛上,他突出张先、柳永、苏轼、周邦彦四家,就是颇具史识的选择。他认为,"由唐五代词向宋词的实质上的演变是在北宋第四代仁宗朝(1022—1063)",其时词人"以晏、欧、张、柳为著名,但从转变来说,以张、柳更值得注目"。张先在中国词学界历来并不引起特别重视,村上先生的论析发前人所未发,令人耳目一新。他说,张先虽然算不上第一流的词人,但他的词"常常以官僚文人的日常生活为背景,以其生活体验中的感怀为主题,所以总的来说,是以较为平淡的意味为主",以此突破了唐五代词的"超乎一切的具象性,而企图写出忧愁、悲伤等情感本身,就是说是纯粹的情感世界",张先正是一位由唐五代词向宋词发展过程中的转捩性词人,因而是"应该和柳耆卿一起给予极大重视的作家"。他把苏轼词分为四个时期:习作期、独立期、成熟期、馀响期,前两期也是以接受或超越张先的影响为标准的;他指出,熙宁时苏轼任杭州通判,"已经形成了以张子野为中心的爱好词的文人社交界",这个观察也颇新颖独到。

村上先生不仅从词史的演变来确定词人的地位和特点,而且又从词人的地位和特点,来论断北宋词坛的发展脉络。两者交互辉映,相辅相成,形成一个颇为严整、循环互释的论证结构。词是抒情艺术,村上先生认为,唐五代小令是"纯粹抒情",单刀直入,具有单纯的朴素性;柳永在专注抒情这点上是继承,而导入慢词以及绵密的叙述和描写这两点上却是发展;张先和苏轼则是"具象化的抒情",即与日常生活相融合,导入具象性;到了周邦彦,在非具象性上,回到了"纯粹抒情",是对唐五代词的"回归","但已经不是在同一层次上的回归了",因为周邦彦"按照严格的格律和采用卓越的修辞,但却绝不直抒其'情',反将其深深包藏起来的这种表现风格出现了("才欲说破,便自咽住")。这样,洋溢着无限而莫测其幽深的感情的世界便出现了("浑厚")。对北宋词坛的这种宏观把握在中国词学研究中还是比较少见的,很有启发性。

历史发展的观念和诗词贯通的观念,是作者治学所秉持的学术理念,但同时也可视作研究方法。两种方法交互融汇,有助于另辟蹊径,且更具说服力。关于"词"的起源问题,是词学中的老大难问题之一,异说蜂起,莫衷一是。村上先生此书,从"词"的字义和其内容的历史演变这两个方面结合起来考察,细致地梳理出"词"从文辞、歌辞到韵文的一体的嬗化过程,阐明了大致在北宋中叶左右,"词"作为一种独立的文学样式的认识已经成立,并已被固定地称为"词"了。他还用比较方法从文学形态、社会政治等方面论述词与诗的关系及其差异,从韵文之一体即文学样式的视角对词的发生学问题作出另一种解读,是富有学术意义的。

第三,雅俗价值观念。村上先生有《雅俗考》一文(见《中国人的人性之探究》,日本创文社,1983 年),详细论证了"雅"、"俗"这两个概念的历史演化。它们的最初含义,"雅"指一种鸟,"俗"指风俗习惯;但在魏晋六朝时代,却成为品评人物的整个人格乃至一切精神产物的尺度;到了宋代,"雅俗"作为评价人格及文学艺术方面的标准,更为纯正化和尖锐化,成为成熟的价值观念。他又在《六朝唐宋的文学艺术论的综合研究》一文中(中译文见《国外社会科学》1985 年第 9期)提出,对于"雅俗"这一对文学评价的重要标准,今后一方面要继续进行理论探讨,另一方面,要"用上述新的观点对各种体裁、各位作者、各部作品等等的个别研究,重新进行认识"。他的词学研究正是部分地实践了对这种"新的观点"的运用,这在本书论柳永时更为突出。他指出,柳词中同时存在"雅"、"俗"两类作品,首先跟他作品的内容、主题有关,即其两大中心主题:艳情属于"俗词",羁旅行役属于"雅词"。其次跟他的经历有关:羁旅实质上是宦游,柳氏 48 岁中举入仕,因而"雅词"大都是晚年所作。这就清理出柳词意境的扩展同他一生生活、思想变化的对应性轨迹。文中又分析了宋代科举制度的发展与文人"雅"的观念的成熟,分析了柳氏的艳情词乃是词人要迎合庶民的崇拜心理的结果,而他的羁旅词则体现了文人尚"雅"的价值观和审美观。

以上是我当年初读《宋词研究——唐五代北宋篇》时的粗浅心得。有了这份心得,我自然迫切地等待此书后续《南宋篇》的出版,还当面向村上先生提议,一俟续篇完稿,希能在中国出版一部全译本,以嘉惠学界。十年一剑,反复打磨,终于在 2006 年我收到村上先生寄来的《宋词研究——南宋篇》,快何如之!

《南宋篇》与《唐五代北宋篇》一样,仍然采取词学专题阐释和代表词人分析相结合、纵向词史脉络梳理和横向个案剖析相交融的论述结构,保证了全书的完整性,堪称合璧。《南宋篇》首设"综论",论述南宋词与北宋词的因革异同,又提出"士大夫词"与"文人词"的不同概念来统领全书,立意深远,可与《唐五代北宋篇》的"绪言"、"序说"的作用、地位相当;继而详论辛弃疾、姜夔、吴文英、周密四家,亦可与以前论北宋词之张先、柳永、苏轼、周邦彦四家相比肩;最后均设附论,分别收录村上先生有关两宋词学的考证性专论,篇篇都有独立见解。

《南宋篇》的胜义甚多,在日本出版不久,便由早稻田大学的内山精也教授写了书评,对其学术价值有精当的概括,我们也译出来作为本书的附录,读者可以参看,这里不再多说。只是相隔多年,我再次捧读村上先生的新著,确实感触良多:时间相距或颇悠悠,精力或有稍减,但新书、旧著浑然一体,结构框架紧密照应,词学思想和方法也前后承接(如论吴文英,即从"周邦彦后继者"的角度立论),而其治学精神和学术理念更是一以贯之!村上先生不愧为当今日本词学研究的第一人,2009 年他获得日本学士院荣誉奖的殊荣,可谓实至名归。

我和村上先生相交近三十春秋,"平生风义兼师友",回首往事,总时时感念他对我亦师亦友的关怀和照拂。我们多次在上海、上饶、台北的学术会议上共同参与研讨,他还陪同我去天理图书馆阅览尊为"国宝"的宋版《欧阳文忠公集》《刘梦得文集》,在大阪市立美术馆观摩苏轼手书李白诗真迹,去京都大学拜访苏学前辈仓田淳之助先生。我第二次访问东京时,他专程从仙台赶来参加我的学术报告会和谈话会。尤其是他毫无保留地馈赠日藏珍稀词籍资料,融洽无间地与我商榷学问,这在本书中也留下了文字痕迹。凡此种种,指不胜屈,隆情厚意,令我难忘。岁月不居,如今均已垂垂老矣,趁这次他的名著全译本在中国出版的机会,送上我真诚的祝福。

《宋词审美浅说》^①序

　　架设词学和美学之间的通梁，正是多年来词学研究和鉴赏的必然发展。这种必然性的要求，既根植于词的本体特征，又与词学评赏的传统和现状息息相关。词家千馀、词作二万的宋词是中国文学中的一丛奇葩，在以抒情为主的我国诗歌史中，宋词是一种更典型、更纯粹的抒情诗。说怪不怪，从小接受儒家伦理道德教育的宋代知识分子，其生命价值追求本来自然地指向治国功业的建树、自我修养的完善，然而在被视为"小道"、"艳科"的词中，却开拓出他们内在情感世界的另一番表现天地，特别是男欢女爱、伤时惜别的恋情词，追求世俗的欲望，宣泄隐秘的苦闷，成为他们最心爱的题材。文人词发展之初，原是配合音乐、供妙龄歌女演唱的歌词，目的是"娱宾遣兴"，这就导致其题材的窄深，情调的感伤，风格的柔婉，所谓"诗庄词媚，其体元别"（李东琪语），建构成词体的本质特征。正是词的这一本质特征，呼唤着人们的审美关注。

　　基于对文学功能"载道"、"言志"、"缘情"等不同认识，我国古代文学理论批评表现出分别向文学社会学、文学伦理学、文学审美学等的不同偏重。而在传统的词学评赏中，从李清照的"词别是一家"说到王国维的"境界"说，都着力于对词体的审美品味和审美把握。其间虽有"本色"和"非本色"、"正"和"变"的争论，围绕着宋词发展中的革新传统词风的趋向（富有社会性的苏辛词派）而展开，但大都并未

---

① 黎小瑶著《宋词审美浅说》，中山大学出版社 1992 年版。

离开美学的范围,而包涵着审美的理性沉思。固然又有以微言大义的"寄托"说来评词的社会学批评方法,但不占主导,也未得到普遍认同。抓住审美,有利于词体本质的揭示和研究的深入,这应该说是一个优良的传统。然而自五十年代以后的一段时间内,情况有所变化,"人民性"、"现实性"、"政治性"等批评概念大量引进词学领域,虽也表现出研究者们对新理论、新方法的学习和探索,但总不免有隔靴搔痒、未能深中肯綮之感。当然,文学的功能和性质是多元的,研究和批评的方法也应是多元的,我们可以而且应该从不同角度、方法去探讨,以期从不同方面逼近对象的真相;但是,就词体的本质特征而言,从美学的角度切入,似是最佳的选择。事实上,近年来的词学界已经出现了这一可喜的势头。

因此,我读到黎小瑶同志的《宋词审美浅说》时,就感到由衷的欣喜。学科之间的融合交叉已成为当今学术发展的大势,但本书不是对它的时髦呼应,而是认真吸取传统词学研究的有益成果,并借鉴了五十年代以还一段时间内词学研究的教训,斟酌中外,损益古今,努力在一个新的基点上,重新恢复对词体本质特征的审美观照。这个立意和视角是首先值得称道的。

其次,本书为我们提供了一个新颖而又切实的框架设计,便于更全面地展示出宋词的面貌。本书或许可以概括为三个层面:一是宋词的总体审美特征。作者分别从基调、题材、风格、境界、音律五方面提出感伤美、恋情美、柔婉美、细腻美、音乐美,来表述宋词的主要美学特点。二是宋词风格美的丰富性,细致地列举十大风格并作了较深入的阐述。前一部分是对宋词整体特点的宏观扫描,这一部分则着力于风格的辨异品殊。两者结合,体现了总体性和多样性的统一。三是从词论中拈出几种主要的审美观点加以重点评估。前人对于宋词的审美经验和理性思考,正可作为上述两个层面的参照物。由此可见,全书结构颇具逻辑体系,几乎涵盖了宋词研究领域的重要课题,在某种程度上起了"宋词概论"的作用。

　　注意论述的明晰度,也是本书的一个优点。审美经验是人人在日常生活中所具有的,但这种赏心悦目的审美愉快,却常被那种艰涩玄奥的煌煌"美学"论著弄得兴味索然。当然,美学号称难治,不能笼统地要求明白如话的文风;然而本书致力于表述的清晰准确,描述的条理井然,注意论证和实例的结合,艺术鉴赏和理论分析的互融,是一部颇具可读性的著作,我想一定会获得一般初学者的欢迎的。

　　小瑶同志于1989年、1992年两次负笈北上,游学复旦,我和他始得结识。他的好学深思、孜孜不倦,使我庆幸又有一位辛勤耕耘的同道。本书开始属稿于复旦,愿他以此为起点,精进不息,获得更大更多的成绩。

1992年3月于复旦大学

《中国古代诗歌鉴赏学》①序

记得在 1983 年上海辞书出版社刚刚推出《唐诗鉴赏辞典》时,心里不禁引起疑惑:辞典是供人们查阅检索的知识性的工具书,这些文学赏析文章的合编,能称为"辞典"么? 或许用"鉴赏集成"、"赏析大全"之类的书名更为名实相符。然而,随后迅速掀起的一股"鉴赏热",波及了整个出版界,林林总总的各类鉴赏辞典纷纷出现在书店、书摊之上,其印数之大至今似乎还缺少确切的数据,实为人们始料所未及。尽管不免重复雷同、良莠丛杂,却说明了一个不争的事实:即使在经济大潮下,中国古典诗歌的艺术魅力是永存的,人们的文学审美追求是不会停步的。这股"鉴赏辞典热"目前似已降温,这倒是很自然的,凡热得快者往往也冷得快,"时尚"的特点即在于此。然而,如何对这一鉴赏热潮进行反思和总结,如何全面、系统、深入地探究诗歌鉴赏的一些规律和特点,如何进一步提高人们的鉴赏能力和水平,却是文学研究和教学工作中的一个严肃课题。这需要自甘寂寞、潜心钻研。因此,当 1993 年刘焕阳同志作为访问学者来复旦大学游学时,他提出以《中国古代诗歌鉴赏学》作为研究项目,我觉得十分及时又是很有意义的。

稍有文化知识的读者都有诗歌鉴赏的经历和体验,鉴赏活动是人们精神生活中的有机组成部分。不过,真正要从理论上评说起鉴赏来,却又难乎其难。之所以困难,不因为别的,就在于鉴赏特性的

---

① 刘焕阳著《中国古代诗歌鉴赏学》,中国文学出版社 1996 年版。

本身。

　　鉴赏是文学接受者的一种审美判断和选择，它决定于接受者的价值取向和审美期待，因而具有强烈的主观性、随机性和变易性。文学作品一旦从作家手中脱稿而进入传播过程，实际上是读者的艺术再创作的过程，是作家创作活动的延伸、变异乃至趋向完成。鉴赏者的审美认知理应与作者在相类层面上达到契合，但由于鉴赏的主观性的特点，却往往并不一致，甚或抵牾，表现出审美的多样性。刘勰在《文心雕龙》中，特立"知音"篇，他就指出"篇章杂沓，质文交加，知多偏好，人莫圆该"，人们在千姿百态的文学作品面前，总要表现出不同好尚，于是"慷慨者逆声而击节，酝藉者见密而高蹈，浮慧者观绮而跃心，爱奇者闻诡而惊听"，个人的"偏好"导致不同方向的审美观照和选择，"会己则嗟讽，异我则沮弃"，各取所需，在鉴赏领域中有它一定的合理性。形成个人"偏好"的原因是异常复杂的。曹丕曾揭示过文学批评中"文人相轻"的现象，清代的尚熔在《书〈典论·论文〉后》中曾解释过造成这一"自古而然"现象的四种原因："一由相尚殊，一由相习久，一由相越远，一由相形切。"还各举一事以示例："相尚殊则王彝谓杨维桢为文妖，相习久则杜审言谓文压宋之问，相越远则元稹谓张祜玷风教，相形切则杨畏谓苏辙不知文体。"杨维桢的诗歌被宋濂赞为"震荡陵厉，鬼设神施"（《明史》本传），而王彝视为"文妖"，褒贬不同乃因所持价值标准的歧异；杜审言临终时，宋之问去探视，杜云："然吾在，久压公等，今且死，固大慰，但恨不见替人。"（《新唐书》本传）尚熔认为这则传说反映出杜、宋之间平日关系的熟稔，故有此坦率自负之语；令狐楚向朝廷推荐张祜的诗歌，以谋官职，身居要职的元稹却斥为"雕虫小巧"，若予奖饰，"恐变陛下风教"，由此张祜"寂寞而归"（《唐摭言》卷一一），元稹的排斥张诗，原由在于元、张两人地位的悬殊、身份的贵贱；而杨畏，这位起初依附苏辙而后反目的宋人，他之指责苏辙"不知文体"，乃是显示一种切责严苛的批评态度。尚熔所论是指文学批评而言,我认为也可移来说明鉴赏领域中的纷繁现象,鉴赏原是文学批评的基础和前提,但其原因却远不止他所说的四种。

艺术鉴赏活动中的这种"准的无依"的情况,还表现在它的随机变化上。人们的鉴赏不仅受到时代、民族、环境的变化而变化,甚至还受到个人遭际、年龄、心绪等的影响,今天认为美的作品,过些时候有可能被认为不美。年轻时不爱读的诗,恰恰成为迟暮之年的心爱读物。对于同一洞庭湖,有的"感极而悲",有的"其喜洋洋","览物之情,得无异乎!"凡此等等,都是鉴赏活动中司空见惯的现象。

审美主体的尺度捉摸不定,变动不居,而审美对象的中国古代诗歌,又特别富有解读不尽的丰富性和模糊性,这两者相碰撞,更使诗歌鉴赏活动犹如一条无尽的曲线,永无终结,永无穷尽之境了。

上面这些话意在说明从理论上研究鉴赏学的困难,但决不是取消这种研究,恰好相反,正是强调这种研究的重要性,强调其研究方法必须符合鉴赏活动这种"准的无依"的特性,而切忌板滞、率直和生硬,需要点灵气和悟性。鉴赏是一种艺术创造,但同时也能够成为一门科学。人们在把作品视为一个生气盎然的生命体,而用自己的全部感情去体验的同时,也迫切需要理性的指导,需要提供比较丰富的文学知识,介绍并总结前人富有成效的审美经验和诗歌评析见解,以便不断提高自己的鉴赏能力。焕阳同志的这部著作正是朝着这个方向和目的努力的。

本书采用逐级递进、相互关联的多层面组合形式,即以节奏层、语义建构层、体式层、意境层、风格层五个层面来表述自己关于诗歌鉴赏学的学术体系,这是作者经过反复思考和独立探索的结果。全书纲举目张,条块结合,就其严整性和新颖感而言,在目前同类著作中足可自占一席之地。如从节奏入手来谈诗歌鉴赏,就能抓住要害,颇见识力。

实践性又是本书的另一特色。作者治学,努力于宏观把握而又不废对材料的细致搜讨、别择和爬梳。全书从资料出发,不作泛泛空论,几达无证不信之境。且文心绵密精细,不少地方考较疑似,剖析毫芒,甚见工力。尤其是书中的理论阐述处处结合着大量的作品实例,既贡献作者的理论见解,又与读者交流鉴赏具体作品的一份心得体会,使两者得到较好的协调互阐。

焕阳同志是一位埋头苦干的年轻学人,他的辛勤劳作换来的厚重和朴实,一定会获得读者的首肯和认同,我想是可以预期的。

1995 年 10 月 2 日,复旦大学

卷六　序跋集萃(下)

《宋代散文选注》①前言

　　宋朝散文标志着我国古代散文史上一个重要的发展阶段。三百多年间出现了人数众多的散文作家,在"唐宋古文八大家"中,宋朝人就占了六位(欧阳修、苏洵、苏轼、苏辙、曾巩、王安石)。从《宋文鉴》(宋吕祖谦辑)、《南宋文范》(清庄仲方辑)等总集来看,作品的数量十分惊人,是一笔丰富的文化遗产。

　　宋朝初年,文坛上承袭了晚唐、五代浮艳柔弱的文风,一味追求词藻的典丽和声律的谐美,内容浅薄空泛。这在当时就引起了一些知识分子的不满和反对。到宋仁宗赵祯(1023—1063 在位)时,欧阳修开始主持文坛,和他的革新政治的主张相适应、相联系,发起和领导了古文革新运动。这是唐朝韩愈和柳宗元所倡导的古文运动的继续和发展。欧阳修团结并且培养了大批的古文作者(苏洵父子、曾巩、王安石等),理论和写作齐头并进,又校补韩愈的文集作为典范,运用自己的政治影响,经过三十多年的努力,终于奠定了一代文风。

　　散文的特点是题材广泛,笔法自由,因此对两宋三百年间的文章,要在思想内容上作一个科学的概括,是很困难的。本书选文五十

---

① 王水照选注《宋代散文选注》,中华书局上海编辑所 1963 年初版、上海古籍出版社 1978 年修订版。

八篇,就已经有政论、史论、奏议、书序传记、杂说、记、赋、随笔、书简、日记题跋等各种样式,其中或论国家大事、历史教训,或叙山川风貌、社会习俗,或是个人的抒情述志,内容很广。但我们可以看出,宋朝的散文和当时现实政治的联系是特别密切的,它是直接参与政治、影响政治的有力手段。北宋的不少名作如《朋党论》、《本朝百年无事札子》、《答司马谏议书》乃至范仲淹的《岳阳楼记》等,都与北宋先后两次著名的变法运动有关;南宋的优秀散文大都根植于苦难而动荡的时代土壤,表现了抗击金、元贵族统治者的侵扰和恢复中原的民族意志,反映了当时人民普遍高涨的爱国主义精神。这是两宋散文的一个可贵的思想特色。

宋朝散文的作者大都是封建知识分子,在他们的文章中存在不少封建地主阶级的落后、反动思想。例如对于愚忠观念的宣传,对于封建道德的说教,对于天命论、迷信思想的鼓吹,对于少数民族不加阶级区别、笼统采取的敌视态度,以及他们在政治上不得志时所表现的自命清高、消极颓废的地主阶级人生观等,都是封建性的糟粕。我们在下面的文章"说明"中,选择有代表性的论点,分别作了一些分析批判。

宋朝散文风格的特点,大体说来是:平易自然,流畅婉转。这比唐文更宜于说理、叙事和抒情,更能适应政治斗争和社会生活各方面的实际需要,因而成为后世散文家学习的一种法式。从布局谋篇上来说,大抵唐文重于纵横开合,波澜起伏,在转接之间又不可测识;宋文贵在曲折舒缓,不露锋芒,洋洋洒洒而少突兀奇峰。在语言上,唐朝古文家大都致力于锤炼的工夫,选择或熔铸色泽强烈的尖新词语;而宋朝的散文语言以明白如话见长,还善于发挥虚字的作用。我们读唐、宋文时往往会得到这种不同的印象。

宋朝的散文,继承了唐朝散文的优良传统而加以发展。它加强了议论性和抒情性,丰富了表现技巧和手法,在散文样式上也作了新的开拓和改革。但他们的议论和抒情,除了存在思想糟粕以外,有时还显得空泛和矫揉造作,平易婉转的风格又往往流于冗长、粗率,这在评价它的整个成就时也是需要提到的。

有些选文的个别文字,在各种版本里略有出入,这里择善而从,没有一一注明。

本书曾于1963年由原中华书局上海编辑所出版。这次重版时,又在选目、作者介绍、说明、解释等方面作了一些修订。但书中一定还有疏漏和错误的地方,衷心地希望得到读者的批评和指正。

《宋代文学通论》^①后记

　　作为中国古代文学研究的一个分支,宋代文学研究近年来取得了不少成绩和进展,但从总体水平来看,似乎仍显薄弱。与邻近的唐代文学研究相比,所得成果较少,投入人力不多,研究力量颇弱;与宋史研究比,专题的开拓、理论的探讨乃至基础文献的整理等方面,也难望其项背。从宋代文学自身的研究格局而言,也有一些不平衡或学术空白之处,如时代上的重北宋轻南宋,文体上的重词轻诗、文,课题上的重大作家、轻中小作家,以及对文学现象、文学事实的研究上也存在一些不足和空缺。这种情况,对宋代文学研究者是一种巨大的鞭策。

　　改变这种不尽如人意的办法之一,是调整研究观念,更新视角,开拓思路,以期有新的突破。我们的写作即是就此做些力所能及的努力。本书以专题的方式组织整体框架,用以较为全面系统地论述宋代文学的概貌、特点、发展进程、历史地位和影响。这一条块明晰、各部分相对独立而又互为参证的有序结构,或可在现有通常流行的"以时代为序、以作家为中心"的教科书体例之外,更便于集中探讨一些文学现象的底蕴,便于从理论上总结某些规律性的问题,也便于表达我们学习宋代文学的一些基本认识和体会。探讨文学史的发展结构和历史脉络,是一个头绪繁多、包涵庞杂的任务。任何一部文学史,即便是最理想的文学史,都不可能代替文学史的全部研究工作,

---

① 王水照主编《宋代文学通论》,河南大学出版社 1997 年版。

这就决定了文学史的编写体制和方式必然是多种多样的，各种编写方法总是各有长处和优点，也都不可避免地各有其局限和盲点（如分体合编、上论下史以及最流行的以时代为序的编写体例等），我们需要各种体例的文学史，以收互补交参、相得益彰之效。本书还不是一部宋代文学的断代史，但也希望能在用各种方式编写文学史方面积累一些经验。

我们的写作集体是个师生结合体。除我本人外，参加者都是复旦大学中文系的研究生，从我攻读唐宋文学的博士或硕士学位。虽然全书的宗旨要求、设计构思是我拟定的，并由我通稿、定稿，但本书也是教学相长的产物。这一两年来，他们每每来到我的堆放杂乱、色调沉重的书房，倾心畅谈，切磋琢磨，似乎忘掉外面商业浪潮的烦躁，重新体验一下读书人作为学术文化传承者的社会角色，总觉得有无穷的乐趣。愿此书的出版，当作这段共同笔耕读写生活的温馨纪念。

时至今日，同学们有的已毕业离校，有的仍在继续攻读，但我们的研究工作还远未结束，毋庸说正刚刚开始——这个"开始"，对于已逾花甲之年的我来说，为时已晚，因而寄予年轻学人的期望，其殷切是不用言说的了。

1995 年 6 月于复旦大学

《宋诗一百首》^①前言

宋代继唐代之后出现了又一个诗歌高潮。虽然《全宋诗》（北京大学古文献研究所编）正在编纂，还未全部刊印问世，但其总量将超出《全唐诗》好几倍则是无疑的。宋代诗人大都一生勤奋写作，作品众多，如现存苏轼诗 2 700 多首，杨万里 4 000 多首，陆游近万首，远比唐代李白、杜甫为多（李诗近千首，杜诗 1 400 多首），充分说明宋诗繁荣的盛况，是一宗不可忽视的文化遗产。

然而，宋诗的价值并不仅仅在于它的量多，更重要的在于质新。作为一代诗歌，宋诗在继承唐诗的基础上，发生了显著的新变，形成了自己的特点，也就是说，宋人学唐，更能变唐。清人袁枚《答沈大宗伯论诗书》云："唐人学汉魏，变汉魏；宋学唐，变唐。其变也，非有心于变也，乃不得不变也；使不变，则不足以为唐，不足以为宋也。"唐宋诗人面对自己的前代诗歌传统，都采取了既继承又创新的创作态度，但宋人的创新条件更困难，创新意识更自觉，创新的程度更巨大。"宋人生唐后，开辟真难为"（蒋士铨《辩诗》）。可以说，在中国诗歌史上，唐诗（特别是盛唐诗）代表了一种高度成熟的典范，宋诗则代表了另一种转型新变的典型，形成了两大艺术系统。南宋以来，诗歌批评史上发生过尊唐或崇宋的长期论争，这也在客观上承认宋诗在唐诗高峰之后已自立门户，具有某种示范性，足与唐诗比肩抗衡。后世的诗歌作品在总体上确也未能超出唐诗或宋诗的艺术境界的范围。

---

① 王水照、朱刚编注《宋诗一百首》，上海古籍出版社 1997 年版。

宋诗的新变跟宋代文人的心态和诗歌观念的变化息息相关。比之盛唐诗人的胸怀济世大志、英气勃勃、奋发向上来，宋代文人则更多地趋于内省沉思，力求探索天道、人道和天人关系之道的奥秘。同时，在诗歌观念上，宋代文人把诗歌当做自己生活天地里一种时时"不可无诗"的精神必需品，没有诗，几乎取消了文化生活的一切。因此，诗歌题材日趋日常生活化，诗歌与文人的生命、人格更紧密地融为一体。

宋代文人自然不缺乏对政治、社会的关怀，在反映民生疾苦、揭露社会黑暗和反映上层政治斗争方面都有所扩展，但高昂激越的"盛唐之音"毕竟已成为过去，贯穿在这些政治、社会诗中的，是一种对治国方略的谋划和政治哲学的思考。在抒发民族斗争中的爱国忧国的情绪上，宋诗虽比唐诗显得炽热和深切，但终究也是忧苦多于愤怒，悲慨多于壮歌，体现出对时代苦难、民族危亡的一种反复探寻、思索的理性精神。这种文人心态是由时代条件决定的。宋朝比之以往几个统一王朝来，是中央集权最为集中的朝代。这一方面对巩固宋朝统一、安定社会秩序、发展经济和抵御少数民族统治者的侵扰，起了一定的积极作用；另一方面，军权集中带来了宋朝军队训练不良、战斗力削弱，政权集中带来了官僚机构庞大臃肿、腐败无能，财权集中又刺激了上层官僚社会的穷奢极欲、挥霍享乐。所以开国不过三十多年，宋太宗时就爆发了王小波、李顺的农民起义，人数达数十万。正是在积贫积弱局势逐渐形成、社会危机急剧发展的情况下，有些改革家就出来倡导"变法"，提出种种方案、法令、措施，以期改革弊政，形成了变法运动。王安石就是杰出的代表。北宋的诗文革新运动，诗歌中出现的反映民生疾苦、社会黑暗和上层官僚集团政治斗争的倾向，都跟这种政治社会情势有关，跟变法运动在精神上也是一致的，如梅尧臣《汝坟贫女》、《田家语》，欧阳修《食糟民》、《边户》，王安石《兼并》、《省兵》，苏轼《荔支叹》等一批作品。但是，如同变法运动归根结蒂只是上层官僚集团的"自救"运动、缺乏远大的政治前途一样,在宋诗中也就缺乏像唐诗那样积极高昂的政治进取精神。这是一。其次,宋朝从开国之初直到灭亡,一直处于少数民族统治者的不断侵扰和威胁之中,是中国历史上统一朝代中最缺乏抵御力量的软弱王朝。宋王朝对他们(辽、西夏、金、元)一再割地求和、输币纳绢、称臣称侄。但是,上层官僚集团中的一部分爱国将领和官员,尤其是广大汉族人民群众,是不能忍受这种受侮辱、被奴役的处境的,他们表现了可歌可泣的斗争精神,因而,宋代诗歌中所反映的爱国思想也就越来越显得突出。宋初路振《伐棘篇》对国耻国难的慨叹,苏舜钦《庆州败》对败于西夏而感到"羞辱中国堪伤悲",苏轼《祭常山回小猎》、《和子由苦寒见寄》等所表达的"与虏试周旋"的决心,都是例证。而在北宋灭亡以后,爱国思想更成了南宋诗歌的基调。伟大诗人陆游正是在南郑戎马生活中找到了创作生命,为苦难的祖国歌唱了一生。在南宋灭亡前后,文天祥、谢翱、林景熙、郑思肖、汪元量等人的爱国诗篇,为宋代诗歌增添了最后的光彩。这些都是唐诗中所少见的。唐代的边塞诗,大都充满慷慨从戎的豪情、凛然勇往的气概;宋代的爱国诗篇,总抹不掉对民族灾难的深深咀嚼和低徊咏叹,这又是唐宋诗的另一个相异点了。

对于宋代的政治社会诗,我们自然应有充分的评估,但是,占宋诗绝大部分的,却是描写宋代文人日常生活场景、抒发普通而又深挚的心灵意绪的诗篇。自然山水、时令节候、人文景观、人际交往乃至书画、文房四宝、琴剑、音乐、器用、灯烛、肴馔、茶酒、药物,无不一一入诗,殆已囊括文人生活的全部。就诗歌的社会功能而言,宋诗比之唐诗,无疑有了突破性的拓展。其中尤可注意的,一是雅化倾向。宋人善于从普通平凡生活中挖掘诗意和美感,化纤芥毫末琐事为充满情韵、耐人玩索的审美对象。如宋代的茶诗和酒诗中蕴涵着多少人生况味和情趣,苏轼的一首《汲江煎茶》引起杨万里"有无穷之味"的激赏,苏轼这位并不善饮、"我饮不尽器,半酣味尤长"的大诗人,又写下了许多像《月夜与客饮杏花下》等表现心灵安适旷达的醉诗,给予读者无穷的遐想。当然,也毋庸讳言,像梅尧臣的《扪虱得蚤》《八月九日晨兴如厕有鸦啄蛆》之类,混淆了生活丑和艺术美的界限,不免堕入"恶趣",这是宋人变更诗风过程中所付出的代价。二是突破"诗缘情"的传统戒律,而把抒情与说理、写景、叙事结合起来,使情、理、景、事四大文学内容要素得到更高层次的组合。宋人一方面主张"尊体",如"荆公(王安石)评文章,常先体制而后文之工拙"(黄庭坚《书王元之〈竹楼记〉后》),"论诗当以文体为先,警策为后"(张戒《岁寒堂诗话》),要求遵守各类文体的艺术规范、形制要求,维护其本色当行;但同时又不断进行"破体"的种种试验,诸如以文为诗、以赋为诗、以古入律、以律入古等,这对于深入发掘诗歌的表现潜能、丰富诗歌的艺术技巧,也是有促进作用的。当然也有"破体"过"度"的负面影响。

从审美旨趣和艺术风格来看,宋诗主要向思理、显露和精细方面发展。南宋严羽《沧浪诗话·诗评》说:"诗有词、理、意兴","本朝人尚理而病于意兴,唐人尚意兴而理在其中。"明杨慎《升庵诗话》卷四说:"唐人诗主情,去三百篇近;宋人诗主理,去三百篇却远矣。"今人钱锺书先生《谈艺录》说:"唐诗多以丰神情韵擅长,宋诗多以筋骨思理见胜。"他们所持的褒贬态度不同,但都共同认为"理"、"思理"为宋诗特点。重情韵者往往含蓄,重思理者则较显露。清沈德潜《清诗别裁集·凡例》说:"唐诗蕴蓄,宋诗发露,蕴蓄则韵流言外,发露则意尽言中。"吴乔《围炉诗话》卷一也指出唐诗多比兴,因而"其词婉而微";宋诗多赋,"其词径以直"。他们都指明了这种特点。此外,宋诗又追求精细。翁方纲《石洲诗话》卷四说:"诗则至宋而益加细密。盖刻抉入里,实非唐人所能囿也。"所谓"细密"、"刻抉入里",一方面指宋诗对客观事物的描摹,趋于求新、求细,形容尽致,纤微毕现,与唐诗的浑成淳涵各异其趣;另一方面指宋诗对用典、对仗、句法、用韵、声调等用工更深,日臻周详密致。与上述几点相联系,宋诗又呈现出议论化、散文化和以才学为诗的倾向,则对诗歌艺术的发展造成好坏兼具的影响。如同写水势湍急,李白《早发白帝城》在骏发豪爽中蕴涵着欢快舒畅的情绪,而苏轼《百步洪》却说:"有如兔走鹰隼落,骏马下注千丈坡,断弦离柱箭脱手,飞电过隙珠翻荷。"一连用七个比喻,穷妍极态,炫人眼目,后半首又以议论出之。黄庭坚《题竹石牧牛》在句法上仿效李白《独漉篇》,但李诗浑然而意在言外,黄诗刻露而见新意,情趣有别。宋诗以其时代特点,在诗歌史上取得了与唐诗并驾齐驱、各具异彩的重要地位,"宋调"和"唐音"成了相互对峙的特定诗歌概念。

本书是由我和朱刚先生共同编选的。宋诗的选本已有不少,陈衍先生《宋诗精华录》、钱锺书先生《宋诗选注》等都是颇负盛名的选本,已为人们所习诵。所谓"宋诗",不仅是指宋人所写的诗,而主要是指具有"宋调"特征的诗。唐、宋诗之别,"非仅朝代之别,乃体格性分之殊"(《谈艺录》)。我们努力从"体格性分"着眼来选宋诗,试图借这一百多首诗来窥探"宋调"的面目。但考虑到这一小型选本的普及性,又不能不收录一些历久传诵的宋人名篇,而有些名篇却不见得是"宋调"的典型作品,这是应该稍作交代的。我们对所选各篇作品,均作了今译、注释和评点。今译的难度最大,"信、达、雅"总是译者心向往之而又不易达到的高标准;注释则力求简明、准确;至于评析,大都点到为止,不求全面,只是编者的一些心得体会,供与读者交流而已。书中疏漏不足之处,在所难免,敬请读者指正。

1995 年 8 月 30 日

《古文精华》^①前言

　　在当前林林总总的各类选本、鉴赏辞典所形成的"出版热"中,这部丛书的推出,不是简单的冷饭重炒或老调复弹,而是有着自己的旨趣:试图为读者提供对中国古代散文的别一角度的选择和解读,以期从不同视角、不同层面上去学习和理解我国优秀的文化遗产,从中寻找智慧、知识、情趣乃至写作方法和技巧。

　　中国素以诗见称于世,其实也是文的国度。从先秦时起,诸子散文、历史散文堪与《诗经》《楚辞》各擅其胜,至少在宋朝以前,文和诗始终雄踞于中国文学两大主流的地位,其间作者似繁星丽天,作品浩如烟海,直至元明清散文也取得令人注目的成就。而且,在中国文人的心目中,作文比写诗更为重要,态度更为认真。吉川幸次郎在其名作《中国文章论》中开端便说:"在中国人的意识中,做文章是人间诸生活中最重要的事情。……由此而来的结果,文章作为人格的直接象征,在中国人的生活中,至少在已往的生活中,占有极其重要的位置。"这位日本近代汉学权威敏锐地抓住了中国文章功能的普泛性和重要性,由此决定了其内容的无比丰富和多样。作为文化的主要载体,中国文章中储藏着大量的历史训示、政治智慧、社会风情、生活众相、人生思考和审美经验,这为从类别上进行学习和研究提供了必要和可能。

　　本丛书的显著特点即是类编。我们初步推出小品、游记、传奇、

---

① 　王水照主编《古文精华》,知识出版社 1994 年版。

论说、家书、哲人语录六种,每种之下又根据各自内容特点再予分类,构成按体成书、依类收文的体例,便于读者在同类文章中比较异同,揣摩文心,或许能获得更多的体会和兴味。每书的《前言》,力求对该文体的特征、衍变、价值等加以深入浅出、提纲挈领的介绍,希能对读者有所助益和参考。文体研究在我国古代散文学中占据重要地位。晋朝时挚虞的《文章流别志论》、李充的《翰林论》是最早出现的文体论专书,惜已亡佚,仅存残文;而《昭明文选》作为第一部按体类编的文学总集,也促进了文体研究的发展。至于《文心雕龙》更从分类标准、源流演变、形制风格特点乃至选文示范等方面,建立了颇为严密的文体论体系。明朝吴讷的《文章辨体序说》和徐师曾的《文体明辨序说》区别更为细致。直至清朝,姚鼐的《古文辞类纂》删繁就简,归纳为论辩、序跋、书说、赠序、杂记等13类,影响甚为广泛。文体分类学的建立,帮助人们具体地认识和把握散文艺术的特点,对于写作和欣赏都产生过良好的作用。这些文体分类大都主要从体裁着眼,我们则依据今天读者的需要加以增损变易,从体裁兼顾题材、内容,范围有所扩展。比如"传奇","源盖出于志怪"(鲁迅语),按性质乃是文言短篇小说,以其辞采华美、刻画细腻,特别是情节曲折离奇见长,与传统"古文"有别;又如"哲人语录"中有部分近乎口语的"语录体",传统上也不列入"古文"的范围,像清朝桐城派方苞便明言"古文中忌语录中语"。本丛书放宽了收录标准,一则因各类各体的文章,在语言上并无本质的不同,都使用同一的古代汉语这一表达工具,我们扩大收录范围,倒可看出古代汉语语言风格的多姿多彩;二则有些界限也很难绝对划分,如古文家也写类似"传奇"的文章(韩愈《毛颖传》等),范仲淹的古文名篇《岳阳楼记》曾被人认为是"传奇体"。这是需要向读者说明的。

此外,书中还设置了"说明"、"注释"诸项,都只为读者理解原作架设"桥梁"而已。这里所选各篇,大都是经过历史汰洗、至今仍传诵不衰的古文精品,是经得起反复咀嚼玩味的名篇,我们的读者不妨"过河拆桥",在了解每篇题旨、写作背景,疏通每句文义以后,直接投入原作,讽诵涵泳,这才是最重要的读书方法。如能别有会意,而与作者、作品作千古"对话",便是我们最大的快慰了。

1992 年 6 月

《宋词三百首》^①前言

宋词和唐诗是我国古代诗歌中两座璀璨夺目的美学丰碑，是民族文化的骄傲。只要我们民族繁衍不息，唐宋诗词就会一代又一代地被传承、吸纳，深深地融入我们的精神血脉。

我们今天已无法复原宋代词坛的历史面貌，精确地再现当日百花争妍、千岩竞秀的风景；但从现存词家千馀、词作二万的基本状况来看，已是一宗让后人寻绎不尽的丰厚的文学遗产。词原是配合曲谱歌唱的歌词，兼具音乐功能与文学功能；而在其发展进程中，逐渐脱离歌唱而成为长短句式的格律诗，极大地拓展了文学审美的性能，为中国诗史造就了一种更典型、更纯粹的抒情诗，集中展现出充满喜怒哀乐、层折深邃的心灵世界。词又原是华筵酒肆之间"娱宾遣兴"的产物，这使它较少受到儒家思想的束缚，词人们在"正统"伦理道德规范下无法表露的种种情愫，在词中找到了尽情宣泄的渠道，特别是异性间的爱怜与吸引，成为宋词的一大主题。然而，词又不能完全与时代、社会和个人其他生活遭际绝缘，在其发展过程中，题材日益扩大，风格趋于多样，意境有所提高，尤在少数民族侵扰的社会巨变环境中，南宋词高扬起爱国主义的"主旋律"。而超越于具象描绘之上的，则是对人生的美好憧憬，对生命的深刻体悟，对实现人生和生命价值的反思和追求，这些更恒久地保持着它的活力与魅力。

因而，诵读唐宋诗词成了中国人自幼进行的一种基本文化训练，

---

① 王水照等注评《宋词三百首》，春风文艺出版社 2002 年版。

已近暮年的白发老人还会记得孩提时代吟咏的"床前明月光"或"明月几时有",可以毫不夸大地说,唐宋诗词是全民性的精神食粮。林林总总的各类选本正是适应了这种广泛的文化需求。

近代朱孝臧的《宋词三百首》就是一部备受赞誉的宋词入门读本,也是一部蕴涵独特词学旨趣的选本。编者朱孝臧(1857—1931)是清末词坛四大家之一(其他三家为王鹏运、郑文焯、况周颐)。早年工诗,至 40 岁时方专力于词。他从南宋词人吴文英入径,上窥北宋词人周邦彦,但又不拘一家(晚年又取法苏轼),融会贯通,被视为清词的"集大成者"和中国词史的"殿军"。

他编选的这部选本,与其词作实践相一致,均以"浑成"为宗旨,跟端木埰、王鹏运直至况周颐所倡导的"重、拙、大"论词宗旨,有着深刻的联系。为什么叫做"重、拙、大"? 况周颐的说明是:"轻者重之反,巧者拙之反,纤者大之反,当知所戒矣。"但这个说明对于初学者仍不得要领。大致说来,词的女性特性,造成不少词作的轻艳、浅巧、纤琐,或如王国维所指责的"淫词"、"鄙词"、"游词";即在豪放词风的词作中,也不免有叫嚣直露、一览无馀之弊。况氏等人所崇尚的则是深曲厚重、包蕴缜密而又一气浑化的词风。朱孝臧曾四次校勘吴文英的《梦窗词》,他在第三次校勘吴词而所写的跋语说:"君特(吴文英的字)以隽上之才,举博丽之典,审音拈韵,习谙古谐。故其为词也,沉邃缜密,脉络井井,缒幽抉潜,开径自行,学者匪造次所能陈其义趣。"认为吴文英词的"沉邃缜密,脉络井井"不是学词者轻易就能获其"义趣"的。朱孝臧的门人杨铁夫,曾随从朱氏专学吴文英词,开始时不能领悟,朱氏"于是微指其中顺逆、提顿、转折之所在",经过三年的揣摩,才渐悟入,于是作《吴梦窗词笺释》一书。吴文英丽密深曲的词风,主要是运用灏瀚之气以表达沉挚之思,因而显得厚重丰腴,耐人寻味。当然也有堆砌晦涩的地方。我们可以从吴文英这个例子来体会"重、拙、大"的含义,同时也可用以把握这部选本的编选旨趣。

此书原选词人 88 家,词作 300 首,而吴文英词入选达 25 首,位居第一。

此书编排,以帝王宋徽宗赵佶始,又以女性李清照殿后,其他词人,则大致按生年先后为序。这种编排方式多为旧时不少总集(如《全唐诗》)、选本(如《唐诗三百首》)所采用。今天看来,颇不合理。我们为保存本书原貌,使读者了解一种传统的编辑方式,故不作改动。还应提及,编者朱孝臧在清朝官至礼部侍郎,清亡后又以遗老自居,宋徽宗这首被俘北行途中所作的《宴山亭》,其幽忧怨恨之情,"知他故宫何处"的兴亡之感,朱氏当别有会心,置于书端或许也是有用意的。

此书于 1924 年出版问世,即蜚声词坛。当代词学大师唐圭璋先生特为之作笺,编成《宋词三百首笺》,先于 1934 年出版;后又增加注释,改题《宋词三百首笺注》,由上海古籍出版社于 1958 年重版。唐氏笺注本广泛采辑前人评语,有助理解原词,注释则颇简略。今为适应一般读者阅读之需,加详注释,而突出点评,并配有插图,以扩大理解空间。读者如有进一步钻研兴趣,不妨与唐氏笺注本一同参阅。唐氏笺注本的选目与朱氏原本颇有出入,他是根据朱氏自己的"重编稿本"所作的增删(选词人 82 家,词作 283 首),故我们依从唐氏笺注本。朱氏原书存在一些词作主名错漏之处,我们均在"点评"之末予以说明。

本书注评中存在的缺点和不足,欢迎指正。

2002 年 3 月

《首届宋代文学国际研讨会
论文集》^①后记

　　首届宋代文学国际研讨会于 2000 年 3 月 29 日至 31 日在上海复旦大学举行,来自中国大陆、台、港、澳以及日、韩、美、英等地的专家、学者共一百二十馀人欢聚一堂,回顾和总结 20 世纪宋代文学研究的成绩与经验,探索今后学科发展的新途径;交流最新的研究成果,以文会友,切磋琢磨,共同促进学科的新发展、新开拓;同时成立了中国宋代文学学会(筹),以组织协调现有的研究力量,提升宋代文学研究的整体格局和学术水平。会议是由复旦大学中文系、复旦大学出版社、南京师范大学、绍兴文理学院、浙江大学、贵州大学、河南大学、湘潭师范学院、上海电视大学等单位联合举办的。在与会代表的共同努力下,会议达到了预期的目标,普遍反映是成功的。

　　这次会议的举行,有着颇为深远的学术背景,也是经过较为周密的筹备的。我们刚刚跨进了新千年,新千年给了我们一个回顾历史的特别契机,想到了上一个千年的开始:公元 1000 年正好是宋真宗咸平三年,这意味着宋代文学的产生及其被接受、被研究的历史已长达一千年之久。一部宋代文学接受史或学术史,与三百多年的宋代文学史本身一样,内涵丰厚,也是宋代文学的意义与价值的自然延伸,都是我们民族优秀文化的重要组成部分。尤其是最后一个世纪,

---

① 　王水照主编《首届宋代文学国际研讨会论文集》,复旦大学出版社 2001
年版。

无论在研究观点、方法与手段的更新上,或在文献整理方面,均有突破性的重大成果。世纪初的王国维以外来观念与传统研究方法相结合,来研究宋词和宋元戏曲,开始了宋代文学乃至整个中国文学研究的现代化进程;而在世纪末,《全宋诗》正编72册全部出齐,则为20世纪的宋代文学研究划上了具有重要意义的句号。近年来,对宋代哲学(所谓"新儒学")、宋代史学(所谓时代转型)、宋代文学的研究日趋繁荣,越来越多的学者关注宋代文化与当今文化的联结点,研究宋代已不再停留在对传统文化的单纯阐述上,而着力于宋代文化的现代转换。王国维、陈寅恪、胡适乃至钱穆诸大师关于宋代的一些重要观念和命题,其含而未发或发而未尽的意义,正有待后人继续探究。陈寅恪关于中国未来文化将是"新宋学"复兴的文化期待,似乎得到现实的某种回应。种种迹象表明,宋代文学研究在21世纪的前景看好,对此我们抱着审慎乐观的态度。至少《全宋诗》、《全宋文》的编成和出版,为宋代文学研究提供了作出新概括、新见解的坚实基础。总之,宋代文学研究面临着良好的机遇,有可能成为新世纪学术的一个热点。

但是,我们也遇到了挑战。从横向比较来看,我们这个领域不如宋代哲学和史学研究的深入与广泛;而从纵向比较来看,又比不上唐代文学研究的规模和水平。然而,我们已经拥有一批较高水平的研究论著,我们的研究队伍也渐次扩展,出现了一些可喜的景象。只是同行间学术交流甚少,单兵作战,缺少组织协调,相当严重地阻碍了学科的进一步发展。要求改变这种现状的呼声日益强烈。

1998年11月在苏州大学召开的"沪宁杭苏地区古代文学博士点研讨会"期间,一些从事宋代文学研究的博士生导师,共同提议由复旦大学中文系主持召开"首届宋代文学国际研讨会"。我们经过认真研究,并得到我校领导的大力支持,才接受了这一任务。

从去年发布会议筹办的信息以来,得到了海内外学术同行的热烈反响，纷纷表示与会意向，使我们深受鼓舞。尤其令人感动的，同行们都以认真严肃的态度来撰写会议论文，有三四位代表寄来了两篇或两篇以上的论文供大会采择，表现出极大的热情。最后汇总的一百多篇专题论文，是这次会议的具体的学术成果，代表了当前宋代文学的研究水平，也反映出最新的学术动态和研究路向，编选出版自是必要而有意义的。今略依总论、诗、词、文及其他四类选录成书（研究苏轼的论文较多，单成一辑，置于诗类之后），以供学术界参酌。如此充足的稿源，一方面保证了这部论文集较高的学术质量，另一方面也带来编选上的困惑，斟酌取舍，难度甚大。限于出版条件，不少理应入选的论文，我们只好忍痛割爱；个别业已发表的论文，则概不收录；有的篇幅过长的论文将在我们拟办的刊物《新宋学》上另行揭载。这些都希望得到代表们的谅解。

论文集的出版，获得复旦大学文科科研处的资助，复旦大学出版社也予以鼎力相助，谨表谢忱。吴小如先生冒暑为本书题签，更篆感不已。

编选工作是由我和胡中行、查屏球、朱刚三位共同负责的，也征求过一些先生的意见。存在的缺失和处理不周之处，敬请指正。

2000 年 11 月

《新宋学》(第一辑)^①卷首语

　　刚刚过去的 20 世纪,无疑是中国传统学术开始走上现代化进程的重要时期;面对新世纪,学人们对其前景的瞻望怀抱种种期待,对层出不穷的新问题又充满诱惑与困惑。《新宋学》于此时面世,希能从本学科研究领域内,提升研究格局与水平,推动中国传统学术之现代化的进一步发展。

　　《新宋学》作为中国宋代文学学会之会刊,以刊发宋代文学的专题论文为主,亦登载与文学有关的宋代哲学、史学、语言学及宗教、艺术等研究成果。之所以命名为"新宋学",乃取自陈寅恪先生《邓广铭宋史职官志考证序》:"吾国近年之学术,如考古、历史、文艺及思想史等,以世局激荡及外缘熏习之故,咸有显著之变迁。将来所止之境,今固未敢断论。惟可一言蔽之曰:宋代学术之复兴,或新宋学之建立是已。"这里的"新宋学",从涵盖面而言,殆即"宋代学术"的同义语,包括"考古、历史、文艺及思想史等"多种领域,既非我国传统经学史上与"汉学"相对待之"宋学",亦非现今哲学史研究中,囊括理学、心学、事功等宋代哲学思想诸派的"宋学"。当然,经学史上的"宋学"和现今提出的作为宋代新儒家学派总称的"宋学",均有其特定而丰富的含蕴,是必将继续运用和研究的学术命题,与本刊命名所取之义不是绝对对立的。我们仅仅是觉得,当前的宋代文学研究,虽已取得很大的成就,但在理论的深化、学术格局的扩展、研究视野的开拓上,

---

① 　王水照主编《新宋学》(第一辑),上海辞书出版社 2001 年版。

亟须从相邻的宋代社会史、政治史、经济史、思想史、文化史等研究成果中汲取营养和启示,从学科交叉中寻找学术发展的新的生长点。毕竟,宋代社会是一个有机的整体,其构成的每一个部类,不能不受制于整体发展变化的状况,各个部类之间又不能不产生无法分割的种种关联。这是我们取名"新宋学"的一个用意。但编成的这第一辑中,由于编者个人学术交际上的一些缺陷,文稿偏重于宋代文学方面,而于哲学、历史等门类甚为薄弱,我们吁请有关专家学者大力予以支持,惠赐尊稿。

第二,陈寅恪先生在总结我国学术思想发展的经验时还说过:"必须一方面吸收输入外来之学说,一方面不忘本来民族之地位。此二种相反而适相成之态度,乃道教之真精神,新儒家之旧途径,而二千年吾民族与他民族思想接触史之所昭示者也。"(《冯友兰中国哲学史下册审查报告》)这里的"新儒家"也是指"宋学"。宋学或新儒家由于能大胆地吸取佛道两家的异质文化,又不忘本来民族之地位,在新的基础上进行再创造和再整合,由此逐渐形成并进而"能大成者"。陈先生指示的这条中西交流、融会贯通的道路,无疑也符合当今学术发展的潮流,理应成为我们办刊的宗旨之一。这一辑不仅收有传统学术功底颇深的文稿,也有不少运用西方理论、方法的论文,更编发了美、日、韩等国学术同道的稿件。我们期望在进一步改革开放的大好形势下,求得学术观念、研究方法与手段的多样化,求得传统和创新的统一,中土和域外的结合,在学术求真求实求新上有所提高。

第三,陈寅恪先生在论及敦煌学时,曾提出一个"预流"的观念。他说:"治学之士,得预于此潮流者,谓之预流(借用佛教初果之名)。其未得预者,谓之未入流。此古今学术之通义,非彼闭门造车之徒,所能同喻者也。"(《陈垣敦煌劫余录序》)这就是说,从事学术研究应与时代的学术风会相融合,与"今日世界学术之新潮流"相接轨,力争居于研究前沿的地位。这是极高的学术目标,本刊同仁虽不能至,却心向往之,愿与作者们用以共励。

在筹办本刊过程中,不少朋友费心劳神,促其问世;上海辞书出版社的鼎力相助,尤使我们铭感不已。愿《新宋学》能成为一块商量旧学、培养新知的园地,切盼继续获得各界的关爱和支持!

宋刊孤本《类编增广老苏先生大全文集》①出版说明

　　本书影印的《类编增广老苏先生大全文集》，与《东坡集》《类编增广颍滨先生大全文集》一样，均为宋刻孤本，具有重要的版本价值，是进一步深入研究三苏的珍贵文献资料。

　　苏洵文集，除本书外，今所知见的宋刊本约有六种：

　　（一）《嘉祐集》十五卷，南宋中叶巾箱本，《四部丛刊》曾据以影印，另存宋蜀刻十五卷本（首尾稍有残逸）。

　　（二）《东莱标注老泉先生文集》十二卷，绍熙四年（1193）刊，有《四库全书》抄录本。

　　（三）《嘉祐集》十六卷附录二卷，绍兴十七年（1147）刊，有《四库全书》抄录本。

　　（四）《重广眉山三苏先生文集》，南宋饶州德兴县董应梦集古堂刊，绍兴三十年（1160）刊，存残本七十卷，今藏北京大学图书馆。

　　（五）《老泉文集》十一卷，《三苏先生文粹》七十卷所收，宋婺州王宅桂堂刊，亦有明刊本。

　　（六）宋刻《标题三苏文》。

　　以上（二）、（五）、（六）三种系选本。而前三种流传颇广，早为研究者所熟知和使用。

　　本书《类编增广老苏先生大全文集》很少为历来公私书目所著

---

① 王水照编《宋刊孤本三苏温公山谷集六种》，国家图书馆出版社 2012 年版。

录,传本亦稀,遂致长期沉晦无闻,然而却保存苏洵大量的佚诗佚文,其价值实远迈上述诸本,近来已引起学界的瞩目。

本书残存四卷,计古律诗二卷,杂论一卷,经论一卷。卷首尚存"目录"卷一至卷八。原为清瞿镛"铁琴铜剑楼"旧藏,现存国家图书馆。据《铁琴铜剑楼藏宋元本书目》考订,此书"殷、徵、匡字缺笔;而桓字不改作威,亦不缺笔,疑是北宋麻沙本也"。经复核,书中《管仲论》、《春秋论》中多处"桓"字均不讳,考虑到坊刻本有避讳不严的现象,但在没有正、反确证的情况下,瞿氏"疑是北宋麻沙本"的考订,似可采信。

此书第一、二两卷,共收诗四十六首,而现存《嘉祐集》仅二十七首,此书除少收《香》一首外,共多出二十首,占苏洵现存全部诗歌的近半数。这些佚诗的发现,对研究苏洵的生平、思想和创作具有不容忽视的意义:一是可以纠正"苏明允不能诗"(《后山诗话》引"世语"云)的传统看法,而能更恰当地估定苏洵在宋诗发展史中的地位;二是《初发嘉州》等一组十多首佚诗,作于嘉祐四年(1059)南行赴京途中,是考订、编辑苏氏父子的第一个诗文合集《南行集》的第一手资料,有助于对三苏早期创作的研究;三是七古长诗《自尤》(七百字)及其长序(二百三十七字),细致真实地记录了苏洵与其妻兄程浚及其子程之才的交恶过程,揭开了苏洵幼女之死的内幕,也是探讨苏洵人生思想嬗变轨迹的一条线索。

此书第三卷"杂论"所收的《辨奸论》一文,乃是现存老苏文集中此文的最早出处,也为聚讼纷纭的《辨奸论》真伪问题的解决,提供了有力的实证。清李绂首先提出《辨奸论》乃"邵氏(伯温)赝作"而"非老泉作",其主要论据即是苏洵文集"原本不可见","其文始见于《邵氏闻见录》中,《闻见录》编于绍兴二年"(《穆堂初稿》卷二四)。如前所述,此麻沙本老苏集有可能刊刻于北宋末年,时间比《邵氏闻见录》为早(绍兴二年实为邵氏开始写作之时,成书还在其后),则此书收录

《辨奸论》这一事实，就从根本上动摇了李绂及其赞同者立论的前提。顺便说及，李绂为证成《辨奸论》是伪作，并连及苏轼《谢张太保撰先人墓碣书》一文也认定系邵氏"赝作"。但苏轼此文实见《宋刊孤本三苏温公山谷集六种》之二的《东坡集》（即《前集》）卷二九，而《东坡集》"乃东坡手自编者"，"杭本当坡公无恙时已行于世矣"，所收作品至今未发现一篇伪作，似不宜轻率论定苏轼此篇谢书为伪。

此书还具有较高的校勘价值。仅举《忆山送人》一诗为例，通行本"道逢尘土客，洗濯无瑕痕"两句，此书上句作"道途尘土容"，则为自指，细按全诗，于上下文脉理颇顺；"一月看山岳"句，"山岳"此书作"三岳"，承上记游嵩山、华山、终南山，作"三岳"为是；"大抵蜀山峭，巉刻气不温；不类嵩华背，气象多浓繁"四句，"背"字费解，此书作"辈"，文义遂通。他如"或时度冈领"，"领"，此书作"岭"，"仰面嗳云霞"，此书作"仰看嗳云霞"，均堪参酌。

总之，这部苏洵文集连同其二子的两种文集，以其独具的资料价值和版本价值，将对三苏研究发挥重大作用，这是可以预期的。

宋刊孤本《增广司马温公全集》^①出版说明

司马光文集的宋刊本，最通行者有两种，一题《温国文正司马公文集》，有绍兴二年（1132）刘峤序，已收入《四部丛刊》；一题《司马太师温国文正公传家集》，南宋嘉定间刻本，有应谦之、陈冠两跋。两种均为八十卷本，但编次不同。而《增广司马温公全集》一百十六卷本，则是今存的另一温公集，现藏日本内阁文库，是具有极其重要史料价值的海内孤本，近年来始被重新认识，备受学术界重视。

此书前有朝奉郎、邛州司录事、赐绯鱼袋黄革所撰《司马温公全集序》，序文谓苏轼为撰司马光《神道碑》与《行状》，从其家获得《迂叟集》（司马光号迂叟），此集后为苏轼"表侄"所藏，"谨守固藏，不敢示人"。继为黄革友人杜传道所得，"重加编缉，增旧补遗"，遂刊刻此书行世。此书书名之"增广"二字，即指杜传道在八十卷本基础上"增旧补遗"、重予编辑之举。

此书卷末有"右迪功郎蕲州司理参军武师礼监印"，"右迪功郎蕲州防御判官蒋师鲁监印"字样，则当刻于蕲州（今湖北蕲春）。又从刻工姓名考索，大都为南宋绍兴年间人，故推断刊刻时间当在宋高宗绍兴之时，亦与其书避讳字情况相吻合。

此书由专著、诗文、附录三部分组成，书端总书目一百十六卷，但

---

① 王水照主编《宋刊孤本三苏温公山谷集六种》，国家图书馆出版社 2012 年版。

实缺二十卷(卷三至九、卷四八至五三、卷六一至六八),个别卷有缺页(如卷四三、八七、九八),其他基本完整。此书的重大价值有三:一是专著《手录》(卷一至五)、《日录》(卷一〇二至一〇五),实为司马光之日记,是宋神宗熙宁时王安石变法期间朝廷诸多施政、纷争等情况的实录,为宋史研究等提供了新资料。李裕民先生即编注《司马光日记校注》一书,受到学术界欢迎(该书《前言》的版本介绍,亦可参阅)。二是辑佚,此书在八十卷本外,可得诗词十首、文五十六篇,自可珍贵。三是校勘,此书来源于司马光家藏的《迂叟集》,可信度高,保留丰富的异文,其校勘价值不言而喻。

此书卷末有下总守市桥长昭《寄藏文庙宋元刻书跋》,并由日本著名书法家河三亥手书。市桥长昭于文化五年二月把他多年搜集的中国宋元刻本数十种寄赠文庙(即本书藏书印之昌平坂学问所,在今东京汤岛),本书即其中之一。文化五年为 1808 年,即我国清嘉庆十三年,表明在此年以前,此书早已传入日本。本丛刊之二的《东坡集》,由三个本子配全,其中采自内阁文库者有二十三卷,此内阁文库本也是市桥长昭寄赠文庙的数十种宋元刻本之一,书末亦有手书《寄藏文庙宋元刻书跋》一文。

宋刊孤本《类编增广黄先生大全文集》①出版说明

《类编增广黄先生大全文集》五十卷，一名《南昌先生大全文集》，为南宋孝宗乾道(1165—1173)时麻沙刻本。

此书"牌记"云："麻沙镇水南刘仲吉宅近求到《类编增广黄先生大全文集》计五十卷，比之先印行者增三分之一，不欲私藏，庸镵木以广其传，幸学士详鉴焉。乾道端午识。"刘仲吉在南宋麻沙镇书坊中颇有名声，清叶德辉《书林清话》卷三"宋私宅家塾刻书"中亦提及刘氏刻印《新唐书》、类编增广黄集等书。

此书在宋、元、明三代之目录书中罕见著录。至清代，历经查升、沈廷芳、黄丕烈、汪士钟以及海源阁杨以增、杨绍和父子递藏。入民初，则归李盛铎"木犀轩"。今存北京大学图书馆。

黄丕烈在此书末卷后手书跋语云："书凡五十卷，中阙十三至十八卷，旧时钞补，未知出自何本，盖较绛云所藏居然完璧矣。……缺卷外尚欠一叶，钞补一叶，统五百丹(单)八云。"钱谦益《绛云楼书目》曾著录此书的另一残本，"只廿六卷"，且已失于回禄之灾，则此北京大学图书馆藏本成为基本完整之孤本了(仅第四十一卷"墓志五"缺一叶，应是缺《黄氏二室墓志铭》、《董夫人墓志铭》两文)。

此书与苏洵、苏辙之"增广类编"麻沙本乃同一系列，体例相同。

---

① 王水照主编《宋刊孤本三苏温公山谷集六种》，国家图书馆出版社 2012年版。

刻者自云"增广"者,"比之先印者增三分之一",因对"先印者"无法追索,已不能用以比勘;但与现存黄集通行本对照,篇目反而有所减少,"增三分之一"云云,颇疑带有书商广告性质。其"类编"部分,则分目甚为繁琐,且不合理,如收诗二千首而分为一百四门,显得杂乱重复。宋人别集一般不收词作,此书收入黄庭坚词一百阕,亦可注意。

作为坊本,此书自有刊刻欠精、多用俗体字等不足,但仍具有不可忽视的文献价值与版本价值,尤在校勘和辑佚方面可供参考者颇多。如卷一《寄老庵赋》"养生者讳盈,术窍者天门不开",通行本作"养主者",遂不词(参见刘尚荣先生《〈类编增广黄先生大全集〉初探》,载《黄庭坚研究论文集》)。有学者初步考出此书有佚诗九首、佚文十四篇,除诗一首尚难确定外,其馀均为山谷所作或所录(参见黄启方先生《〈类编增广黄先生大全文集〉考述》,载《第六届宋代文学国际研讨会论文集》),凡此均尚未引起今日整理黄集者之注意。

宋刊孤本《类编增广颍滨先生大全文集》①出版说明

《类编增广颍滨先生大全文集》现藏日本内阁文库,为宋刻孤本,被指定为"重要文化财",具有重要的版本价值,是进一步深入研究三苏的珍贵文献资料。

苏辙文集,除本书外,今所知见的宋刊本约有六种:

(一)《苏文定公文集》,原九十六卷(包括《前集》五十卷、《后集》二十四卷、《三集》十卷、《应诏集》十二卷),现存四十六卷;

(二)宋刻递修本《苏文定公文集》七十四卷,现存十卷;

(三)宋刻递修本《栾城集》七十四卷,现存二十一卷;

(四)《东莱标注颍滨先生文集》,现存十五卷;

(五)《颍滨文集》二十七卷,《三苏先生文粹》所收,宋婺州王宅桂堂所刊,亦有明刊本;

(六)宋刻《标题三苏文》。

(五)、(六)两种系选本。此六种均为历来书目所著录,流传有序,大都为研究者所习用。

宋代福建麻沙镇书坊曾以"类编"、"增广"、"大全文集"为书名,编刻、印行多种名家文集,《类编增广老苏先生大全文集》和这部《类编增广颍滨先生大全文集》即是其中的两种。另尚存《类编增广黄先生大全文集》(今藏北京大学图书馆);至于刻于蕲州的《增广司马温公全集》

---

① 王水照编《宋刊孤本三苏温公山谷集六种》,国家图书馆出版社 2012 年版。

（今藏日本内阁文库），亦属同一类型。苏轼集亦有麻沙"大全集"本，惜今已佚。这些"类编"、"增广"、"大全文集"本，不免带有书贾射利的目的，一般说来，刊刻欠精，因而鲜为历来书目著录，不受重视。其实，编纂者求"增"求"广"，搜讨必有出处，往往有意想不到的收获。《老苏集》中的大量佚诗，《司马温公集》中的未刊日记，均是近年来的重大发现。

这部《类编增广颖滨先生大全文集》存一百三十七卷，诗六十卷列前，赋、文七十七卷列后。因缺卷首目录，足本卷数已不可考。此书题名和款式与其他麻沙"大全集"本相同（十五行，每行二十五至二十八字不等），但刊刻年代并不一致。此本避讳至桓、构、慎字，当是宋孝宗时刊本。（《老苏集》疑为北宋末年本，《黄先生（庭坚）集》有牌记云："麻沙镇水南刘仲吉宅近求到《类编增广黄先生大全文集》，计五十卷。……乾道端午识。"亦刊于宋孝宗之时。）此书中有五处以一卷冒充两卷、五卷、十一卷、十二卷、十四卷者（卷八一至八二、卷四六至五〇、卷二六至三六、卷一至二一、卷六七至八〇），这可能是书贾的故弄狡狯了。

此书所收苏辙诗歌达一千七百多首，按纪行、述怀等一百类（附九类）编排，其篇数与通行《栾城集》三集本相同。文章部分与《栾城集》相较，有缺略，亦有增多。缺少的是墓志铭、祭文、祝文、青词、朱表、表疏、杂文等类的大量文字（见于《栾城集》卷二五、三四、《栾城后集》卷一八至二四），估计当在一百三十七卷以后的卷帙之中，惜已遗逸。增多的有《古史世家论》、《古史列传论》等多篇文字，以及"经史"论一类的《诗》、《春秋》、《洪范五事图》和《龙川略志引》、《龙川别志引》、《注老子序》、《古史序》等文。但这些《栾城集》以外的文字，均采自苏辙的几部单行著作如《古史》、《龙川略志》、《龙川别志》、《老子解》等，并不是始见的佚文。

本书卷帙甚巨，几已包括苏辙的全部诗文，蕴藏着繁富的异文，可供纠误或参酌之处不少。这是本书的主要价值所在。兹以此书与新标校本《栾城集》（上海古籍出版社 1987 年版）、《苏辙集》（中华书

局 1990 年版)相较,举数例如下:

（一）上海古籍本、中华本（以下数例两本均同）《栾城集》卷一《三游洞》:"水满沙土如鱼鳞。"本书卷七"沙土"作"沙上",是。水漫入沙土似不能有鱼鳞之状。

（二）《栾城集》卷四《捣衣石》:"人世迫秋寒,处处砧声早。"本书卷六"人世"作"世人",似更妥帖,且为作者常用之语。

（三）《栾城集》卷一六《次莫州通判刘泾韵二首》其二:"敝貂方競苦寒时。"本书卷三七"競"作"觉",是。

（四）《栾城集》卷三五《为兄轼下狱上书》:"臣闻困急而呼天,疾痛而呼父母者,人之至情也。"本书卷九八"天"作"天地",是。因下文接云"惟天地父母哀而怜之",《栾城集》夺一"地"字。

（五）《栾城后集》卷二《所寓堂后月季再生与远同赋》"客背有芳丛"。"客背",费解,本书卷六〇作"堂背",与题"堂后"相合,是。

（六）《栾城后集》卷四《喜雨》:"我幸又已多,锄耒坐不执。"本书卷二"坐"作"生",于义较胜。

（七）本书不少诗题加有岁月干支,比《栾城集》更为详确。如《栾城三集》卷一《守岁》、卷三《除夜》,本书卷六分别题作《丙戌守岁》、《庚寅除夜》等,馀例不备举。

此书还有少许校语,说明编纂态度颇称严谨。如卷九七对《上两制诸公书》一文,有一长篇校语,指出该文"下及走兽昆虫之类"句下,"一本云:'罗鵏骐雁,麋鹿走兔,游鳅鼍蛤之微,莫不尽获。'然后接下句去。"又"不可执也"句下,"一本云:'今夫《易》者……言《诗》者……言《书》者……（共一百五十字）',然后接下句去。"此两段"一本云"之脱文,在今《栾城集》中,仅见后段,不见前段"罗鵏骐雁"四句文字,则可据此补全,弥足珍贵。（此四句宋刻《标题三苏文》中亦保存。）

2011 年 3 月

苏轼研究四种^①总序

  我与苏轼研究结缘,起因于那特殊年代的几次特殊机遇。1958年暑假,北京大学中文系 1955 级同学响应当年"大跃进"的号召,决定自己动手编写一部文学史,挟持"学术大批判"的狂飙,声言要把"红旗"插上中国文学史的领域。其时课堂教学中,还刚刚学完唐代文学,我却被编入宋元文学写作组,开始接触苏轼作品。在那个对古人粗暴批判、对老师批判粗暴的风潮中,写成的两卷本"红皮"文学史却获得巨大的声誉,同学们颇有自豪感。然而次年政策调整,纠正"大批判"中的过"左"倾向,于是我们又作全面修改,出版了四卷本的"黄皮"文学史,向正常的学术书写稍作回归。1960 年,我大学毕业后进入中国社会科学院文学研究所,又参加另一部《中国文学史》的编写,再次承担了苏轼一章的写作。三次修"史"标志着我苏轼研究的起步,甚至也可以说是问学之途的发轫。

  然而,这一"起步"却充满惶惑、遗憾乃至悔恨,其教训比经验更多、更深刻,给我以长远的影响。特别是"红皮"文学史的写作,使我们处于既热情亢奋又思想僵化、驯化的矛盾交集之中,随着时间的推移,也逐渐体会到坚守主体意识的重要。苏轼那首《水龙吟·次韵章质夫杨花词》中的"杨花",被作者的生花妙笔,赋予了活生生的生命。她漫天飞舞,姿态变幻,自以为充满活力和情思,殊不知全是受外力之"风"驱遣的结果。我读杨花词就每每有种身不由己的悲哀。由此

---

① 王水照《苏轼研究四种》,中华书局 2015 年版。

提醒自己:为时裹挟,望风落笔是学人的大忌,初步认识到独立思考、保持自我是学术创新的根本。当然,这一"起步"也并非都是负面的。尤其是参加中国社会科学院文学研究所的那段编写文学史经历,应该说受到了颇为严格的学术训练和学术规范、良好学风的自律教育。开始懂得文献资料是一切研究工作的基础和前提,而作家的创作文本更是研究某位作家最重要、最核心的材料。正是阅读了苏轼的全部诗词作品、大部分文章及其他背景材料,才对苏轼有了一点自己的看法,并养成了强烈的读苏兴趣,为今后的研究奠定了基础,引导我继续走向"苏海"。

对历史人物进行个案研究,通常采用专题论析、作品解读、人物传记、作家年谱等著述体裁,以期从多种角度、不同层面来展示历史人物的真实全貌。这是一种有效的、便于操作的方法。朱东润先生研究宋代梅尧臣、陆游,分别贡献了三部著作,即《梅尧臣传》、《梅尧臣集编年校注》、《梅尧臣诗选》和《陆游传》、《陆游研究》、《陆游选集》,并能彼此互阐,相得益彰,在方法论上有示范意义。这里汇集我的有关苏轼著述四种,即《苏轼研究》、《苏轼选集》、《苏轼传稿》、《宋人所撰三苏年谱汇刊》,也不外乎上述的著述体裁范围,编成丛书,似略示系统性。其实,这原不是预先有意的策划和设计,而是自然形成的。或出于出版社的约稿,或受新资料发现的启发与推动。现将四种著述情况向读者作个简单的交代。

《苏轼研究》是一部论文集,除作为"代序"的《走近"苏海"》外,共收文23篇,分作"综论篇"、"思想篇"、"品评篇"、"影响篇"、"谱学篇"五个专题,而对研究对象苏轼而言,则经历了从政治家苏轼到文学家苏轼再到作为士大夫精英型范苏轼的演化过程,这与我国国内苏轼研究的动向几乎同步,也可说是与时俱进吧。学术工作者不论秉持何种立场和主张,不可避免地要受到时代的影响,但"与时俱进"与"为时裹挟"是有本质区别的。区别即在于能否坚持自我意识与独立思考。这些论文都写作于 1978 年"新时期"以后,表达的是个人认真研究后的一些心得,错误则自然难免,期待读者教正。

《苏轼选集》原是上海古籍出版社"中国古典文学名家选集"丛书之一,是对苏轼创作文本的解读。这套丛书给予选注者以较大的编写自由,允许在一般选本的字句训释、典故介绍等之外,自行设计栏目,我就按需要添置"评笺"、"附录"等类(这套丛书中后出的选本多循此例),似能扩大文献面,增强学术性,成为一般读者和苏学专家都可参阅的读本。但仍存在不少缺失,此次重印,尽量作了弥补与修订。

《苏轼传稿》原是上海古籍出版社"中国古典文学基本知识丛书"之一,属于普及性读物。全书篇幅不大,以苏轼一生的文学道路为叙述的中心线索,重点较为突出。我曾与两位门人分别合作过《苏轼传:智者在苦难中的超越》(天津人民出版社 2000 年初版,2008 年再版)和《苏轼评传》(南京大学出版社,2004 年版)两部传记,前者展示苏轼丰富多彩、跌宕起伏的人生,努力于学术性与大众阅读的结合;后者对苏轼的文化创造和历史功绩进行全面论析和深入阐释,较富学术内蕴。此两部传记主要是合作者的劳绩,不宜收入本丛刊,读者如有兴趣,当可参阅。本书有日文、韩文两种译本,曾引起日、韩两国报刊的关注。2013 年 9 月,韩文版修订重印,据韩译者的统计,共有十六家韩国媒体作过报导,实出乎我的意料。"苏子文章海外闻"(高丽朝权适诗)、"文章传过带方州"(苏颂诗,汉江古名带水),说明苏轼的文学魅力几百年来至今不衰。

《宋人所撰三苏年谱汇刊》的编辑,乃是缘于我在日本讲学期间发现两种稀见的宋人所撰苏谱,即何抡《眉阳三苏先生年谱》、施宿《东坡先生年谱》。这两部书不仅编撰时间早,而且保留不少珍贵的苏轼背景资料。因与其他三种宋人所撰者合刊一集,以见今存全部宋人苏谱,当有裨于苏轼研究。何、施两种年谱国内久佚,重新引进中土，为国内学术界所瞩目，"读苏者为之惊喜不已"(孔凡礼先生《苏轼年谱自序》)。

以上四种拙著以丛书形式再版，算是我个人治苏道路的小结。事实上，"苏海"的博大，远非这几种著述形式可以涵盖，倘若天假以年，我仍有兴趣在此领域继续耕耘。

2014 年 10 月

欧阳修的体弱早衰与性格命运

——《欧阳修传：达者在纷争中的坚持》①后记

　　几年前我们写完了《苏轼传：智者在苦难中的超越》后，就开始从事这部《欧阳修传：达者在纷争中的坚持》的写作了。这是顺理成章的。欧阳修是苏轼的恩师，是苏轼成长道路上一位影响深远、举足轻重的人物；而苏轼则是欧阳修之后的又一位文坛领袖，从"欧门"到"苏门"，不仅保持着文学发展的连续性和一贯性，而且是北宋文学高潮的集中表现。欧、苏二人都是统摄兼擅各个文化领域的综合性人才，是北宋文化高度发达繁荣的结晶和代表。苏轼的"全才"特征实导源于欧，欧才是北宋文化史乃至中国文化史上第一位"百科全书式"的文化巨星。南宋杨万里之子杨伯子（东山）说：

　　　　文章各有体，欧阳公所以为一代文章冠冕者，固以其温纯雅正，蔼然为仁人之言，粹然为治世之音，然亦以其事事合体故也。如作诗，便几及李、杜。作碑铭记序，便不减韩退之。作《五代史记》，便与司马子长并驾。作四六，便一洗昆体，圆活有理致。作《诗本义》，便能发明毛、郑之所未到。作奏议，便庶几陆宣公。虽游戏作小词，亦无愧唐人《花间集》。盖得文章之全者也。其次莫如东坡，然其诗如武库矛戟，已不无利钝。且未尝作史，藉

---

① 　王水照、崔铭著《欧阳修传：达者在纷争中的坚持》，天津人民出版社 2008 年版。

令作史,其渊然之光,苍然之色,亦未必能及欧公也。

　　　　　　　　　　　　　　　——《鹤林玉露》丙编卷二

这里提出一个颇有兴味的问题,即欧苏比较。杨伯子认为,第一,二人都是"全才",他列举了欧氏在诗歌、碑志文、史书、骈文、经学、奏议和词七个方面的成就,推为"得文章之全者"。第二,苏不及欧,苏诗虽佳,但或有不尽如人意者,而且他不曾作"史",不像欧有《新五代史》(其实欧还主持《新唐书》的编撰),即使作史,也未必能达到欧的史学境界。杨伯子的第一条意见人们都能认同,第二条意见却会引起争论。他可能是有某种针对性的。苏轼在世时,就有人认为苏高于欧,苏轼坚决予以拒绝。他的《答舒尧夫》说:

　　　　欧阳公,天人也,恐未易过,非独不肖所不敢当也。天之生斯人,意其甚难,非且使之休息千百年,恐未能复生斯人也。世人或自以为似之,或至以为过之,非狂则愚而已。

欧苏并称,这已是经过历史检验的称谓,强予轩轾并无必要,杨伯子的抑苏扬欧疑有崇尚乡贤的感情因素在起作用(杨也是江西庐陵人);苏轼认为欧氏是天才,是千百年难得一现的天人,有人若以为可与他并肩甚或超过,那简直是狂妄与愚蠢,"非狂则愚"了,苏轼尊师的态度,终生未变。欧苏年龄相差正好三十岁,整整一"世",是两代之人,各自承担并出色完成历史赋予他俩的文化使命。若要勉强相较,则从开创性而论,欧氏始终处于"既开风气又为师"的崇高地位,他于"宋学"、"金石学"、"诗话学"等均允称第一人,于宋代文学包括文、诗、词、赋,都是居于文坛前沿、引领风尚的伟大作家。苏轼则在文学的成熟性与艺术造诣上具有非凡的成绩,甚或超越乃师。然而他又是在欧氏奠定的基础上进一步开拓前行的。人们说"名师出高徒",也可以反过来说"高徒出名师",这在他们二人身上尤为适用。要之,北宋出现的欧、苏二人是中国文化史上的光荣,他们后先辉映,融为一体,具有深刻的内在一致性和连续性,因此,我们写的这两部传记自然地成了同一系列的"姐妹篇"。

这部《欧阳修传》在写作原则与方法上,一仍旧章,都依照《苏轼传》。我们仍坚持两个原则:即遵循"无一'事'无来历"的"信史"宗旨,却不主张"无一'字'无来历",也就是说,既追求叙事的文献根据,而又允许作适度的想象和推演,此其一。同时注意传主的文学创作的介绍,采取类似"以译代注"的方式予以阐释,注意叙述的一气呵成的文脉,也把著者对文本的一份理解和体悟与读者交流。除了这两点相同外,在叙述风格、章节结构上也都没有很多变化,读者如有兴趣,不妨两传连读,不仅能读出欧、苏二人的同异,也能在时间和空间上对北宋社会、政治、文化面貌有更多的了解。当然,我们在写作欧传时,也对传记写作问题另有一些体会。

形神兼备,以形传神,应是传记作者追求的最高目标。为欧阳修立传,也就是为他画像,应该包括外貌形象和内在特质。欧氏任扬州知州时曾请画家来嵩为梅尧臣画像,梅氏诗云:"广陵太守欧阳公,令尔(来嵩)画我憔悴容,便传仿佛在缣素,只欠劲直藏心胸。"(《画真来嵩》)同时来嵩也为欧氏画像,梅氏《观永叔画真》云:"良金美玉不可画,可画惟应色与形,除却坚明尽非宝,世人何得重丹青?"看来梅尧臣对肖像画评价不高:画像只能大致描摹出外在的"色与形",对于内在的"劲直"或"良金美玉"般的品节却无能为力。梅氏的看法有些偏颇,优秀的画师是能够以形传神,即以"写照"达到"传神",从而臻至形神兼备的境界,只是需要艰苦磨砺而已。人物传记的写作也是如此。

细节的选择和描绘在为传主传神写照中具有特殊的作用,这一点西方传记更显优长。近读四川学者刘咸炘(1896—1932)写于 20

世纪 20 年代的《文学述林》,他说:"汇传多以辅史乘,止载大端;小说止以供燕闲,惟取奇事。馀亦大抵详于高行,而略于庸德;详于国政,而略于家常。"在我国旧时图书分类"经史子集"四部中,各类传叙文属于史部,作为正史的辅助史料,因而着眼于"高行",倾力于"国政",而对"日常生活"忽视或轻视。刘咸炘认为这一传记观念造成两大缺失:"一则蔽于习见,以为琐事不足称;一则不知记录,久而忘之也。"他提出应向西方传记学习:"以西方文较吾华描写之作,此不及彼,固不可为讳也。"这位僻处边陲、声名颇寂的饱学之士,他的识见和勇气,至今仍是对我们的切实提醒。

本书在传述欧阳修时,一方面注重其政治大节、学术业绩和文学艺术创造等,另一方面也注重人物的细节,用细节描写来揭示人物内心的深层结构。比如说他的身体状况。欧阳修的文化伟人身份和他体弱多病的状况是个强烈的对比。从他自己笔下,我们已知他早年白发,目疾严重,后又患有糖尿病等多种疾病。他在参加进士考试时,给主考官晏殊的第一印象是"一目眊瘦弱少年独至帘前",尤其是一头白发,成了他诗词吟咏的最常用的题材。本书中引及的有"白发新年出"(30 岁),"今日逢春头已白"(31 岁),"四十白发犹青衫"(实为 35 岁),"自然须与鬓,未老先苍苍"(39 岁),"到今年才三十九,怕见新花羞白发",四十岁以后更是连篇累牍,不绝于口:"某年方四十有三,而鬓须皆白,眼目昏暗。"他的一头银发引起宋仁宗的"恻然":"怪公鬓发之白。"也屡屡逗引起苏轼的感慨:"谓公(欧阳修)方壮须似雪","多忧发早白,不见六一翁!"他年四十而以"醉翁"自称,更是具有标识性意义之举。富弼曾调侃他"公年四十号翁早",他自己也说:"四十未为老,醉翁偶题篇。醉中遗万物,岂复记吾年。"具体年龄实不重要,重要的是一种迟暮心理,一种人生姿态。这与苏轼在黄州贬居时期自号"东坡居士"是相似的。

透过欧阳修的体羸早衰的外形,可以探求与其思想性格形成之间的因果之链。这对他的精神世界的塑造产生了相反相成的作用：对生命有限性的无尽悲哀和对事功永恒性的不懈追求。这似乎是潜在的、隐性的，却又是深刻的、无法抹去的。他说过："春寒、秋热、老健，为此三者，终是不久长之物也。"对青春不驻、英华难留的感受深深地烙在他的内心，"少年把酒逢春色，今日逢春头已白。异乡物态与人殊，惟有东风旧相识"，俯仰今昔、物是人非的感叹，在他的一生中时时涌上心头。这份生命体验，是他散文中"六一风神"独特情韵的最主要的构成要素，也是他未到退官年龄而提前一再要求致仕的内驱力。但情况并非只有一个向度，羸弱的身体又刺激他追求生的永恒，抓住有限生命建立不朽事功，才能化有限为无限："生而为英，死而为灵"（《祭石曼卿文》）；"虽死而不朽，愈远而弥存"（《送徐无党南归序》）。因而他立朝的伟度峻节，治民的鞠躬尽瘁，因羸弱的身体而显得富有悲情色彩，也更突现他对生命的一种历经沧桑的超常了悟。本书的副标题"达者在纷争中的坚持"，其含义即此。他是一位超越政治险境、同时超越自身困境而坚守自得的"达者"，若能联系他的身体状况来理解，不失为一个新颖的视角。

历史和历史人物的叙写，如无大量的经过选择、提炼的细节，极易概念化和抽象化。好在有关欧阳修的资料遗存十分丰富，不仅有他自己的文集（《欧阳文忠公文集》是宋人文集中编辑最好的一种），各种正史，更有其他宋人数量众多的笔记、书简、题跋、诗话、词话、文话等，足供我们采择。然而我们对待这些遗闻逸事，似不能停留在趣味性上，而应深入发掘其更深的内蕴。例如众所周知的他母亲教他识字的故事，就颇堪玩味。沙滩画荻识字始，这个童年时代的难忘经历，成为欧阳修一生文字生涯的起点。但人们往往不大留意，这一孤贫力学的异样形式，促使他对笔、纸、墨、书特别珍重和爱惜。他幼年在邻家与一群儿童玩耍，只有他一人在破筐中发现了韩愈文集；青年时代两次结伴游玩嵩山，也是他对古碑石刻情有独钟。前者是他终身学习、服膺韩愈的契机,后者是他编撰金石学巨著《集古录》的诱因,两件事都在偶然中存在一种必然,即对书籍、字画的极度敏感和敬畏,我们将之与幼年画荻识字的经历作一点联想,恐怕不算过分穿凿吧? 至少能增加我们阅读的兴趣。

历史人物传记的写作近年已成热点,亟须加强对相关问题的思考和研究,我们愿意继续努力。

卷七　会议致辞

第二届宋代文学国际学术研讨会开幕词

各位领导、各位同仁、各位朋友：

我们都还记得，前年（2000）三月，在上海举行的首届宋代文学国际研讨会的闭幕式上，莫砺锋教授代表南京大学热情地邀请与会代表到石头城下来参加第二届年会。两年后的今天，我们如约重聚一起，旧雨新知，济济一堂，光临的代表仍然是那么踊跃，提交的论文仍然是那么厚重，南京这几天的天气意外地凉爽，气温不高，而大家的热情与兴趣仍然是那么高涨与浓厚，天时地利人和，保证我们这次年会一定能开成一次内容充实、交流切实、会风务实的讲学问、叙友情的大会！

两年来的宋代文学研究取得了很大的成绩，并出现了一些新的特点。先请允许我向大会汇报一下宋代文学学会的工作。去年，学会出版了三种论集或刊物。一是《首届宋代文学国际研讨会论文集》，59 万字，收录首届年会论文 44 篇，并依总论、诗、词、文（含其他）四类选编成书，是首届年会的具体成果，也代表当前宋代文学研究的水平，反映最新学术动态和研究路向。二是《新宋学》第一辑，50 万字，这是用"以书代刊"形式出版的宋代文学学会会刊，以刊发宋代文学的专题论文为主，也登载与文学有关的宋代哲学、史学、语言学及宗教、艺术等研究成果，经过中期甚或长期研究的成果。第一辑收入《钱钟书先生未刊稿〈宋诗纪事补正〉摘抄》等 24 篇，出版后一般反响良好，认为多数论文具有较高的学术质量,是一份高品位的学术刊物。三是《宋代文学研究年鉴(1997—1999)》,是由我们学会与中国社会科学院文学研究所、武汉大学、湖北大学主办,刘扬忠、王兆鹏、刘尊明先生主编,37 万字。此书旨在反映 1997—1999 三年间宋代文学研究的成果和情况,设置会议追踪、研究综述、专题讨论、博士论文提要等九个专栏,内容丰富,信息密集,反映及时,是了解现状和发展趋势的有用参考书。

从宋代文学学科建设的角度而言,上述三种都是学科体系或格局中一个不可或缺的有机构成,既是推动学科进展的必要,也是一门学科成熟、健全的标志。尽管因是第一次出版问世,有待改进、调整、充实的地方不少,但我认为最重要的一点,是必须克服各种困难,坚持不懈,满足这些出版物连续出版的自身要求。也就是说,使每年或两年(如年会论文集)所贮存的学术成果和资料,经过逐年的积累而形成的信息链(比如每种各有十本以上),将使人们读出更丰富更深刻的内涵,发挥更大的学术影响,也为日后宋代文学学术史的撰著奠定最直接的基础。努力做到这一点是很不容易的,有待我们齐心协力,共同奋斗。

比起学会的这点工作,两年来的整个宋代文学研究界的成果,则更为丰硕,呈现出良好的势头。我有两点印象较为突出,提出来向同仁们请教。一是两年来除了继续出版一些大型的、资料性典籍外(如《中华大典》中的《宋辽金元文学分典》等),学者个人的学术专著或专书的出版,蔚成风气。虽未做统计,但仍可以断言,这两年是宋代文学专著出版数量最多的两年。这些论著主要出自中年朋友之手,其中不少在选题、立意、论证、方法和研究手段上均有可圈可点之处。充分标示了我们学科的研究实力及其巨大潜力,也说明出版环境的日益改善和出版眼光的趋于宽广。

二是研究视野的开拓。除了继续进行文学本体的研究外,不少研究者采用从宋代文学大背景的视野下来进行文学研究,也就是说,研究者们逐渐不满足于"从文学到文学"的单线研究路数,努力从多学科交叉中寻找新论题与新论旨,扩大了文学研究的空间。我从这两年阅读的博士论文中得到的这个印象颇为鲜明。前面说过,《新宋学》主要刊登中期甚或长期的研究成果,编者之责只在求稿,不能也不应"命题作文",但在编稿中却发现一些有趣现象,即"不约而同",这不是我们通常所说的"撞车"之"同"。如最近编成的第二辑,有一组研究宋人整理、校勘、注释陶集、杜集、韩集的论文,宋人是崇尚前代典范的,陶渊明、杜甫、韩愈正是三位最受瞩目的作家。这三篇主要从版本学角度论断的文章,却从别一视角对这一问题作出解释。又如一组论及城市建制、建筑及文学关系的论文,研究宋代城市制度的变革,汴京金明池的文化内涵,八景现象探索,望京楼与望京楼诗文的关涉等等,也有别开生面之感。这种"不约而同"反映出研究者们自觉地在课题研究实践中,探求新的研究视野,这比一般性的方法论的提倡与号召,来得更加切实,新颖而不怪异,其论点也更易为人们所认同。这也是一个可喜的现象。

各位同仁,最近,党和国家对哲学社会科学研究的重要性作了反复的强调,也加强了具体措施的力度,这是我们研究工作的大环境;宋代文学研究又拥有一支年龄结构合理、学术素质良好、又富学术潜力的研究队伍;前几年宋代文学研究相对滞后的状况恰恰正在转化成推动创新、开拓领域的力量。我们的工作是有意义的,因为文化传统只有在现代人的不断阐释、解读中才能充满活力,成为在现实生活中发生有形、无形巨大作用的活传统,因而我们的工作也是前景光明的。让我们继续精进不息,共同探索,做出更多更好的成绩,促进宋代文学研究更上层楼!

祝大会圆满成功,祝代表们心情愉快,身体健康!

2002 年 8 月 16 日

（原载《宋代文学研究年鉴(2002—2003)》,

武汉出版社 2005 年版）

学理性建构与学术本土化

——中国宋代文学学会第四届年会暨宋代文学国际学术研讨会开幕词

中国宋代文学学会第四届年会暨宋代文学国际学术研讨会，经过浙江大学、浙江工业大学两校认真而细致的准备，今天如期在美丽的杭州召开了。从 2000 年成立宋代文学学会以来的短短五年间，我们连续在上海、南京、银川举行过三届年会，在每次会议期间，我们不仅故友叙旧，新朋话雨，互相结下了深厚的友谊，而且及时交流研究成果，传递学术信息，对我们宋代文学研究这个学科的发展，起到了明显的促进作用，并形成了一种严谨务实而又生动活泼的会风，而对会议学术质量的追求，更是大家共同的态度。三大册《宋代文学国际研讨会论文集》就是很好的证明。我想这种学风将会得到发扬光大。因此，完全可以预期，我们这次会议一定也会获得圆满成功。

近几年来，我国的宋代文学研究有了较大的发展，成为我国断代文学研究中一个相当活跃并取得令人瞩目成绩的领域。我们的研究队伍不断扩大，宋代文学的博士论文成为不可忽视的一股学术力量；论著数量也是大幅度增长的趋势；尤其在研究格局的开拓和研究理念、视角、方法的创新方面，更有长足的进步。过去那种重词轻其他文学样式、重北宋轻南宋、重大作家轻中小作家的偏向有所纠正，研究视角的多元化打破了以往单一线性、从文学到文学的研究路数。我们学会按期编辑出版的《宋代文学研究年鉴》，成为学者们了解这类学术动向的有用之书。

在基本文献资料建设方面，继《词话丛编》出版增补本以后，《全宋诗》也正在准备补订，《全宋文》也可望近期内全部出齐（约360册），上海师范大学编辑的《全宋笔记》，第一辑十大册也已问世，使宋代文学基本资料汇辑本，从诗、词、文"三足鼎立"进而为"四维建构"，对宋代文学研究提供了坚实而系统的文本基础。建国后宋代文学研究一度相对落后的形势有了根本性的扭转。

我们从《文学遗产》编辑部得到的信息，宋代文学的来稿数量一直占据前列。今年第三期《文学遗产》推出了"宋代文学专辑"，在《编后记》中说，宋代文学研究界，是"一派生机蓬勃的景象"，还说："我们殷切期望其他各历史阶段的文学研究也像宋代文学一样协调和谐地持续发展。"我们看了备受鼓舞。我想套用一句流行的话，就是要"用好"宋代文学研究的"机遇期"。

目前学术思想讨论活跃，都在探讨发展之路。我也有两点粗浅想法或困惑，趁此机会向大家请教。

第一，寻找能贯穿融会宋代文学研究的一种学理性建构。一门成熟的学科，既要有个案的细部描述与辨析，更需要整体性的宏观叙事，其中应蕴含有一种贯穿融会的学理性建构，即通常所说的对规律的探索。由于对"以论带史"、"以论代史"学风的厌恶，"规律性"、"宏观研究"的名声不佳，在某些西方理论的影响下，甚至引起根本性的怀疑。但不能设想，单靠一个个具体的实证研究，就能提升一门学科的整体水平。当然，我们不是提倡脱离具体专题研究的那种"高空作业"式的泛论、空论，只是提倡在研究宋代文学各类专题时，能同时关注宋代社会的历史定位，关注其时代特质，关注社会各个领域、各个部类的实质变化等等一些重大问题，逐渐能形成一种系统性、整体性的认识。

第二，寻找本土文学研究中曾被弱化、或被遮蔽那部分的学术生长点。从20世纪初"国学"、"经学"转型为现代学术以来，我们的学术模式始终处于外来强势学术思想的碰撞之下。梁启超算是引进西方思想最勤奋的一位先驱者,他也留下既要"采补其所本无而新之",又要"淬厉其所本有而新之"的忠告。的确,前辈学人大胆学习、吸纳西方思想,照亮了我们传统学术中原来的盲点和弱点,获得了崭新的认识;但对那些中国文学民族特征表现最为强烈的部分,比如汉语语言特点和汉文学特征等问题,因为找不到相应的西方理论可供参照,往往被冷落、被忽视。因此呼唤学术本土化意识的强化,提倡中国问题意识,也许能对我们的文学研究带来新的面貌。

九月的杭州气候宜人,美景如画。浙江工业大学、浙江大学的领导和朋友们给我们提供了坐而论道的良好机会,让我们再一次对东道主的热情和辛勤劳动表示衷心的感谢!

2005 年 9 月 11 日

(原载《宋代文学研究年鉴(2004—2005)》,

武汉出版社 2007 年版)

第五届宋代文学国际学术
研讨会开幕词

第五届宋代文学国际学术研讨会,经过暨南大学与五邑大学、惠州学院、创溢文化艺术产业园等单位积极而认真的准备,今天在南国名城广州如期召开了。这次会议与会代表之众多,老中青学术梯队之整齐,论文数量与质量之优长,与前四届相比,都显得非常突出。这再一次表明,宋代文学的研究,在我国断代文学研究中是最为活跃、最见成果的一个领域,具有协调和谐、持续发展的前景。

这几年来,宋代文学研究成果一直为学术界所瞩目。据统计,2004—2005 两年论著总量达到 2 565 项,其中著作 358 部,论文2 207篇,是 1 761 位学者的共同研究成果。最近两年的数据尚待统计,估计大致相近。从《文学遗产》来稿和刊发的稿件中,宋代文学始终占据较大的份额,这份我国古代文学最重要的权威刊物最能直接标示各学科分支的确切地位。《全宋文》在 2006 年的整体推出,《全宋笔记》第二编的继续出版,与已出的《全宋诗》、《全宋词》可谓四维并举,使得宋代文学的文献资料库更显系统和完备。在研究队伍方面,中年学者更趋成熟,成果质量明显提高,尤其是一大批刚刚获得博士学位和正在攻博的年轻学人,更充满一股新锐进取的活力,是我们这个领域继续保持持续发展的希望所在。学会的各项工作也正常进行,年会按期召开,会议《论文集》和《宋代文学研究年鉴》按期出版。有关宋代文学的各类会议举办频繁,仅今年下半年,江西地区就举行过欧阳修、杨万里、辛弃疾、陆游等专题会议,讨论热烈,气氛活跃。省部级以上科研项目中,宋代文学占有较大的比例,近期在国家社科基金项目中也占优势,这说明在科研范围内宋代文学研究被人们看重和看好。

环顾现状,我们有理由感到高兴,虽然不能说宋代文学在整个古代文学研究中已经"风景这边独好",但不失为一道独具特色的风景。然而,我们只是有理由高兴,却没有理由感到轻松,面对我们的研究对象,长达三百多年的宋代文学方方面面,我们还有许多不足与缺憾。如这次会议最早所发的邀请函中,提出的十二个"基本议题",就不是短时间所能完成的。趁这个机会,我就宋代文学研究格局问题谈一点感想和建议。

我们要进一步完善研究格局,力求宋代文学的各个部类之间能够均衡有序地发展,起到互动互补的作用。宋代文学曾经存在的所谓"三重三轻",即重北宋、轻南宋,重诗词、轻古文,重大作家、轻中小作家的布局,近年来已有所改变,文体之间的不平衡现象有所调整,但仍有待进一步的加强。比如,苏轼研究,在2004—2005年度中,独占所有论著中的1/10强,而其实,对于南宋现存100卷以上别集的一大批作家,作为"前近代知识分子共同体"这个课题而言,具有十分重要的研究价值。我们注意到已有学者关注这个课题,也有一些个案专著问世,但要形成规模,并从个案研究走向综合研究,提升学术水平,这既有待于时日,也期望有出版等其他条件的配合。若从整体格局来考量,还能发现宋代文学中一些长期被忽视或轻视的边缘性的文学,如相对于主流地位的汉民族文学,辽金少数民族文学尚在谋求新的开拓;相对于中心城市地区文学,边缘地区文学尚有待独立开发;相对于文人书面文学,宋代小说戏曲市民口传文学,几乎处于缺席的境地;相对于词、诗等"纯文学",古文、骈文、赋等文体的遭遇,颇为冷落,近年虽有所改观,但对确切认识我国文学的民族特点而言,也还存在很大的距离。如何摆正主次的适当地位,并能发挥良好的互补互释作用,以共同展示宋代文学丰富多彩、璀璨夺目的历史原貌,应是我们共同追求的目标。

各位代表:宋代文学年会已举办五届了,"五"是个有阶段性意味的数字,标志着我们已初步形成自己的会风。一次年会大概包括三个内容,一是学术研讨,二是以文会友、切磋交流,三是参观考察,三者又以学术研讨为中心。我们的年会,总能够在代表们提交的较高质量论文的基础上,聚精会神参加讨论,一心一意谋求学科发展,始终保持良好的会风。

我想这次会议,在东道主的周到精心安排下,一定能继续开成一个研讨热烈深入、交流和谐愉快、考察富有心得的会议,一定能使大家继续保持对下一届年会的兴趣和期待! 谨祝大会圆满成功。

2007 年 12 月 23 日

(原载《宋代文学研究年鉴(2006—2007)》,

武汉出版社 2009 年版)

第五届宋代文学国际学术
研讨会闭幕词

　　第五届宋代文学国际研讨会,经过两天半(12月23日至25日)的大会发言与小组讨论,学术研讨阶段今天就要圆满结束了。短短几天,我们都感到既热烈紧张,又兴奋充实。我个人有两点特别高兴。一是从各位代表所提交的140多篇论文来看,总体学术质量不仅维持前四届会议论文的水平,而且在不少方面有着新的开拓与提高,我们的学术思维活跃而新锐,一些新论题、新见解、新材料引起大家的共同注意,即使是题目相似的论文(如有多篇论文论及欧阳修,或探讨词与音乐的关系)也多有新意,因而可以预期,本届会议的论文集将会是一部具有较高学术性的论文集。二是会议气氛和谐,不论新朋旧友,不论年辈长幼,始终和乐相处,交游频仍。什么叫"和谐"? 和者"禾"加"口",可谓有饭大家吃;谐者"言"加"皆",可谓有话大家讲,这是一种"别解"。东道主在生活上为我们作了精心安排,固不必多述。而畅所欲言,甚至直言无饰,在小组讨论中也不乏其例。愿我们今后继续提高学术研究水平,加强学术讨论、争鸣精神。

　　12月22日晚,举行了中国宋代文学学会理事会,会议经过认真讨论,决定:(一)第六届宋代文学国际研讨会,将于2009年在成都举行,委托四川大学承办。2010年是宋朝建国1 050周年,争取能在该年召开第七届年会;(二)本届会议论文集委托暨南大学负责编选,其体例、版式均沿承前四届之论文集;(三)理事会一致同意,补选赵维江教授为理事。

各位代表,宋代文学学会的年会,第一、二届分别在濒临长江的上海、南京召开,第三届远至黄河之滨的银川,第四届则移师钱塘江畔的杭州,这次再南下珠江三角洲之广州,下次又将去"我家江水初发源"的四川。宋代文学与我国的江南文化、西部及中原文化、岭南文化、巴蜀文化紧密相融,开拓了我们研究的疆域和视野;同时也祝我们的研究像祖国的大江大河一样,源远流长,奔腾向前。

这次会议一是出席人数众多,二是活动地点变换频繁,这给会议的组织工作增添了很多困难,请允许我代表与会学者向东道主——暨南大学以及五邑大学、惠州学院、创溢文化艺术产业园表示衷心的感谢! 也向为大会辛勤服务的同学们道一声辛苦!

预祝代表们归途顺利,新年快乐!

2007 年 12 月 25 日

(原载《宋代文学研究年鉴(2006—2007)》,
武汉出版社 2009 年版)

第六届宋代文学国际
学术研讨会开幕词

各位领导、各位代表：

第六届中国宋代文学国际学术研讨会，经过四川大学有关单位和西南民族大学的协力筹备、精心组织，又有眉山三苏祠博物馆的协办，今天在天府之国的名城成都如期召开了。回顾从 2007 年上届广州会议的两年来，我们国家经历了一系列大喜大悲的大事件，经受了困难的考验和成功的自豪；而宋代文学研究仍然延续前一阶段的发展势头，取得了很大的成绩，仍然是我国断代文学研究中最为活跃、最见成果的领域之一，展示出持续发展的乐观前景。正因为如此，对取得的成绩和存在的问题，更值得深入的探究。

首先是研究布局的调整。宋代文学研究中长期存在"三重三轻"的偏向，即重大作家、轻中小作家，重词、轻诗文，重北宋、轻南宋。《全宋文》收录作者九千馀人，《全宋诗》九千三百馀人，《全宋词》一千三百馀人，但在 2007 年以前，已被认真研究过的作家（姑且以出版过有关研究专著为标准），仅三十馀人。近两三年来，这个情况有了很大的改变，特别是博士论文以两宋作家个案研究为对象的，大幅度地增长，如刘克庄，仅 2007 年 9 月—2008 年 2 月就有四部专书问世；对宋诗的研究也有明显的进展，我们这次会议分成五个小组，诗歌组占了两个（诗歌组与诗学组），就是一个摆在眼前的实证；宋代散文方面，更有一系列论著出版，中国古代文章学已经日益成为学术界关注的热点，散文研究边缘化的局面，有望取得新的突破。

今年,杭州市社会科学院南宋史研究中心推出"南宋史研究丛书"(共 53 种,已出二十多种),分为五个专题"南宋专题史"、"南宋人物"、"南宋与杭州"、"南宋史研究论丛"、"南宋全史"。这套丛书向学术界提出一个重要的研究新课题:"重新认识南宋"。

"重新认识南宋",自然包括重新认识南宋文学的时代特点与历史地位,改变南宋文学研究的冷落现状,纠正南宋文学是北宋文学"附庸"的传统看法,展开对南宋文学的全面研究,这对调整宋代文学的整体研究布局有着直接的意义。现存南宋文学的作家作品,不仅数量巨大,明显地超过北宋,而且在内蕴特质、艺术表现上也有自己的特点,它虽是北宋文学的继承与延伸,但在新的历史条件下,又产生了一系列新质的变化。从中国文化、文学发展的全局来考察,南宋最后完成了两个重心的转移:就地域空间而言,学术与文学的重心从北方转移到南方;就文学样式而言,重心由雅(诗、词、文)趋于俗(白话小说、戏曲)。与此相对应,文学又呈现出下移的趋势。南宋后期,士人群体内部发生了明显的层级分化,大批游离于科举体制以外的下层士人登上文学舞台,表现出所谓"民间写作"的两重性,在文学发展史上提出了新的问题。"重新认识南宋"的口号,对我们调整研究布局,提升学术水平,是具有某种战略性意义的。

其次是研究视角的创新。中国古代文学研究的视角、理路和方法,长期受到"中国文学史"教材书写模式的影响。这一模式不外乎三个层次:叙述文学史发展的脉络,评估重要作家作品,在这两项工作的基础上探讨文学发展的规律和特点。但在实际操作中,其重点又主要落实在从作家到作品或从作品到作家的方法上,其基本理路或可概括为"从文学到文学"的单向研究。作家作品的研究无疑是文学研究的基础,但仅此还不足以对一代文学之规律和特点作出深入的探讨,展示文学发展复杂多样的历史原貌。

近年来,学者们普遍感到,单纯从文学到文学的研究策略,处处显得捉襟见肘,似已难乎为继,因而越来越关注于从相关学科的交叉点上来寻找文学研究的生长点。在宋代文学研究界,也随之兴起一股"交叉型专题研究"的热潮,如文学与党争、文学与科举、文学与经济、文学与地域、文学与家族、文学与集会社交、文学与民俗等,涌现出一批可喜的成果。这条研究理路似可概括为"从大文化到文学"的研究,这是对之前从文学到文学的单向、封闭式研究模式的突破:在时间维度上融入空间维度,以个体为单位转向群体研究,从文本的赏析阐释导向它与更广阔、更繁复的政治、经济、社会生活的关系的探求,这是在近两年的宋代文学博士论文中可以明显感受到的良好势头。

面对这些可喜成果,现在似乎应该进行一番回顾和理论性的反思了。事实上,不少报刊已开始了这方面的讨论和"笔谈",在本次会议论文中也可以看到相关论述。比如文学家族的研究,据说两宋文学家族约有 45 个以上(以产生过两三位知名文学家的家族为初步标准),目前对晁氏家族、临川王氏家族、吕氏家族、鄱阳四洪等,均有专著或重要论文问世;仅晁氏家族一题,论著就有五部(其中四部是博士论文),且颇多新意,有的还有相当的理论深度。但一般而言,现象排比多而缺少家族与文学内在联系的深入揭示。从"大文化"角度切入文学的研究方法,应该始终坚持以文学为本位的立场,厘清文学学科与其他学科的界限,相关的一些复杂学理问题尚待大家的共同探讨。

第三是文献资料的建设。存世的有关宋代文学和文学背景的文献资料,总量比较适中,而且版本面貌基本清楚,对展开研究是颇为有利的。文献资料是研究的基础和前提,经过几代学人的努力,在整理出版宋代文学文献的工作中,已取得很大成绩。近两年更有几桩值得高兴的盛事。一是总集的整理。最近,《全宋笔记》第四编出版问世(《全宋笔记》总量在 500 种以上,已出 1—4 编共约 160 种)。在《全宋词》、《全宋诗》、《全宋文》"三足鼎立"的基础上,进一步形成了"四维并举"的局面。宋人笔记不仅是文学背景资料,而且大都可以视为文学"文本"本身。这样,宋代文学"文本"总集整理工作的全部完成,就将为我们更深入精细地进行打通文体的综合研究,提供更坚实的基础。我们期待《全宋笔记》能尽早出齐。二是别集的整理。上海古籍出版社不久前推出"中国古典文学丛书"100种系列,宋代作家的别集达20种,所占比例甚高,其中还包括一些已具典范性的别集笺注本,如朱东润先生《梅尧臣集编年校注》、钱仲联先生《剑南诗稿笺注》、邓广铭先生《稼轩词编年笺注》、夏承焘先生《姜白石词编年笺注》等。三是研究资料汇编。建国以来最大的一部"类书"《中华大典》,其中《文学典》最近已全部出齐。《文学典》分为六个分典,其中《宋辽金元文学分典》达1 200万字,蕴藏着丰富的、有待开发使用的资料。此外,中华书局的作家资料汇编丛书,近年也有不少宋代作家的汇编单册刊行,如曾巩、晁补之、张耒、吴文英等。这套汇编以作家个人为单位,可与《中华大典·文学典》互补使用。资料汇编,最重要的就是精选和精编,要在选材中体现识见,在编排中做到结构合理、检索方便,上述两者基本做到了这一点。总体而言,宋代文学的文献整理工作所取得的丰硕成果,是基本适应宋代文学研究需要的。

各位代表,我借这个机会谈了一些个人对目前宋代文学研究的粗浅感想,挂一漏万,许多问题还没有展开,但只想表达作为一个宋代文学研究从业人员的两点意愿:一是宋代文学整个研究确实呈现出稳定、上升的态势,二是确实还存在较多的、有待进一步深入思考的问题。可谓欣慰与困惑交集,但又值得期待。我们这次会议,到会代表众多,老中青队伍齐整,一批最新的研究成果又得以交流,一定会推动宋代文学研究的发展,对此我们充满信心,谨祝大会圆满成功。谢谢大家!

2009年10月23日

(原载《宋代文学研究年鉴(2008—2009)》,

武汉出版社2011年版)

"纪念陆游诞辰 885 周年暨陆游与鉴湖国际研讨会"致辞

各位领导、各位代表：

五年前，我们在这里——绍兴文理学院，成立了中国陆游研究会，标志着陆游研究进入一个新的发展阶段。在上世纪五六十年代，陆游研究曾经是一个热点，在论著、年谱、作品笺注、资料汇编等方面，出现了一批优秀成果，奠定了坚实的基础。新时期以来，大致在这个基础上前行，有所变化和深化，但较少重大成果，未能继续成为热点。但最近五年来，发表了大量有关陆游研究的论著，也召开过数次重要的陆游研讨会，产生了广泛影响。回顾这五年来的成绩，我有几点粗浅的感想。

第一、调整了陆游研究的重点，使我们能够更全面地认识陆游的历史面貌、更准确地把握其历史地位。历史人物陆游，从某种意义上看，可以说有两位陆游。一位是作为爱国志士的陆游，具有崇高的爱国主义精神，深深地融进我们民族的灵魂，影响久远而深刻；另一位陆游，是一位自然美的敏锐发现者和倾心欣赏者，对乡土习俗的亲切感知者和高超的描写高手，对宋代文人日常生活的全视角体察者，还是一位家庭生活里充满至亲至爱之情的好长辈。从上个世纪以来，在深重的民族危机和社会危机的现实背景下，陆游遗产中爱国主义的一面，受到格外的重视与强调，这方面的研究和阐释十分充分，"亘古男儿一放翁"几乎为陆游研究规定了基调，相对而言，被忽略的、被遮蔽的，是第二个陆游形象。前一个陆游形象是真实的，符合历史真

369

面目;后一个陆游形象同样是真实的,同样是符合历史真面目的:只有加以综合和统一,才是完整的陆游。事实上,在近代以前的陆游接受史上,后一个陆游形象是被瞩目的。钱锺书先生在《宋诗选注》中已指出这点,他的《容安馆札记》又一连举出众多明清诗人心仪陆游,亦由于此,袁宗道就对陆游"摹写事情俱透脱,品题花鸟亦清奇"的诗作"快读数日"并予"志喜"(见袁宗道《白苏斋类集》卷五《偶得放翁集,快读数日志喜,因效其语》)。近年来的相关论著,包括这次研讨会提供的论文,对第二个陆游形象的研究,有了令人欣喜的加强与进展,我以为是个带有方向性的突破。

第二、与上述相关联,在陆游研究的层面、部类、视角、方法上也都有所拓展,在研究的丰富性、多面性上有所增强。以前的陆游研究,主要集中在他的诗歌创作领域,这原是符合实况的,因为他的主要成就在诗歌。而近年来,学者们对他的词、散文、史书、书法及其他方方面面,均有涉猎,开拓出许多新领域,提出一些饶有意味的新问题,展示出陆游研究宽广的前景,预示着整体水平的提升。

第三、进一步发挥陆游研究中的地方优势与地域特色问题。陆游是绍兴的骄傲,他的创作体现出深厚的绍兴文化特质。有人抱怨说:"放翁诗多述蜀中遨游之盛,及于故乡者较少。"邵骥(字无恙)表示异议:"考集中如《追怀镜湖旧游》、《感怀》、《里中》、《寒食》及'忽记山阴夜雪时'、'故乡可望应添泪'等句,亦何尝少及故乡耶?"他并且写下了"剑南频忆山阴雪,毕竟诗篇爱故乡"的诗句(邵骥《镜西阁诗选》卷六《快阁》)。其实,陆游不仅身在他乡而常忆故乡,而且在故乡居既久、笔愈勤,他长达二十多年的晚年家居生活,就是他诗歌创作的又一丰收时期。据现存诗作按年统计,他年龄越大,作品越多,最多的是 84 岁那一年,高达 599 首,这应成为陆游研究一个值得特别关注的专题。在这里,我要表达一下对绍兴文理学院诸位同道的感激之情。近几年来,他们凭借自身优越的地区条件,对陆游的家世、籍贯、生平行年的探究,陆游诗歌中地名的考订,细致踏实,取得了一系列具体的成果;在陆游创作的地域性方面,也有不少引人瞩目的论述。比如《剑南诗稿校注》中关于鉴湖地区一些地名的注释,现在似乎更需参考绍兴学者经过实地调查所得的结论。我们这次会议的名称,除了纪念陆游之外,还有陆游与鉴湖关系的主题,会上已收到有关这个主题的许多论文,会后还要进行实地考察活动。这都说明,加强陆游研究中有关地区性特点的研究,也就是陆游与绍兴、陆游与鉴湖的研究,是很有意义的。陆游研究存在着继续开拓创新的空间,有待于我们的共同努力。

最后,我代表宋代文学学会对这次大会的召开表示衷心的祝贺,预祝大会取得圆满成功,也希望今后的陆游研究取得更大的成绩。

(原载《陆游与鉴湖》,人民出版社 2011 年版)

第七届宋代文学国际
学术研讨会开幕词

第七届中国宋代文学国际学术研讨会在河南大学各级领导的全力支持下，经过河南大学师生们的费心费力、积极筹备，今天（2011年9月17日）如期召开了。来自中国内地和中国台湾、香港地区的代表以及日本、韩国、新加坡、马来西亚等国的学者，共一百六十馀人，新知旧雨，欢聚一堂，带来了近两年来的最新研究成果，切磋学问，交流心得，是又一次宋代文学研究界的学术盛会，必将对今后学术研究水平的提高和深化、研究环境的完善和优化，产生重要的作用。

2000年，我们成立了中国宋代文学学会，我们的宗旨只有一个，就是团结国内外学术同道，推动和发展宋代文学研究，努力把宋代文学提升到一个新的层次，在断代文学研究中自创特色，自成一代文学研究的面目。回顾这十一年来，聊可自慰的是，我们比较踏实地走过了一条稳中求新、稳中求真的稳健发展道路，较好地践偿了我们的初衷。所谓稳健发展的道路，着重是指追求研究格局、课题、视角等方面的综合平衡，特别重视补充和加强以往被忽视、被遮蔽的方面。我们的研究成果表明：我们不仅努力在传统课题中求得新意，更着力于新课题、新视野的开拓；不仅在传统学术重点"宋词"的领域中，陆续涌现出一批新论著，而且把关注的眼光转向诗歌，转向散文，使文学样式的研究更趋全面、合理；文学的版图从中上层士大夫为中心，转而从下层士子的文学创作中发现更多、更深的时代内容;宋史学界提出的"重新认识南宋"的命题,也促成我们对长期存在的"重北宋轻南宋"的偏向有了新的认识,并在实际工作中取得一些可喜的成绩。

就我们学会的工作而言,每两年一次的年会按期举办,与会者的热情长盛不衰,人气旺盛,人脉畅通;已出版的六大册《宋代文学国际研讨会论文集》也已初显厚重,并且可望越编越好;《宋代文学研究年鉴》也顺利编印,不缺期、不拖延,形成系列,保证了学术信念的连续性与长效性,受到大家的好评与欢迎。

在研究队伍的组成方面,也显示出梯队合理、后继强劲的趋势。年长一辈的学者仍然笔耕不辍,五十岁上下的一代更担负起承前启后的中坚作用,尤为可贵的是年轻人才的不断涌现,这是我们的研究能够持续发展的保证,也是希望所在。从 2009 年成都会议至今的近两年中,我们发现众多的宋代文学研究专著,大都出自年轻学者之手。

我们的七届年会,分别在七座城市举行,不仅反映出宋代当年文学分布的格局,也反映国内目前宋代文学研究力量的布局。能够说大致有两个圆圈:一是上海、南京、杭州这一环太湖的学术圈;一是从广州、成都、银川和这次的开封,涵盖一个更广大的地区。当然,北宋的首都开封和南宋的首都杭州,无疑是宋代文学的"首善地区",也是研究力量颇强或正在结聚的地方。从会议举办地点的选择来看,也符合我们追求综合平衡、稳健发展的要求。

我们的工作差可告慰,但绝不能盲目自满。在目前"思想普遍平庸、目的集体功利"的情势下,我们又面临巨大的挑战,时时感到被边缘化的威胁。但我们确信,中华民族的灿烂文明、文化和文学是不朽的,必将成为建设新文明的重要资源,在伟大的民族复兴中发挥不可或缺的作用。让我们相互激励,抱团取暖,坚持不懈,精进不已,努力开创宋代文学研究的新局面。

祝大会圆满成功！

2011 年 9 月 17 日

（原载《宋代文学研究年鉴（2010—2011）》，

武汉出版社 2013 年版）

第七届宋代文学国际
学术研讨会闭幕词

经过 9 月 17、18 整整两天的研讨，我们这次会议已接近尾声。刚才四个小组的代表分别从诗、词、文及综合等方面，介绍了各组讨论的情况，内容详尽且有深度，实际上是这次会议的集体总结。我这里只谈谈一些会议感想。

一是会风。这几天的开封，窗外秋雨潇潇，但会场内却热气腾腾。大会发言丰富扎实，而分组讨论更是畅所欲言，热烈踊跃，多有交锋与碰撞，在真诚探索中同时增进了友谊，一派充满活力、和谐互动的景象。套用一句流行语：专心致志搞学术探讨，一心一意谋学科发展。这也是我们每届年会的一贯会风。我想其中的一个重要原因，是每位代表都以严肃认真的态度来参加会议，都带来了自己近两年来最满意的代表性成果，以文会友，沟通对话，会议的吸引力正来自较高的学术质量和前沿的学术信息。我们良好的会风必将继续得到保持和发扬。

二是研究观念与视角。我们的文学研究观念新时期以来有了根本性的转换，从摆脱文学是政治附庸的长期桎梏、提倡回归文学本位以来，学者们又发现单纯从文学到文学的研究路径的局限，于是兴起了一股"交叉型专题研究"的热潮。就宋代文学研究而言，文学与科举、文学与党争、文学与地域、文学与传播、文学与家族，这五个方面取得的成果更为突出，或可称之为"五朵金花"。当然，还有其他角度，如文学与经济、文学与宗教、文学与民俗等。这些都是具有诱人发展空间的研究视角。这次会议收到的论文中,也仍然有不少交叉型专题研究的论文,如文学与园林、文学与宗教之类,但对前述所谓"五朵金花"却未能有效跟进,这是一个值得深思的问题。或许是前期成果颇为优秀(如文学与党争),要在短期内有新突破、新开拓,后继难为;或许是课题本身难度较大(如文学与地域),进展缓慢,实属科研工作中的自然现象。总之,我们要随时注意研究工作的前沿态势,尊重业已取得的成绩,看准方向,就不轻言放弃,锲而不舍,就能取得突破。传统的实证研究、个案分析、资料的整理与考订,仍然是我们的长处,这次会议的论文在这些方面的收获多多,但也有一个如何进一步"出新"的问题,以期更上层楼。

三是研究方法与手段。单纯的"读纸"时代正在远去,现在已进入与"读屏"相兼的时代。从会上传达出来的信息,同道中关注于数字化手段应用的,日益增多。有的在编制《全宋文》数据库",有的利用 GIS 开发"中国文学数字化地图平台",论文中也有利用电脑技术检索功能,对《全宋诗》中的重出误收作品进行系统处理分析,这对进一步完善这部有功宋诗研究的基本典籍,是有助益的。方法的改进和手段的创新,从某一方面决定着科研成果的水平,我们期待在这方面有更大的收获,期待"读纸"与"读屏"的更好结合。

在当前宋代文学稳健发展的良好时期,希望我们能在两年后的江西年会上,或者再稍长一些的时间内,经过大家的共同努力,迎来更大的突破。

祝大家旅途愉快,幸福安康!

2011 年 9 月 18 日

(原载《宋代文学研究年鉴(2010—2011)》,
武汉出版社 2013 年版)

在章培恒先生学术思想研讨会暨
《中国文学史新著》(修订版)
新书首发会上的讲话

　　我和章先生实际上是同龄的,都是 1934 年出生,但是他比我大半年。在一个人的生活当中,以前的说法是都有几位贵人相助,到复旦来的这段日子,我是有贵人相助的,也得到很多老师、同事,及自己学生的帮助。那么其中最重要的一位,我想就是章先生了。因为到了复旦以后,我和他是同一个学科的。虽然接触不是很密切,但是通过各种各样的接触,章先生在方方面面帮助我,有的甚至是在我不知情的情况下给了我帮助。听到他过世的消息,我比较早去,走在灵堂上,自己突然控制不住。觉得到复旦来我还是很幸福的,特别是碰到章先生这样的兄长,我是很幸福的。

　　但是我想,章先生主要是一位学者,而且是同一个学科的领导人,章先生已经走了,对他最好的继承,应该首先是总结他的学术思想,总结他的学术道路中有哪些是值得我们继承的东西。章先生的生活道路和他的学术道路应该说是不平坦的。可能在他身上也折射出我们这一辈知识分子一些共同的遭遇和学术经历。但章先生的学术道路与常人不一般,是一条个性化色彩很强的学术道路。回想起我第一次读章先生的文章,大概是在六十年代他在报上发表的关于谴责小说的文章,当时影响很大。这篇文章在当时的语境下写成,可能章先生后来也不是很看重。但当时我在北京工作的时候,他的这篇文章让我有了很深的触动。因为在这种大批判的环境下,只有章先生的文章是讲道理的,而且章先生提出的问题是非常深刻的,所以当时给我留下很深的印象。

那么现在如果要研究章先生的学术道路,我想首先应该是研究他的学术著作。我到复旦来工作,他送给我的第一部书就是《洪昇年谱》,随后是《献疑集》,随后是《灾枣集》和《不京不海集》,最后是《中国文学史》。章先生曾经对他的学生说过,在复旦的老师中,有三位老师对他的影响很大。一位是蒋天枢先生,一位是贾植芳先生,一位是朱东润先生。我一直在想这个问题,贾植芳先生是给他"五四"的精神,给他一些理论上的教育,特别是马克思主义;蒋天枢先生主要是给了他文献学方面的训练,中国文史知识的训练、实证的研究;而朱东润先生主要是教导他"学术要创新,学术要讲自己的理论"。这三条,一个是实证研究,一个是理论研究,最后落实到独创性。我想独创性,学术要有自己的意见,这是学术的生命。

从章先生的著作及其发展过程来看,早期主要是《洪昇年谱》,属于资料性质的,但我却感受到这不是一般意义上的年谱,而是对中国文学史的发展具有普遍意义的年谱。后来看他的《献疑集》,《献疑集》主要是"献疑",章先生的学术特点是在"无疑"处"有疑",这些文章从文献考据学上应该都达到了我们目前能看到的文章的顶峰。考证的翔实、材料的丰富、思想的缜密,我觉得是极其令人佩服的。而这些文章又不仅仅停留在每个问题的考证上,而是在背后延伸出一个个学术问题,从而有了文学史的关照。后来是《灾枣集》,《灾枣集》中的文章虽是小文章,但气势令人佩服。现在看到了他的《不京不海集》,但最后的学术精华凝结在《中国文学史新著》中。我在章先生身上看到了"五四"所开创的现代学术对文学史思想传统的继承。现在说马克思主义,大家可能都觉得不流行了,但章先生却非常认真地研究马克思的原著。我记得当时《德意志意识形态》是必读的书,他在和骆玉明先生合著的第一版《中国文学史》的序言中提出,中国文学史的发展与人性的发展是同步的。那里面对于马克思经典的引用，信手拈来，既贴切又自如，是令我们望尘莫及的，在当时就已经达到了比较高的水平。我觉得章先生不是将马克思主义作为国家的政治意识形态来引用，而是作为一种学术观点、一种学术指导思想在应用。所以在他的学术当中，他的马克思主义是"活"的，对我们今天仍然有很大的启示意义。所以我想从这个角度上来说，章先生坚持"五四"所开创的中国学术的传统并加以发展，在每一个学术问题上都要发表自己的见解，都有自己独立的探索，我觉得这是非常宝贵的学术精神。

另外，章先生不断地自我反思，不断地修改自己的作品，不断地追求完善，不断地追求卓越，这是非常感人的，特别是《中国文学史》。《中国文学史》经过了几个版本，1996年的第一版，2007年的第二版，到现在的《中国文学史新著》（第二版修订本）。这部书的完善时期恰好是在章先生1999年得了癌症之后的时期，所以这部书真的是花了章先生很大的心血乃至他的生命。如果他不是对这本书不断地进行思考、修改和完善的话，可能他的生命会延长一点。所以可以说他为了这本书呕心沥血，付出了生命的代价。

章先生说，他把自己的学术作为生命的一部分，他的这种精神在我们这一辈人中是非常罕见的。他可以为了自己的著作，全身心地投入。章先生的思维是非常敏捷的，我看到他的许多原稿都是一手稿，他的讲话有条不紊，思维敏捷，几乎出口成章。而他不断地修改书稿正表明了他在不断地思考问题。从《中国文学史》来说，他首先提出"中国文学史"的发展与"人性"的发展是同步的。后来他还提出艺术形式的问题，因为他觉得光是讲"人性"的发展还不能解决"中国文学史"发展的全部问题。所以还提出"古今演变"的问题。太史公曾说"究天人之际，通古今之变，成一家之言"，章先生的书符合这样的要求。他讲人性，也是探究中国古代文学、中国古代文化之所以有这么强生命力的原因。他的每一次改动,都同时提出了一个理论性的问题,他的修改都是有序的,符合他的思想逻辑的。

章先生的思想中有"不变",就是坚持原则,要有学术创新,要有踏实的实证研究的基础,要有理论的阐发;同时也有"变",就是不断地修改完善。但实际上这个"变"也是"不变"的,学术就应该这样搞。想到章先生曾经给某一届毕业的学生题词,其中有四个字——"毋变初衷"。我想章先生选择了把做学术作为他生命的全部,这个选择不是随意的,而一旦选定了,就不变了,不改初衷。我想这种精神在我们今天的学术环境下是极其难能可贵的,并值得我们好好学习。

(原载《文汇读书周报》2011 年 10 月 14 日,据讲话稿整理)

第八届宋代文学国际
学术研讨会开幕词

各位领导、各位代表、各位朋友：

　　两年一度的学会年会如期召开了，使我们自然地想到苏东坡的诗句"人似秋鸿来有信"，在这秋光明丽、迎接丰收的日子里，我们不论是新交还是旧识，带来了近两年来的研究成果，互相切磋，交流心得，共商学科发展大计，迎来又一次宋代文学研究界的学术盛会。当然，我们也自然不会忘记这次会议的东道主——赣南师范学院文学院的各级领导和朋友，他们经过精心筹办，费心费力，又联合江西省社科院文学所、黄冈师院文学院，同心协力，保证了这次会议，即"中国宋代文学学会第八届年会暨宋代文学与宋城文化国际学术研讨会"的顺利举行，我们要感谢东道主为我们提供了得以酣畅论学的良好机会。

　　苏东坡的诗接着说"事如春梦了无痕"，抒发了沉重的人生空漠之感。我想借用他的"春梦"，即"春天的梦想"来表达一下对宋代文学研究未来的展望与期待。我们期待宋代文学在我国断代文学研究中，继续成为最为活跃、最见成果的领域之一，期待在视野的拓展、方法的探索、材料的挖掘、队伍的建设诸多方面，继续展示出稳中求进、可持续发展的前景。我们要继续精深治学，跟踪学术前沿，追求在传统基础上的创新，警惕学术上的短板、瓶颈和套路，如有些学者提到的，要突破在教科书文学史书写格局下所逐渐形成的自闭式学术生产和碎片化的操作方式，这不失为对我们的一种有益的提醒。

这次到江西来开年会,也是不少学会同道的"梦想"。江西地区的文学一直占据宋代文学的半壁江山。古文宋六家,江西占其半;黄庭坚和江西诗派影响整整一代宋诗;晏欧词派又是宋初词坛的翘楚。至于南宋,江西籍的作家和流寓江西的作家中,更涌现出一大批名家、大家:杨万里、周必大、姜夔、刘辰翁、文天祥、谢枋得以及辛弃疾等,都是研治宋代文学无法绕过的高峰。我们到江西来研讨宋代文学,自然能得到地域的特殊优势,在这里与宋人作异代精神沟通,体会远隔时空而尽可能体会到的时代风貌与人文情怀,以思古之幽情,求历史之原貌。

我来江西四次,先后参加过曾巩、辛弃疾、欧阳修、杨万里的讨论会,每次都会得到意外的收获和体会。学者们已注意到,北宋名臣达官,大都死后不卒葬于故乡,但我在南丰亲谒曾巩墓,那时发掘不久,尚可猜想当时的墓制规格,而其他宋五家,除苏洵归葬四川外,欧、王、二苏均葬于他乡。在上饶参加辛弃疾会,参观鹅湖书院,又走官道到达武夷山界,体会辛弃疾与陈亮唱和的五首《贺新郎》的愤激情绪,对于他们背后是否藏有一段隐情,就引起我追索的兴趣,还写过一篇随笔式的考辨文章。又如郁孤台乃赣州一大名胜,而造口则在万安县,两地相距二百多里,辛氏为什么要将作于郁孤台的作品书于造口?在吉安吉水地区,我还第一次了解到宋代这一地区的人才盛况。宋明两代,吉安先后出了 18 位状元,16 位榜眼,14 位探花,2 823 位进士,吉水也有相关的民谣,说明宋代的江西南部地区是一方具有深厚文化底蕴的"文章节义之邦",也引领着宋代文学特别是南宋文学的发展趋向。以上我汇报的是以前几次到江西的收获,我想,这次到江西来参加会议,一定也会不虚此行。

关于学会本身的工作,主要是一个会议、几套书刊,两年来进行十分顺利,发给每位代表的开封会议论文集和 2010—2011 年的《年鉴》,都能保持原来的学术水平。只是《新宋学》停刊多年了,目前由在座的李伟国先生帮助,复刊后的第三辑业已编完,可望由上海人民出版社出版,打算尽快即出第四辑,希望朋友们踊跃赐稿。

说了这些高兴事,也要提到伤心事。2012 年是我们学界的凶年。不久前,本会顾问、著名词学家吴熊和先生久病不愈,离我们而去。在他之前不久,本会理事、江西财大龙建国先生,还有南京师大的邓红梅先生也不幸去世,我们感到非常悲痛。去者长已矣,让我们生者以更辛勤的劳作接续他们的事业,用更出色的成果告慰他们在天之灵。

最后,我再次借用、引申苏东坡的诗句意思,就是:以秋天收获的实绩,来实现春天般美好的梦想,实现宋代文学研究的新开拓、新突破。

祝大会圆满成功!

谢谢大家!

2013 年 9 月 21 日

(原载《宋代文学研究年鉴(2012—
2013)》,武汉出版社 2015 年版)

在第二届思勉原创奖学术研讨会
暨颁奖典礼上的讲话

我首先要对获得第二届思勉原创奖的四位作者表示祝贺,这是想讲的第一句话。第二句话我想借这个机会向华东师范大学成功地举办了两届"思勉原创奖"表示敬意和感谢。因为"思勉原创奖"整个流程、整个操作的方法,本身是带有原创性的,借用刚才一句话,这个奖产生着、产生了,并且要继续在学术界产生良好的促进作用。我在这里表示感谢和敬意。这是我点评以前想讲的两句话。

罗宗强先生是我非常敬重的老学长。他这本《隋唐五代文学思想史》出版于 1986 年,出版以后罗先生送了我一本,我当时拿到这本书,一读就放不下手,通读了一遍。我这里把当时阅读的三点感想跟大家分享一下。

第一点,罗宗强先生既是一位我国著名的古代文学的批评史家,又是中国古代文学史家。他这本书原本应该是从批评史的角度立论。大家知道,批评史是从批评家对文学作品进行评论的材料中看背后的文学思想,比如诗话、词话、文话、书简、序跋等资料。但罗先生除了关注这部分资料之外,还特别注意到了大家比较忽视的资料,那就是文学作品本身,一个作家创作的文学作品背后其实就蕴含着文学思想和美学追求。而这些文学作品后面的文学思想,以往常被忽视。我看了这本书,就觉得罗先生把这两种材料结合了起来,既看到文学批评史材料中所蕴藏的文学思想,又看到了文学作品背后所蕴藏的文学思想。把这二者结合起来研究文学思潮,这种做法在当时应该说成了文学批评史写作领域在方法论上的"创造性革命"。

当然，这一点并不是学术界没人提到过，但真正贯彻这种方法去研究、去写作，却是罗先生。我记得 60 年代的《文学遗产》有一篇《大家谈》，我就注意到那篇文章已经提出这个问题，提出应该把中国文学批评史和中国文学史相结合，但只是停留在呼吁而已。我们学界当中，南京大学程千帆先生、复旦大学王运熙先生，他们的研究也已经在尝试应用这个方法，在做批评史研究的时候已经注意到了作家文学作品背后的文学思想和时代思潮。但是像罗先生这本书从头到尾贯彻到底，系统地、周密地、详细地贯彻这个主张，使用这个方法，这是没有人做过的。而且罗先生不光注意文学批评史材料后面的文学思想与创作当中体现的一致性，二者之间可以互证，而且还注意到不同、矛盾之处，这样使得我们对当时文学思想的理解，有一种立体感，能够触摸到当时具体的情况。

文学批评史和文学史，本身是古代文学研究领域中的两个子学科，罗先生把这两个子学科进行很好的交叉性的研究，取得了这个成果，这留给我非常鲜明的印象。所以他的书名叫作《隋唐五代文学思想史》，已经贯彻了这个主题思想，这是非常大的创新。这是第一点。

第二点，刚刚罗先生说了，他这本书写了五年，开始动笔的时候是 80 年代初，那个时候我们国家正处于拨乱反正时期。古典文学的研究，原来特别强调人民性、现实主义等等文学的工具性效应，所以当时已经有呼声回归文学本位，呼吁把文学当作文学来研究，而不是政治的附庸。罗先生的这本书也正是符合这种思潮的。但是罗先生特殊的地方在于，他强调从创作主体的心态，从创作主体自己的心灵感受这个角度切入，把文学思想史当作文学来研究，而不是政治的附庸，这一点做得很好。而且当时他的《隋唐五代文学思想史》正好提到两个大的文学"运动"，一个是白居易的"新乐府运动"，一个是韩愈的"古文运动"。这两个运动，在传统观点上，恰恰就是因为它是主张文学教化的，为政治服务的，是以这个为特点。而罗先生这本书中，则从文人心态并结合他们当时所处的广阔的政治背景，来解释为什么会这样，然后进行文学的研究、评论,这个我觉得非常好,让人耳目一新。

我们传统的文学史里面,对新乐府运动、古文运动等,评价都非常高,罗先生这本书对其进行了恰当的评价,而这个评价是从文学角度来评价的,是还原文学的。所以我觉得一直到现在关于这两个文学现象,罗先生对于要不要用"运动"一词,还是有一些保留的,但作为文学现象的评价,罗先生这本书里面所认识的是比较到位的。所以,怎样在研究中坚守文学的本位,这给我很大的启发。这是第二点。

第三点,批评史所使用的材料往往是诗话、词话、书简、题跋等,文学史的主要材料就是作家的作品。但是文学思想史,把这两个结合起来,罗先生的书非常强调这点。我注意到罗先生提出新观点的地方,往往这些材料来源于别集。别集大家经常使用,但罗先生能够从常见的材料中读出新意,他使用的别集材料往往是别人没有注意的,没有使用过的。所以,对于别集的深读、细读,给我印象也很深刻,比如他讲韩愈的古文理论,讲"文以明道",他列举的 7 条材料,都是从细读文本中发现的,将韩愈的古文理论作了清晰的梳理。

今天的会议主题是"经典如何可能",罗先生的书给我的这三条启发,现在看起来也能说明这个问题,就是注意相关学科的融合与交叉、注意从文学本位出发研究文人心态、注意深读细读别集。读别集,我想这对于今天年轻学者来说更加重要,因为现在数据资料库在发展,有人都是用输入关键词做学问,这样的情况下,更应强调细读。深入别集当中去体会,做研究,注意当时作家具体的语境,这样的学术研究才能有自己独特的观点,才可能原创,才可能写成经典。

谢谢大家!

2013 年 10 月 26 日

(原载《何谓人文经典:第二届思勉原创奖实录》,

华东师范大学出版社 2015 年版)

第九届宋代文学国际
学术研讨会开幕词

各位领导、各位先生：

　　再过两天，就是我国传统佳节中秋节。在这以团聚为基调的节日气氛中，我们这个宋代文学研究学术共同体，再一次聚集在杭州，参加第九届年会，自然感到格外的欣喜。我们的年会已举办了九届，分别在上海等八座城市召开，而杭州是唯一承办了两届的城市，这自然表明杭州对大家的吸引力，这座城市的如画美景和盎然诗意，它的深厚的人文积淀和学术传统，尤其是作为南宋故都的历史魅力，当然还要提及东道主的热情好客和服务学会的贡献精神，使我们产生旧地重逢的喜悦。这次到会的正式代表依然人数众多，限于旅游旺季的接待条件，不少朋友还未能受邀到会。这也表明我们学会仍然具有较强的凝聚力和影响力。厚厚四大册会议论文集在篇幅上似乎已超过了往届，我们听到了作者的辛勤跋涉的脚步声，感受到了他们献身学术的心声。尤为令人高兴的是，许多年轻的新朋友、新面孔，他们朝气蓬勃、锐意创新，正是宋代文学研究持续发展的保证。

　　宋代文学学会成立于 2000 年，迄今正好十五年。十五年对于一个历史悠久的国家来说，也许算不上是一个时间节点。就今年而言，九十周年纪念的故宫博物院，七十周年的世界反法西斯胜利纪念，六十周年、五十周年的新疆维吾尔自治区和西藏自治区成立纪念。我们短短的十五年自然不能与它们相比。但是，我以为我们一起走过的这十五年，还是值得作一些回顾，肯定成绩，反思不足，以利砥砺前行。

十五年来,我们在宋代文学研究中取得了引人瞩目的成绩,其原因归结到一点,在于注重良好学风的建设。我们坚持在实证基础上的理论创新,从大量文献资料出发,从中引出其固有的结论。我们不拒绝"新知",提倡对学科作学理性的建构,又注意本土学术资源的发掘和重新解读。我们多种研究视角、方法的结合和融通,既承续传统文学研究的方式方法,又主张突破从文学到文学的单一研究路径,因而开阔视野,从偏重个案研究中突围,展开不少综合性研究的新课题,注意纠正研究格局中的"三重三轻"的偏颇。我们努力"预流",关心学术研究现状,注意学科交叉型专题研究。我们遵循稳中求进的有序发展,不汲汲于爆炸性的跃进,等等。我们这些心得,未必全都正确,尤其在具体研究上还有不少距离,但这些探讨总是切实的,假以时日,相信是能见成效的。

我们是一个团结和谐的群体,秉承"以文会友"的旨趣,在不同年龄层级之间、各个学术辈分之间,都结下了深厚的友谊。十五年来,可谓风调雨顺,和谐相处,几乎没有发生过一件不愉快的事情。至今我们还要回想起每届告别晚宴上的馀兴节目,朋友们自行登台献艺,精彩纷呈,是我们学会和谐相处的生动写照,堪与"西园雅集图"比美。我曾开玩笑式解读过"和谐"两个汉字:谐者,有话大家说;和者,有饭大家吃。尊重发表意见的权利,同时顾及不同的需要、利益等方方面面,这正是维护一个群体的两个必要条件。虽是玩笑话,却有道理在。

我们的学会是一个学术性的民间组织,"专心致志搞学术,一心一意求发展",是我们单纯而朴实的宗旨,出成果、出人才是我们的两大目标。学术研究要与现实生活紧密相连,但应警惕市场商品大潮的某种侵蚀。我们要与时俱进,但未必会常有新套套。学会的主要活动可以概括为一二三,即建设好一个务实的理事会班子,组织好二年一届的学术年会,编辑好三种学术书刊(会议论文集、《宋代文学研究年鉴》、《新宋学》),期盼能一步一个脚印地取得理想的成绩。

最近报刊上流行《诗经》中的两句话"靡不有初,鲜克有终",说明实现中华民族伟大复兴,需要一代又一代人为之努力。我们在过去十五年一起走过的岁月,算是一个较好的"开始",形成了一种团结务实而又生动活泼的会风,在我国断代文学研究中显得相当活跃和突出,但应以"鲜克有终"自诫自励,相信在新的学会领导班子的带领下,经过我们坚持不懈的共同努力,一定会有更美好的未来!《论语·子张》记子夏的话说"有始有卒者,其惟圣人乎",我们一定要向子夏所说的"有始有卒"的"圣人"看齐!

谢谢大家!

2015 年 9 月 25 日

我们走在大路上

——在中国宋代文学学会第十一届年会暨 宋代文学国际学术研讨会上的致辞

各位朋友、各位同道：

首先热忱欢迎大家来到复旦大学共襄盛会。

最近，举国上下隆重庆祝中华人民共和国建国七十周年，我从心底里深刻感受到，我们的祖国真正开始强大了。我们宋代文学学会建立于 2000 年，到今年，恰好首尾二十年。对这二十年，我也想说一句心里话：我们真正走在学术发展的大路上了。

七十年的学术发展，当然也包括宋代文学研究在内，我们经历了"文革"结束以前三十年以主流意识形态强势控制、行政干涉严重的艰难时期。1978 年改革开放，为学术研究创造了新的环境，但前十多年，仍旧是一个音调未定的过渡阶段，只有到了后二十年，才真正开启学术发展的大好时代，而这也正是我们学会成立与开展的二十年，真是天赐良机。

所谓我们走在大路上，首先是走在以学术研究为本位、遵循学术发展内在要求与逻辑的大路上。我们研究传统文化，应该着眼于其创造性继承和创新性发展，努力探讨其现代性，作为建设社会主义新文化的必要组成部分。但绝不能沦为政治的附庸，这也是"独立之精神、自由之思想"在新时代受到学界热烈响应的原因。就我个人的学术经历而言，的确切身感受到何谓"精神解放"，何谓"科学的春天"，何谓回归研究主体应有的独立与自由。我举个小例子，"四人帮"刚粉碎时,我写完《唐诗选·前言》,按文学所规矩,作为所的科研项目,必须由领导审阅才能公开出版。当时老所长还未复职,由五位党组成员担任领导,我逐一找他们审读,却无一人应承。恰巧《文学评论》奉命复刊,任务很紧,一时之间也缺稿子,就把这篇《前言》发表了。不敢发表,是不正常;匆忙发表,也不算正常,这很好地说明当时环境特殊,馀悸犹存。讲述这个小故事,不免有点"白头宫女说玄宗",让人不胜今昔之感。但却可借以反映我们目前的外部环境比之前几十年,的确有天壤之别。我们应该珍惜这个新时代!

所谓我们走在大路上,是走在学术视野日益宽阔,研究方法日益多元,国际化程度日益扩大的大路上。回顾我们走上古代文学研究之路的历程,大都经历过学习文学史、讲授文学史乃至参与编写和研究文学史的过程。对于我们这一代学人来说,传统的文学史教科书,是我们的学术启蒙读物,无疑功莫大焉;然而,却也由此形成一套固定的研究框架和操作手法,尤以作家作品个案分析为中心,以思想性、艺术性二分法为手段,又进而以政治标准第一、艺术标准第二为指针,这一研究思路的影响,似乎波及各个领域,至今仍有或显或隐的存在。我今天谈这一点,完全是我个人近年来阅读学界论著的经验,也是能否吸引我阅读注意力的一条标准,我的这个感受可能未必正确。但近年来,我们注意打破"从文学到文学"的单一研究路径,多在"从文学到文化再到文学"这一方向上着力,开拓跨学科研究——比如我前些年提出的宋代文学研究"五朵金花"(即文学与科举、家族、地域、党争、传播关系的研究),吸纳和利用数字化文献成果,都是实实在在的进步,目前,这应该已然成为大家的共识。

所谓走在大路上,是走在不断充实和完善我们这个学术共同体,尤其是注入新鲜血液,增强后续发展潜力的大路上。我们这次大会,有个80后学者学术成果展示专场,这就是一个突出的例证。陈尚君先生最近在为他学生著作写的一篇序中说:"年轻真好!"对此,我深有同感,而且或许我的感受会更加痛切、深刻。我的学术启蒙是在大学本科阶段,但大学五年,真正读书的时间却只有三年。大三结束以后,大学的教学秩序就被完全打乱了,所以就出现了我还没有在课堂上学习宋代文学史却来编写宋代文学史这样一个笑话。之后我到文学所工作,虽号称十八年,但实际算来,真正工作的时间却只有三四年。十年"文革",一年多"四清",平时有数不清的下乡劳动,以及持续不断的运动、开会,一生中最美好的研究时光都失去了。十年"文革",对不同年龄段的先生都有影响,但是对我这一代人——像我这样已年逾八十的"八零后"——的影响,与对其他先生如今天在座的莫砺锋、陈尚君这一辈的影响,或许是略有不同的。我们失去的十年,本应该是著书立说、大出成果的十年,但却白白浪费了,思之让人叹息。

因此,我们今天年轻的朋友们当然会有这样那样的困难和压力,但总的说来,只要咬定目标不放松,勤勉刻苦不退缩,持以时日,必定大有可观。今后我们学会在莫砺锋会长的有力领导下,必将迎来更加踏实奋进、成果璀璨夺目的下一个二十年!

2019 年 10 月 19 日

纪念钱锺书先生诞辰110周年学术座谈会暨《钱锺书的学术人生》新书发布会致辞

十年前,中国社会科学院隆重举行"钱锺书先生诞辰100周年纪念会",其规模比我们这次会议要大,会期也更长,但是,我们的目的是一致的,即都是为了学习钱锺书、研究钱锺书、更好地继承和发扬他留给我们的珍贵的学术遗产和思想财富。十年来,我们高兴地看到,在杨绛先生所谓"打扫战场"的努力下,有关钱先生未刊手稿集及其他文献资料,都已基本出版,最近又发行《钱锺书选唐诗》一书,为研究"钱学"提供了新的材料。这十多年来,在研究方面也取得了不少成绩,尤其在钱先生生平事迹考证方面发掘甚多,也有助于"钱学"的发展。

钱先生学术成果的经典性是一个需要不断被阐释、被发现的过程,这就决定了我们的研究队伍和研究力量必须保持持续、恒久增长的态势。我想起原中国社会科学院副院长丁伟志先生在主编《钱锺书先生百年诞辰纪念文集》时所说的一段话,他说之所以要编集这本纪念文集,是"再一次呼唤学术界、文化界加深认识钱先生学术贡献的重大价值,进一步推动新生代学人学习钱先生学术成就的自觉;希望他们能够担当起重任,传承和发展钱先生为代表的一代宗师筚路蓝缕开创的文化大业"。丁先生在这里提出了对"新生代""钱学"研究者的诚挚希望,也表达了我内心的深切愿望。"钱学"的发扬光大,端赖"新生代"!

在一百多年来涌现的众多"民国学术名家大师"行列中,钱先生称得上是一位卓尔不群、出类拔萃而又极富个人学术魅力的一代宗师。对他的研究,当然应该是多方面、多角度的。但是,我想,他的主要身份是学者,从中国学术史、文化史的层面来看,对他的学习和研究,重中之重还应该在于他的学术创造、他学问的丰富无比的内涵、令人高山仰止的境界以及所产生和将要继续产生的学术影响力。把研究的主攻方向放在诸如钱式幽默、个人逸事,恐非适宜。盼望今后有更多内容扎实、观点创新的"钱学"研究论著问世,这是我的第二个愿望。

第三个愿望是如何更有效地发挥钱先生已刊著述的作用。我指的是手稿集研究。钱先生身后问世的三种手稿集,即《容安馆札记》、《中文笔记》和《外文笔记》,多达71卷,其数量是迄今所见个人笔记之冠(顾颉刚先生读书笔记近二百册,约600万字,但收入全集者仅17册),而其内容之广博精深,可谓并世无第二人。因此,手稿集是钱先生创造的一个学术世界,原来是属于他个人的,但现在缘于出版,已经属于我们大家了。我讲这句话,是有特别含义的,因为在钱先生生前,我曾两次接触到他的读书笔记,我向他请益,他拿出笔记,跟我讲你的这个问题,在我笔记的某处某处有答案。我很好奇,把头凑过去想看一看,他却都笑着说:"勿好给侬看,勿好给侬看。"因此,那个时候我就在心里想,这个手稿集倘若能够让我整体阅读,该是一件多么幸运的事啊。因此手稿集能够影印公布,是件了不起的盛事。我们应该充分理解和尊重杨先生把手稿集公诸于世的初衷,从中探索真正有益于开拓学术前景、深化学术研究的内容,而不是以窥探私密的心态来对待这笔宝贵的文献遗产。我以前曾经说过,研究钱先生的手稿有三难:一是手稿勾乙涂抹,重重叠加,释读时看不清;二是不熟悉钱先生的书法,识字不准;三是学问不够,读不懂。所以,针对手稿集的研究,这十多年中是比较缺乏的。我真心希望手稿集得到尽快的整理和研究，从而进一步提升"钱学"的研究水准。

谈到我的这本小书《钱锺书的学术人生》，实在很惭愧。这是一份不合格的作业。此书内容大致包含钱先生其人、其事、其学三项。关于其人，我从历史和记忆中记录一些钱先生的风采、个性和趣味；关于其事，我选择"清华间谍案"、参加《毛选》英译的经过、《宋诗选注》的一段荣辱升沉为重点，材料似比一般传记丰富，有些分析也较深入；关于其学，主要关涉宋代文学，而以《手稿集》为重点。有同学说我晚年学术有三个面向，其中一个是"钱学"，而"钱学"则是我最牵挂的，此言不虚。但也留下了三个遗憾：一是与我的学生合作的国家社会科学基金项目"钱锺书与宋诗研究"，虽已结项，却未成书；二是本来打算在诸多钱先生传记之外，写作一部《钱锺书学术评传》，但只完成第一章"清华时代"；三是奉命整理《容安馆札记》也因故中停。如今，这三个遗憾化作了我上面所说的三个愿望，即寄希望于新生代"钱学"学人、明确"钱学"研究的主要方向、加强对《手稿集》的整理研究。

最后说一说今天发给诸位的一张藏书票的故事。这张旧学部大院全景图，是一位文学所同事的孩子所绘，尺寸比例颇为准确。它背后有不同寻常的故事，在这张图上，大家可以看见标出了7号楼，那里有间房子正是钱先生《管锥编》和杨先生《堂吉诃德》完成的"陋室"。钱、杨两位于1974年5月到1977年2月在此屋住了两年九个月。这间屋子，仅十多平方米，放了两张行军床，两个三屉桌，冷冰冰的水泥地，斑驳的墙壁，阴暗的北窗。杨先生在给我的信中说到我曾替他们在屋内拉了一根铅丝，供晾晒毛巾、湿衣服之用。其实，我还可以补充一句，那间陋室的北窗外是浓密的树荫，遮蔽了阳光，一到下午，室内就光线黯淡，无法看书、写作，所以我还曾经替钱先生的台灯换了个大灯泡。就是在这种环境中，钱先生完成了皇皇巨著《管锥编》，真可谓是感天地、泣鬼神。《管锥编》是1972年从干校回京开始动笔,至 1975 年完成初稿的,钱先生在这间"陋室"里请周振甫先生吃饭,饭后才把《管锥编》书稿交给他评阅,其情其景,大家可找周先生的文章来读,十分感人。这也是钱先生与中华书局的一段交往。

对我个人来说,这张地图也格外亲切。因我当时住在一间作废的旧门房,与钱先生家仅一步之遥。我一日三餐去食堂打饭,都要经过他家,只见他俩总是埋头书桌,便很少搭话。偶尔的,他俩晚饭后会到我住处小坐,也曾叫我查阅过一些材料。但彼时我不知道他正在写作《管锥编》。今天借图忆旧,不胜感慨。钱先生有诗云:"书癖钻窗蜂未出,诗情绕树鹊难安。"此句可作当时情状的写照。这也是今天诸位手中书签上所钤印章"书癖诗情"四字的出处,是由我的学生卢康华拟辞、篆刻的。

最后,再次真诚感谢各位朋友出席这次会议,一起来纪念钱先生诞辰 110 周年,同时也期待大家对我的小书提出宝贵意见。

2020 年 11 月 21 日下午

《北宋三大文人集团》
新书研讨会致辞

各位先生：

我首先要衷心感谢各位来参加这个会议，尤其是从外地来沪的几位先生，克服疫情带来的诸多不便，实在麻烦各位了。

我的这本小书是在授课讲义基础上写成的。1989年复旦大学举办一个助教进修班，学员们学习热情高，又大都具有相当学术素养。我大概是这个班的主持人，每学期都要给他们上课。那么讲些什么他们在大学本科没有听过的新鲜内容呢？我当时思考一个问题，那时的古代文学研究始终受制于教科书格局，即以时代为序，以作家作品个案研究为主干。这个教科书的格局的模式，自然有它的优点，对传授古代文学史的系统知识，十分必要；但它不能当作古代文学研究的全部内容。唐弢先生从上海调到北京文学所时提出他的两项研究计划：一是写一部《鲁迅传》，一是写一部以社团、流派为中心线索的现代文学史。第一项因故没有完成；第二项却又被以他为主编的《中国现代文学史》所代替，而这部《文学史》仍遵循"以时代为序，以作家作品为主干"的一般教科书的模式。我觉得这是一个很大的遗憾。在为助教进修班设计课程的时候，我就想能否尝试从文人群体、文人集团的视角来展示一代的文学现象。这跟我后来提倡交叉型学科研究，所谓"五朵金花"的思路是一致的。

首先发现的是钱惟演集团的存在，继而把它与"欧门"、"苏门"联成一条线索；即前一集团为后一集团培养了盟主，后一集团的领袖是前一集团的核心成员。即所谓"系列性"。三个集团还有明显的"结盟自觉性"和"文学性加强"的特点。

视角的更换,单一个案分析模式的突破,比较容易发现一些新材料和新问题。如"钱幕"的游嵩山,谢绛的长信(《游嵩山寄梅殿丞书》)被梅尧臣用一首长诗加以改写和移植,欧阳修学古文于尹洙的内情,嘉祐二年贡举事件的文学史意义解读,秦观《千秋岁》词的苏门唱和,等等,都有新的意义可以探讨。何其芳先生提倡三"新",即新材料、新问题、新观点,我在写作时,常常想起他的教导。

将三十多年前的一部旧稿付印出版,理应要作一番较大规模的修改,但限于我目前的身体状况和生活环境,已很难实现。幸而得到上海古籍出版社的大力帮助和责任编辑常德荣先生的悉心校订,才减少一些错失。今天希望得到在座各位先生的指教,期待有一个进一步修正和提高的机会。

谢谢大家!

2021 年 9 月 25 日

第五届中国古代文章学
研讨会开幕词

各位先生，各位同道：

今天我们欢聚一堂，举办第五届中国古代文章学研讨会，我首先要感谢到会的各位新老朋友，在疫情起伏不定、人心依旧惶惶的情势下，大家克服种种困难和不便，毅然来到复旦大学参加会议，这生动地表明了大家对文章学研究的强烈兴趣和不懈追求。这种兴趣和不懈追求正是文章学学科必然兴旺发达的标志。这次会议的规模比起前四届都要大一些，参加人数也多许多，作为测量学科热度的一枚温度计，这充分说明我们的研究生态正处于持续上升的阶段。为此，我要对各位的到来，郑重表示感谢。

另一个感谢，是我要代表复旦大学文章学课题组向各位表达的。我们这个课题组主要抓文章学文献的整理和研究两项工作，在侯体健教授的直接组织下，两项工作都在有条不紊地展开。作为最近的阶段性成果，是现在呈现在各位与会代表面前的《稀见清人文话二十种》和《复旦古代文章学研究书系》六种，我们真心地向大家汇报，并恳请给与指教。这些成果初步显示出未来的《历代文话》重编本将比原来的十卷本《历代文话》有较大的提高，在文章学学科理论建设方面也将有较为扎实的进展。我要说，这些成果的取得，有赖于我们办了五届文章学研讨会，其中包含着各位先生多年来的鼎力支持、促进和帮助。就以这次举办会议来说，光是为了准备赠书，也推动了《稀见清人文话二十种》的及时出版。我有一个或许不那么准确的感觉：

对中国古代文章学,每位研究者可能有各种想法,比如说在首届文章学会议上表现出五种不同的定义和观点,但经过多年的深入研究和讨论,现在似乎慢慢地互相接近,取得了不少的共识。我现在看书看文章不多也不广,但最近看到一篇论骈文的博士论文,以及一篇梳理钱锺书先生骈文观的文章,就感到在骈文的内蕴和外延上都有不少新意。前四届文章学会议的四册论文集,比较全面地反映出文章学学科的前沿情况和学科的关注点。所以,也可以说,我们的这个小型学科专题会议,还具有学科风向标的指示作用。在接下来的两天研讨会中,能够再次得到各位同道朋友的支持与指点,我们复旦课题组成员必然深获教益,这也是我要特别致谢的地方。

最后,预祝大会圆满成功,希望大家畅怀交流!再次感谢,感谢!

2021 年 10 月 16 日

卷八 人文记游

在王仁纪念碑前

一到东京,才知道主人东京大学给我安排的寓所就在著名的上野公园附近,稍事整理后,我就信步往访,十分钟就到了。这座公园的全称叫"恩赐上野公园",原是皇家花园,后由天皇下令向普通百姓开放的。它的一个特点是史迹繁多,几乎走几步就有一处胜迹或碑碣,如不忍辩天堂、清水观音堂、上野东照宫以至虫冢、扇冢等等,遍布园内,目不暇给,真是"处处有来历"了。在西乡隆盛铜像旁的一个不大显眼的地方,竖着一块王仁纪念碑,却使我驻足沉思,流连忘返。

王仁何许人也? 他原是百济国博士,在应神天皇十五年(285),也就是西晋武帝太康六年的时候,他带到日本《论语》十卷、《千字文》一卷。据日本国史所载,这是汉籍传入日本的开始,揭开了中国典籍东渐史的第一页。

王仁此举的重要历史意义,在随后 200 多年间并没有充分显示出来,那时日本人直接学习中国文化的机缘不多。到了 7 世纪至 10 世纪的遣唐使时期,出现了全面吸收中国文化的黄金时代。白居易的诗集,在他在世时就已传入日本。五十二代的嵯峨天皇获得《白氏文集》后,欣喜若狂,秘藏诵读。弘法大师的《文镜秘府论》保存着他入唐带回的许多诗话著作,成为目前研究中国南北朝以后、中唐以前的文学批评史的珍贵资料。以后,随着两国交往的不断发展,传入日本的汉籍越来越多。到今天,日本拥有十几座举世瞩目的收藏汉籍的图书馆,其中有国立的、公立的和私人的,还有不少汉籍散藏全国各地。据有的专家调查估计,光是中国明朝和明朝以前的汉籍善本,共有七千五百多种,这是一个多么惊人的数字!明以后的汉籍尚无统计。可以毫不夸大地说,一个国家对另一个国家的文化典籍的收集和保存,还举不出第二个例子,能达到日本对中国那样的数量和质量。

汉籍东传之盛,固然反映出日本在吸收中国文化方面的广泛性和深刻性,这在直至今日的日本社会生活和民族精神中处处体现出来。但在另一方面,一部汉籍东渐史又反映出两国关系的风云变化。这些书籍的本身有的蕴涵着两大民族的友好情谊,有的也烙印着屈辱和悲愤。

日本所藏汉籍主要有三个来源:一是由使臣、僧侣、学者携回的。例如我在天理市天理图书馆看到的被列为"国宝"的宋版《刘梦得文集》12册,就是建仁寺的开山祖师宋僧荣西法师传入的。此书为南宋初年刻本,离今已足足八百多年了。但因精心保存,仍焕然一新。楮墨精美,字体秀劲,摩挲再三,幸增眼福。二是由书商贩运而来的。例如,内阁文库收藏的大宗"红叶山文库本",原是德川幕府第一代将军德川家康在江户富士见亭创设的一座文库的旧藏,这座文库除了广泛搜集日本国内的孤本秘籍外,又在当时长崎等处收购从中国船运而来的大量书籍。现在成为内阁文库库藏的基础之一。日本今存《舶载书目》,完整地保存着当时汉籍输入的清单。从这部书目中,我们知道我国的伟大小说《红楼梦》在宽政五年(1793)已传入日本,离刊刻才二年。三是从中国直接购买一些藏书家的整批书籍。最有名的事件莫过于陆心源藏书之全部归于静嘉堂文库了。浙江吴兴陆心源是清末四大藏书家之一,他以"皕宋楼"藏宋元刻本和名人手抄本,以"守先阁"藏明清刻本,普通书则藏于"十万卷楼",全部藏书约5万册。他的儿子却不能"守先",家境衰落,竟以10万两银子的代价全部卖给静嘉堂文库。这是震惊当时学术界的大事,不少学者攘臂扼腕,慨叹"世有贾生(指贾谊),能无痛哭",虽经多方设法阻止,"毕竟东流去"了。陆氏旧藏中有许多珍品,如宋版《说文解字》、《白氏六帖》等多种,现被日本政府指定为"重要文化财"(日本国家重点文物保护等级有三级:国宝、重要文化财、重要美术品)。

"海外琳琅亚汉京","海涛东去待西还"。清末以来,我国学者逐渐了解到日本汉籍庋藏的丰富,就致力于汉籍的重返故土,为祖国的文化学术事业作出了贡献。最令人怀念的是湖北宜都人杨守敬了。他在光绪年间,先后作为出使日本大臣何如璋、黎昌庶的随员,到了日本。那时在明治维新以后,日本朝野崇尚西欧,对汉籍颇不重视。杨守敬因黎昌庶拟刻《古逸丛书》,便出入书肆,广事搜集国内散佚的书籍,甚至以随身所带古金石文字换取汉籍。当他把3万馀卷古籍捆载西归时,无限感慨地说:"足偿国家'甲午'(甲午战争)之失矣!"在他以后,不少学者东渡访书,日本汉籍的底细才逐渐为国人所知。

书籍的悲欢离合,是民族命运的折光,国家兴衰的缩影。新中国成立后,汉籍的输入日本和复还中土,则建立在别一种基础之上了。当我每次去东京的书店街——神保町时,漫步在十里长街,在街旁的五六十家书店里泛览闲逛,惊异着人类知识的密集,不啻置身于书的海洋。特别是几家专售中国书的大书店,如东方书店、山本书店以及一贯对中国友好的内山书店等,只见架上文、史、哲、经书籍门类齐全,不仅有全国性的出版社所出的书,省版书籍也很丰富,仿佛到了国内的新华书店。我常常从这些书店中及时获得国内出版发行的信息,弥补久留海外所造成的隔膜;也在这里结识不少爱好中国文学的日本朋友。现代化的交通和新的贸易合作大大缩短了距离,要在东京购买中国各类书籍是十分方便的了。

日本汉籍的返传中土,近年来也有可喜的进展。不少久佚的书籍国内得以印行,这可以列出一张长长的书单。像韦庄的《又玄集》国内久佚,内阁文库藏有江户昌平坂学问所官板本,现印行于《唐人选唐诗十种》;南宋龙舒本《王文公文集》即以国内所藏和日本宫内厅书陵部所藏的两个残本相配(前者存76卷,后者存70卷,互有存佚),珠联璧合,1960年由中华书局上海编辑所予以影印,使国人得睹全帙一百卷,传为佳话;上海古籍出版社的《淮海居士长短句》即以内阁文库所藏南宋乾道时刻本为底本,因此本在现存三种宋本中最为完整;最近出版的《拍案惊奇》的整理本和影印本,也是以内阁文库等藏本为底本的,受到国内小说研究者的重视和好评。这些书籍的复还,都凝聚着日本学界朋友的友情,如京都大学清水茂教授提供了《又玄集》,大阪女子大学横山弘教授提供了《淮海居士长短句》,至于《拍案惊奇》更得到好多位日本学者的帮助。这都表明新中国成立后的中日书籍交流呈现出新的时代特点。

但是,这方面的工作看来仍大有可为,亟须中日两国有关方面进行全面的调查,开展更大范围的协作。徘徊在王仁纪念碑前,我心中默默地祝愿:愿中日两国包括典籍在内的文化交流,今后有一个新的水平!

(本文为《东瀛访书散记》之一,原载《杂家》1986年第6期)

皇家"秘阁",珍本渊薮

　　怀着对我国典籍的热爱,我走访了日本十几座最有名的收藏汉籍的图书馆,作了一番饶有兴致的巡礼。

　　由于书籍来源不同,这些图书馆形成了各自的特色。比如位于东京文京区本驹达的东洋文库,是"东洋学"专门性图书馆,被称为亚洲研究资料的"世界性的宝库",有关"敦煌学"、"满洲学"、"西藏学"的图书收藏甚丰;东京大学东洋文化研究所图书馆即设在文京区本乡东京大学之内,是日本研究中国文化的主要中心之一,庋藏有丰富的中国地方志和社会民俗的研究资料;其他如尊经阁文库、蓬左文库等等,都极负盛名。其中,以收藏珍本秘籍闻名的宫内厅书陵部、汉籍藏书居全国之冠的内阁文库、麇集宋元古本的静嘉堂文库,给我留下难忘的印象。

　　宫内厅书陵部设在皇宫的东御苑之内,门口由皇家警察守卫,门禁颇严。它原称"图书寮",创立于大宝元年(701),已有一千二百多年的历史。图书寮本来是隶属于中务省的一个机构,藏书供中央各部门借阅,后来成为天皇个人的藏书之处,其他人不得借阅了。从大正(1912—1926)以来,逐渐对外开放。它的藏书至今尚未全部公开,外人不明底蕴。从刊行的汉籍目录来看,共有善本 518 种,其中唐钞本 6 种,宋刊本 72 种,元刊本、钞本 74 种。它的库藏,有的来源于东山御文库,有的是伏见、有栖川宫等亲王的旧籍,有的是古贺、毛利等藩主的旧籍,因为都来自皇室王公、名门世家之手,版本特别珍贵,形成了它的突出特点。

书陵部是一座三层的西式洋楼,底层供阅览和藏书,上层是各类研究室。东御苑实际上是一座普通的花园,绿草如茵,但布置简朴,跟市内的其他公园相似。书陵部就在东御苑的北部。它的近侧有"桃花乐堂",因从顶部向下俯视呈桃花形而得名。这是天皇夫妇欣赏著名音乐演出的地方,平时很少启用。但紧邻的宫内厅雅乐部,是练习和研究我国唐朝古乐和仿唐古乐的场所,每周按期演习(我后来有机会听过一次正式演出,古调独弹,别具风味),我一边阅览着古色古香的我国旧籍,一边听着古趣盎然的演奏之声,心境不禁延伸到我们祖国的往古世界。这里我去了七八次之多,一是为了看书、抄书,一是对这个独特的读书环境颇觉陶然。

主事的一位先生能讲几句汉语,对中国学人非常热情。有次我们一起吃完午餐后,他对我说:"今天我请王先生到西御苑蹓跶蹓跶!"进得第二道岗哨后,他领我到了宫内厅、大殿等处,我才发现日本的皇宫建筑,简朴得出人意料。它大都用原木结构,不加油漆彩绘,崇尚古拙之美,跟我们故宫的金碧辉煌、庄严肃穆,代表两种不同的建筑风格和美学爱好。特别在"红叶山文库"旧址之旁,有一处池塘,周围苇草丛生,颇觉杂乱,他解释说:"天皇业馀研究植物学。他跟一般日本国民一样,不喜欢对自然界进行加工。这处池塘就保持着自然的原貌。"然后他告诉我一则趣闻:前些日子天皇向书陵部研究人员询问一个植物学上的问题,要求帮助查找一种日本植物的中国学名;研究人员答复后,他又认为所答不确,互相引证汉籍,讨论了一番,至今未有结论。从这件小事似乎还能窥见昔日"图书寮"作为天皇个人阅览和咨询机构的影子,也能看到汉籍在日本上自天皇下至国民广泛流传的一斑。

(本文为《东瀛访书散记》之一,原载《杂家》1986 年第 6 期)

日本最大的汉籍中心

　　与宫内厅书陵部隔水相望,有座公文书馆,著名的内阁文库就在里面。内阁文库原为太政文库,设在赤坂离宫内。明治十八年(1885)施行内阁制,才改称"内阁文库"。去年正好是建馆一百周年,举办了特别展览,使我更具体形象地了解到它的历史、规模和举足轻重的地位。它所收藏的汉籍,其数量居全国各公私图书馆的首位,约计四千八百八十多种,其中宋刊本 29 种,元刊本 75 种,令人咋舌。

　　这座文库之所以能网罗如此数量的汉籍,除了前面所说的"红叶山文库本"外,主要是"昌平坂学问所本"。昌平坂学问所是江户时代创立的一所官学,其故址即在今东京汤岛圣堂(孔庙),也是我所任教的东京大学的前身。"昌平坂学问所本"以幕府大学头林罗山的藏书为主,因而在建馆百周年的特别展览会上,林罗山被放在异常突出的地位,对他的生平、事业作了详细的实物介绍,表达了馆方对他的崇敬之情。另外,其他藏书家也乐于把藏品献给昌平坂学问所。如近江西大路藩主市桥长昭于文化五年(1808)一次将其珍藏多年的 30 种宋元版书,献于昌平坂学问所。每种书后都有他所作《寄藏文庙宋元刻书跋》,并由当时名书家河三亥亲笔书写。他在跋文中自豪地声称:一次能献宋元版书 30 种,这是连中国的著名藏书家也很难做到的。这批珍品中有许多中国已经亡佚,且是对研究中国文学,特别是宋代文学非常有用的书籍,如宋刊《东坡集》等。我在内阁文库一一作了查看,但可惜已不足 30 种了。

内阁文库正是以其所藏汉籍的丰富,吸引着国内外的学人,每天接待来自四面八方、不同国籍的读者。在那里读书,目睹耳闻,肤色不同,语音有异,使我实实在在地感受到中国文化的世界性影响。

(本文为《东瀛访书散记》之一,原载《杂家》1986 年第 6 期)

"皕宋楼"旧藏别来无恙

1985年夏,我冒着酷暑往访东京西郊的静嘉堂文库,一睹陆心源旧藏,大慰平生渴望,深觉不虚此行。

静嘉堂文库取名于《诗经·大雅·既醉》的"笾豆静嘉"句,原意指食器里的食物既好又美(静,善也;嘉,美也),是日本收藏宋元古本数量最多的一座文库,有汉籍善本1 183种,其中宋元刊本竟达282种,令人称羡不绝。

这座文库建立于明治二十五年(1892)。当时三菱财团的第二代主岩崎弥之助,对明治维新以来崇尚西欧、轻视东方传统文化表示不满,不惜重金出资创建这座文库。他先嘱托一些汉学家广事收购,先得汉籍八万馀册,包括明治二十九年(1896)从上海购入的四千多册;但从全部囊括陆心源旧藏以后,使它一跃而为第一流的汉籍文库了。

它是一幢别墅式的西式洋房,周围浓荫蔽日,门前喷水池水珠四溅,室内阴凉,分外幽静,临窗就读,不禁暑气全消。馆长先生年事颇高,谈锋却健。我在阅书之前和以后,他两次邀我品茗闲聊,天南地北,漫无边际,但中心还是一个"书"字。他长年住在馆内,爱书如命,真是以馆为家了。承他特许,我得以入库参观。那天库内正在撒放虫药,空气较差。但库内井井有条,插架整齐,一尘不染。陪同入库的是一位年轻的小姐,她特地领我到庋藏皕宋楼本的几排书架前。只见每部书籍都有上等木料所制的书箱。她告诉我说,这些书箱是专门从台湾定做的。她还说,作为一个科学研究课题,她一直在钻研书籍的长期保存问题。现在日本各大图书馆,对于书库的恒温、湿

409

度、防火、防虫等问题，已大都解决，但总不能保证书籍长期不变颜色、不变质地。她问了我好多问题，如中国书的纸是用什么原料做的，装订线又是什么材料，中国如何保存善本等，反映出她对问题的钻研之深。我平生第一次看到这么多宋元版书，有点不敢"轻举妄动"，她却一再请我随意翻阅。我便小心地看了宋版《李太白文集》、《王右丞文集》、《三苏先生文粹》等，大都墨色香淡，纸质莹洁，确是具有很高学术价值和艺术价值的人间珍品，而其保存的完好，又使我感慨万千了。

历史有时真是一个解不开的结。这些珍品流出国外，作为中国人，自然深感痛惜。但当年的"皕宋楼"，到了陆心源儿子手里，据目击者说，已是"尘封之馀，继以狼藉"，大批书籍"用以饱蠹鱼"，处于危殆的边缘了。想不到八十年后在日本却安然无恙，得到精心的保护。幸耶？祸耶？得乎？失乎？我不觉有些惘然起来。

（本文为《东瀛访书散记》之一，原载《杂家》1986 年第 6 期）

孤本不孤，影印传布

我国学者曾经慨叹："藏书家但知秘惜为藏，不知传布为藏"，的确道出了广大研究者的心声。日本的一些图书馆，为了使孤本不孤，让更多的研究者能直接利用这些稀世珍本，近年来系统地进行了影印工作，实在是"功德无量"。例如京都大学的《汉籍善本丛书》，由"同朋舍"出版，已出第一期，共20卷，包括《两苏经解》、《群英诗馀》、《钦定词谱》等十多种善本，并由日本第一流汉学家分别撰写"解说"。第二、三期也在准备发行。《天理图书馆善本丛书汉籍之部》共12卷，由"八木书店"出版，其中的《南海寄归内法传》属于"国宝"，《古文尚书》、《文选》、《白氏文集》等属于"重要文化财"，都是珍本。香港著名学者饶宗颐先生专门写了一篇骈文称赞这套丛书说："会睹汇刻之成，行见不胫而走。此诚书林之奥区，学海之鸿宝也。"但其中的《永乐大典》16卷，却屈居"重要美术品"，有点令人费解了。

《永乐大典》是明成祖朱棣下令编撰的我国古代第一部巨型类书，保留了明以前的许多珍贵资料，是辑佚的渊薮，文献的总汇。全书共22 877卷，总字数达3亿！此书因工程浩大，只有永乐抄本和嘉靖抄本两部。永乐抄本明朝时已去向不明，嘉靖抄本到清初时也有亡佚，而在八国联军侵占北京时，更横遭惨祸；大部被焚，少数被劫。1960年中华书局把历年搜集到的730卷影印问世。我们高兴地获知，近25年来继续搜集到的67卷，中华书局最近即能影印出版。而这67卷中，就包括《天理图书馆善本丛书》中的16卷！这16卷内容丰富，尤其是保存了中国已佚的南宋孙汝听所著《苏颍滨年表》，这部最早的苏辙年表,对研究三苏的生平和创作提供了不经见的难得材料。

我在 1984 年秋天,访问过京都大学文学部图书馆和该校人文科学研究所图书馆,又去天理市参观了天理图书馆。承蒙主人的格外关照,得以入库浏览,有幸亲眼看到这些影印本所据的原本。使我深感意外的是,影印本不仅装帧讲究,纸质优良,而且其清晰可读程度,竟远胜原本。我对他们的影印技术表示了由衷的钦佩,很值得我国同行学习。我还告诉天理图书馆的先生,他们影印的《永乐大典》即将在中国重印,而中华书局的《大典》本,比之台湾、日本所出的同类辑本,收录最为齐全。他听后连连说:"这太好了,这太好了。"他们流通秘籍之举,功不可没。

(本文为《东瀛访书散记》之一,原载《杂家》1986 年第 6 期)

坐拥书城意兴浓

访观汉籍成了我异国生活的一大乐事,这又跟日本馆方提供的"优质服务"有关。

一是目录齐全,检索方便。十几座图书馆都有详尽的汉籍藏书目录,一般按经史子集四部分类,又附有作者、书名索引,公开出版,查阅十分方便。此外,还有一些专门性的书目索引,如《日本现存宋人文集目录》之类,想要了解某种宋人文集在日本庋藏情况,一查便得,一目了然。这些目录都以求全为宗旨,不遗漏,不保密,能反映库藏的实况。

二是提书迅捷,效率极高。一年半来,我在各处看书近百次之多,从写索书单到书籍到手,从来没有一次超过十分钟的!对今天国内经常跑图书馆的读者来说,这个简单的事实具有多大的吸引力,是不难想象的。至于每次阅书种数,有的图书馆规定只能一种一种地看,但有的图书馆,如内阁文库却不限种数,经常把整车书籍推到你的座位旁边,真是饱览无馀了。

三是态度热情,招待周到。日本是个讲究礼仪的国家,但我发现,图书馆的工作人员对中国学人借阅汉籍似乎分外亲切、细致。有次我索阅一部100本的大书,照样送到跟前,笑容可掬,令人感动。需要复印、摄影的,几乎任何珍本秘籍都能照办,只是费用比较昂贵。一般图书馆设有免费茶室,供读者中午用餐、休息之用;有的公共图书馆,如国会图书馆、东京都立图书馆等则设有餐厅,价格比一般饭店低廉。有的图书馆还免费招待茶点,阅读间歇,跟工作人员一起进用，互道辛苦，共叙友谊，更增添了读书的乐趣，留下了温馨的回忆。

（本文为《东瀛访书散记》之一，原载《杂家》1986 年第 6 期）

中国文学研究在日本

　　日本汉学界对中国文学的介绍、传布和研究，就其广泛性和深刻性而言，在世界各国文学交流史中是罕见的。可以毫不夸大地说，一个国家对另一个国家文学的爱好和钻研，还举不出第二个例子，能达到日本对中国文学那样的广度和深度。

　　中国文学在日本的传布，源远流长。中国的许多著名作家和作品，早为日本人民所熟知。例如唐代伟大诗人白居易在世时，他的诗集就已传入日本。五十二代的嵯峨天皇获得《白氏文集》后，欣喜若狂，秘藏诵读。白居易的文学影响，深深地沉浸于平安朝时代。现在不少地方还有供奉白居易的神社，更说明影响的普遍。嵯峨天皇手书的唐代诗人李峤诗的墨迹，至今仍尊为至宝；他又是日本填词的始祖，开创了日本填写汉词的历史。宋代大诗人苏东坡的作品，也早在五山时期广为流传，当时出现一批"坡诗讲谈师"，专攻苏诗，今天仍能看到他们"讲谈"的记录，即《四河入海》一书，竟达100巨册，其研读的深入细致，认真刻苦，连不少中国学人也叹为观止。日本的中学课本都选有汉诗汉文，许多中国作家的名字，家喻户晓，是日中两国文化密切交流的生动写照。

　　中国文学的研究，以前从属于日本的"汉学"之内，"汉学"实际上包括文、史、哲、经等各个领域的"中国学"。明治维新以后，才逐渐从"汉学"中发展成为一门独立的科学，使研究越来越深入，研究的专家学者也越来越多。据统计，在日本各公私大学从事中国文、史、哲等方面的教学和研究的讲师以上的学者人数约一千三百多人。加上各种研究所的专任研究员以及大批名誉教授、退休学者,总数约在3 000 人以上。而其中从事中国文学研究的学者,将近 800 人左右。1980 年日外协会编集部刊行的《中国文学家事典》一书,就收录 555位研究家的生平、学历和业绩,从一个侧面显示出研究者的强大阵容。这些研究家中,有久负盛名的老一辈学者,他们精通中国文化典籍,著述丰富,而且大都早年游学中国,熟谙汉语,至今仍然领袖群彦,蜚声学界;也有一大部分的学者是战后从大学毕业的,他们从事研究的时期,受到各种条件的影响,因而对中国语的会话和写作能力的锻炼有一定影响,大都以所谓"目治"的方法做学问,却刻苦地作出巨大的成绩,他们是目前各学术团体、学术刊物和大学、研究所的实际领导者和组织者,发挥着学术骨干的作用;至于较为年轻一代的研究家,他们积极了解中国、研究中国,中国语的说、写能力较高,并开拓新的研究领域,表现出可喜的势头。

日外协会又于 1979 年刊行《中国文学研究文献要览》(1945—1977)一书,全面地反映了这三十多年间日本对中国文学研究、整理和译介等业绩。(1978 年以后的情况,可参阅逐年发行的《东洋学文献类目》或《日本中国学会报》的"学界展望"栏。)大致可分以下几项:

一是译介。日本许多学者致力于中国文学作品的译介工作,出版不少大部头的中国古典文学总集。如早在 20 世纪 50 年代,由吉川幸次郎等主编的《中国诗人选集》(岩波书店)36 卷;60 年代由宇野精一等主编的《全释汉文大系》(集英社)33 卷,对《论语》、《孟子》、《文选》等中国古籍都作了全文翻译。青木正儿等主编的《汉诗大系》24 卷,收录从《诗经》、《楚辞》直到清代诗人的诗歌作品。最近,平凡社在 50 年代刊行的《中国古典文学全集》33 卷的基础上,扩大为《中国古典文学大系》60 卷重新出版,蔚为壮观。明治书院的《新释汉文大系》更多达 104 卷,又从其中选出 24 卷作为"特选"本发行。日本很多第一流的汉学家都倾注毕生精力从事译注工作。已故汉学泰斗吉川幸次郎先生,著有《吉川幸次郎全集》32 卷(筑摩书房),但他最重要的业绩却是《杜甫诗注》,这是历代注杜的集大成之作,原定 20卷,但因他去世而仅出版 5 卷。在现代文学方面也不例外。鲁迅一直是研究的重点。最近,学习研究社邀集知名的鲁迅研究专家,第一次全译了《鲁迅全集》,共 20 卷,其中 480 篇作品以及日记、书信等都是首次和日本读者见面的。

二是论著。日本每年刊行有关中国文学的专著和论文,数量极多,质量也可观。特别是一些卷帙繁富的专著更引起人们的重视。例如上面提到白居易对平安朝的影响,就有金子彦二郎《平安时代文学和白氏文集》一书,达 800 多页。日本学者的研究,有的能弥补中国学界所忽视的领域,或从新的角度和方法对问题作出新的阐述,见解独到,开人心智,受人重视。

三是索引。日本出版的索引种类很多,有篇名、人名、语汇、传记、引书等各种工具书。仅就唐代诗歌而论,从早年的《汉诗大观》,到近年来各种一字索引,作家齐全,检索方便,为深入理解作品、研究作家创作特点,提供了坚实的基础。

四是影印。日本珍藏着不少汉籍善本,有的甚至是人间孤本。为了使孤本不孤,让更多的研究者能直接利用这些稀世珍本,近年来系统地进行了影印工作,得到国内外的好评。例如京都大学的《汉籍善本丛书》(同朋舍),已出第一期,共 20 卷,《天理图书馆善本丛书汉籍之部》共 12 卷,其中的《永乐大典》已为中国迅速翻印,也是日中文化交流的一大喜事。

日本的各种学会和刊物,对促进中国文学研究的发展,卓有成效。这类学会不但定期举行会议,发表成果,交流心得,而且还对研究者给予经济资助,使得一些大型研究项目能够顺利进行。如日本中国学会,是全国性的哲学、文学、语言学的综合性学会,每年举行大会一次,是对全国一年来研究成果的检阅,有时还对优秀论著评奖,以资鼓励。它的刊物为《日本中国学会报》。此外,各校也有各种学术团体,如东京大学有中哲文学会,出版《中哲文学报》;早稻田大学有中国文学会,出版《中国文学研究》等。日本著名的刊物还有京都大学的《中国文学报》(半年刊)及其人文科学研究所的《东方学报》等,在国际汉学界享有很高的声誉。

(原载《日本展望》1985 年第 7 期)

培养汉学家的摇篮

——记东京大学中国文学科

东京大学建立于明治十年(1877),是日本最古老的一所最高学府。它的许多学科在全国具有先进性和代表性。从它的中国文学科可以了解日本培养汉学家的一般情形。

东京大学中国文学科,初称汉学科,第一批学生于明治二十七年毕业,第一批中国文学科的学生,则于明治三十八年毕业。90年来,它培养了一代又一代的优秀学者,对日本关于中国文学和中国语学的研究,产生了举足轻重的影响。著名的汉学前辈狩野直喜便是东大汉学科第二期毕业生,后来他担任京都大学中国文学科的首任教授。东大和京大是日本中国文学的两个研究中心,实际上互相影响,关系密切,甚至是同出一源的。毕业于早期东大汉学科或中国文学科的许多学者,大都成为中国文学和中国语学某一方面的开创性的人物。如铃木虎雄,以其《支那诗论史》开创中国诗论的研究;仓石武四郎是著名中国语学专家,《中国语辞典》的编者;长泽规矩也一生致力于中国古籍的整理研究,是位闻名于世的版本目录文献专家;小野忍是《中国现代文学》一书的作者,他所写的《革命文学》一文(见竹田复、仓石武四郎所编的《中国文学史的问题点》),精辟地论述了中国20世纪20年代到30年代革命文学的发展,被称为具有划时代意义的力作,成为后继者遵循的表率;增田涉曾亲自受知于鲁迅,著有《鲁迅的印象》、《鲁迅言语》等书,是日本鲁迅研究的开拓者。这些东大出身的学者,又大都任职于母校,培养又一代的有关专业的专家。目前,东大以及东京地区一些著名大学的中国文学科,大都又由这些五六十岁的东大毕业生执牛耳的,是教学和科学研究的主要负责者,不少人担任着主任教授的重任。他们又培养了和正在培养第三代的人才。东大中文科的校友遍于全国各地,是一支引人瞩目的学术力量。

名师出高徒。东大中国文学科有一套比较合理的聘任教师的制度。它实行讲座制。每个讲座各聘教授、助教授和助手一名。其助手一般从本校优秀学生中遴选,工作几年后,又往往先调到其他学校任教;再经若干年的实际锻炼,教学和科学研究成绩突出者,重回东大升任助教授、教授。在东大中文科,不采取"终身一贯制",即从助手、助教授直到教授都始终不离本校。这样,既能保证优秀人才的聚集,又能促进人才交流。也就是说,既能保持东大在中国语学和中国文学上的传统特点和长处,又能不断地从外校吸取新鲜的养料和经验。东大教学力量的优势之所以历久不衰,这是一个重要原因。东大中文科现设有两个讲座。有的课程还聘请东大东洋文化研究所的一些著名学者担任,其他大学的教授也作为"非常勤讲师"前来授课。这些课程都是他们长期研究的成果,具有很高的学术水平。同时,根据文部省的规定,可以聘请外国人教师一名。近年来,东大从中国北京大学等名牌学校,聘请中国学者讲学,也成为它教学上的一个特点。

东大中文科对入校学生的考选是十分严格的。许多"高校"(相当于我国的高中)毕业生都视为畏途,所以报考人数反而没有一般大学多,但竞争是很激烈的。笔者访问过一些东大老校友,问他们一生中最幸福的事是什么,不少人的回答就是考取东大。

这些被录取的幸运儿,先在教养学部学习两年(在驹场)。这两年并不直接学习中国语学和中国文学,而主要学习一般的社会科学和自然科学,如哲学、社会思想史、心理学、历史、伦理学、社会学、统计学以及数学、物理、化学等。对于外语,除学习中国语外,还要学习第二外语(英语)。经过两年繁重的刻苦攻读,广泛地吸取人类现代科学文化知识,为进入本科学习打下良好的基础。

本科的两年学习生活也是紧张而饶有意义的(在本乡)。每个学生必须完成 84 个以上的单位(即学分),才能取得毕业资格。在这 84 个单位中,其中必修课为 48 个,选修课为 36 个。必修课中有中国语学概论、中国文学史概说、中国哲学、中国语学中国文学特殊讲义、中国语学中国文学演习、毕业论文特别演习;选修课则可以任选文学部其他学科的课程(如国文学、国史学等)。这说明两个问题:一是既重视讲义课,也重视演习课。讲义课由教师主讲,系统地讲授某一专题的内容(如"红楼梦研究"、"中国 1930 年代文学的诸问题"、"中国语音韵史"等),使学生具有某一专题的全面知识,着重于知识性的传授。演习课则在教师指导下,由学生自选题目、搜集材料,发表见解,着重于学习能力的提高。两者配合,相得益彰。二是选修课在整个学习科目中占了很大的比重,体现了从"广"中求"专"的培养人才的方法。因而,东大的学生适应能力和自学能力都较强,为用人机构所欢迎。东大学生毕业后找工作,比其他大学的毕业生具有明显的优势,原因即此。

东大中文科毕业的学生,往往投考本校"大学院"(相当于我国的研究生院)人文科学研究科的硕士研究生。经过笔试和口试的两重关口,优胜者才能被录取。硕士研究生攻读时间为两年。他们受指导教师的全面指导,并有明确的研究题目。在两年中,必须学完必修课 16 单位,选修课 14 单位,共 30 单位。必修课中有中国语中国文学特殊研究(如中国语史、中国语学、中国文学史、中国文学各论、中国文学作家作品研究等)。

硕士研究生毕业后就是投考博士研究生了。这是更为严峻的一关。每年录取名额甚少,其他大学的硕士毕业生往往望而却步,大都在本校毕业生中择优录取。博士研究生攻读时间为三年。在三年中,必须学完必修课 12 单位,选修课 8 单位,共 20 单位。显然,作为博士研究生,课堂学习虽然仍很重要,但已退到第二位。主要是在指导教官指导下,广泛深入地展开专题研究(有时还可以去中国著名大学进行研究),从而培养具有独立研究中国语学、中国文学的全面能力,成为高级的专门研究人才。

　　每年三月,冬去春来,东大中国文学科总要送走一批品学兼优的人才,走向社会。它真不愧为培养汉学家的摇篮!

　　　　　　　　　　　(原载《日本展望》1985 年第 8 期)

东京大学校园漫笔

毕竟在东大校园生活了 500 多个日日夜夜，别来经年，犹时时萦回脑际。佛家告诫弟子不能"三宿桑下"，以免产生爱恋之情，深谙佛理的苏东坡却反驳道："桑下岂无三宿恋！"（《别黄州》）是啊，人岂能无情！但我对东大校园的怀念，并不仅仅出于一般的恋土情结，而是对校园文化氛围的追怀。校园不仅是教室、实验室、图书馆加上操场、食堂的组合物，它首先是一个陶冶学子情操、培养他们素质的育才环境，是一种不开口的教育。我每当清晨，踏着起伏有坡的石路匆匆赶往课堂或研究室，周围充满生气和活力；或在傍晚，在一抹斜晖中踯躅于林间小径，又是那么宁静与从容。纵览这座座深褐色的德式建筑群，不免吸引人们去追寻它的岁月印痕和历史意蕴。

东京大学是闻名于世的日本最高学府，它设置有工、理、农、医、经、法、文等多种学系，拥有门类众多的专门研究机构，是一所著名的现代化综合性大学；但同时在日本的大学中，它的历史最为悠久，传统最为古老。

东京大学建立于明治十年（1877），已有 100 多年的历史。学校有关当局正在编纂一部九卷本的《东京大学百年史》，系统地记述东大建立和发展的历程。其实，东京从 17 世纪初设置江户幕府以来，逐渐成为日本的文化中心。当时设立了官学"昌平坂学问所"（即今汤岛圣堂故址），对推动学术文化的发展起了很大的作用。同时，江户地区还有以荻生徂徕（1666—1728）为首的蘐园学派，与官学相抗衡。东京大学正是在这个学术文化传统的基础上成长起来的。

这种悠久的历史传统,在东大校园的一草一木、一水一石中时时体现出来。

在本乡三丁目东大本部,从正门有一条宽阔的甬道直通安田讲堂前的花坛,甬道两旁排列着20棵高耸入云的银杏树。在校园的其他主要道路上,也是银杏树侍立两边。这银杏,树干粗大,要两个人双手才能合抱,枝叶繁茂,形成了天然的林荫道。等到秋季,一片金黄,树上"白果"累累。银杏又称"公孙树",一向有"公公栽树,孙子吃果"的谚语。这样繁茂的银杏树,实在少见。因此,东大的银杏是很出名的,它的一个食堂就以"银杏"命名,附近一家日本糕点铺三原堂,还出售叫做"银杏路"的豆馅点心。这银杏,可以看作东大古老传统的象征。

东大的校址,原是江户时代加贺藩主的邸宅。东京的人们都熟悉东大的"赤门",它是国家规定的"重要文化财",也就是重点保护的文物。在文政十年(1827),第十一代将军德川家齐的女儿溶姬,下嫁给加贺藩主前田齐泰时,特地建造了这座赤门,以备迎亲之用。赤门的屋顶为一条正脊,两面斜坡式,正中是大门,旁有两个侧门;跟赤门相连接,两侧还有两座门房,屋檐则呈弓形,与正门相映,高低适度。门、柱都涂以红色,耀人眼目。整个建筑庄重浑厚,又呈现出喜庆吉祥的色彩。

这座藩邸原有一座"心"字池,在现在安田讲堂的左侧。池为人工所凿,周围形成小丘,花木扶疏,在校园中别有情趣。人们现在叫它为"三四郎池"。原来明治时代的大文豪夏目漱石(1867—1916),是东大英语系的学生,后留学英国,返国后又曾执教于东大。他的著名小说《三四郎》就是描写东大的一个理科学生三四郎的故事。因为其中写到三四郎和他的女友在心字池畔谈情说爱,情意缱绻,于是人们就称之为"三四郎池"了。1984年11月新发行的日币上,一变过去以圣德太子、伊藤博文等显贵政要人物为正面人像的做法,改用福泽谕吉、新渡户稻造、夏目漱石三位文化人的头像，表示人们对杰出文化人物的崇敬，反映出对学术科技等的更大重视。"三四郎池"命名的来由，也是同一道理吧？《三四郎》这部小说的原稿，现在仍保存在天理图书馆之中，也为研究者所珍重。顺便说一句，明治时代与夏目漱石齐名的另一小说家森鸥外（1862—1922）也是东大学生，著有《舞女》、《阿部一族》等小说。他的藏书十分丰富，已捐赠给东大总合图书馆，其中有不少中国古代小说的珍贵版本。

东大校园里还保存着不少纪念性铜像，这又反映出明治维新以来日本在教育文化方面善于向外国学习、吸取的情况。在安田讲堂（这个讲堂是战后一个企业家捐资修建的）的左前侧，有昭和八年（1933）所立的滨尾新校长的铜像。铭文是用中国式的文言文写的，其中讲到滨尾新先生的业绩说："自始官于东京大学，至薨前 50 年，创讲座制，定学位令，增设农科大学"，以致获得天皇"致意忠诚，谋事缜密"的赞语。铜像雕塑成他在阅书沉思的样子，大概在追摹他生前谋划东大的教育方案的情状罢。在东大正门的旁边，则有东大工科大学长古市公威先生的铜像。那是昭和十二年（1937）建立的。铭文也是一篇颇为出色的中国式的文言文，热情地表彰他在自然科学教育方面的成就。

这两座铜像的铭文，都反映出东大在发展中善于和敢于向外国先进的教育、科技学习的一个侧面。东大是古老的，但不是保守的，它紧紧追随世界先进的科学文化潮流前进，保持自己的青春。最能说明这一点的还是工学部广场上的另外两尊铜像。一为 J. Conder 的全身立像，一为 C. Dickinson 的半身头像，这是两位来自欧美的理工方面的教授，他们为培育日本的建设人才呕尽了心血，不幸客死日本。东大的老师、学生以及他们生前友人集资建立了这两尊铜像，以作永恒的纪念。两尊铜像的设计也颇见艺术匠心。那座全身像神情挺拔潇洒，但除署名外，不作任何其他装饰，显得质朴无华；而那座半身头像则突出他的睿智和深沉,像座四周又有电机、船舶、机床等图案,似乎一直无声地在歌颂像主在物理学等方面的成就。东大是尊重科学、珍惜友谊的,他们对为促进两国文化教育交流而作出贡献的外国朋友,充满了崇敬之情。

(原载《半肖居笔记》,东方出版中心 1998 年版)

舜水风范，长留东瀛

　　整整四十年前,我从一个偏僻农村小镇考入馀姚县立中学的时候,初次进城,县城外醒目的"文献名邦"四个颜体大字,至今仍历历如在眼前。后来才知道,严子陵、王阳明、朱舜水和黄宗羲是我们的四大乡贤,是馀姚文明的杰出代表。也不知什么缘故,朱舜水亡命日本的事迹格外使我心向往之。是县中的前身就叫舜水中学呢?还是他只身东渡、不谙日语而能被水户藩主尊为国师的传奇性呢?还是鲁迅先生在他的名作《藤野先生》中特地写了水户是"明的遗民朱舜水先生客死的地方"呢?我自己也不大清楚。直到几年前重访馀姚时,凭吊龙山上的朱舜水纪念碑,又不禁勾引起少年时代的向往。

　　没料想到了"知天命"之年,我应东京大学文学部之聘,前去任教;更没想到东大的农学部原来是朱老夫子的终焉之地,水户则是他的墓葬之处。农学部是驹笼别庄的旧址,水户第二代藩主德川光圀(国)为安置朱舜水曾在此处兴建居室。1682年,83岁的朱舜水在此告别人间,住了15年。1984年仲秋,我初到东大,就寻访农学部。在一座天桥的右侧,是一片郁郁葱葱的小树林,林间有一条用方形石板铺成的小路,路的尽头竖立一碑,镌刻着"朱舜水先生终焉之地"九字。碑座由鹅卵石砌成,古朴肃穆,这是1970年由朱舜水纪念会重建的。原碑建立于1912年,以纪念朱舜水渡日250周年。我在日本友人平山久雄教授的陪同下,还专门在东大新闻研究所查阅了当时的东京各报,对纪念活动连日作了详细报道,盛况空前。

　　在源远流长的中日交流史中,有两个中国人对日本文化影响至

427

大。一位是唐代的鉴真法师,弘扬佛学,一位就是朱舜水,传讲儒学。他以60多岁高龄被德川光圀礼聘为国师,当时学者请益如流,不仅沾丐一藩,而且泽被全国,死后谥为"文恭先生"。光圀主持编纂的日本第一部完整历史《大日本国史》,即深受朱氏传讲的儒学的影响。有的学者认为,德川幕府第十三代将军德川喜庆(他原是水户德川家族的子弟),把大权和平移交给天皇,从而开创了"明治维新"的历史,也跟朱舜水鼓吹"尊王攘夷"、"大义名分"的思想有关。今存朱舜水的著述,几乎都作于日本,他的文集也是由日本学人编集而成的。也可以说,他作为明末思想家,其地位是在日本生活时期奠定的。

除了东大农学部外,朱舜水在东京其他地方也留下了历史的足迹。汤岛圣堂,即全国最大的孔庙,也是根据他的《学宫图说》建造的,至今还供奉着由他从中国带去的孔子塑像。这尊塑像被日本政府定为"国宝"。但更著名的是小石川后乐园了。

这座庭院与日中友好会馆紧邻,住在"后乐寮"(寮即宿舍之意)里的中国留学生在节假日经常前去游赏。它原是水户第一代藩主德川赖房的别墅,到了光圀手里,又根据朱舜水的设计意图加以改建扩建,终于成为东京名园,作为"特别史迹、特别名胜"而得到精心的管理和保护。宋朝名相范仲淹《岳阳楼记》有"先天下之忧而忧,后天下之乐而乐"的名句,朱舜水即据此建议命名为"后乐园"。庭院面积为七万多平方米,但回环曲折,移步换形,极富中国江南园林的情趣,特别是西湖堤、小庐山、圆月桥诸景,都是直接由朱舜水设计的。我曾多次访园,徘徊观赏,流连忘返。三月白梅,四月樱花,五月菖蒲花,七月水莲,到了冬天,又是层林尽染的风光,四时美景,不可胜收。我心中默默想着:朱老先生不仅是位抗清复明的爱国志士,一位学识渊博的儒者,还是一位注重民生、熟稔各项杂艺的技术家。

寒暑易节,到了快回国的暮春三月,我接受伊藤漱平教授的热情邀请,前去水户观赏梅林,登瑞龙山拜谒朱墓,了却少年时代的夙愿。

水户的梅花,闻名于世。德川光圀酷爱文史风骚,也性喜梅花。相传平安时代菅原道真爱梅,至今供奉他的东京汤岛神社也以白梅著称。水户第九代藩主德川齐昭取"与民偕乐"之义,开辟"偕乐园",可与东京后乐园南北辉映。园内有大片梅林,占地达十公顷之多。原有各式品种的梅树 10 000 株,现在尚存 3 000 株。每年二三月间全国各地的游客纷至沓来,常达 250 万之众,真是蔚为大观了。梅树别名好文木,偕乐园内的好文亭即为一景,尤使我驻足停步,心旷神怡。亭内结构精巧,有松、竹、梅、樱、桃、菊、莪诸室,室壁有画,还有四声韵字表,供主人们品茶吟诗之用。从亭上远眺千波湖,水光潋滟;近处梅花怒放,白、红、黄三色相间,尽收眼底,使人不禁想起陆游"何方可化身千亿,一树梅花一放翁"的诗句了。

水户德川博物馆正在举行"水户德川家历代藩公"的春季展,展出历代藩公的遗物和手迹,这些展品平常不轻易示人,十分名贵。而在展厅正中的显著位置,一尊栩栩如生的木雕坐像首先映入眼帘。——原来是朱舜水的塑像!先生双目微闭,须髯飘萧,盘膝拱手而坐,沉静慈祥,似在思索经世济时的哲理,又像是准备回答请益者的质疑。这尊坐像制作年代已不可考,但从传承源流来看,可能是最接近原貌的。我久久地凝视坐像,可惜不准照相携回,但他的崇高形象已深深地铭刻在我的心中。

参观过传播"水户学"的藩立学院——"弘道馆"旧址,和德川光圀晚年隐居、著述之所的"西山庄",驱车水户东北的常陆太田瑞龙山时,已是下午四时光景了。浓荫匝地的山间小路,一派幽邃肃穆的气氛。瑞龙山是德川藩主的家墓所在,安葬着从第一代藩祖德川赖房到第十三代国顺以及他们嫡妻的灵柩。在这片德川藩主的墓群中,却长眠着朱舜水先生。这个唯一的例外是怎样一种殊荣呵!墓地正在接待最后一批瞻仰者。由于时间已晚,熟练的导游只介绍两墓:一是德川光圀,一是朱墓,这的确有代表性的了。光圀是水户历代藩主中最有建树的一个,在日本是个家喻户晓的人物。电视连续剧《水户黄门》即以他为主角,一映数月,至今仍常重映,历久不衰。他的墓式按中国型式,墓碑由龟趺驮着,上雕龙、狮图案;墓形作圆锥状,据说是中国昆仑山的象征。朱墓在其东侧,由参天的柏树环绕,墓式略为简朴,前立一碑,上镌光圀手书"明征君子朱子墓"。墓坐东朝西,西望神州大地。在沉沉暮霭中,导游详细介绍朱舜水的事迹,以及他与德川光圀宾主相得的情况,瞻仰者们听得颇为入神,不时啧啧称羡。当他们发现我是中国人时,纷纷向我致意,要求一起摄影留念。

站在瑞龙山端,遥见青山环抱,绿水萦绕,山下阡陌纵横,村落点缀有致,宛如馀姚龙山的风貌。黄遵宪《日本杂事诗》咏朱舜水云:"海外遗民竟不归,老年东望泪频挥。终身不食兴朝粟,更胜西山赋采薇!"埋骨异邦、复国事业无成,固然不免令人慨叹,但在生前死后能获得他国人民如此的崇敬和热爱,足以含笑九泉了。在中日文化交流史中,朱舜水是个罕见的成功者。

返回东京,途经茨城筑波山的"学园都市",这座集中当代科学技术尖端的城市,才把我从往古的沉思中唤醒。但我必须说,在今日现代化的日本生活中,处处融合着深刻的民族传统精神,也处处显示出中日文化交流的积极成果。驾车的福田先生热爱中国古典文学,这时他照例打开车内的收音机,樱美林大学的石川忠久教授正在 NHK 电台讲解李贺的《苦昼短》:"刘彻茂陵多滞骨,嬴政梓棺费鲍鱼。"是啊,人寿有限,贵为秦皇汉武,求仙问道,终属徒劳,但人类的进步事业、优良传统却是永恒的!

(原载《文学报》1986 年 10 月 16 日)

唐朝古乐,扶桑独奏

　　东京人的音乐生活是丰富多彩的。不同类型的交响乐团经常上演西欧名家的古代乃至近代的作品,而在歌唱舞台上,则可欣赏到演歌、民歌、民谣等富有民族特色的歌声,各种业馀的音乐活动更是形式多样,精彩纷呈。在这繁忙的东京乐坛上,唐乐和仿唐古乐的演出,却是古调独弹,别具一番风味。

　　中国的唐朝是中国音乐史上的黄金时代。当时皇家就设有内外教坊五所,拥有乐曲十部伎,乐工最多时达六七千人。但除了古籍记载以外,流传至今的实物和音响资料在中国已很缺乏,使不少音乐史家引为遗憾,感叹一部活生生的中国音乐史却成为"哑巴音乐史"了。日本在唐朝时曾派"遣唐使"去中国,把唐朝的不少乐器和乐曲带回东瀛,代代口耳相授,又加文籍记载,保留了许多珍贵的资料。今天宫内厅雅乐部就是一个传习和研究古乐的机构,它地处皇居东御苑之内,桃花乐堂的旁边,古趣盎然的演奏之声,时时从里面传出,令人心旷神怡。这些古代的乐器和乐曲,不仅具有欣赏价值,使听惯了小提琴、钢琴等西洋乐器的耳朵,也能听听东方传统音乐,满足人们多方面的欣赏要求;同时具有重要的学术价值,日益引起国内外音乐史家们的兴趣和重视。

　　笔者有幸欣赏过一次"东京乐所"演出的"伶乐"和"唐乐"。漫步走进剧场,舞台上陈列着 20 多种古乐器,古色古香,一下子就沉浸在思古的幽情之中。又见身穿平安时代宫廷乐工服装的演奏家们,鱼贯而入,各就各位,神情沉静肃穆,一派典雅庄重的宫廷气氛。一位研究家专门为观众逐一解说各种乐器。这些乐器分三大类：一是管乐器，有横笛、尺八、箫、竽、筚篥、笙、龙笛；二是弦乐器，有四弦、五弦、阮咸、筝、箜篌、琵琶；三是打击乐器，有编钟、方响、磁鼓、羯鼓、太鼓、钲鼓。这些乐器大都是根据唐时传入日本的乐器仿制的。奈良国立博物馆的正仓院还保存着从唐朝带来的一把螺钿紫檀五弦琵琶，至今已达1000年，被尊为"国宝"，举世闻名，舞台上就陈列着那把唐朝琵琶的复制品。值得注意的是，演员演奏琵琶的方式是横弹，而不是今天常见的竖弹，令人不禁想起中国福建泉州开元寺大雄宝殿内，有一座唐朝雕塑的琵琶乐工的塑像，也是横弹，和东京舞台上的弹奏姿态完全相同，说明的确保留了唐制的古貌。唐朝诗人白居易的《琵琶行》中说："千呼万唤始出来，犹抱琵琶半遮面"，对此可以有更多的理解。"犹抱"者，则迟迟未横置琵琶作演奏准备，足见此琵琶女的矜持和从容不迫。读过中国女诗人蔡琰《胡笳十八拍》的人对这里的"筚篥"更感兴趣。筚篥，又称"觱篥"、"笳管"，最早是从中国西域传入汉朝的，文献上说："状类胡笳，其声悲栗，胡人吹之以惊中国马焉。"后来成为唐朝燕乐的重要乐器。演员试吹了筚篥，它的声音果然苍凉高亢，眼前似乎浮现牧民在塞外驰骋疾进的情状。只不过唐朝时的筚篥以竹为管，以芦为首，有九个吹孔；这里所见者则是七个吹孔，大概传到日本已有所变化了。箜篌也是常见中国古代诗人吟咏的乐器，唐朝李贺的那首《李凭箜篌引》就使人对箜篌的美妙弦声十分向往。毫无疑问，这些乐器本身就有很高的文物价值。

音乐会首先演奏了伶乐《曹娘裈脱》。伶乐就是模仿唐朝的音乐。曹娘是一位中国西域曹国的舞蹈家。裈脱，应作"浑脱"，本来是羊毛制的毡帽，后指一种滑稽的化装舞蹈。浑脱舞是唐朝风靡一时的舞蹈，传入日本者有黄钟调剑器浑脱、角调曹娘浑脱、平调临胡浑脱三种。舞蹈都配有伴奏曲。这首《曹娘裈脱》舞曲的曲谱已十分罕见，只见于源博雅（918—980）编纂的《新撰乐谱》（又名《长秋竹谱》）

一书之中。原来平安时代的村上天皇对音乐造诣很深,他指令成立传习古乐的机构——乐所,又叫源博雅编纂《新撰乐谱》一书,目的是把乐曲和奏法统一起来。这部《新撰乐谱》现已残缺,只存最后一卷《横笛卷》,《曹娘裤脱》就见于此卷。这首乐曲由四个部分组成:"序"、"破"、"裤脱"、"飒踏"。"序"以吹奏乐器为主,板眼自由,曲调悠扬,慢慢引入第二乐段"破";"破"则节奏缓慢,比"序"长得多;一到"裤脱",曲调变为轻快,旋律活泼;"飒踏"继续这种轻快活泼的旋律,但更为夸张和强调。有的研究者认为:这首古曲的乐谱是仿照唐朝的古乐翻译而成,又用仿唐的乐器演奏出来,显示出唐朝乐曲的原始面貌。

音乐会又演奏了唐乐中的四个曲子:《太食调·调子》、《朝小子》、《还城乐》、《合欢盐》。这是平安时代一种叫《御游》的音乐节目中所保存的唐乐。这四个短曲给人留下深刻难忘的印象。特别是《朝小子》和《合欢盐》。前者以缓慢的节奏再现古代帝王贵族出巡时的庄严肃穆的情景,虽然缓慢却无冗长之嫌,因为所用《太食调》的"延"的旋律中有很强的紧张感。后者使人仿佛置身于欢乐的庆宴场合,热烈欢快,和"合欢盐"的曲名相符。这是两首特别有名的古曲。

离开剧场,一千多年前的古乐遗音,久久地萦回在人们的耳际。祝愿千古绝唱,发扬光大,重放新声。

（原载《新民晚报》1997 年 4 月 6 日）

东京新岁话"初诣"

　　岁末年初的东京,到处是一派喜庆、忙碌的景象。家家户户的门前悬挂着松、竹、草绳等扎成的"门松",显得古朴淡雅;大街小巷里簇拥着购买年货的人群,家庭里忙着准备年糕等新年食品;邮局动员二百多万人,日夜分发带着美好祝愿的贺年片;车站上更是熙熙攘攘,回家"归省"的人们行色匆匆,似在接受传统习俗的指令,举行每年一次的全国人口大流动……日本人是用古老的方式来欢度阳历年的,在各种节日中,"新年"的地位最为重要。

　　日本人欢度新年的高潮却不在自己家里,而在散布各地的神社、寺庙里。他们把新年第一次去神社、寺庙参拜叫做"初诣"。这是上至总理大臣、下至普通百姓在新年的第一件大事。据统计,通常每年正月的头三天("三贺日"),全国参加"初诣"的人数达八千多万。去年(1993)是日本的多事之秋,战后几十年一贯制的自民党政权坍塌,泡沫经济复苏未见亮色,因而警察厅估计今年"初诣"人数将达 8 760 万,比去年增加 27 万;但事后统计,未足此数。有位记者打哈哈说:"也许人们觉得如此严重的不景气,已不是求神拜佛所能解决的了。"

　　然而,政治经济风云的一时变幻,终究未能动摇或改变民族心理的长期走向。我在日本两历新岁,也加入了这个祝福的行列,透过东京神社浓郁的节日风情,看到的是与平日经济大潮下不同的精神风貌、生活节奏和人文景观,不禁引发出对日本社会和民族的一些思考。

　　明治神宫是东京最大的神社,人们常最先到此参拜。这里是祭祀明治天皇和昭宪皇太后的地方。占地广大，达数十万平方米，是从1915年开始，花了五年时间才建成的。神宫最前面的是牌坊（日语叫"鸟居"），用粗大原木搭成。日本神社的牌坊大都用原木，不加彩绘油漆，更无雕刻，崇尚古拙之美。只是明治神宫的牌坊上有个圆形菊花的皇族徽饰，显示着它的尊贵。一进牌坊，踏上"表参道"的鹅卵碎石路，才算进入神宫了。两旁都是参天的常绿古树，浓荫蔽日。洒过水的大道早已被来往的人群挤满。人群中有不少木屐素袍的长者，西装革履的男士，更有许多穿着绚丽和服的妇女，一律默默地很有秩序地行进。平时的东京像是一口煮沸的大锅，喧腾热闹，竞争带来了高效率、强刺激，连人们的步伐也如急行军般的快节奏；此时我带着陌生好奇的眼光注视这缓慢移动的人流，优雅文静，几十米路程竟足足走了二十多分钟，倒是对平时快、忙、累的亢奋心理的一种调剂和平衡，或者说，东京人形象本应包括这种两重性。据说，温文尔雅的茶道，最初是在武士们中间流行开来的，他们在激烈练武以后需要默坐斗室恢复平静。动与静，"刀"与"菊"，暴戾鄙俗的行为举止和追求"和、敬、清、寂"的民族审美心理，反差如此悬殊，却竟会联结在一起，常常使我们惊愕和困惑。

在参拜大殿的广场上，一片黑压压的人群，气氛又转为喧闹。人人双手合十，低首致礼，争先恐后地奉纳钱币。明治神宫和其他著名神社一样，也设有求签之处。只是所求得的签，上面是明治天皇所作的一首和歌。明治天皇是位多产的和歌作者，一生作品有数万首，足够选用了。神宫里还展出明治天皇的遗物和其他宝物，因而是全国最重要的神社，参拜人数也为全国之冠，常达四百多万！

涌动在这400万人乃至全民族心头的是祈福的信念，祛灾避祸的狂热。参观过茨城筑波山"学园都市"或万国博览会的人，不能不被今日日本的科学昌明、技术进步所折服，但眼前却是迹近迷信精神虚妄，我目睹整叠整叠的巨额日币投入奉纳箱，也从陪同

435

的著名教授的顶礼膜拜中感受到他发自内心的虔诚。这又是先进和"落后"的奇异交融并存,颇为大惑不解。有关资料表明,日本全国登记注册的宗教团体共有 22 万多个,信徒竟达 2.2 亿之巨,而总人口约为 1.2 亿,几近总人口的两倍。也就是说,日本人大都是多神教徒,既信奉神道,又崇仰佛教;基督教也有广泛的受众。他们具有多重性信仰,虽然并不都是严格意义上的信徒,但宗教情绪的普泛和深入仍令人吃惊。或许是他们自己所说的"坐在金矿和火药库上"的动荡物质经济生活,需要一种精神寄托和庇护,或许竟是强大传统习俗的熏陶、思维定势的驱使,从而铸成多元兼容的日本文化的特征。

"浅草"这个富有诗意的名字对中国人尤具吸引力,从明治神宫出来就直奔该地。浅草寺是东京最古老的寺院,建于我国的唐朝初年,已有一千三百五十多年的历史。这里有供奉浅草观音的大殿,鎏金嵌宝,金碧辉煌;殿外有高达 48 米的五重宝塔,庄严宏伟,高耸入云,都属于国家重点保护的"重要文化财"。尤其是寺前那条叫做"仲见世"的街道,充满着江户时代(相当于我国的清朝)的情调。街道两旁,各种店铺鳞次栉比,门口高悬灯笼,出售琳琅满目的日本民间工艺品和民间小吃,以及新年的特色物品:歌舞伎的头像、破魔矢、守护矢、绘马等等。这条江户式的街道比较狭窄,人们熙来攘往,摩肩接踵。在到处耸立摩天大楼的东京,竟然完整地保存这个古色古香的地区,往昔岁月似乎在这里得到凝固,人们置身于古典的氛围中,与悠远历史进行缄默的对话,体验其中的文化底蕴,读到了东京的斑斓驳杂和丰富厚重。

东京的神社散布在市区的各个角落,确实的数字我还不知道。神社所供奉的尊神也是各不相同的。比如江户时代在城市南北的两个最有名的神社,即城北的神田神社和城南的日枝神社,前者供奉的三位神是神话人物和历史人物的混合,后者却供奉猴神。也有供奉白居易的神社,我却没有找到。最有意思的是汤岛神社所供奉的天神,是位历史人物叫菅原道真。他作为学问之神,深得青年学子们崇奉。我看到不少学生在神殿前的一大片梅林上,悬挂信物,祈求升学考试成功。最令中国和亚洲人民感到不安和愤慨的,则是一小股右翼势力不时上演"招魂"、"慰灵"丑剧的靖国神社。这座神社始建于1869 年,原名招魂社,用来追悼明治维新前后内战中阵亡的将士;随后为了适应对外侵略扩张的需要,于 1879 年改称靖国神社,特别在二战后竟供奉起东条英机等 14 名甲级战犯和两千馀名乙级、丙级战犯的牌位,当做"为国殉难者"来祭祀。1985 年以来差不多每年总要演出一次"参拜"闹剧,极大地伤害了亚洲人民的民族感情,也是对两千多万死难者的不能容忍的亵渎。这座神社主要不是宗教性、文化性的,而是政治性、军事性的。它以前曾由陆军省和海军省负责管理,甚至规定过其主管者必由退役的陆海军大将来担任,其性质是不言而喻的。在如今的新年"初诣"中,这里最为冷落,日本一般民众很少涉足该地,也是很自然的。

在东京东北部的隅田川畔,有六个神社,供奉着七位尊神,合称七福神。比之其他神社,它们别有一番风情。六个神社分布错落有致,如果把隅田川比作玉带,它们就像镶嵌在玉带上的六颗明珠。建筑各具特色,互不雷同。尤其是福禄寿神所在的百花园,规模不大,也不像寺院,而是一座精巧的庭院,曲径通幽,玲珑剔透,见出经营者的匠心。此园历史颇久,远在文化元年(1804)由园主佐原鞠坞捐赠。我访此园时,天气尚寒,只有两种树开花,到阳春三月,这里才是繁花似锦、名副其实的百花园了。

这一带在明治时代尚属郊野,是文人墨客游览胜地。当时著名词人森槐南、高野竹隐等人就常在此流连唱和。在白须神社,我不禁想起高野竹隐送给森槐南的一首词《东风第一枝·和槐南》:"记美人多爱鬓鬓,系缆白须祠畔。"语意双关,谐趣横生,对白须神社中的寿老神也调侃一番,缩短了人神之间的感情距离。难怪我国的词学大家夏承焘先生在论及森槐南、高野竹隐词作时,也有"白须祠畔看眉弯"、"白须祠畔泊乌篷"这类旖旎绰约的诗句了。

六个神社的七福神是:三围神社的惠比寿、大黑天,弘福寺的布袋尊,长命寺的弁财天,百花园的福禄寿尊,白须神社的寿老神,多闻寺的毗沙门天。他们组成于室町时代(相当于我国的明朝),其构成再次体现了日本文化多元兼容的特征。三位来自中国:布袋、福禄寿、寿老神;三位源于印度:大黑天、弁财天、毗沙门天,特别是毗沙门天原是佛教的守护天神,历经西域于阗、唐朝中原,越岭渡海而传至日本,嬗变为财福之神;只有一位惠比寿是日本本土神话中的渔业之神。日本文化是多元的整合,既保留本土文化深厚的积淀,又受过中国文化的全面影响,以及明治维新以后欧风美雨的吹拂。七福神就是多元兼容的一个整体。日本朋友告诉我:"七福神是吉祥如意的象征。人们在新春参拜七福神,祈求一年的幸福!"我想不妨下一转语:"幸福"就是这种博采兼容的开放性识力。

(原载《光明日报》1994 年 2 月 28 日)

台岛学界一瞥

"盈盈一水间,脉脉不得语",这两句抒写情思不偶的古诗,颇能仿佛多年来海峡两岸人们的心态。近来情况渐有改观,但总的说来,他们来得勤,我们去得少。因此,当我们大陆学人一行八人,于1993年4月全体按时到达由中国文哲研究所主办的词学研讨会时,引起了台岛同行的欣喜、震动和惊讶。好心的朋友私下打听说:有什么捷径和背景?其实,我们也是经历不少曲折和时日的,真要说什么"背景",大概是恰值"汪辜会谈"的历史性时刻,两岸正洋溢着和谐、融洽、协调的气氛。

这次词学研讨会的学术品位和水平是令人满意的。大会发表的论文均有一定的质量,并对词学研究领域有所拓展。以往的研究以宋词为主,此次会议却多涉及元明清词以及词乐、词籍、词学批评等多种领域;同时在研究视角和方法的多样化上也有进展。与会代表都感到颇有收获,深受启迪。

我们原来以为,台岛专治词学的学者不多,算不得他们的"强项",然而这次会台湾地区的代表竟达115人(有的因故未到)。大会举行十场论文发表会,宣讲论文23篇,台湾学者不仅发表了十多篇论文,而且绝大部分"讲评人"也由他们担任。会议的组织者林玫仪教授告诉我们说:"讲评人必须也曾进行过与所讲评论文的同类研究。我们在物色讲评人时,起先有些犯难,但一经调查,都找到了合适的人选。这连我们自己也感到意外,竟有这么多涉足词学的学者。"我想,涉猎面广可能正是台湾学者的特点吧?

担任十场发表会的主席,大都是台湾地区德高望重的前辈学者或卓有成就的专家,如潘重规、王静芝、王熙元、叶庆炳、张敬、曾永义等,但代表中更多是中、青年学人,体现出学术阵容的齐整,不啻是台湾古代文学研究界的一次盛会。据告,台岛的学术研究历经三变:一是20世纪五六十年代,大都沾丐孳乳于大陆去台的第一代学者,浸馈于传统学风之中,既感伤于社会的冷漠,复自傲于文统的不坠,可说是自足阶段。二是六七十年代,首先由外文系的学者发难,用西方的美学理论(特别是新批评方法)闯入中国古代文学研究领域,引起当时学界一连串的讨论和争论,这或可称为接受挑战的阶段。三是80年代迄今,外文系的学者早已撤退,中文系同仁的研究心态在求新求变的同时,趋于平稳,但随着研究视角的开拓和变换,资料的日益丰富特别是大陆资料的大量获得,已深刻地影响着研究的整体面貌。我肤浅地观察,觉得部分中青年学者的研究势头更宜注目,他们锐意进取,一般都有多部有影响的学术著作问世,已跃居研究界的中坚和前沿的地位。

两岸学者虽然面对同一研究对象,又有同一文化思想渊源,但由于多年暌隔,在研究思路、方法和手段上多有差异,具有很强的互补性,因此加强交流越来越显得必要和重要。然而目前的情况却颇不平衡:他们对大陆了解多,我们对台湾了解少。在台湾书店,可以看到种种大陆版图书,也有不少大陆学者著作的台湾版:有重印的,也有新排版的,有合法的,更有为数众多的盗印版。一套"大陆地区文史哲博士论文"(第一辑十册)放在书店显眼的位置,说明他们对大陆学术的兴趣,已关注到年轻学人方面("中央图书馆"也注意搜集大陆地区的研究生论文,凡愿寄赠者均有一定报酬)。有个晚上我们应邀到一位年轻的副教授家中做客,他那间二十多平方米的书房,书橱林立,插架丰满,他笑着说:"诸位先生来得正好,请各自在大作上签名,留个纪念!"结果我们八人都找到了自己的著作,我的书他还收藏比较齐全。我问他是否经常到大陆来,顺道购书。他说:"还没有去过哩! 真想去呀! 这些书大都是通过本地书店购藏的,并不困难。"我想起 1984 年在日本教书时,曾送书给一位台湾赴日的留学生,不料他面有难色:"真对不起,大陆书籍是不能进入台湾的,会有麻烦。"这位学生这次也专门来看我,都为十年来两岸关系的变化发展而由衷地高兴。但我同时感到,大陆学者能看到的台湾资料却较少较难,不仅台湾书价颇昂,而且渠道不畅,这对我们的研究工作很不利。比如我曾发表过讨论"统"的思潮的论文,不料这次在另一位教授的书房中发现早有《中国史学上之正统论》厚厚一册专著,这种理应掌握的文献而未能事先看到,真有遗珠之恨!

　　介绍台湾学界不能不谈到这次会议的主持单位——"中国文哲研究所"筹备处,该所创立于 1989 年 8 月,直属"中研院"。原定编制 42 人,包括研究人员 36 人,行政人员 6 人。但目前仅有研究人员十多人。研究人员的选聘有一套严格的审核制度,申请者应先提出自己的学术档案、论著资料和未来的研究计划,需经由五十多名学者组成的三个委员会逐次评审(最后是由资深专家组成的该所咨询委员会),每个环节都十分严格。这次参观他们的图书室,其中有个陈列所内人员著作的书橱,发现每位都有一定数量和质量的论著,且每位的学术专长各不相同。另一方面,该所的研究经费颇为充裕,仅用于学术活动的专项经费每年折合人民币一千多万元。朋友们还向我们透露一个秘密:他们建所已三年,之所以仍然保留"筹备处"的名义,是因为在筹备阶段可以多获得一些经费,最近他们抽空集体选定新所的建筑方案,新所即将开工,这笔经费自然是另项拨付的,这与大陆研究机构体制庞杂、研究力量分散和经费短缺的情况,恰成对照。

　　该所创建三年来,除个人自行出版者外,所的出版物已达 23 种。其中如《中国文哲研究集刊》三册,所刊学术论文精深扎实,允称一流水平;《中国文哲研究通讯》九册,有"专题演讲"、"学人介绍"、"研究动态"、"书刊评价"等专栏,其所传达的学术信息,既广且速,并有一定深度;其他如《蔡元培张元济往来书札》、《陈垣先生往来书札》、《台静农先生辑存遗稿》等近代文哲学人的珍贵手稿,《钟嵘诗品笺证稿》、《先秦道法思想讲稿》等专著,都深受学界瞩目。三年时间不算长,能取得这些成果,而且印刷精美大方,不胜钦羡。

(本文为《访台散记》之一,原载《文学报》1993 年 7 月 8 日)

一份课程表及其他

　　趁会议之暇,我们访问了台北的台湾大学、辅仁大学、中国文化大学,新竹的清华大学和台南的成功大学等校。虽然连"走马观花"也说不上,但仍留下深刻的印象。这些综合性大学均规模巨大,学生一般都有一两万人以上。台岛总人口二千多万,各类大专院校五六十所,大专教育已达相当普及的程度。

　　几所大学都在忙于校长的换届选举。台大、师大、清华三校的校长今夏任满,即将从政,改就新职。为了提高大学的自主权和民主精神,一反过去由"教育部"派任的传统,改由教授会或推选委员会向校内外公开征求人才,选出适当名额的候选人,由"教育部"从中择聘。我们到达清华的那天下午,正值他们召开推选委员会会议。晚上约定由校长出面宴请,但到了七时半,仍不见踪影。中文系的一位教授匆匆赶来,说会议一时不能结束,我们不妨自便。接着他讲起会上争论不休的情景,并对"民主"不够充分深表不满,言谈之间颇能想见会上的火药味,看来教授们是认真投入了。校长姗姗来迟,豁达洒脱,只说最后已达成共识。校长姓李,电脑专家,五十上下,谈锋甚健。他笑着说:"不知大陆那边当校长怎样? 我们这里当校长就得能听骂声,学校里什么人都可以骂你。我的前任校长的儿子,每天起得很早,在校内巡视,看到骂他爸爸的揭帖就撕。但我的孩子不这样,他的民主训练程度就高些。"这位校长就是清代洋务派著名领袖的后裔,早年住过上海,从他住处附近的马路、法国梧桐,谈到幼时所看电影《夜店》等,席间的话题就从改选校长转到怀乡思旧了。

　　作为中文系的教师，我自然对台岛的中文系教学关心更多。在现代化进程中，中文系似乎担当着传统代表者的社会角色，因而产生不少困扰难解的问题。台岛也曾有过一段"先科技、重经建"，从而使人文教育陷入"低迷"的时期，但现已走出困境。近几年他们多次举行过较大规模的研讨会，如"第一届中文系课程设计研讨会"、"大学人文教育教学研讨会"、"中国文哲相关系所师生座谈会"等，对人文教育作了多方面的回顾和总结，以谋求新的发展。会议资料中，以下的一些信息是值得我们深长思之的：

　　——会议的主旨是探讨在西方文化冲击下，如何重建中国文化的新精神？在国际化潮流下，如何重建人文教育的自我风格？在现代化冲击下，如何发挥中国人文教育的传统精神？也就是说，要确立人文教育在西方化、国际化、现代化中的自身价值和地位。

　　——"教育部"已将单管科技的"科技顾问室"改为"顾问室"，以促使"人文"和"科技"并重，目前已使两者"成长的比率逐渐拉平"。

　　——增加各学校的自主权和"弹性"，办出各自特色。在经费上，"软件经费的成长要比硬件经费的成长多一些"，防止用"设备"挤"图书"费。

　　——批评联考制度的弊端，它使中学国文教学以联考为导向，造成以单纯记忆为主的"一度空间的人"，不符大学教育的要求。

　　——扩大师资进用的管道，防止"自体繁殖"，只留本校毕业生，应向岛内外"甚至大陆学界招揽优秀的学术人才"。

　　教学的主要内容是课程，因而课程的设计安排是教学活动最重要的一环，一份台大中文系本科生的课程表颇引起我的惊讶：一类为"核心课程"，有"历史文选及习作"、"诗选及习作"、"词曲选及习作"、"中国文学史"、"中国思想史"、"文字学"、"声韵学"、"训诂学"；一类为"系定必修课程"，有"英文"、"哲学概论"、"语言学概论"、"国学导读"、"文学概论"、"论孟导读"。其他还有各种选修课。这些课程实包含中国传统文化的基础之学(如文字学、声韵学、训诂学)、学术思想之学(如中国思想史、论孟导读)、纯文学(如中国文学史、文学概论)等,也就是说,他们的中文系既不是文学创作训练班,也不是单纯攻读文学和语言的科系,而是培养为传统中国文化传薪光大的综合型人才。与大陆相比,一是注重经学、小学的传授,二是忽视现当代文学。这一课程格局的形成可能有历史原因,存在明显的局限,但也使他们的本科生具有较扎实的文史哲基础知识,有利于作进一步高深的专业训练。前几年我听说大陆某重点大学的一位中文系高材生,在澳大利亚谋求大学教职时,就很难与台湾毕业生竞争,看了这份课程表,似乎也找到了部分答案。

(本文为《访台散记》之一,原载《文学报》1993 年 7 月 8 日)

"堵车"的启示

台北的"堵车"举世闻名。在二千多万台湾人口中,有小汽车、摩托车1 100万辆,平均两人一辆,我们相识的教授朋友,大都家有两车,夫妻分用。台北的大小马路两侧,停满各式车辆,朋友们陪我们外出活动,常为找一处驻车隙地大费周折。台大校园里的林荫道宽敞幽静,我特别喜欢两边的"大安椰子树",树干高大挺拔,三四片椰叶复饶南国风光,但密密麻麻的小汽车颇煞风景,门口布告牌上还说只限教师的车才能进校!无论出租车或私人车,一上车总能听到交通台24小时喋喋不休的播音,告诉你目前各条道路行车的状况,以供驾驶者随时选择最佳路线。

问题是明摆的,这座300万人口的现代化城市,竟一无高架公路二无地铁!这个看来常识性的城市建设的失误,据说来源于一个常识性的政治决策的谬误。台湾朋友直率地说:当局总把台湾当做"行在所",要"反攻大陆",没有长远的城市规划,现在才想到搞地铁,没料想已背上了大包袱!

人无远虑,必有近忧。在现代化进程中,滞后意识迟早会受到惩罚,这似是台岛"堵车"所蕴涵的启示。文化教育事业也是如此。有位台湾先生说得好:"教育是百年树人的大计,学术是维系国家生存发展的命脉。没有良好的教育环境、生机蓬勃的研究风气,再多的外汇存底,再强大的经济实力,充其量只能使我们成为一个金光闪闪的经济怪物!"尽管已初步走出"低迷"之境,他的话还是表示了对现状的隐忧。那么,台岛在经济起飞之初,对文化事业忽视所造成的负面影响,对于我们更是一种直接的提醒了。

(本文为《访台散记》之一,原载《文学报》1993 年 7 月 8 日)

摩耶育大千,梅丘寄乡魂

——台北市"摩耶精舍"小记

　　阳春的台北,和风温煦。我们一行人在参加词学研讨会之馀,驱车前往国画大师张大千的故居——摩耶精舍参观。

　　这幢完工于 1978 年的宅院,是大师亲自设计的,他在这里走完了辉煌人生旅程的最后五个春秋。今年(1993)正值他逝世十周年。

　　车至一所雅洁素朴的民居前停下,周围环境稍觉逼仄,这便是主人再三称道、以为不可不看的大师故居吗? 信步进门后,迎面一堵照壁,边上一盆苍虬的"迎客松",枝垂势斜,颇有鞠躬迎客之意。绕过照壁,豁然开阔。在宽敞的庭院那一边,一栋四合院式的两层楼房掩映在绿荫丛中。一楼有客厅、画室、小会客室、餐厅等,二楼有卧室、小画室、裱画室等。一部电梯连接着两层,还可以送人至顶层的"屋顶花园"。典雅精美而不显奢华,舒适惬意而不失品位。大师曾说:"居室无藻饰,但取其适;画室则力求其广,空阔如禅房斋堂。"这栋四合院正体现了这一设计要求。一楼那间宽大的画室,当中放置一架占据全室三分之一面积的大画案,尤引人注目。我曾看过叶浅予先生在 20 世纪 40 年代为大师写生的六幅漫画,对其中题为《大画案》的一幅印象殊深:画面上是又长又宽的画案,画案一隅才是大师的小小身影。当时以为,这是漫画家的夸张;今日一见,才知夸而不诞。画案旁塑有与真人等大的大师蜡像,美髯飘拂,正在意气豪迈地泼墨作画。画室内还有一件颇不寻常之物,那是一个猿猴标本。世间有大师是黑猿转世的传说,大师对此亦津津乐道,且终生爱猿、养猿、画猿，一如其二兄张善孖之于虎。这只猿猴生前经常伴随大师左右，跳坐案上观大师作画。大师去世后二三天，它竟出人意外地无疾而终。现在已制成标本的它，静坐在画案前，仿佛仍在神情专注地观赏着大师挥毫。

跨出居室，来到后花园。放眼望去，才真正见识到大师设计的匠心。摩耶精舍位于台北郊外内外双溪交汇处，远山近水，环境宜人。大师充分利用这一自然景色，借景入园，引水成池。站在园中，远处山岚翠雾尽收眼底，与园景交相辉映，融为一体。

像大师这样一位艺术家，宅院不但是栖身之所，也是艺术活动之地，因此他对居住环境历来十分讲究。早年借居的苏州网师园、北京颐和园、四川青城山上清宫，晚年自建的巴西八德园、美国环荜庵，均极富形胜之美。大师的设计有个总思想："治园如治画，不肯轻下一笔。"在修建摩耶精舍时，便精心规划，谨慎"下笔"。他不远千里，不惜重金，从美国、日本、香港等地购买鱼、石；在施工中，稍有不如意者，便推倒重建，不计工本。园中无论茅亭篱径、小桥鱼池，还是怪石奇松、老梅新荷、锦鲤灰鹤，一景一物都见出大师构思之巧、选料之精、建造之严。特别值得一提的是后院的两座茅亭，亭名分别为"翼然"、"分寒"，两亭之间有一走廊相连。翼然亭上有大师自制对联一副："独自成千古，悠然寄一丘。"展示了他豁达洒脱的胸襟。两亭均以原木为柱架，以细竹、棕榈为顶，置身其间，观雨听风，当别有一番佳趣。另外还有一座"考亭"，设有烤架，专供烤肉之用。亭前竖一巨石，题刻"大千居士乞食图"几字。大师真可谓把家居生活艺术化了。

在摩耶精舍中，生活与艺术、有限与无限、人工与自然、雅致与野趣等等完美有机地结合起来，它是大师书画之外的又一杰作。"摩耶"一名取典于佛经，谓释迦牟尼的母亲摩耶夫人腹中有三千大千世界。大师以大千为别号，又以摩耶命名此宅，其中不无幽默之意。而人们也可引发这样的联想：这所乍看之下不很起眼的民宅，它所蕴藏的如此精美的园林佳景,不正是一个艺术的大千世界,充溢着长久不衰的艺术创造力吗?

　　小坐茅亭中,徜徉小径上,仰眺远山,俯观游鱼,侧听鸟鸣,细味花香,倏然发现,这里的草草木木,气派情韵,都浸染着浓浓的中国风,流露出大师眷眷的思乡之情。大师晚年有诗云:"半世江南图画里,而今能画不能归。"能画不能归,便把一腔乡愁倾注于笔端纸上,也倾注于视同治画的治园之中。且不说四合院式的构造,也不谈纯中国式的取景筑园之法,单就园中诸物而言:树木花草,"必故国所有者植之",所以触目所见多梅、松、荷;池中那戏水的锦鲤,都是辗转从香港购买来的北京种鲤鱼,每尾价值千金。园中有一巨石名"梅丘",此名即移用早年借居青城山时的一个景名,后一度用于他在北美的寓所中,此番再度取用,无疑表露了他始终如一的故土之思。大师谢世后,即葬于"梅丘"下。他身不能重返故里,而今魂魄恐怕早已西归巴蜀,在巴山蜀水间久久萦绕吧?

　　　　　　　　　　　(原载《联合时报》1993年7月23日)

香港购读《徐福入日本建国考》记

赶在香港回归前的第 137 天,我再次途经香江。毕竟是举世闻名的购物天堂,万商云集,顾客熙来攘往。我却在湾仔的一家旧书店里徜徉多时。虽然只有单间店面,但各类书籍堆得满坑满谷,从地下直到屋顶。它居然在有名的轩尼诗道上临街开设,不像香港大多数书店都在租金较廉的二楼。这类旧书店上海几已绝迹,而在香港这现代化的国际都市中却并不少见,在营造综合而包容的城市文化氛围和完善图书市场方面,颇有耐人寻思之处。

作为复旦人,我在这里看到不少我校教授早期著作的原版本,如陈望道《修辞学发凡》、陈子展《最近三十年中国文学史》、王运熙《六朝乐府与民歌》等。最引起我兴趣的是署名前复旦大学教授卫挺生的《徐福入日本建国考》一书,可算是用力甚勤、考订精细、搜讨周全、但其结论未必令人认同的奇书,即予购藏。

此书正名为《日本神武开国新考》,副题才是《徐福入日本建国考》,两者合读,此书主旨显豁:徐福原来就是日本开国君主神武天皇。全书共 20 多万言,于 1950 年在香港出版,因而内地不易见到。

陈寅恪曾总结王国维研治古史之方法有三:"取地下之实物与纸上之遗文互相释证","取异族之故书与吾国之旧籍互相补正","取外来之观念与固有之材料互相参证"(《王静安先生遗书序》)。后人更总结为"三重证据法",即历史文献、考古文物和社会调查相结合的方法。本书在运用这些方法所展示的中日两国具体的历史交往和影响的图景,似比它的最后结论(徐福即神武)更有价值。

徐福其人其事,见于《史记》、《汉书》以及《后汉书》、《三国志》等正史,视作信史自无疑问。司马迁不仅坚持"实录"原则,而且他有关徐福的具体记述,其根据极可能来自史料价值极高的《秦纪》。1982年我国发现《赣榆县地名录》,古属琅邪郡的江苏赣榆县金山乡徐阜村曾名徐福村,又为此提供一个实证(由此还成立徐福研究会,掀起颇具规模的"徐福热")。但司马迁只说徐福率领童男童女和百工,泛海至蓬莱山等地,"得平原广泽,止王不来(称王不返秦国)"(《史记·淮南衡山列传》),并未说其地就是今天的日本列岛。明确把徐福所"止"之地与日本相联系,在我国史料中,是迟至唐末宋初以来才有的。本书则详考东海各岛的地形沿革,认为今日本琵琶湖、滨名湖一带的八平原两大湖地区,正是徐福"得平原广泽,止王不来"的地方,因为在东海各岛中,除此以外,再也找不到另一处"平原广泽"。此书中的这类考证,对徐福所居留之地乃是日本之说,颇有助力。另如证明徐福入海有三次,神武时代与徐福时代同时,也有不少启发性。尤为重要的是,作者从中日两国大量材料的对照分析中,力图证明日本早期保存秦国齐地的地域文化特征,如其社会思想具有我国周秦汉的阴阳五行观念;日本神话中所演述的几位大神,又多与先秦齐国祀典中的诸大神相同;神武天皇有传国三宝(曲玉、镜、剑),其中的镜和剑,今日本出土众多,凡早期者皆来自中华大陆,不少形制同于秦汉等等,作者以此均归结为是齐国琅邪人徐福之孑遗,这虽不能完全成立,但充分证明中国早期确有向日本几次移民(或避暴政,或逃天灾)的事实,对研究日本民族渊源颇有价值。

作者自称其所取资料,"什之一二得自中国书籍,什之八九得自日本书籍",但日本最早的《日本书纪》、《古事记》两书,其所载日本开国史,性质乃是神话传说而非真实的历史记录。当今神话学的进展,已证明看似荒诞的神话中往往蕴涵真实的历史事实。但探幽索隐,必应审慎,一不小心,即失之毫厘,差之千里。《日本书纪》说,日本从创造世界的造物之祖以下,有七代天神,五代地神,最后生神武天皇,他是第一代人皇。他不是生长于日本列岛,而是"乘天磐自高天原飞降者"。卫挺生氏考证,"天磐船"即航海之楼船,"飞降"即操纵风帆而来,"高天原"乃指海外之一地,即中国。作者旁征博引,但这些终究是猜测性的假说。前人曾说,书有两类:或可爱而不可信,或可信而不可爱。此书就其主要结论而言,或许与前类相似。

李白早在一千多年前说过,"海客谈瀛洲,烟涛微茫信难求"(《梦游天姥吟留别》),把东瀛叹为难于探求的谜团。今日虽有更多的材料可供考索,但要把徐福入海、日本开国问题弄清楚,还待进一步努力。

我持书返回旅舍,拆去泛黄的包书纸,赫然见到一行挺秀的字迹:"柯尔曼先生惠存,杨家骆敬赠。"这应得上一句流行话:给你一个意外的惊喜了。杨家骆(1912—1991)是著名图书文献学家。早年编著《四库大辞典》、《中国文学百科全书》等大型工具书;后去台岛任教于台湾大学等校,又主持出版《中国学术名著》,实施"间日出书一册"计划,共出 800 册之巨。其中有大量大陆书,在当时环境下,是冒风险、担干系的。说起晚近的两岸文化学术交流,杨先生算是得风气之先的人物。他死后把藏书捐赠给台北中国文哲研究所,正是我这次旅程的下一个目的地,真是有缘。

(原载《新民晚报》1997 年 5 月 11 日)

[附记]　卫挺生(1890—1977),字琛甫,一作申父,湖北枣阳人,曾任复旦大学教授、经济系主任。早年作为清华留美公费生赴美游学,与陈寅恪、吴宓先生过从颇密。陈寅恪先生于 1919 年曾作《〈留美学生季报〉民国八年夏季第二号读竟,戏题一绝》中云:"文豪新制《爱情衡》,公式方程大发明。始悟同乡女医士,挺生不救救苍生。"因

该期《留美学生季报》刊有《爱情衡》一文,将争取恋爱成功的五种条件(家世、健康状况、办事能力等),各占多少比重,制成表格,作为衡定爱情成功率的"公式",陈氏遂戏作此诗。后两句即指卫挺生先生当时苦苦追求江西某留学女生(哈佛医学院毕业后任职于某医院),却遭拒绝。陈寅恪先生严谨整饬,早年亦不免有此一时戏笑之举,录供谈助。钱穆先生《师友杂忆》中叙及他曾推荐卫氏去菲律宾大学任教事,又提到"挺生曾热心详考徐福入日本故事,逮其在美后,犹曾来书讨论",则可见卫氏写作此书之认真。

卷九　雪鸿印痕

《唐诗选》编注工作的回顾

　　我是 1960 年夏天进入文学研究所的。当时的古代文学研究组正在紧张地进行《中国文学史》的编写,而宋代部分缺少人手;我因在大学时代参加过另一部文学史宋代部分的编写工作,就很顺利地被分配到久已向往的古代组,并具体落实在唐宋段,比起当年一起来所的其他大学同学,自感满意和幸运。在一次编写组会议上,所长何其芳先生说:文学所作为国家级的专门研究机构,就应承担其他单位所不易完成的科研项目。比如大学里的教师因有繁重的教学任务,一些大型的课题或许就难以承担。所以,集体科研总是我们所的主要研究工作方式;当然这并不排斥或忽视个人的研究课题,尤其是有长期学术积累的年长学者更应关注;但总的说来,集体科研应是第一位的。这也是之所以要成立文学研究所的主要目的。他这番话是为了鼓励同仁们集中主要精力编好《中国文学史》而说的,但也可以看做当时办所的一个原则。对这个原则,随着客观形势的变化,现在已不大为人们所认同,在实际执行上也确实存在许多具体困难和问题,但在当年,我却是深信不疑的,对集体工作就不敢丝毫懈怠。

　　我在文学所生活十八年,但真正进行科研工作的时间不足五六年,这是我们这一代学人的共同悲剧。因而只参加过两项集体科研:《中国文学史》的编撰和《唐诗选》的编注。仅就集体科研这种方式本身而言,《唐诗选》编注似提供了更有价值的经验,但也历经意外的时代曲折,留下更深刻的教训。

1962年初《中国文学史》完稿后,就立即展开《唐诗选》的编注工作,参加者为余冠英、钱锺书、陈友琴、乔象钟四位先生和我,仍由余先生担任负责人(他是古代组组长,也是《中国文学史》编写组的负责人)。比之《中国文学史》来,余先生抓得更具体、更深入。

首先是定选目。先由选注者在《全唐诗》中画圈,以圈数多者为初选;然后斟酌去取,调整损益,最终确定了六百多首的全书规模;再予剪贴,为避免文字误植,不惜用掉了一部扬州书局初刻本。初稿本的选目颇有"个性",余先生当时讲得最多的是要选出唐诗的"方方面面",不求平衡,不讲"照顾",如杜甫入选最多,竟超出全书的1/10,且有不少连专门的杜诗选本也不收的诗篇。钱先生强调的是选"好诗",而他的"好诗"标准也就是他常说的"个人在诗歌里的衷心嗜好",却是需要深入体悟、不易简单说清的。但部分体现在他执笔评注的小家作品上,约有六十多首。这些小家作品均颇冷僻,但各有艺术上的长处或特点,构成初稿本选目上的一个醒目的特点。还值得提到的是,我们大胆地突破由"政治标准第一"带来的思想禁锢,入选了一些"违碍"之作,如韦庄的《秦妇吟》。这首反对黄巢军的罕见长诗,毕竟在我国诗歌叙事艺术上有其突出的贡献,几经斟酌,决定收录。选目上的这些情况,是与1961年至1962年间的政治文化形势密切相关的。那时是学术文化界的一段相对的宽松的空间,被认为是知识分子的"短暂的春天",双百方针的重新提起,从右派摘帽的蔚成浪潮到广州会议上为广大知识分子的"脱帽加冕",笼罩在学术界上的阴霾为之一扫,显出活力和生气。这也是余、钱先生等敢于自由发表意见的原因。我后来从传闻得知,何其芳先生其实对这个选目似有保留,但第一,这纯属他个人艺术爱好上的差异,并不是着眼于诗歌必须反映社会民生等所谓"政治标准";第二,他又完全尊重余、钱先生的意见,绝不作"行政干涉"。这也是很难得的。除了何其芳先生颇为民主的领导作风外,当也与大环境的适度认可有关。我们知道,同属文学所编校的"中国古典文学作品"选本——《宋诗选注》,1956 年钱先生为其拟定的第一份选目,是未被接受的。

其次是分工、初稿撰写和讨论。选目中较为冷僻的小家,占一定的比例(十分之一),前人大都不很关注,注释难度较大,我们就推给钱先生承担。而有前人笺注成果的大家,如李白、杜甫,则由较年轻者负责,但从数量上来说则颇多;陈友琴先生是白居易研究专家,白氏等相关诗家,自然由他执笔;馀下的则由余冠英先生总揽。这一分工尚能发挥各人所长,较为合理。初稿做成后,用流水作业方式,互相传阅,认真提出意见,常常在初稿上彼此批注、商榷,心态自然,气氛和谐。我至今只保留我起草的《秦妇吟》注释初稿,上面有不少陈友琴先生的长篇批语,也有余冠英先生的多处夹注(其中还有与琴老意见不同的),今有时摩挲,心头总充满长辈奖掖提携后辈的温馨。还应说及的,是差不多两周一次的"例会",亦即"疑难杂症会诊会"。会议在王伯祥先生寓所举行。先由我从传阅初稿中整理出疑问发给诸位先生,订期讨论。因事前有一定准备,讨论相当深入。余、钱、陈三位和王伯祥先生都有旧诗创作的经验,他们对诗意、诗境、诗风的评赏剖析,都能切中肯綮。钱先生尤其论辩滔滔,犀利明快,大部分时间常在听他说讲;余先生慎于言辞,却一语破的,点到即止;王伯祥先生对职官、地理这两方面的博识与熟稔,则令人惊愕。陈友琴先生在资料考订方面的严谨,乔象钟先生的不少独具心得的见解,都给我留下深刻的印象。这多次讨论会,无拘无束,轻松活泼,笑语不绝,而对我来说,不啻是对中国古代诗学的真正启蒙,绝非一般课堂教学所能获得的。平生初闻,刻骨铭心,至今回想起来,犹觉兴味盎然。

此稿于 1966 年最后完成。我觉得它比之已出的唐诗选本似更有"个性"和特色,学术质量也是较高的,既为一般读者提供了普及性的唐诗读本,对专业研究者也有一定参考价值。

　　然而,初稿交到人民文学出版社后,即遇"文化大革命",狂风暴雨,无情地扑灭了出版的希望。但余先生始终惦念这部书稿。还在明港干校时,他曾与我谈起,能否借"斗批改"将要返京之机,作适当修订后出书,嘱我做好思想准备。但政治风云瞬息万变,未能找到机会。到了1975年,我们已终于从干校迁回北京,在评法批儒、大搞"三结合"的大背景中,文学所与北京市维尼纶厂工人同志合作修订此书,这在当时不失为争取出版的一种"策略"。我和钱先生这段时间都未参加,另邀请吴庚舜、董乃斌、范之麟诸兄加入。

　　直到1977年秋,"四人帮"已经垮台,此书遂正式进入最后出版阶段。余先生命我撰写《前言》外,又要我对照原稿校读了两遍清样(主要是校文字)。这才发现,钱锺书先生执笔的小家作品部分,删削十分严重。从开卷到杜甫,316页过去了(全书784页),钱先生的笔迹只出现在王绩、王勃两处,而且所选王绩诗二首及王勃《山中》诗的注释,也已非钱先生所写(1966年初稿本,所选某一作家,其小传及作品注释,统归一人所作,无一例外)。现在想来,入选的小家,原均着眼于艺术上的独创性,又非常见,虽然有其特色,但在"文化大革命"中"修订",被砍被删,不算意外(我注释的《秦妇吟》则在1966年交出版社前,早已"自觉"抽出,因而我现能保留底稿)。而伪诗坎曼尔《诉豺狼》、准伪诗黄巢《题菊花》、《菊花》等却在修订中羼入,留下了选目上的缺憾。

　　近阅《钱锺书与〈唐诗选〉》一文(载《钱锺书研究集刊》第二辑),作者努力从《唐诗选》中"辨认钱锺书思想和钱锺书风格",认定为钱先生所写的有"王绩、王勃、杜审言"等24家,"咬不准"的有刘长卿至张蠙等6家,共30家,其实大都与事实不符(杜审言为余先生所写,刘长卿、张蠙乃是本人拙笔)。我还看到其他一些涉及钱先生与《唐诗选》关系的论著,亦多有出入,因在此顺便说明。

　　清样校正稿交人民文学出版社后,责任编辑林东海兄又提了一批审读意见。为尽快处理这些"浮签",我邀请他当面共同商酌修改。最后一次即在余冠英先生家。从中午忙到傍晚,余先生殷殷留我们二人吃饭,还特意开了一瓶红葡萄酒。在举杯开饮时,老先生突然深深地叹了一口气。看得出来,他对这部仅 50 万字的书稿,竟穷数人之力,历十四五春秋,今始蒇事毕功,在欣慰之馀又不免怃然抱憾。

　　　　　　　　（原载《中华读书报》2003 年 9 月 24 日）

1955：叩开北大之门

　　1978年春，我从北京的中国社会科学院文学研究所调至复旦大学，行装甫卸，就去第一教学楼为外国留学生讲授"中国文学史"。当我站在讲台时，蓦然想起自己正是在此楼参加高考而被北京大学中文系录取的，屈指算来差不多23年了。记忆有两种：事实记忆和情绪、心理记忆。我已记不清当年作为考场的那个具体教室，但苦读拼搏的情景，极度焦急和快慰逾量的交替体验，以及在个人生活史上所蕴涵的意义和启示，却时时从记忆中唤起，好像刻画在生命之树上的印痕，随着时间的推移，日益放大和加深。

　　1955年的夏天，高温连日，酷暑难熬。我是上海新沪中学的应届高中毕业生，住宿在校。这所中学原本不收寄宿生，只为照顾少数外地学生，临时把几间日式住宅改建为学生宿舍，低矮逼仄，通风不佳。幸而校方开放了两间教室，专供考生温课迎考。我索性带张凉席，睡在教室，读书累了便睡，醒了又读，温课效率倒颇高。加上自忖平日成绩尚可，因而赴考时心情较为镇定、自信。但第一天的语文考试却出现了意料之外的"险情"。语文试题略分两部分：一是语文知识，大概有古文今译、字义解释之类。我很快答完，估计能得满分。二是作文，具体题目忘了，大意是：你准备怎样做一个合格的大学生？这应是一个论说题，按照当时反复强调的"全面发展"的教育方针，非得从"德"、"智"、"体"三方面入题不可。但这极易写成一篇套话连篇的空洞文章，犹如宋太祖批评宋初官府公文为"依样画葫芦"一般；又觉得自己的叙述描写能力可能比论说能力略显优长，因而没有过多思索,就决定用虚拟的三则"日记"来替代。迅速地虚构了三个事例,借"事"生发,阐述的还是"德"、"智"、"体"三方面存在的问题和改进、努力的目标。写来还算顺手,交卷时还对自己的别出心裁暗自得意。

考毕与一位同学交谈各自的作文内容,他听完我的叙述却皱起眉头:"恐怕审题有偏差,论说文写成了记叙文,关键是判卷的老师持什么标准?"我顿时紧张起来,越想越觉得他说得有理,深感录取前途存在不确定因素。

在随后等待发榜的日子里,忐忑不安的心情日益沉重。除了语文答卷之事外,我还碰到别的更为意外的麻烦,这里不再赘述。左等右盼,终于盼来了录取通知书,一眼看到信封落款的"北京大学"四个红字,一颗久悬的心才放了下来。对当时作文判卷标准的宽容、还没有走到绝对的"标准化"程度,心怀庆幸。

大概在 1982 年,我参加《中国大百科全书》文学卷的编写工作,适逢北京大学中文系原主任季镇淮先生也来沪商讨。我问季师,此前是否到过上海?季师答:"1955 年到过,那是为中文系录取新生而来。"我为之一惊:"我就是五五年从上海考进北大的。您不仅是我的授课老师,还是及门'座师'哩!"季师听罢伸出一个大拇指:"不简单!那年上海考区以第一志愿报考北大中文系的,共有一千多位,我们系只取十名,真是百里挑一。横挑鼻子竖挑眼,也把我挑花了眼。"说完又补了一句:"真不简单!"我听了心里热乎乎的,和他一起细细点数一下:现今北大的陆俭明、张少康,原《文艺报》副主编陈丹晨,福建师大的孙绍振等等,都是我上海榜的"同年友"。北大选择我们,是希望我们成为一个真正的北大人;我们选择北大,寄托着对自我人生的一份郑重的期待,寄托着理想和憧憬!

在那篇应试的"日记"中,为了强调"体"即锻炼身体的重要,我不无夸饰地说道,在温课迎考时,因生活紧张,身体不支,"差点从双层床上摔下来"。不料这句戏言竟成了谶语。

原来我高三的同桌同学黄伯松,和我同时被北大录取,他分在图书馆系。我俩结伴负笈北上,报到入学。那时学生宿舍尚未腾空,我们文科新生被临时安排在饭厅居住。他在东区,睡上铺;我在西区,睡下铺。谁也没有想到,他在夜半从上铺重重摔下,头先着水泥地,周围同学年轻好睡,只在朦胧中听到沉闷声响,也未引起警觉。而他竟然又爬回原铺睡觉,直到次日凌晨,才发现已停止了呼吸。我于傍晚才获此噩耗,他已被送走。生命真是脆弱,一位好学深思、沉静诚笃、木讷寡言的同窗刹那之间就撒手西去了。这位整天带着宽厚温和微笑的读书种子,还是一位独生子,命名所蕴涵的遐龄长寿的期望与英年早逝的残酷现实,对他的双亲又是怎样致命的打击!黄伯父、伯母不久飞来北大,马寅初老校长亲自接见,马老还通知我们几位新沪中学同班同学参加会见。这是我初次近距离地见到马老。他神情肃穆凝重,一再耐心地询问黄氏夫妇有何要求?黄伯母在整个谈话过程中流泪不止,但很大度地说:"人死不能复活,只希望悲剧不再重演!"马老当即指示身边工作人员尽快加固睡床的护栏,并在教育报上发布消息,黄伯母也投书有关报刊,引起当时大中学校当局的重视。

后来我回沪时,曾去拜访黄家,看到两老孤寂晚景,不禁悲凉袭心。临行,黄伯母送我一张伯松的毕业照,写上"黄伯松,五五年九月逝于北大"几字。这张照片现在还在手边,看上去他眉宇之间隐含着伤痛,顿失他往日的微笑。我油然想起高晓松作词的流行歌曲《同桌的你》,稍改几字:"明天你是否会想起,昨天我写的'日记';明天你是否还惦记,曾经拥有温和微笑的你!"祝愿我的少年同伴在那个世界里安息!

前面说过,我从高考到 1978 年重返复旦任教,过了 23 年;而从复旦任教至今,又是第二个 23 年了。《异物志》上说:"鹧鸪其志怀南,不思北徂(徂,往也)",其鸣声又好像"但南不北"的谐音。我也喜欢北京的工作环境和学术氛围,但命运却把我定格在复旦,定格在这片南方热土。回顾大半人生行程,正以复旦为人生驿站:起点、中点乃至走近暮年。这两个 23 年构成我不断自省、不断咀嚼的人生内容。我与复旦有缘。因而我乐于应《语文学习》编者之约,记下年轻时的一段足迹,记下这与复旦因缘的第一站。

2002 年元旦

(原题《1955:那刻骨铭心的夏天》,原载《语文学习》(学生版)第一辑,上海教育出版社 2002 年版)

附　录

像与不像之间

——《半肖居笔记》①自序

收在本书的 80 篇文字，大都是我不值称说的专业研究的副产品，或许还可以说，是我读书、教书、写书生活中精神调节的产物。写作之初，多是偶有兴发，随意立题，信手走笔成文，并无整理成集的打算。现在姑且厘为六辑。把"学人剪影"放在最前面，是表示对引领、示导自己走上治学道路的几位师长的怀念和敬意，虽然我能记述的只是他们的一些侧影，不足以言全面评价和整体风貌。"文史断想"、"考论杂谭"、"字词天地"三辑均属半学术性的札记，本难严格分类。桐城派有所谓"义理、考据、辞章"之说，参酌变化，大致或以抒感为主，或重在考辨（几篇书评也附入"考论杂谭"之后），或以品评一字一句一段为内容，但共同的要求是实话实说，力求每篇都有一些新意和见解。其中不少文章在《新民晚报》作为专栏登载过，在读者中有一定影响。"序跋集萃"是为朋友或自己的论著所写的前言和后记，个别篇章学术性较强，篇幅也稍长了些。近几年我访问过日本和我国台湾、香港等地，随手记录一些印象和观感，聊作他日雪泥鸿爪之券。

---

① 王水照著《半肖居笔记》，东方出版中心 1998 年 4 月版。本文又发表于《新民晚报·夜光杯》1998 年 1 月 19 日。

但所记很少自然风光，仍不离人文话题，因以"人文记游"戛为一辑，与本书的整体格调颇为一致。

东方出版中心策划这套学者笔记丛书，规定以斋名、室名为书名。这一创意很好，但取名是件相当烦难的事情。在商潮汹涌中，听说有的地方为开发知识分子"财"（才?）源，开设了"取名公司"，但似乎并未大展鸿图。我只记得还在河南息县"五七"干校时，开初倒战天斗地一番，到后期却生产不"促"了，革命不"抓"了，也不放我们回北京原单位，闲住在一所军营里打发日子。照例晚饭后同事们聚在一起，听钱锺书先生"开讲"。有次他突然对我们年轻一辈的子女的名字，大开玩笑，谑而不虐，最后点题说："孩子好生取名难。"细细想来，也是"虽戏语，颇有理"的。比如贱名在南方水网地区实乃司空见惯，平庸凡俗，用不着硬拉上唐人吕温《鉴止水赋》的"物我兼进兮，水无不照"，以表示另有深意存焉，他在赋中还借"水无不照"发挥"廉士以之洗心，至人以之观妙"，"君鉴之以平心，临下必简；臣鉴之以励节，在邦必闻"的大道理，都与我了无关涉。我这次随便取了个"半肖居"，意在像与不像之间，用以对自身多年来教学与研究工作"半吊子"现状的自讽与自警。有朋友问我：你与你素所景仰的一位前辈学者生肖相同，同生戌年，"半肖"云云，有此含意否？则谨对曰：唯唯，否否！

是为序。

1997 年 8 月 8 日